Schwarzes Gold am Bodden

Burkhard Wetekam

Schwarzes GOLD am Bodden

HINSTORFF

Liebe Leserin, lieber Leser, wir freuen uns über Ihre Bewertung im Internet!

Die Deutsche Nationalbibliothek verzeichnet diese Publikation in der Deutschen Nationalbibliografie; detaillierte bibliografische Daten sind im Internet über
http://dnb.ddb.de abrufbar.

1. Auflage 2016
Herstellung: Hinstorff Verlag GmbH
Lektorat: Henry Gidom
Titelbild: Thomas Grundner
Druck: GGP Media GmbH, Pößneck
Printed in Germany
ISBN 978-3-356-01883-7

MIX
Papier aus verantwortungsvollen Quellen
FSC® C014496

ALS E-BOOK ERHÄLTLICH

Ostermontag: Das Boot

-1-

Im milchigen Licht des frühen Morgens erschien die Hafenbefestigung wie eine Grenze, hinter der ein mystisches Land liegen musste. Der Geruch nach brackigem Wasser, versetzt mit einem diffusen Fischaroma, hing in der nebelfeuchten Luft. Ein leises Gluckern und der Schrei einer Möwe durchkreuzten die Stille.

Die beschauliche Morgenstimmung entschädigte Tom für die Zumutung des frühen Aufstehens. Er betrat vorsichtig den Schwimmsteg im Barther Stadthafen, der vom Tau noch feucht und deshalb glitschig war. Am Ende des Stegs lag die Mathilda, eine ausgemusterte kleine Hafenbarkasse, die Tom vor einigen Jahren vor dem Abwracken gerettet hatte. Der Kauf, vor allem aber die Reparaturen, hatten damals seine gesamten Ersparnisse verschlungen; aber er hatte es nie bereut, das Boot mit dem rundlichen Rumpf erworben zu haben. Als er die beschlagenen Fenster der Deckskajüte sah, wurde ihm klar, dass er um diese Uhrzeit noch nie am Barther Hafen gewesen war. Und das, obwohl er seit fünfzehn Jahren in einem winzigen Stadthaus in der Gartenstraße wohnte, kaum mehr als einen Steinwurf vom Hafen entfernt. Er sah hinüber zum Hotel Speicher und bemerkte ganz oben im sechsten Stock einen Mann, der gerade von seiner Suite aus die Dachterrasse betrat. Die Terrasse krönte einen spitz zulaufenden Vorbau, der an einen Schiffsbug erinnerte. Ein findiger Architekt hatte ihn vor den ehemaligen Getreidespeicher gesetzt, sodass dieser nun wie ein gewaltiger Frachter aus Backstein wirkte, der im Aufbruch begriffen war.

Als Tom nach Barth gezogen war, hatten sie den Umbau des Getreidespeichers zu einem Vier-Sterne-Hotel gerade erst abgeschlossen. Damals, wenige Jahre nach der Wende, schien noch vieles möglich in der Stadt am Bodden. Später war der Bauboom ins Stocken geraten, abgesehen von dem einen oder anderen Einkaufszentrum, mit dem sie die Außenbezirke endgültig verschandelten. Immerhin war der Mann auf der Terrasse der lebende Beweis dafür, dass die 250 Euro teure Suite des Hotels Speicher tatsächlich gebucht wurde. Aus purer Neugier nahm Tom das Fernglas von der Ablage am Steuerstand und richtete es auf den Frühaufsteher auf der Dachterrasse des Hotels. Er trug sein nahezu weißes Haar zu einer Mähne zurückgekämmt und war in einen cremefarbenen Bademantel gehüllt. In der Hand hielt er einen Becher. Tom hätte gerne mal von dort oben zugesehen, wie die Sonne über der Grabow aufgeht, dem östlichen Teil der Boddenkette. Es musste eine herrliche Aussicht sein. Der Mann im Bademantel schien ihr aber nicht allzu viel abgewinnen zu können. Verächtlich kippte er den Inhalt seines Bechers über die Brüstung in die Tiefe und ging wieder ins Innere der Suite.

Tom schüttelte den Kopf und sah auf die Uhr. Er hatte Clara versprochen ihr drüben in Zingst beim Aufbau des

Verkaufsstandes zu helfen. Sie wollte pünktlich um neun alles fertig haben. Der Gedanke an Clara brachte eine neue Farbe in den Tag, eine Ahnung von Morgenröte. Seit zwei Jahren kannten sie sich, und nach wie vor spürte er eine warme Welle, die durch seinen Bauch rollte, wenn er daran dachte, wie sie ihn empfangen würde: mit einem neugierigen, vielsagenden Lächeln, vielleicht mit einer spöttischen Bemerkung über seine Studienratstasche aus hellem Leder, seine schwarz geränderte Existenzialistenbrille oder den Dieselgeruch, der nach jeder Überfahrt in seinem abgetragenen Parka hing.

Es war ihm unangenehm mit dem Anlassen des Motors die Morgenstimmung zu zerstören. Die MATHILDA röhrte und rülpste, stieß schwarzen Qualm aus und bettelte auf ihre ganz eigene Art um einen baldigen Werftbesuch. Ein Wellenkranz breitete sich kreisförmig aus, wanderte gemächlich durch das ganze Hafenbecken und leckte an den Rümpfen der wenigen schlanken Jachten, die um diese Jahreszeit im Hafen lagen. Den Barther Bodden zu befahren, war nun wahrlich alles andere als eine halsbrecherische maritime Expedition. Seitdem das Funkgerät der MATHILDA defekt war, hatte es sich Tom dennoch angewöhnt, das Handy einzuschalten, bevor er aus dem Hafenbecken fuhr. An diesem Morgen musste er darauf verzichten: Auf dem Display blinkte kurz die Akkuanzeige, dann wurde es wieder schwarz. Er wusste, dass das Ladegerät auf dem Couchtisch in seinem winzigen Wohnzimmer lag und steckte das Handy missmutig, aber keineswegs beunruhigt in seine Tasche zurück.

Als die MATHILDA langsam durch die Hafenausfahrt bollerte und die grünbraune Boddensuppe durchpflügte, war es wieder da, dieses Gefühl von Glück, das ihn fast immer überkam, wenn er von Barth nach Zingst rüberfuhr. Er kam aus der mittelalterlichen, einstmals stolzen Handelsstadt und fuhr in das kleinere, aber wirtschaftlich blühende Zingst; in den Ort, in dem die meisten Touristen ihr Geld ließen, während die alte Perle Barth ein wenig verstaubte. Zingst hatte den kilometerlangen Sonnenstrand, hatte die Wellen der Ostsee, hatte immer gute Laune und kaum eine verkommene Ecke. Barth hatte eine Geschichte, verwinkelte Gassen und architektonischen Charme. Zingst hatte Dutzende gestaltloser Apartmenthäuser, Barth ständig Besuch vom Denkmalschutz. Zingst hatte laute Musik am Strand, Barth die mäßig beliebten Konzerte des Orgelsommers. Die Prioritäten der meisten Besucher ließen Barth genau so aussehen, wie es nun mal war – ganz schön alt. Und irgendwie passte dieser Wettstreit ganz gut zu Toms eigenem Leben: Wenn er von Barth nach Zingst fuhr, hatte er das Gefühl, eine leicht verkratzte Existenz hinter sich zu lassen und zu einer neuen, hoffnungsvolleren und fröhlicheren Hälfte seines Daseins aufzubrechen. Er wusste, dass er diese Seite seines Lebens vor allem Clara verdankte. Er freute sich auf jede Überfahrt wie ein achtjähriger Junge – und trotzdem wäre er nie auf die Idee gekommen, sein winziges Reihenhaus in der Gartenstraße aufzugeben und zu Clara zu ziehen. Er wollte auf die alte Hälfte seines Daseins nicht verzichten. Man hätte es auch so sagen können:

Er war mit den dunklen Seiten dieses alten Daseins noch lange nicht fertig.

Selbst auf dem weitläufigen Barther Bodden, den nicht selten ein scharfer Westwind zum Schäumen brachte, bildete das Wasser an diesem Morgen eine beinahe glatte Fläche. Nur hin und wieder strich eine leichte Windböe darüber. Dann kräuselte sich die Wasseroberfläche und es sah so aus, als ob den Bodden ein morgendliches Frösteln überkäme. In großzügigem Abstand passierte Tom die Markierungen der Stellnetze. Die kleinen, schmalen Stangen mit den schwarzen Fähnchen ragten beinahe bewegungslos aus dem Wasser. Sie wirkten wie die Winkelemente Ertrunkener, die mit einem leblosen Gruß die Nachwelt erschaudern lassen wollen. Das Kielwasser der MATHILDA versetzte sie für einen Augenblick in nervöse Aktivität.

Nach einigen Minuten ereignisloser Fahrt rutschte Tom in einen Zustand träger Zufriedenheit, begünstigt durch das monotone Motorengeräusch und das sanfte Schwingen des Bootrumpfes. Er befand sich etwa auf gleicher Höhe mit der Spitze der Halbinsel Fahrenkamp, die den Barther Bodden von der Grabow trennt, als er den braunen Rumpf eines kleinen Segelschiffes entdeckte, das scheinbar führerlos auf dem Wasser trieb. Er dachte im ersten Moment, es sei ein recht groß geratenes Ruderboot. Erst als er das Fernglas zur Hand nahm, erkannte er, dass es sich um einen Zeesenkahn handelte, eines der traditionellen Fischerboote der Region. In früheren Zeiten hängten die Fischer auf eine Seite ein Schleppnetz, das sich wie eine riesige Einkaufstasche zwischen Bug und Heck spannte. Dann stellten sie die Segel so ein, dass Boot und Netz seitwärts durch das Wasser drifteten. Dieses Exemplar lag allerdings vollkommen bewegungslos im Wasser. Es schien unbesetzt zu sein, nirgendwo hinzuwollen und nirgendwo herzukommen. Die MATHILDA seufzte dankbar auf, als Tom den Gashebel auf neutral stellte. Die Barkasse verlor schnell an Fahrt und drehte sich ratlos nach Steuerbord, während Tom das Zeesboot mit dem Fernglas genauer betrachtete. Es war etwas kleiner als die meisten seiner Art und außerdem in einem sehr schlechten Zustand. Über dem verwitterten und fleckigen Rumpf hingen die Fetzen eines Vorsegels, das große Rahsegel und der hintere Mast fehlten.

Die Mehrzahl der Zeesboote, die noch auf den Boddengewässern zwischen Ribnitz und Barhöft unterwegs sind, gehören Liebhabern, die ihre alten Schätzchen sorgsam pflegen. Etliche andere werden für Ausfahrten mit Touristen eingesetzt. Tom kannte niemanden, der solch ein Boot einfach verfallen oder unbeaufsichtigt auf dem Wasser treiben lassen würde. Er setzte das Fernglas ab und spuckte über die Reling. Es sprach alles dagegen, einen Abstecher zu dem herrenlosen Wasserfahrzeug zu unternehmen. Der Tank der MATHILDA war noch knapp zu einem Viertel gefüllt, wenn man der zitternden Nadel auf der Instrumententafel glauben wollte. Leider gehörte zu den Launen der MATHILDA auch ein gemeines Spiel mit der Tankanzeige. Tom konnte sich kaum ein größeres Missgeschick vorstellen, als an einem Feiertag morgens ohne Sprit auf dem Bodden zu treiben, noch dazu ohne ein funktionierendes Funkgerät und Handy.

Seine Neugier siegte über die Vernunft. Er wusste später nicht mehr, was den Ausschlag gegeben hatte: das merkwürdig verkommene Äußere des Zeesbootes, die eigenartig verhaltene Stimmung an diesem Morgen, die ihn auf eine Abwechslung hoffen ließ, oder sein lange Jahre ausgeübter Beruf als Journalist, dem er ein Gespür für Situationen verdankte, denen nachzugehen sich lohnte. Von Barth hörte er Glockenschläge – es musste gerade acht Uhr sein. Die MATHILDA glitt mit minimalem Vorschub über die glatte Wasseroberfläche. Tom umkreiste die Markierungen einer Aalreuse, steuerte von der Seite auf das Zeesboot zu und brachte seine Barkasse mit einer behutsamen Drehung an dessen Seite zum Stehen. Er verließ den Steuerstand, nahm den Bootshaken auf und ging zur Reling. Aber noch bevor er den Rand des Bootes zu fassen bekam, erstarrten seine Bewegungen.

In diesem Augenblick fand ein matter Sonnenstrahl eine Lücke im Nebelfeld über der Grabow. Der Tag teilte sich in zwei Hälften – die Stunden vor dem ersten Sonnenstrahl und die Stunden danach, die Zeit vor dem Anblick des toten Jungen und die Zeit, in der sich dieser Anblick für immer in Toms Gedächtnis eingebrannt hatte.

Dass der Junge nicht mehr lebte, war ihm sofort klar. Ihm war überhaupt furchtbar viel sofort klar. Das, was er tat, tat er mechanisch, und er kam sich so vor, als würde er sich selbst dabei zusehen, wie er eine absonderliche Arbeit verrichtete: wie er das Boot heranzog und an der Reling der MATHILDA vertäute. Wie er mit einem bedächtigen Schritt das Zeesboot betrat, sich langsam neben dem Körper des Jungen hinhockte, immer bemüht, nicht zu viel Bewegung in die stille Szenerie zu bringen. Er hatte als Lokalredakteur einige Male über Unfälle mit Todesopfern berichtet und die Leichen in ihren verbeulten Fahrzeugen gesehen. Aber das hier war etwas anderes. Hier war er allein mit einem toten Jungen, mitten auf dem Wasser. Er spürte eine Furcht, die er noch nicht kannte. Alles in ihm sträubte sich dagegen, sich dem toten Jungen zu nähern.

Der Junge war etwa zehn Jahre alt, hatte dunkelblondes lockiges Haar. Er sah auf den ersten Blick aus, als würde er schlafen. Bei genauerem Hinsehen musste man den Eindruck gewinnen, dass dieser Schlaf ein besonderer, unendlicher Schlaf war. Sein Gesicht war entspannt und von einer wächsernen Farbe; es war zu entspannt, zu leer, als dass in diesem Körper noch Leben sein konnte. Trotzdem legte Tom seinen rechten Zeigefinger an den Hals des Jungen. Beinahe hätte er vor Schreck aufgeschrien. Er hatte nie einen menschlichen Körper berührt, der so kalt war wie dieser. Es erübrigte sich, nach dem Puls zu fühlen.

Tom sog die Luft durch die Nase ein und nahm einen Geruch nach Schlick und Moos wahr, vermischt mit einem Aroma von vermodertem Holz. Er fragte sich, ob so der Tod roch. Seine Gedanken kamen ihm absurd vor, aber sie kamen ganz von selbst, sie gehorchten Mustern, die er aus Kriminalromanen und Fernsehkrimis kannte. ›Keine äußeren Verletzungen‹, dachte er im ersten Augenblick. Als er sich über den Körper des Jungen beugte, entdeckte er allerdings etwas Blut, das dessen Haare über und hinter dem linken Ohr verklebte. Der Kopf des Jungen ruhte auf einer zusammengefalteten Jacke, vermutlich seiner eigenen. Ein Arm lag auf dem Bauch, der andere neben dem Körper, unter seinen Fingern sah Tom ein bronzefarbenes Objekt, etwa so groß wie eine Untertasse – ein Schmuckstück oder etwas Ähnliches.

Das Innere des Bootes war leer und von einer feuchten Schmutzschicht bedeckt. Es schien längere Zeit draußen gelegen zu haben. Zwei abgerissene Seilenden hingen vom Vormast herunter, das zerfetzte Focksegel schlabberte nahezu lautlos gegen das Holz. Es gab keine Tatwaffe, keine Ruder, nicht einmal eine Leine zum Festmachen. Tom geriet in einen Sog verwirrender Empfindungen. Für einen eigenartigen Augenblick gelang es ihm, das Erschrecken über seine Entdeckung von sich zu schieben. In diesem einen Moment empfand er die Szenerie als meditativ, beinahe weihevoll. Der Schrei einer Möwe riss ihn aus seiner Erstarrung. Er bemerkte, dass der Verbund aus seiner alten MATHILDA und dem Totenkahn langsam auf eine Flachwasserzone zutrieb, die zu einem ernsten Problem werden konnte. Er sprang zurück auf seine Barkasse und manövrierte sie zusammen mit ihrem Beiboot zurück ins Fahrwasser.

Mit halber Kraft setzte er seine Fahrt fort – es war nicht mehr die Fahrt, die er begonnen hatte. Es war eine düstere Reise mit Herzklopfen, mit weichen Knien und ängstlichen Blicken nach Steuerbord. Durch die offene Schiebetür konnte er die Bordwand des hölzernen Bootes sehen, aber nichts von dem toten Jungen. Schon nach wenigen Metern war er drauf und dran, das Boot loszuschneiden und zurückzulassen, einfach so zu tun, als hätte er es nie bemerkt. Er wusste, dass er vor Ort hätte bleiben und die Polizei benachrichtigen müssen. Aber womit? Es war weit und breit kein Fischerboot, kein Ausflugsschiff zu sehen, sogar die sonst so zahlreichen Wasservögel schienen sich angesichts dieses Fundes aus dem Staub gemacht zu haben. Die Stille, die ihm eben noch wie ein Geschenk der Natur vorgekommen war, lastete jetzt schwer auf ihm.

Bevor er in den Zingster Strom einfuhr, stoppte er den Motor zum zweiten Mal. Hastig kramte er eine Abdeckplane aus einem Stauraum im Heck der Barkasse und warf sie von oben über den Körper des Jungen. Warum hatte er das nicht gleich getan? Mit dem offenen Anblick einer Leiche konnte er unmöglich in den Zingster Hafen einfahren. Spätestens dort würde er die ersten Menschen treffen, die ersten Neugierigen. Er würde warten müssen, bis die Polizei eintraf, er würde … Es war ein unvergleichlich grausamer, düsterer und aufreibender Tag geworden. Nichts war übrig von der Vorstellung, in die neue, fröhliche Hälfte seines Lebens aufgebrochen zu sein.

-2-

Nie war ihm der Weg durch den Zingster Strom so quälend lang vorgekommen wie an diesem Ostermontagmorgen. Als die Mole des Zingster Hafens in Sicht kam, zitterte alles an ihm, von den Knien über die Finger bis zur Stimme. Er steuerte auf den Steg vor dem Hauptgebäude zu, neben die BODDENMÖWE, einem Ausflugsschiff, das gerade für die erste Ausfahrt bereit gemacht wurde.

»Ey, da kannst du nicht anlegen, Idiot!« Die Stimme gehörte einer Reinigungskraft im kakifarbenen Overall. Der Mann kratzte gerade festgetretene Kaugummis vom Deck des Fahrgastschiffes.

Tom legte ein Tau um eine Klampe an der Bordwand der BODDENMÖWE. »Schnell, ich brauche ein Telefon!«

»Du brauchst eins hinter die Ohren. Erst fährst du deinen Kutter …«

Tom sprang auf das Fahrgastschiff und schnappte sich das Handy, das in einer Fensterbank neben dem Niedergang zum Fahrgastraum lag. Als der Schiffsreiniger auf ihn zumarschierte, stieß Tom ihn so derb von sich weg, dass er gegen die Reling knallte. Er wählte den Notruf. »Ich habe in einem Boot die Leiche eines Jungen gefunden. Schicken Sie bitte die Polizei in den Hafen von Zingst.«

Der Kakifarbene starrte ihn an. »Stimmt das?«

Tom kümmerte sich nicht um den Mann. Er gab dem Mitarbeiter der Leitstelle die wesentlichen Informationen durch: Name, Ort, Zeit des Auffindens. Es kam ihm vor, als fasse er eine Geschichte zusammen, die er irgendwo gelesen hatte. Der Reinigungsmann war auf einmal ganz hilfsbereit. Gemeinsam zogen sie das Zeesboot an die Pier und machten es dort fest. Tom löste die MATHILDA von der BODDENMÖWE, steuerte sie auf einen regulären Liegeplatz und kehrte zum Hafen zurück.

Inzwischen war eine ganze Reihe von Einsatzkräften eingetroffen, als erste diejenigen, die nun gar nichts mehr ausrichten konnten – die Ambulanz aus Prerow. Es folgten ein Streifenwagen irgendeiner benachbarten Polizeidienststelle, die Freiwillige Feuerwehr und schließlich der Notarzt aus Ribnitz-Damgarten. Tom hielt sich abseits und sah zu, wie immer mehr Uniformierte und andere wichtige Leute auftauchten, um den schrecklichen Fund zu würdigen. Kurz nach dem Notarzt stapfte Holger Schiefer über

die Mole, wie immer mit einer etwas zu großen Jeans und einem weiten Cordblazer bekleidet und behängt mit zwei großen Digitalkameras. Tom kannte ihn aus seiner Zeit als Lokalreporter.

Holger hob eine Hand und nickte Tom zu. »Du siehst echt scheiße aus.«

Mit routinierten Blicken prüfte der gewichtige Fotograf sein Arbeitsgerät. Ächzend stieg er auf den Rand des verwitterten Zeesbootes, das für einen Augenblick in eine bemerkenswerte Schieflage geriet. Holger überspielte seinen Schreck mit einem angestrengten Grinsen, hob die Plane hoch und legte sie vorsichtig zurück. Dann machte er ein paar Fotos vom Inneren des Zeesbootes und von dem abgedeckten Leichnam. Man hätte denken können, vor ihm läge ein prächtiger Fisch und kein totes Kind. Als er wieder auf der Pier stand, hatte seine Gesichtsfarbe aber doch einen Stich ins Grünliche bekommen.

»Mann oh Mann, so was ist in meinem Alter und um diese Uhrzeit nicht gut zu ertragen. Du hast ihn gefunden?«

Tom nickte. Es schien Holger recht zu sein, wenn er beim lauten Denken nicht unterbrochen wurde.

»Ja, das sieht nach einem veritablen Gewaltverbrechen aus, oder? Wer macht denn so was? So 'n charmanter Kerl. Da könnte ich mich aufregen. Manche wollen ja die Todesstrafe für Mord an Kindern wieder einführen. Weißt du, was ich heute eigentlich vorhabe? Ich werde im Stadtarchiv ein paar Exponate fotografieren, für so einen Katalog, alte Dokumente, Folianten, Tintenfässer und Schreibfedern. Und wenn ich da hinkomme, sehe ich auf dem Display meiner Kamera diesen toten Jungen. Ich fühle mich so richtig schmutzig, wenn ich so was fotografiert habe. Na jut, ich hoffe, die Archivarin bekommt keinen Schwächeanfall, wenn ich ihr aus Versehen das falsche Bild zeige. Also, ich muss weiter. Es ist blöd das zu sagen: Aber auch nach diesem Tag wird sich die Erde weiterdrehen. Man sieht sich.«

Tom sah ihm kopfschüttelnd nach. Holger bahnte sich seinen Weg durch die Einsatzkräfte, die auf der Mole hin und her eilten oder leise diskutierten, was nun zu tun sei. Immer mehr Neugierige tauchten auf. Die beiden Polizisten versuchten, einen Teil des Hafens abzusperren, gaben aber bald wieder auf, weil die Leute sofort einen Weg fanden, das Flatterband zu umgehen. Irgendjemand musste den Jungen erkannt haben. Es war plötzlich ein Name zu hören: Leo. Leo Rakowsky, der Sohn eines Bauunternehmers. Tom wünschte sich, dass dieses allgemeine Geraune und Gemurmel endlich aufhören möge. Er hatte keine Lust, sich irgendwo einzumischen. Er fühlte sich wie betäubt; es kam ihm vor, als sei er in einen rastlosen Bienenschwarm geraten.

Dann traf Sylke Bartel ein. Sie benötigte nicht einmal eine Minute, um sich ein Bild von der Lage zu machen. »Vergrößert die Absperrung bis zur Deichkrone! – Alle Unbeteiligten müssen hinter die Absperrung. – Die beiden Jachten am Quersteg und der Steg selbst werden geräumt! – Der Schiffsbetrieb ist mit sofortiger Wirkung eingestellt! – Das

Schutzzelt für die Spurensicherung bitte direkt neben dem Boot mit dem Opfer aufbauen! – Lagebesprechung in einer Minute am Streifenwagen!«

Sylke trug einen knielangen Jeansrock und einen dunkelgrünen Kaschmirpullover, über den ihr blondes Haar wallte. Sie stand mit breitem Kreuz im Zentrum des Geschehens. Halb bewundernd, halb spöttisch beobachtete Tom, wie sie mit klaren Gesten und Anweisungen den Ameisenhaufen in einen planvollen Einsatz verwandelte.

Gleich nach ihrem Eintreffen hatte Sylke Tom bemerkt. Aber erst als alle Einsatzkräfte ihren Aufgaben nachgingen, wandte sie sich ihm wieder zu und winkte ihn mit dem linken Zeigefinger zu sich heran.

»Tom, ausgerechnet du! Haben dich denn alle guten Geister verlassen?«

»Guten Morgen, Sylke.«

»Mit welcher Berechtigung hast du das Boot in den Hafen geschleppt?« Die schmalen Lippen in Sylkes Gesicht bebten. Sie hatte sich tatsächlich die Zeit genommen, sich vor ihrem glanzvollen Auftritt im Zingster Hafen zu schminken. Dass sie so eitel war, hatte er nicht erwartet. Eigentlich wollte er nichts verschweigen. Aber schon sein erster Satz entsprach nicht ganz der Wahrheit.

»Ich hatte den Eindruck, dass das Zeesboot im Schilfgürtel verschwinden würde.«

»Du hast sicher einen Ersatzanker auf deinem Seelenverkäufer, oder? Mit dem hättest du das Boot am Fundort fixieren können, um dann die Polizei zu benachrichtigen.«

»Auf die Idee bin ich gar nicht gekommen. Ich … ich wollte diesen Jungen da draußen einfach nicht so zurücklassen …«

»Ich nehme an, du hast die Leiche nicht berührt?«

»Ich musste doch …«

»… den Tod feststellen. Okay. Geschenkt. Wer sagt mir, dass nicht du derjenige bist, der genau diesen Tod verursacht hat?«

Tom starrte sie an. »Du glaubst doch nicht wirklich …«

»Ich bin nicht für Glaubensfragen zuständig, ich bin bei der Polizei.«

»Aber du kennst mich doch!«

»Ein schöner Satz! Fürs Poesiealbum. Nicht alle Leute, die ich kenne, sind Heilige.«

Tom schüttelte den Kopf. »Der Körper des Jungen war eiskalt, als ich ihn fand.«

»Warte hier.« Sylke ließ ihn stehen und folgte einem Beamten, der einen Metallkoffer in das weiße Schutzzelt schleppte.

Zwei Halbstarke hatten sich unter der Polizeiabsperrung durchgeschoben. Sie lehnten lässig auf ihren Rollern, zwei zierliche, chromblitzende Fahrzeuge, die anstatt einer Lenkstange nur einen Knauf besaßen. Einer der beiden Jugendlichen zeigte auf Tom: »Ist das der Mörder?« Der andere hatte schon ein Handy auf ihn gerichtet und filmte.

Tom ging auf die beiden zu. »Ey, ihr dürft hier keine Bilder machen. Und wenn ich auch nur ein Foto von mir im Netz finde, dann …«

Von hinten packte eine Hand seinen Oberarm. Ein Uniformierter mit Schnauzbart blickte ihn an wie ein Roboter, dem der zentrale Chip fehlt. »Sie sollen hier stehen bleiben, Mann! Haben Sie nicht gehört, was die Kollegin gesagt hat?«

Wieder richtete der Halbstarke sein Handy auf ihn – Gruppenbild mit Polizist. Tom sah sich nach Sylke um, die im weißen Zelt verschwunden war. »Dieser Junge da macht Fotos oder filmt. Ich weiß genau, was er mit den Bildern vorhat. Das ist eine Verletzung der Privatsphäre!«

Der Beamte schien intellektuell nicht in der Lage zu sein, das Vergehen zu begreifen. Immerhin tauchte eine junge Kollegin auf und zitierte die beiden Jungen zu sich. Dann war auch Sylke wieder da. »Tom, ich muss dich jetzt fragen, was du gestern Abend zwischen 20 und 24 Uhr gemacht hast.«

»Ist das dein Ernst?«

»Ich warte auf eine Antwort.«

»Ich war zu Hause. Das TV-Programm war beschissen.«

»Du kommst bitte mit zur Polizeistation nach Barth.«

Tom hatte das Gefühl, dass die Hafenmole anfing zu schwanken. Aus den Augenwinkeln sah er, wie die Polizistin mit den beiden Halbstarken schäkerte. Einer zwinkerte Tom dummdreist zu. Waren die denn alle bekloppt? Er sah aber auch, dass die beiden Roller unbeaufsichtigt herumstanden. Er verspürte einen unwiderstehlichen Wunsch, die groteske Situation zu beenden. Er wollte nicht darauf warten, dass sich irgendeine höhere Einsicht durchsetzte; bei Leuten, die offensichtlich keine besondere Begabung für höhere Einsichten hatten. Die Gelegenheit war günstig: zu den beiden Rollern sprinten, einen mit einem kräftigen Tritt ins Hafenbecken befördern, mit dem anderen ein paar Schritte laufen, aufspringen und den kleinen, drei Fuß breiten Weg an der Pier entlangsausen, im Slalom die Fahrradständer umrunden, die scharfe Biegung mit Bravour nehmen, die Lücke zwischen den Schaulustigen finden, durch das Fluttor und die Hafenstraße im Gewirr der Zingster Gassen verschwinden.

Er konnte es tun.

Es war eine Sache von wenigen Sekunden.

Er tat es.

-3-

Der Roller war gut geölt. Wie ein Surfbrett auf den Wellen vor Hawaii schoss er die Hafenstraße entlang. Als er am Ende angekommen war, sah Tom sich um. Ein Streifenwagen wendete, das Blaulicht war schon eingeschaltet. Sie mussten das tun. Er begriff, dass er eine Dummheit begangen hatte. Aber die eigene Dummheit zu durchschauen, heißt ja noch lange nicht, sie auch zu korrigieren. Er konnte nicht anders, er wollte weg vom Hafen, weg von diesem Boot mit dem eiskalten Körper eines Kindes, weg von Sylke Bartel, dem rocktragenden Sheriff von Barth.

Ohne nach links oder rechts zu schauen, raste Tom über den Asphalt. Dass es nicht empfehlenswert war, die Jordanstraße in diesem Höllentempo zu überqueren, schien ihm vollkommen klar. Weniger klar war ihm, ob und wo das Surfbrett auf Rollen, mit dem er unterwegs war, eine Bremse besaß. In seinem rechten Augenwinkel blitzte ein Stück Chrom auf, als er ungebremst quer über die Hauptverkehrsachse des Ortes schoss. Der markige Ton einer Hupe ließ sein rechtes Ohr zerspringen und erfüllte alle Voraussetzungen, um als Fanfare das Jüngste Gericht anzukündigen. Wollte er der zweite Tote an diesem Sonntagmorgen werden?

Mit einem Teil seines Bewusstseins blieb er auf dem Asphalt liegen. Ein kläglicher Krieger, von einem Kleinlaster gefällt. Der andere Teil von ihm schaffte es, aber es war knapp. Die Schimpftirade aus dem Transporter hatte einen südeuropäisch klingenden Akzent und wurde schnell wieder leiser. Er kam außer Atem. Auf selbst angetriebenen Fahrzeugen durch die Stadt zu rasen, war nicht seine Stärke. Die Polizisten hinter ihm schalteten ihr Martinshorn ein. Es ging vorbei am Postplatz und an einem Restaurant, von dem Clara behauptete, es gebe dort die besten Bratkartoffeln in ganz Vorpommern. Es war sicher nicht der richtige Zeitpunkt, um an Bratkartoffeln zu denken, aber der Gedanke saß fest in seinem Kopf wie eine Zecke. Immerhin: Der Anblick eines mittelalten Mannes in Jeans und Parka, der wie irre einen winzigen Roller vorantrieb und von einem Einsatzwagen der Polizei verfolgt wurde, das war eine Attraktion, die die Passanten an einem Ostermontag in Zingst sonst nicht geboten bekamen. Mit offenem Mund standen die Menschen am Straßenrand. Applaus gab es allerdings keinen.

In gefährlicher Schräglage bog Tom auf den Parkplatz eines Edeka-Marktes ein und steuerte auf eine alte Dame zu, die mit ihrem Rollator die Zufahrt überquerte. Er wich aus, das Hinterrad rutschte weg, aber er konnte sich gerade noch fangen. Dann kam auch schon die Durchfahrt zur Strandstraße, mit diesem dämlichen Schild, über das er sich schon unzählige Male geärgert hatte:

Vernünftige Leute fahren hier nicht mit dem Rad – allen anderen ist es verboten.

Zum ersten Mal in seinem Leben hatte Tom die Chance, an dieser Stelle unvernünftig zu sein. Immerhin war auf dem Schild ja von Fahrrädern die Rede und nicht von gestohlenen Rollern. Rasant manövrierte er um das Drängelgitter herum. Der Polizeiwagen raste auf ihn zu und bremste mit quietschenden Reifen. Er widerstand der Versuchung, der herausspringenden Besatzung einen aufgestellten Mittelfinger zu zeigen. Die Polizisten sahen ein, dass sie zu Fuß keine Chance gegen ihn hatten und gaben die Verfolgung auf.

Er fuhr einen Umweg über die Bahnhofstraße und die Neue Reihe, hier war es ruhiger. Einfamilienhäuser wechselten sich mit neuen Apartmentanlagen ab. Liebevoll gestaltete Vorgärten waren eingerahmt von akkurat geschnittenen Hecken und Entwässerungsgräben, die sich in einem weitläufigen Netz durch ganz Zingst zogen. Ein paar Rollerschwünge weiter bog er in eine Einfahrt zu einem größeren Grundstück ein, auf dem zwei in Meergrün gehaltene Mehrfamilienhäuser standen. Im Vergleich zu den benachbarten Gebäuden im Landhausstil fehlte diesen Häusern jeglicher Charme. Nicht einmal Balkone gab es. Über die Rasenfläche waren Wäscheleinen gespannt und im vorderen Bereich des Grundstücks reihte sich ein gutes Dutzend Garagen aneinander, mit klapprigen Holztoren und kaum groß genug, um darin einen modernen Mittelklassewagen unterzubringen.

Tom blickte sich um. Niemand war zu sehen. Eilig schob er den heiß gelaufenen Roller noch ein paar Schritte weiter und lehnte ihn an eine Hauswand. Claras Garage fand er offen, der Kombi war nicht da. Tom ging ins Innere und nahm einen braunen Pappkarton mit Lumpen aus dem Regal. Tief unter den alten Lappen ertastete er Claras Wohnungsschlüssel.

Die Wohnung lag im ersten Stock; es war sehr still und wie immer aufgeräumt. Helle Holzmöbel, cremefarbene Tapeten. Auf dem Esstisch eine Vase mit leuchtend gelben Narzissen – wahrscheinlich hatte Clara die von ihrer Vermieterin bekommen. Oder sie hatte sie von ihren Eltern aus Wismar, bei denen sie die letzten Tage verbracht hatte. Eigentlich war diese Wohnung der richtige Ort, um klare Gedanken zu fassen. Aber Tom war weit davon entfernt: Eben noch erleichtert, der Polizei entkommen zu sein, fühlte er sich leer und verlassen. Er wanderte ruhelos im Wohnzimmer auf und ab. In der Küche fand er einen Zettel:

Du bist nicht gekommen. Wenn es etwas gibt, das heute für dich wichtiger ist als unsere Verabredung, dann wirst du morgen sicher nach China fahren, um da einen Sack Reis aufzustellen.
Gute Reise.
Clara

Tom faltete das Papierstück zusammen. Er hatte nicht das Gefühl, Claras Botschaft verstanden zu haben, aber es klang verärgert, sarkastisch, fast wie Abschied. Jetzt hatte er schon zwei Probleme und er wusste nicht, welches von beiden das größere war. Sein Blick fiel auf eine Reihe von Buntstiftgemälden, die Clara an ihre Küchenschränke geklebt hatte. Kinder aus ihrer Kindergartengruppe hatten sie ihr zum 35. Geburtstag gemalt. Er dachte an die Party im vergangenen Sommer. Unten im Garten hatten sie bei sonnigem Wetter gegrillt, vom Nachmittag bis tief in die Nacht gefeiert. Es war ein schönes Fest gewesen, aber Tom erinnerte sich auch an etwas anderes, an ein unterschwelliges Gefühl der Erwartung und Ungeduld, das er in den Blicken mancher Gäste gesehen zu haben glaubte. Spätabends hatte es Leonie, eine Schulfreundin Claras, dann in Worte gefasst: »Na, Tom? Wann ist denn die Hochzeit? Werdet ihr noch eine richtige Familie?«

Ein hässliches Bild zerrte ihn in die Gegenwart zurück. In aller Schärfe stand es ihm wieder vor Augen, das Bild vom frühen Morgen: der Junge im Zeesboot, bleich und starr und kalt. Er erschien ihm mehr und mehr wie ein Bote aus einer anderen, düsteren Welt, der auf unerklärliche Weise in die jetzige eingedrungen war. Der tote Junge ließ alle anderen Probleme zu Nebensächlichkeiten schrumpfen. Und es war geradezu ungeheuerlich, dieses Bild neben die Erinnerung an Claras Geburtstagsparty zu stellen – und diese Frage: *Werdet ihr noch eine richtige Familie?*

Tom öffnete das Fenster des Wohnzimmers. Die Luft draußen war nach wie vor eigenartig drückend, gar nicht so frisch, wie man es von einem Tag im April erwarten konnte. Er blickte über aufgeräumte Gärten und noch unbelaubte Hecken und Sträucher. Gern wäre er zum Museumsmarkt gegangen, um Clara wenigstens beim Verkauf zu helfen, aber vielleicht hatte sich längst das Gerücht verbreitet, er, Tom, sei vor der Polizei geflohen, weil er mit dem Tod dieses Jungen irgendetwas zu tun hätte. Der Gedanke ließ ihn schaudern. Er malte sich aus, wie eine Gruppe aufgebrachter Marktbesucher sich auf ihn stürzte und mit Regenschirmen und Handtaschen auf ihn einprügelte. Nicht einmal anrufen konnte er Clara. Sie besaß seit einiger Zeit keinen Festnetzanschluss mehr, sondern telefonierte nur noch mit dem Handy, das sie selbstverständlich mit zum Museumsmarkt genommen hatte. Tom überlegte, ob er in Claras Schränken nach einem passenden Ladegerät für sein eigenes Mobiltelefon suchen sollte, aber er wusste plötzlich nicht mehr, ob er Clara überhaupt anrufen wollte. Er schloss das Fenster und warf einen Blick in die Vorratskammer. Schlagartig wurde ihm bewusst, dass er großen Hunger hatte. Und dass jetzt der richtige Zeitpunkt war, um etwas vollkommen Unpassendes zu tun.

Schwer beladen eilte er in die Küche und krempelte die Ärmel hoch. Es tat ihm gut, sich auf elementare Dinge zu konzentrieren: Paprika waschen und zerteilen, Kartoffeln und Zwiebeln schälen, Möhren in Scheiben schneiden. Er klammerte sich an diese einfachen Herausforderungen und bewegte seine Finger mit dem Kartoffelschäler immer schneller, weil er an nichts anderes mehr denken konnte als eine wohlschmeckende, kräftig gewürzte Ratatouille mit Kräutern von der Fensterbank.

-4-

Ein einziges Objekt hatte Clara bis kurz vor elf Uhr verkauft: ein Stück Schiffsplanke, das sie mit Öldampf geschwärzt und auf einen lehmfarbenen Hintergrund geklebt hatte. Wasser und Sand hatten das vor langer Zeit gesplitterte Holz abgeschliffen. Mit etwas Fantasie oder nach dem Genuss von ein paar Gläschen Sanddorngeist nahm die Planke unweigerlich die Form einer flachen Hand mit einer geheimnisvollen Linienzeichnung an. Wer an diesen Punkt gelangt war, sah nicht mehr ein Stück verwittertes Holz, sondern erblickte den gespenstischen Gruß eines vor Jahrhunderten ertrunkenen Fischers.

Der Zingster Museumsmarkt, der sonst immer an Donnerstagen stattfand, war in diesem Jahr ausnahmsweise auf den Ostermontag gelegt worden – eigentlich eine gute Idee, wie der große Andrang an den Verkaufsbuden zeigte. Trotzdem liefen Claras Geschäfte nicht gut. Und der Grund dafür stand für sie längst fest. Wegen Toms unsäglichem Ausbleiben war sie eine Viertelstunde zu spät gekommen. Es war nicht seine Art, und sie hatte ihn nicht erreichen können. Sorgen machte sie sich trotzdem nicht. In aller Eile hatte sie den Wagen beladen, war hergefahren und hatte ihren Stand arrangiert. Zum Glück unterstützt von Manuel Schütz, der zusammen mit seiner Frau Sara zwei Stände weiter selbstgefertigte Waren aus ihrer Töpferei in Ahrenshoop verkaufte. Aber wenn ein Tag so unruhig begann, dann nahm er meist keinen guten Verlauf. Es fiel Clara schwer, die Fragen der Marktbesucher so zu beantworten, dass diese am Ende Lust bekamen, etwas zu kaufen. Sie selbst hätte an diesem Tag nichts von ihren Sand- und Muschelbildern mitnehmen wollen, um sie sich dann an eine Zimmerwand zu hängen oder in ein Regal zu stellen. Sie glaubte nicht mehr daran, dass sich die Fundstücke in etwas Neues verwandelt hatten.

Vielleicht, dachte sie, war alles noch immer Strandgut und sie selbst ein Scharlatan, der einen verwitterten Ast mit ein paar Farbklecksen darauf für fünfzehn Euro anbot.

Immerhin war der Museumshof gut besucht, besser, als an den üblichen Markttagen einmal im Monat. Touristen und auch viele Einheimische schlenderten zwischen einem guten Dutzend Ständen umher, schnupperten an selbstgebrannten Likören, ließen Seifen und Stoffe durch ihre Finger gleiten oder probierten kleine Brotstückchen mit Sanddornmarmelade oder Honig vom Darß. Aber eine merkwürdige Lähmung lag über dem Hof. Vielleicht hatte es mit der feuchten, untypisch windarmen Luft zu tun, die drückend über dem ganzen Ort hing. Keine Spur von frischer Meerbrise. Für einen Tag im April war es ungewöhnlich mild.

Um kurz vor elf drängte sich Sara an ihren Stand und trug ihr die schreckliche Nachricht zu, die an diesem Morgen in Zingst die Runde machte. Saras Stimme zitterte, und Clara spürte in diesem Zittern etwas Authentisches und Bedrohliches, etwas, das ihr sagte: Diese Geschichte kann niemand erfunden haben.

»War es ein Unfall?«

»Was für eine Art von Unfall soll das gewesen sein, bei diesem Wetter? Der Junge lag angeblich in einem Holzboot, ohne äußere Verletzungen.«

Zerstreut reichte Clara einem Kunden ein Stück Sackleinen, das sie vor einigen Monaten am Strand gefunden hatte. Es war mit Muscheln und einem getrockneten Seestern verziert. In früheren Tagen hätte sie diese Art von Kunstwerk als maritimen Kitsch eingeordnet. Aber inzwischen machte es ihr Spaß, so etwas zu arrangieren. Und die Leute waren meist ganz scharf darauf.

»Es war der Sohn von einem Bauunternehmer«, erzählte Sara. »Grabowski oder so ähnlich …«

»Rakowsky? Wirklich? Das ist ja schrecklich!«

»Kennst du ihn?«

Der Kunde gab Clara das Sackleinen-Arrangement zurück und lächelte fragend. Normalerweise hätte sie ihm das Ding noch schmackhaft gemacht. Aber jetzt legte sie es wortlos zurück in die Auslage. Der Mann schlenderte weiter.

»Rakowsky kenne ich nicht«, sagte sie zu Sara, »aber seine Frau. Ich bin mit ihr zur Schule gegangen. Mannomann, das ist nicht fair!«

»Kanntest du auch das Kind?«

»Ich wusste gar nicht, dass Ursula überhaupt einen Sohn hatte. Als sie vierzehn war, ist sie mit ihrer Familie nach Stralsund gezogen. Ich habe gehört, dass sie letztes Jahr mit ihrem Mann wieder hierhergekommen ist, aber ich habe keinen Kontakt mehr zu ihr gehabt. Es war immer irgendwie schwierig mit ihr.«

Sara sah sie fragend an. »Wieso schwierig?«

»Ursula war etwas Besonderes. Unnahbar. Viele hielten sie für arrogant. Wir haben sie ›Die Königin‹ genannt. Es hat eine Weile gedauert, aber irgendwann habe ich mich mit ihr ganz gut verstanden. Ich weiß noch, dass wir uns zusammen Modekataloge angeguckt haben. Schöne Kleider, das war wohl das Thema, das uns verband.«

Sara wies Clara diskret auf eine Frau hin, die eine kleine, aus Plastikmüll zusammengesetzte Figur aus der Auslage genommen hatte und mit einem Fingernagel daran herumkratzte.

»Sie können diese Figur gerne kaufen. Bis dahin wäre es nett, wenn Sie sie nicht verändern würden.«

Die Frau, eine stark geschminkte Mittvierzigerin mit roten Locken, sah Clara empört an. »Aber das ist doch nur Müll!?«

»Wenn Sie den Unterschied zwischen Müll und künstlerisch gestalteten Materialien nicht verstehen, sollten Sie sich vielleicht woanders umsehen.« Clara erschrak über den harschen Ton, den sie da anschlug. An normalen Tagen hätte sie ganz anders reagiert. Aber dieser Tag war schon lange nicht mehr normal. Sie nahm der Frau die Figur aus der Hand und wurde mit einem verächtlichen Blick bedacht.

»Müll ist Müll. Das können Sie nicht ändern. Und wenn Sie mich fragen: Hier ist alles mehr oder weniger Müll.« Die Rothaarige warf sich, während sie sich demonstrativ abwandte, ihren Mantel über und verschwand zwischen anderen Marktbesuchern.

»Was für ein Besen!«, sagte Sara. An ihrem Stand drängelte sich gerade eine Menschenmenge; Manuel schien mit dem Verkaufen nicht mehr hinterherzukommen. »Ich muss wieder rüber«, sagte Sara und blickte besorgt in Claras Gesicht. »Kommst du klar? Soll Manuel dir nachher beim Abbau helfen?«

Clara nickte. »Danke, das wäre toll. Heute ist ein Tag … ich weiß nicht, wie ich das sagen soll … ein kaputter Tag.

Dass Tom mich heute Morgen einfach im Stich gelassen hat, ist ein starkes Stück. Wenn er wenigstens angerufen hätte!«

Zwischen elf und vierzehn Uhr verkaufte Clara nur noch zwei kleine Muschelbilder, aber sie war nicht einmal enttäuscht. Nur irgendwie verwirrt, sie fühlte sich wie in graue Watte gepackt. Manuel half ihr, die Kartons in dem alten Kombi zu verstauen. Sie verabschiedete sich von Sara und stieg ein.

Langsam glitt ihr Wagen die Jordanstraße entlang. Sie wollte nicht nach Hause fahren und kurvte eine Weile ziellos durch den Ort. Irgendwann war sie auf der Landstraße angekommen, die aus Zingst hinausführt und im Nichts endet. Die Straße nach Osten, ein holpriger Weg zwischen kargen Birkenwäldern und sumpfigen Wiesen. Einzelne Gehöfte und Häuser hinter Bäumen bilden den Ortsteil Müggenburg, dann führt eine letzte Abzweigung nach rechts zu einem winzigen Hafen. Clara ließ den Kombi langsam ausrollen, bis er vor einem Metallzaun zum Stehen kam. Im Hintergrund ragte eine stattliche Villa auf, mit Reet gedeckt und eingefasst von einer weitläufigen Gartenanlage. Ein Weg führte bis vor die Haustür und dann in einem Bogen zurück zur Straße.

An einem Tag im Frühling vor einem knappen Jahr hatte Clara schon einmal das Anwesen der Rakowskys betrachtet, oben vom Deich aus. Damals war sie mit dem Fahrrad unterwegs gewesen, auf einer Tour bis zur östlichen Spitze der Halbinsel. Sie hatte gehört, dass Ursula mit ihrem Mann wieder nach Zingst gezogen war und wollte sich aus Neugier ihr neues Domizil ansehen. Das Gebäude schien die gleiche Atmosphäre steriler Pracht zu verbreiten, die sie schon von Ursulas Elternhaus her kannte. Allerdings hatten die Rakowskys mit ihrem zweiflügeligen, reetgedeckten Landhaus dessen Ausmaße noch einmal verdoppelt oder verdreifacht. So viel Reichtum schreckte Clara ab. Hatte sie anfangs noch überlegt, wieder Kontakt zu Ursula aufzunehmen, so hatte sie diesen Vorsatz spätestens an diesem Tag aufgegeben und darauf geachtet, dass sie dem Anwesen nicht mehr zu nahe kam.

Jetzt war sie wieder da, näher als je zuvor, von einem Gefühl getrieben, das sie nicht beschreiben konnte. Hatte sie nicht damals, als sie beide noch zur Schule gingen, schon geglaubt, dass sie Ursula vor irgendetwas bewahren müsse; dass sie ihr zeigen müsse, wie das wirkliche Leben war, und so etwas wie Herzenswärme vermitteln? Ursulas Vater war ein leitender Funktionär des VEB Landmaschinenbau Güstrow, ein wortgewandter und ehrgeiziger Karrierist. Hätte man das Wort in der DDR damals verwendet, hätte man ihn als Managertyp bezeichnet. Ursulas Mutter wirkte wie eine ältere, etwas verbrauchte Ausgabe ihrer Tochter: schlank und braun gebrannt, immer adrett gekleidet, eine athletische und gleichzeitig unglückliche Frau, die aller Welt mit einer tiefgründigen Abneigung begegnete. Clara hatte sich gefragt, wie ein Mädchen mit solchen Eltern jemals glücklich werden konnte.

Sie blickte hinüber zur Villa. Auf dem Zufahrtsweg parkten zwei nicht sehr große und nicht sehr teure Autos. Clara bezweifelte, dass eines davon den Rakowskys gehörte. Vielleicht waren die beiden abgeholt worden, um ihren toten Sohn in der Gerichtsmedizin zu identifizieren. Dieser Gedanke ließ Clara erschaudern. Sie begriff, dass sie an diesem Ort nichts zu suchen hatte. Hinter dem unbestimmten Drang, hierher zu kommen, verbarg sich nicht nur Mitgefühl, sondern auch eine ungute Neugier, vielleicht sogar Schaulust. Sie schämte sich dafür und startete den Motor. Der Weg führte noch einige Meter weiter, querte den

Deich und endete auf einem kleinen Parkplatz. Ein Stück vom Bodden war zu sehen, ein Steg mit Anlegestelle, der Zingster Strom, dahinter die kleine Insel Kirr, die abgesehen von zwei Ferienhäusern und einigen Dutzend Rindern unbewohnt war.

Es war das Beste, auf kürzestem Weg nach Hause zurückzukehren. Clara wendete den Kombi auf dem lehmigen Parkplatz und fuhr wieder über den Deich. Als sie das Grundstück der Rakowskys passierte, lief vor ihrem Auto eine Frau auf die schmale Straße. Sie trug Turnschuhe und eine billige graue Joggingjacke aus dem Discounter. Clara kannte sie nicht. Die Frau überquerte die Straße und winkte. Clara wäre gern weitergefahren, aber die Frau gestikulierte immer heftiger, sodass sie schließlich doch bremste und die Scheibe herunterkurbelte.

Die Frau kam an die Fahrerseite und fragte: »Frau Lehnhoff? Würden Sie kurz mit mir kommen?«

Clara sah sie fragend an.

»Meine Chefin, Frau Rakowsky, sagt, sie kennt Sie.«

Clara zögerte. Es war doch eine Dummheit gewesen, so nah an das Haus heranzufahren. Die Frau in der Joggingjacke hatte einen unangenehm flehenden Blick. »Bitte!«

Ein Jahr lang hatte Clara sich gescheut, Kontakt zu Ursula aufzunehmen. Und ausgerechnet an diesem Tag sollte sie das nachholen? Sie lenkte den Kombi auf den Seitenstreifen und stieg aus. Ihr Herz klopfte, als sie der Hausangestellten durch das Tor folgte, das lautlos aufschwang und sich dann wieder schloss. Sie gingen um die Villa herum, über eine weitläufige Terrasse, dann durch eine gläserne Schiebetür ins Innere. Clara blieb einen Moment stehen, um den Raum auf sich wirken zu lassen, ein etwa vierzig Quadratmeter großer Salon, der sich in zwei Bereiche teilte. Um einen wunderschönen Esstisch aus rötlichem Holz standen Designerstühle mit hohen, schmalen Lehnen. Am anderen Ende befanden sich ein Kamin und eine Sitzgruppe, in hellbraunem Leder gehalten. Alles in diesem Raum wirkte freundlich, geradlinig, schnörkellos.

Ursula saß regungslos auf dem Ledersofa und blickte aus dem Fenster. Sie trug eine elegant geschnittene, schwarze Hose, dazu eine Seidenbluse in dunklem Violett, die geheimnisvoll schimmerte. Ihre fein glänzenden, kaffeebraunen Haare waren hochgesteckt und ihr Gesicht strahlte die gleiche kühle Würde aus, die Clara noch in so deutlicher Erinnerung hatte. Ein Ausdruck tiefer Traurigkeit lag auf ihren Gesichtszügen. Die Falten um den Mund, um die Augen und die schlanke Nase herum hatten sich sicher nicht erst an diesem Tag in ihr Gesicht gegraben, aber dieser Tag würde für immer darin abzulesen sein. Trotzdem fand Clara, dass Ursulas Gesicht mit den Jahren noch schöner geworden war. Dieser Gedanke kam ihr unpassend und beinahe geschmacklos vor, aber sie konnte sich nicht dagegen wehren. Sie selbst fühlte sich im Vergleich zu Ursula haltlos und verkommen.

Clara setzte sich auf einen freien Sessel und sagte erst einmal nichts. Die Hausangestellte verschwand im Hintergrund des weitläufigen Salons. Nach einer Weile richtete Ursula ihren Blick langsam auf Clara, so, als versuche sie aus einem langen Traum zurückzukehren. »Ich habe dich gesehen, Clara. Entschuldige, dass Marianne dich einfach so angesprochen hat.«

»Das macht doch nichts.«

»Es kommt mir so unwirklich vor. Wie lange haben wir uns nicht gesehen?«

»Ich weiß nicht. Wir waren vierzehn, oder?«

Ursula nickte und versank wieder tief in ihren Gedanken. Marianne, die Hausangestellte, setzte ein Tablett auf dem Couchtisch ab. Sie sprach so leise, als wären sie in einem Krankenhaus. »Ich habe Tee gekocht.«

Dann war es wieder still. Durch die bodentiefe Fensterfront fiel der Blick über die Terrasse auf eine parkähnlich eingefasste Rasenfläche, die durch verschiedenartige Gehölze und einen steinernen Springbrunnen aufgelockert wurde. Die ersten, zartgrünen Triebe waren schon zu sehen, auch einige früh blühende Blumen zierten die geschmackvoll geschnittenen Beete. Ganz hinten, unter den Ästen ausladender Buchen, sah Clara eine Schaukel und einen kleinen Sandkasten.

»Du musst nichts sagen, Clara. Ich … ich würde gerne mit dir über früher reden, aber nicht heute. Es wäre schön, wenn du einfach ein wenig hier bleiben würdest.« Ursulas Stimme hatte einen flehenden Ton angenommen.

Clara überlegte angestrengt, was sie tun sollte, wenn Ursula die Fassung verlieren oder einfach gar nichts mehr sagen würde. Aber es schien ihr tatsächlich gut zu tun, dass jemand da war, der ihr abverlangte, die Haltung zu bewahren.

»Wenn ich etwas merkwürdig bin, wirst du mir das sicher verzeihen, oder? Ich habe heute Mittag ein starkes Beruhigungsmittel bekommen. Es ist … na ja, ich denke, die Wirkung wird bald nachlassen, und ich weiß nicht, was dann mit mir passiert.« Ursula blickte auf ihre Füße, die in zierlichen Sandaletten aus schwarzem Lackleder steckten. Sie schien mit den Tränen zu ringen. »Mein Mann ist heute sehr früh zu beruflichen Besprechungen nach Frankfurt am Main gefahren. Es wird ihn umwerfen. Es wirft uns beide um. Eigentlich wollte er bis morgen bleiben. Aber seine Geschäftspartner stellen ihm ihren Firmenjet zur Verfügung. So kann er heute Abend schon zurückkehren.« Sie machte eine kleine Pause. »Es ist … so unbegreiflich … so erdrückend. Ich bin so weit weg davon, es zu verstehen, dass Leo nicht mehr zurückkommt. Nie wieder.« Den letzten Satz hatte sie nur geflüstert. Ihre Stimme versagte. Sie nahm einen Schluck Tee und musste sich ganz auf die Bewegung konzentrieren, um nichts zu verschütten. »Wir waren ... wir waren eine richtige Familie. Günter – mein Mann – konnte im letzten Jahr beruflich etwas kürzer treten. Er hat mit Leo mehr Zeit verbracht, da draußen im Garten zum Beispiel. Darüber bin ich wirklich dankbar. Mein Gott, wie ich rede ... hörst du das? Es klingt so, als hätte ich das alles schon verstanden. Was mich selbst betrifft, ich ... ich ...«

Sie verlor den Faden, ihre Stimme stockte, sie begann zu schluchzen. Clara setzte sich zu ihr auf das riesige Sofa und

legte vorsichtig den Arm um ihre Schultern.

Ursula beruhigte sich, blickte Clara an und richtete sich auf. »Ich bin wirklich dankbar, dass du hier bist. Kannst du noch etwas bleiben? Du musst nichts machen. Einfach nur da sein.«

Clara nickte. Sie brachte kein Wort heraus.

Ursulas Stimme bekam eine dunkle Farbe. »Die Polizei wird die Sache natürlich untersuchen. Aber was hilft uns das? Es bringt uns Leo nicht zurück. Er war unser einziges Kind. Hast du auch Kinder?«

Clara schüttelte den Kopf. »Nein, ich ...«

»Ja, trotzdem wirst du dir vorstellen können, was das bedeutet. Ich habe eigenartigerweise schon oft darüber nachgedacht. Das ist so meine Art. Ich habe mir ausgemalt, wie es wäre, wenn Günter oder Leo krank würden oder einen Unfall hätten. Was wäre, wenn einer von ihnen sterben müsste? Ich habe das gedacht und überlegt, ob ich mich gegen diesen Fall innerlich absichern kann. Irgendwie ... vorbereiten. Verstehst du?«

»Ich weiß nicht.«

»Nein, das ist eine Marotte von mir. Du wirst denken, dass ich verrückt bin. Sicherheit war immer wichtig für mich. Angst erzeugt den Wunsch nach Sicherheit. So ist es doch, oder? Aber wir haben nun mal auch Angst. Hast du auch manchmal Angst, Clara?«

»Nicht diese Art von Angst, aber vielleicht andere Ängste. Ich habe zum Beispiel Angst, dass mich meine Arbeit irgendwann nicht mehr ausfüllt oder ich sie verliere. Oder dass ich im Alter einsam sein könnte.«

»Bist du verheiratet?«

Clara musste lächeln. »Das war bislang kein Thema. Ich habe einen Freund, der mich allerdings ausgerechnet heute im Stich gelassen hat.«

Ursula sah sie mit gläsernem Blick an. »Das ist gut … Nein, ich meine, es ist gut, dass du einen Freund hast. Weißt du, ich bin auch sehr eigenständig – verheiratet oder nicht. Wenn Günter sich daneben benimmt, dann bekommt er von mir schon einiges zu hören. Ich mische mich grundsätzlich nicht in seine Geschäfte ein, aber hier im Haus habe ich das Kommando. Das hier ist mein Revier.«

Clara hatte plötzlich das Gefühl, dass sie eine Diskussion weiterführten, die sie vor beinahe zwei Jahrzehnten nicht zu Ende gebracht hatten. »Weißt du noch, als wir damals über das Heiraten gesprochen haben? Wir waren dreizehn oder vierzehn. Und wir hatten unterschiedliche Ansichten. Es ist verrückt, aber wir haben beide genau das getan, was wir uns vorgenommen haben: Du hast einen Mann geheiratet, der dir Sicherheit gibt und ich habe es nicht geschafft, mich festzulegen.«

Ursula versuchte so etwas wie ein Lächeln. Sie sah Clara an, und für einen Moment schien etwas von einer Herzenswärme aufzuleuchten, die Clara bei Ursula damals oft vermisst hatte. Erst in den letzten Monaten, bevor Ursula nach Stralsund gezogen war, hatte sie das Gefühl gehabt, in ihr eine Freundin gefunden zu haben.

»Ich habe in der Zeitung gelesen, dass du schon mal eine Ausstellung gemacht hast. Du bist eine richtige Künstlerin.«

»Ach, das mache ich nur nebenbei. Strandkunst – den Leuten gefällt das. Hauptsächlich bin ich Erzieherin, hier in Zingst.« Sie legte ihre Hand auf Ursulas Arm und strich langsam darüber. Ursulas Finger fühlten sich trocken und fein an, als gehörten sie zur Hand eines vorzeitig gealterten Kindes.

Das Telefon klingelte. Ursula bewegte sich schwerfällig wie eine alte Frau und sprach mit schwacher Stimme ein paar Worte in den Hörer. Dann kehrte sie zurück.

»Günter ist bald schon da. Sie können direkt auf dem Kleinflughafen in Barth landen. Er kommt dann mit einem Taxi.«

Clara war klar, dass sie jetzt gehen musste. Ursula ergriff ihren Arm mit beiden Händen. Sie wirkte in diesem Augenblick so, als wäre sie um Jahre gealtert.

»Danke, dass du da warst. Ich möchte, dass wir uns wiedersehen. Du musst mir von dir erzählen. Aber ich werde jetzt Zeit brauchen, bevor ich so mit dir reden kann, wie du es von mir erwartest.«

Als Clara wieder neben ihrem Auto stand, war die kleine Siedlung in ein rötliches Dämmerlicht getaucht. Ein leiser, kühler Luftzug ging durch die Bäume. Sie fühlte sich erschöpft und leer. Es kam ihr so vor, als hätte sie nicht eine Stunde in dieser Villa verbracht, sondern einen ganzen Tag. Das Unglück, das dieses Haus heimgesucht hatte, lag wie ein bleischwerer Klumpen in ihrem Innern und sie hatte keine Ahnung, wie sie diesen Klumpen jemals wieder loswerden sollte. Sehr langsam ließ sie den alten Kombi über die holprige Straße zurück nach Zingst rollen.

-5-

Tom hatte, nachdem er zwei Teller Ratatouille gegessen hatte, den Versuch unternommen, an nichts zu denken. Er hatte sich dazu auf Claras Sofa gelegt und war eingeschlafen. Im Traum begegnete er wieder dem toten Jungen: Mit seiner altersschwachen MATHILDA fuhr er hinter dem Totenkahn her, bekam ihn aber nicht zu fassen, weil der Kahn von unsichtbaren Kräften immer weiter durch die Boddengewässer und dann aufs offene Meer hinausgezogen wurde, wo er schließlich in der Dunkelheit verschwand.

Als Tom erwachte, bevölkerten die Schatten der ganz realen Dämmerung bereits Claras Wohnzimmer. Die Traumbilder verschleierten wie düstere Erinnerungen seinen Blick. Sein Mund war so trocken, dass ihm der Gaumen wehtat. Er trank ein Glas kaltes Wasser in einem Zug leer, stand eine

Weile in der unbeleuchteten Wohnung und spürte dem Wasser nach, das sich in seinem Innern ausbreitete: ein schwerer, kalter Kern. Von Clara war nichts zu sehen oder zu hören. Tom schrieb ihr eine Nachricht, die er auf dem Esstisch in der Küche platzierte, und beschloss, nun seinen unvermeidbaren Büßergang anzutreten. Früher oder später würde ihn die Polizei ohnehin einfangen. Da war es doch klüger, Sylke aus freien Stücken gegenüberzutreten.

Aber dazu musste er es erst einmal bis zum Barther Polizeirevier schaffen, ohne verhaftet zu werden. Er lief zur Jordanstraße und warf einen Blick in Richtung Hafen. Der quadratische Platz neben dem Hafengebäude wurde von Scheinwerfern hell erleuchtet, rund um das Zelt an der Pier bewegten sich Beamte in weißen Schutzanzügen. Unter diesen Umständen würde es ihm nicht gelingen, unbeobachtet mit der MATHILDA auszulaufen. Ohnehin hatte er keine Lust, an diesem Tag noch einmal den Bodden zu überqueren.

Stattdessen fuhr er mit dem letzten Bus nach Barth. Er stieg an der Barthestraße aus und ging durch verlassene Straßen, die in gelbliches Laternenlicht getaucht waren. Er wollte versuchen, das Polizeirevier durch den hinteren Eingang zu betreten. Vielleicht würde es ihm dann gelingen, direkt in Sylkes Dienstzimmer vorzudringen. In seiner Zeit als Reporter für die Ostsee-Zeitung war er gelegentlich schon dort gewesen – nicht immer in friedlicher Absicht. Einige Male hatte das Gespräch damit geendet, dass Sylke ihn rausgeworfen hatte. *Du bist kein Reporter, du bist ein Querulant,* lautete einer dieser Sätze, die er noch in Erinnerung hatte.

Auf dem Parkplatz hinter dem Revier standen die Streifenwagen und einige Zivilfahrzeuge dicht gedrängt. Sie hatten wohl Verstärkung bekommen, und sicher wurde eine Ermittlungskommission gebildet, der auch auswärtige Beamte angehörten. Die Tür auf der Rückseite des Reviers war verschlossen. Er musste also entweder warten, bis jemand das Haus verließ oder doch den offiziellen Vordereingang benutzen.

In mehreren Räumen des Gebäudes brannte Licht, in einem Zimmer im ersten Stock war das Fenster gekippt. Tom
hörte eine kräftige Bassstimme und stellte sich dazu einen Zweimetermann mit Bodybuilder-Figur vor. »Die Eltern und der Freund des Jungen müssen befragt werden. Diese Befragungen haben Priorität. Und was den Augenzeugen angeht: Ich verstehe nicht, warum der einfach verschwunden ist. Wie kann das sein?!«

»Er ist abgehauen, was ihn meiner Meinung nach erst einmal verdächtig macht.«

Tom brauchte einen Augenblick, um Sylkes Stimme zu erkennen. Sie sprach in einem trotzigen Singsang; in einem Tonfall, den er von ihr gar nicht kannte. Es klang so, als stünde sie gewaltig unter Druck. »Bei seiner Flucht hat Herr Brauer einen City-Roller gestohlen und einen anderen im Hafenbecken versenkt.«

»Er hat versucht, sich zu wehren, weil Sie nicht auf seine Hinweise eingegangen sind. Da waren Jugendliche, die illegale Videos gedreht haben. Wissen Sie, was es bedeutet, wenn die so einen Film ins Netz stellen und behaupten,

Herr Brauer sei der Täter!? Auf diese Weise wurden schon Existenzen ruiniert und Menschen in den Tod getrieben!«, sagte die dunkle Stimme.

»Wir waren dabei, das zu klären. Fakt ist, dass Herr Brauer sich den Anweisungen meiner Kollegen widersetzt und auf gefährliche Weise in den Straßenverkehr eingegriffen hat.«

Wie Sylke mit einem klagenden Tonfall Bürokratenphrasen drosch, fand Tom einigermaßen widerwärtig. Aber da-

mit brachte sie den Bodybuilder-Bass erst richtig in Schwung. Als er wieder sprach, glaubte Tom, die Scheibe klirren zu hören. »Sie setzen jetzt mal einen Punkt, verehrte Kollegin! Mir wurde der Vorgang so dargestellt: Sie haben alles getan, um Brauer in die Flucht zu treiben. Sie haben ihn unter Druck gesetzt und dann allein gelassen. Sie hätten hier feinfühliger vorgehen müssen. Der Mann hat kurz zuvor ein totes Kind entdeckt!«

»Und dummerweise hat er auch gleich die Spurenlage zerstört. Es wäre naiv, nicht nach einer möglichen Verstrickung in die Tat zu fragen.«

»Wenn Sie dabei vorgehen wie eine Dampfwalze, dann haben Sie Ihr Handwerk nicht gelernt.«

»Ich denke, wir sollten darüber nachdenken, ihn zur Fahndung auszuschreiben.«

Tom folgte dem Gespräch mit größter Anspannung – und konnte sich trotzdem ein Grinsen nicht verkneifen. Sylkes Stimme hatte inzwischen einen keifenden Ton angenommen. Der Bass reagierte mit einer weiteren Erhöhung der

Lautstärke. Die Fensterscheiben drohten zu bersten. »Und wissen Sie, was ich denke? Dass Sie für die Aufgaben in diesem Team nicht qualifiziert sind! Ich werde morgen dem 1. KHK in Anklam mitteilen, dass Sie nicht mehr Mitglied der Ermittlungskommission sind!«

In diesem Augenblick öffnete sich die Hintertür des Polizeireviers. Zwei junge Polizeibeamte eilten zum Einsatz. Tom drückte sich an die Wand neben der Tür und ließ die beiden passieren. Kurz bevor die Tür ins Schloss fiel, war er mit einem Sprung da und zwängte sich ins Gebäude. Ohne jemandem zu begegnen, gelangte er in den ersten Stock. Er klopfte an der Tür zu jenem Zimmer, in dem sich Sylke und der Zweimetermann weiterhin stritten. Wie es schien, ging es gerade um die Frage, ob der Riese mit der kräftigen Bassstimme überhaupt das Recht hatte, die Zusammensetzung der Mordkommission zu verändern. Aber er war gar kein Riese. Eher so etwas wie ein Gorillababy: einen Kopf kleiner als Sylke, dafür aber doppelt so breit. Er hatte kurz geschorenes Haar und ein Boxergesicht. Auf seinem blaugrauen Hemd zeichneten sich Schweißflecken ab.

Die Luft im Zimmer brannte nicht nur, sie loderte. Sylke stand mit hochrotem Kopf, die Hände trotzig ineinander gekrampft, zwischen Schreibtisch und Wand. Hinter ihr hing ein großes Plakat, auf dem eine Polizistin mit Zahnpastalächeln sich und ihre Kollegen als Freunde und Helfer anpries.

»Bitte entschuldigen Sie, dass ich hier so hereinplatze.« Er reichte dem energiegeladenen Zwerg die Hand. Aber der rührte sich nicht.

»Warten Sie bitte draußen …«

»Es tut mir leid! Ich bin heute Morgen etwas überhastet aufgebrochen. Mein Name ist Tom Brauer.«

Der Kriminalist legte den Kopf schief und hob die Augenbrauen. »Na so was? Dass Sie freiwillig kommen, ist eine gute Entscheidung.«

»Selbstverständlich stehe ich Ihnen zur Verfügung«, sagte Tom in einem fast schon süßlichen Ton. »Ich glaubte von draußen gehört zu haben, dass mein Verschwinden hier zu einer gewissen Unruhe geführt hat. Sollte das der Fall sein, möchte ich nur sagen, dass Frau Bartel heute Morgen meiner Meinung nach sehr nachvollziehbar gehandelt hat. Wie sie die bis zu ihrem Eintreffen eher planlos agierenden Einsatzkräfte zu einem geordneten Vorgehen veranlasst hat, das hat mich sehr beeindruckt.« Tom konnte nicht beurteilen, wer von den beiden Polizeibeamten die größeren Augen machte. Er nutzte den Augenblick für ein weiteres Statement. »Wenn es also um die Frage gehen sollte, welche Rolle Frau Bartel in der Ermittlungskommission spielen könnte, dann würde ich hier gerne für sie Partei ergreifen. Ich hatte gelegentlich schon mit ihr zu tun. Sie ist eine hochkompetente Polizistin und kennt diese Stadt wie kaum ein anderer Kollege. Es wäre nicht klug, auf sie zu verzichten.«

»Ach was«, brummte der Ermittler, »Personalangelegenheiten werde ich mit Ihnen hier nun wirklich nicht besprechen. Wir … wir waren eigentlich sowieso fertig … sodass die Kollegin jetzt gleich mit Ihrer Befragung beginnen kann.

Ich lasse Ihnen etwas zu trinken bringen.« Er kratzte sich am karg bewachsenen Schädel und wandte sich zum Gehen.

»Das heißt, ich … bin noch …?«

Der Oberermittler blickte Sylke ohne jede Regung an. »Selbstverständlich, Kollegin Bartel. Sie gehen hier weiterhin Ihren Aufgaben nach. Ich wäre nur dankbar, wenn Sie in Zukunft Zeugen und Verdächtige nicht verwechseln.«

Die Tür fiel ins Schloss, Sylke blies die Backen auf und stieß die Luft geräuschvoll aus. Sie blickte Tom mit zusammengekniffenen Augen an. »Was sollte *das* jetzt?«

Tom grinste. »Ein kleines Dankeschön wäre vielleicht angebracht, oder?«

Sylkes Gesicht glänzte und glühte. Einige Haarsträhnen hingen vor dem linken Auge. Sie kniff die Lippen zusammen und fixierte eine rote Mappe, die auf dem Tisch lag. Eine junge Polizistin kam herein und stellte ein Tablett mit Flaschen und Gläsern ab. Als sie wieder verschwunden war, raunte Sylke: »Ich hasse diesen Typen.«

»Ich fand ihn ganz okay. Leider war er nicht so höflich, sich vorzustellen.«

»Kriminalhauptkommissar Brehm, Leiter der Ermittlungskommission ›Leo‹.«

»Interessant – und du wolltest mir noch etwas Persönliches mitteilen?«

Es fiel ihr unverkennbar schwer, und ihre Stimme klang leicht belegt. »Danke, Tom, für deine netten Worte.« Sie räusperte sich, auf der Suche nach ihrer alten Tonlage. »So, und jetzt zum eigentlichen Thema.«

Geduldig erzählte Tom, wo und wie er den toten Jungen gefunden hatte. Sylke notierte, fragte nach und nickte. Auf einer Gewässerkarte, die sie aus ihrer roten Ermittlermappe zog, markierte er die Stelle, an der er das Boot entdeckt hatte.

»Und jetzt noch mal zu gestern Abend.« Sylke richtete sich auf. »Es gibt keine Zeugen dafür, dass du ferngesehen hast?«

»Nicht mal einen halben. Bin ich noch verdächtig?«

Sylke rollte mit den Augen. »Rein formal und theoretisch stehst du selbstverständlich unter Beobachtung. Gleich, wenn

du gehst, müsstest du bitte eine DNA-Probe abgeben. Wir brauchen sie, um deine Spuren von möglichen anderen Hinterlassenschaften unterscheiden zu können. Vorläufig für nichts anderes.«

»Aber vorher«, sagte Tom so charmant, wie er konnte, »erzählst du mir noch ein paar Takte zu euren Ermittlungen, oder?«

Zum ersten Mal an diesem Tag sah er Sylke lächeln. Sie hatte eigentlich ein schönes Lachen. Der großzügig versilberte Eckzahn, den sie dabei entblößte, wirkte allerdings etwas furchterregend. »Du bist noch ganz der Alte, oder?«

»Ich bin ja jetzt irgendwie involviert in diesen Fall, oder? Mein Interesse ist rein privat.«

»Tut mir leid, zum jetzigen Zeitpunkt …«

»Du sollst keine Presseerklärung abgeben. Nur ein paar Stichworte. Wie wurde er getötet?«

Sylke seufzte und blickte an die Decke.

Tom fixierte sie. »Mensch Sylke, wir beide sind doch hier aus dem Ort. Wenn wir nicht zusammenhalten, dann werden sie euch demnächst von Stralsund oder Anklam oder Ouagadougou aus diktieren, mit welchem Kugelschreiber ihr Strafzettel zu schreiben habt. Vielleicht kann ich euch ja irgendwie helfen. Ich hatte vorhin das Gefühl, du könntest Hilfe gebrauchen.«

»Du bist definitiv nicht als Reporter unterwegs?«

»Den Job habe ich schon lange aufgegeben. Hat mir übrigens gut getan.«

Es klang hohl, als Sylke mit dem Zeigefinger im Takt ihrer Worte auf die Tischplatte klopfte. »Wenn von diesen Informationen auch nur ein Sterbenswörtchen nach außen dringt, bin ich erledigt.«

»Ist klar. Ich rette dich gerne, jederzeit.«

Sylke klappte die rote Mappe auf. Sie stülpte die Lippen trotzig nach vorn, schob die Papiere sorgfältig zusammen und schloss die Mappe wieder. »Die Wunde am Hinterkopf hast du gesehen. Der Junge starb allerdings an einem Genickbruch. Es könnte ein sehr kräftiger Schlag gewesen sein, aber theoretisch auch ein Sturz oder ein heftiger Zusammenprall mit einem harten Gegenstand.«

»Wann ist es passiert?«

»Nach 21 Uhr, aber vor Mitternacht. Wir bekommen noch genauere Daten.«

»Haben die Eltern nicht bemerkt, dass er so spät noch unterwegs war?«

»Er hat mit einem Freund in einem Gartenhaus übernachtet. Die Rakowskys haben ein sehr großes Grundstück. Der Freund will nicht gemerkt haben, dass Leo irgendwann im

Laufe der Nacht verschwunden ist. Am Morgen hat er ihn erst allein auf dem Gelände gesucht, später zusammen mit der Mutter. Als sie beschlossen hat, die Polizei zu benachrichtigen, waren die Kollegen schon auf dem Weg, um die traurige Nachricht zu überbringen.«

»Das heißt, der Junge ist vom Grundstück entführt worden.«

»Wie gesagt, wir werden morgen …«

»Gab es da nicht mal ähnliche Fälle – irgendwo in Niedersachsen?«

»Im Augenblick halten wir uns mit Interpretationen zurück …«

»Ein psychisch gestörter Täter hat Kinder aus Jugendherbergen entführt und missbraucht.«

»Letzteres ist hier nicht der Fall.«

»Vielleicht wurde der Täter gestört?«

»Nichts ist ausgeschlossen, nichts ist bewiesen.«

»Das eigenwillige Arrangement des toten Jungen in dem Boot passt vermutlich nicht ins Schema, oder?«

Sylke zuckte mit den Schultern. »Hör jetzt bitte auf zu fragen. Was ich hier mache, grenzt an Selbstsuspendierung.«

»Eine Sache noch: Was ist mit diesem Schmuckstück, das in seiner Hand steckte? Ich habe es mir in der Aufregung gar nicht genau angesehen.«

»Es wird zurzeit untersucht. Könnte eine Art Amulett gewesen sein, vermutlich aus Bronze.« Sylke schien kurz vor der Explosion zu stehen, aber sie beherrschte sich.

»Sylke, du bist die Größte.«

»Deine Ironie geht mir auf den Senkel.« Sie standen auf.

»Ja, du hast recht. Es ist nicht der Moment für Ironie. Ich wäre sehr erleichtert, wenn ihr diesen Fall bald lösen könnt. Es war kein schöner Tag.«

Sylke versuchte ein Lächeln. »Wir tun unser Bestes. Und du wirst uns sicher nicht in die Quere kommen.«

»Wie könnte ich? Ihr bekommt ja jetzt auch noch meinen genetischen Fingerabdruck. Da könntet ihr meine Anwesenheit ja jederzeit nachweisen.«

-6-

Claras Wohnung war verlassen, aber sofort, nachdem sie den Flur betreten hatte, spürte sie, dass noch vor Kurzem jemand da gewesen sein musste. Die Luft war von einem angenehmen und irgendwie bodenständigen Geruch erfüllt, dem Geruch nach einer kräftigen Gemüsesuppe. Auf dem Esstisch sah Clara ein Gedeck und eine geöffnete Flasche Wein, daneben einen Zettel. Es war der gleiche Zettel, auf den sie morgens ihre Botschaft an Tom geschrieben hatte. Die Antwort stand auf der Rückseite in seiner unnachahmlich krakeligen Schrift, die Clara an die wirren Verläufe seismografischer Aufzeichnungen erinnerte.

Es tut mir leid. Sicher hast du gehört, was passiert ist. Ich habe den toten Jungen auf dem Bodden entdeckt und habe jetzt ein Problem mit der Polizei. Deshalb konnte ich nicht zum Museumsmarkt kommen. Ich hoffe, du kannst mir verzeihen. Mein

Handy-Akku war leer. Nach China werde ich nicht fahren. Säcke mit Reis interessieren mich nicht. Eher schon Ratatouille. Ich denke an dich.
Tom

Noch am späten Vormittag hätte Clara Tom auf den Mond schießen können. Später dann bei Ursula hatte sie ihn komplett vergessen. Jetzt war sie verwirrt. Tom hatte also den Jungen gefunden. Das war eine schockierende und zugleich berührende Nachricht. Auch er war von dieser schlimmen Geschichte betroffen, genau wie sie. Überraschenderweise gab es wieder etwas, das sie verband, dachte Clara, etwas Dunkles und Bedrückendes.

Sie aß einen Teller von Toms Ratatouille und musste zugeben, dass es nach dieser Mahlzeit noch schwieriger geworden war, wütend auf ihn zu sein. Sie fand seine Methode der Wiedergutmachung hinterhältig und hatte damit fast schon wieder einen Grund, sich über ihn zu ärgern. Den Kombi auszuladen, verschob sie auf den nächsten Tag. Sie hatte sich für die Woche nach Ostern Urlaub genommen. Aber die Aussicht auf freie Tage fand sie in diesem Moment eher beunruhigend als erfreulich. Sie spürte, dass sie etwas tun musste, um ihr Gleichgewicht wiederzufinden. Mit einem brennenden Windlicht in der Hand ging sie in ihr geräumiges Badezimmer, in dessen Mitte eine ungewöhnlich große, nierenförmige Badewanne stand. Die Wände waren mit Kiefernpaneelen getäfelt, das Fenster mit einem weinroten Vorhang verdunkelt. Es roch nach Holz, Wachs und

Seife. Clara stellte das Windlicht ab und zündete ein Dutzend weiterer Kerzen an, die sie auf dem Wannenrand und einem Regal verteilte. Sie drehte den Wasserhahn auf und begann sich zu entkleiden. Was immer an diesem Abend noch passieren würde, sie war für niemanden mehr zu sprechen.

-7-

Eine Viertelstunde nachdem Tom das Polizeirevier verlassen hatte, stieß er mit einem kräftigen Fußtritt die Holztür zu seinem winzigen Stadthaus in der Gartenstraße auf. Immer wenn er eine gewisse Zeit bei Clara verbracht hatte, kam ihm sein eigenes Domizil beengt und unordentlich vor. Er hatte das Haus vor etlichen Jahren von einer alten Dame gekauft und seitdem kaum etwas daran verändert. Nicht einmal die Schrankwand mit Eichenfurnier, die Deckenbeleuchtung mit den ovalen Lampenschirmen und das ebenso klotzige wie kratzige Zweisitzer-Sofa hatte er rausgeworfen. *Du lebst in einem Museum*, sagte Clara gelegentlich, und Tom konnte da nicht widersprechen. Er nutzte diese Feststellung sogar als Argument gegen jede Veränderung. *Meine ganze Wohnung steht unter Denkmalschutz*, sagte er, *die Behörden haben es nur noch nicht gemerkt.*

Als er jetzt das ausgekühlte Wohnzimmer betrat und gleich über einen Berg Aktenordner stolperte, deren Inhalt er seit zwei Wochen sortieren wollte, überkam ihn das dumpfe Gefühl, dass die Zeit für einen Befreiungsschlag gekommen war. Es bestand die ernsthafte Gefahr, dass er irgendwann das Haus nicht mehr verlassen konnte, weil die Haustür nicht nur klemmte, sondern sich einfach nicht mehr öffnen ließ. Er erreichte den kleinen Couchtisch, schloss sein Handy an das Ladegerät an und wählte Claras Nummer. Sie meldete sich nicht. Er schrieb ihr eine Kurznachricht: *What a day!!! gN8! Tom*

Dienstag: Öl

-8-

Um halb zehn zog Tom die schwere Eingangstür zum Barther Rathaus auf. Er fühlte sich erschöpft und nicht im Mindesten dazu aufgelegt, sein Konzept für eine neue touristische Stadtbroschüre vorzustellen. Als er am Morgen aufgewacht war, hatte er noch vorgehabt, den Termin abzusagen. Aber dann hatten sich sein Pflichtbewusstsein und vor allem der Gedanke an seinen prekären Kontostand durchgesetzt. Er stieg die Treppe zum ersten Obergeschoss hinauf und folgte dem Flur bis zur letzten Tür, die wie üblich offen stand. Sven Dornkop, Marketing- und Tourismusbeauftragter der Stadt Barth, kam ihm mit jugendlich wippendem Schritt entgegen.

»Hallo, schön dich zu sehen.« Es gefiel Dornkop möglichst viele Leute zu duzen, Leute wie Tom sowieso. Dornkop, vor einem halben Jahr aus Schwerin gekommen, war einer der jüngsten Angestellten im Rathaus und ließ keine Gelegenheit aus, für eine moderne Verwaltung zu werben. »Sag mal, warst du derjenige, der diesen Jungen gefunden hat?«

»Woher weißt du das?«

»In der Ostsee-Zeitung stand etwas von dem *Journalisten Tom B.* Da dachte ich mir: Das kann doch nur einer sein.« Mit einer einladenden Handbewegung bat er Tom hinein in sein Büro. Sven ließ sich auf seinen ergonomischen, in alle erdenklichen Richtungen schwenkbaren Bürostuhl fallen. Seine Stimme klang etwas belegt. Er war es nicht gewohnt, über so schreckliche Dinge zu reden wie über einen toten Jungen. Lieber sprach er über die schönen Seiten der Stadt: das bunte Leben am Hafen, die schmucken Zeesboote mit ihren braunen Segeln und wogende Schilfgürtel im Sonnenschein.

»Es war kein schöner Tag gestern«, sagte Tom. »Und ich habe heute Nacht nicht viel geschlafen. Aber es muss ja weitergehen. Deshalb bin ich hier.«

Es kam ihm unwirklich vor, mit Sven Dornkop über seine Erlebnisse vom Vortag zu sprechen, in diesem gepflegten Büro mit seinen Sprossenfenstern, den blanken Holzdielen und den dunkel gebeizten Möbeln. Es war das Büro einer aufstrebenden Nachwuchskraft, die noch viel vorhatte.

Sven strich sich eine Strähne aus dem Gesicht. Sein blondes Haar war modisch geschnitten, ein Pilzkopf mit Schlagseite. »Ja, eine schlimme Geschichte. Sehr schlimm. Ein totes Kind in einem Kahn, der auf dem Wasser treibt – das könnte eine Szene aus einem Horrorfilm sein.«

Er hob die aktuelle Ausgabe der Ostsee-Zeitung hoch und ließ sie wieder auf die Schreibtischplatte fallen. Tom hatte am Morgen den Lokalteil gründlich gelesen. Eine ganze Seite hatten sie über den toten Jungen auf dem Bodden geschrieben, mit vielen Fotos vom Hafen, von der Polizeiabsperrung und dem verkommenen Zeesboot, darin die Plane, mit der Tom den Jungen abgedeckt hatte. Eine Detailaufnahme zeigte die Hand des Jungen, die auf den Bootsplanken lag, darunter das bronzefarbene Metallobjekt.

Sven fand keinen Einstieg in das eigentliche Thema. Die Sache mit dem Jungen schien ihn ernsthaft mitgenommen zu haben. »Hast du mitbekommen, dass auch das Fernsehen und einige überregionale Zeitungen über den Jungen berichtet haben? Jetzt haben sie ein ganz finsteres Thema, das sie mit dem Namen der Stadt Barth in Verbindung bringen können.«

Tom hatte keine Lust mehr, über den Jungen zu sprechen. »Ist das Image der Stadt wirklich das größte Problem, wenn ein Kind ums Leben kommt?«

»Nein, nein, natürlich nicht!«

»Wir wollten über die neue Stadtbroschüre sprechen, oder?«

Sven richtete sich auf und lächelte verkniffen. »Ja – doch – richtig.« Er erhob sich umständlich, warf einen Blick aus dem Fenster, um es dann zu schließen.

Tom verlor die Geduld und legte seine Mappe auf den Schreibtisch. »Ich weiß, dass die Broschüre jetzt schnell fertig werden muss. Deshalb habe ich schon angefangen und ein inhaltliches Konzept entwickelt. Außerdem habe ich mir die nächsten zwei Wochen komplett freigehalten und alle Anfragen abgelehnt. Das Programmheft für die Wallensteintage in Stralsund muss in diesem Jahr jemand anderes texten. Ich kann morgen loslegen.«

Sven lehnte mit dem Rücken am Fenster und machte keinerlei Anstalten, sich mit dem Papier zu beschäftigen, das Tom auf seinen Platz gelegt hatte. »Ja, das ist schön … aber …«

»Wir haben ja besprochen, dass wir ganz auf das Thema Natur setzen. Natürlich werden wir auch die Marienkirche und das Adlige Fräuleinstift herausheben, aber alles einbetten in das Erlebnis einer Landschaft, von der wir immer wieder sagen, dass sie vielfältig und einmalig ist. Wir sollten bei den Naturfotos unbedingt auf Qualität setzen. Ich kenne da einen sehr guten Fotografen, der …«

»Du hättest die Sachen gar nicht auspacken müssen.«

»Was? Ich habe alles so vorbereitet, wie besprochen.«

»Wir werden die Broschüre nicht machen.«

»Wie bitte!?«

»Die Stadt verwendet in diesem Jahr noch einmal die alte Broschüre. Für das kommende Jahr werden wir ein komplett neues Tourismuskonzept entwickeln.«

Tom blickte ratlos zwischen seinen Papieren und Sven hin und her. Der lehnte mit dem Rücken an einem schmalen Stück Wand zwischen zwei Fenstern. Er wirkte wie eine ungünstig platzierte Skulptur.

»Wir hatten das fest vereinbart!«

»Ich weiß.«

»Ich habe mich auf dich verlassen!«

Sven strich sich ein weiteres Mal durch die Haare. »Tut mir leid.«

Tom spürte, dass er seine Enttäuschung nicht verbergen konnte. Er hatte es nur in ganz seltenen Momenten bedauert, dass er vor einigen Jahren seine feste Stelle bei der Lokalzeitung verloren hatte. Als selbstständiger Texter verdiente er weniger, sicher, aber genug, um zu überleben. Er konnte seine Zeit viel freier einteilen, konnte Aufträge ablehnen, wenn sie ihm nicht passten. Alles in Maßen natürlich. Aber es war ein besseres Leben mit weniger Zwängen. Jetzt, in diesem Augenblick, wurde ihm klar, dass man die Sache auch ganz anders sehen konnte: Dass er nur ein rechtloser Lohnschreiber war, der sich darauf verlassen musste, dass seine Auftraggeber ihr Wort hielten. Der allen möglichen Leuten gute Tipps geben konnte, aber nie die Chance bekommen würde, das durchzusetzen, was er für richtig hielt. Er war frei, aber rechtlos. Ein Sklave ohne sichtbare Fesseln. »Du musst mir das bitte erklären.«

Sven nickte. »Du weißt sicher, dass in den kommenden Tagen die erste von voraussichtlich sieben Erdölförderstellen ihren Betrieb aufnimmt. Unmittelbar vor den Toren der Stadt Barth.«

»Das ist seit zwei Jahren Stadtgespräch.«

»Du weißt aber wahrscheinlich noch nicht, dass sich schon jetzt ein deutlicher Rückgang der Übernachtungszahlen abzeichnet. Wir haben vor wenigen Wochen einige Pensionen und Zimmervermieter gefragt. Die meisten bestätigen den Abwärtstrend. Die überregionalen Medienberichte haben uns nicht gutgetan. Schlagzeilen wie *Fracking in Barth* oder *Quecksilberalarm am Nationalpark* sind nicht gerade hilfreich bei der Werbung um Touristen.«

»Hat denn jemals irgendeine Messung etwas von einer Quecksilberbelastung ergeben?«

»Natürlich nicht! Bei den Testbohrungen gab es keine Zwischenfälle. Aber es reicht, wenn ein paar voreilige Journalisten meinen, alle möglichen Schreckensszenarien herbeireden zu müssen. Kein Tourist wird in der Stadt irgendetwas davon bemerken, dass in der Nähe Öl gefördert wird.

Aber was hilft das? Es kommt auf das Klima an, die Stimmung, die die Leute mit einem Ort verbinden.«

»Und wäre es nicht gerade jetzt wichtig, die Qualitäten der Stadt doppelt und dreifach zu unterstreichen? Wenn sich an diesen Qualitäten ja nichts Grundlegendes geändert hat.«

Sven lachte kurz auf, als ob er einen plötzlichen Schmerz überspielen müsste. »Na klar – nur zu. Du kennst den Haupttext auf unserer Internetseite? *Wo sanfte Hügel dem Lande entfliehen, das satte Grün der Wälder am Horizont das Blau des Himmels umwirbt; der Wind, die Sonne und leise Wellen den Strand streicheln* … und so weiter. Das satte Grün, Wind und Wellen, die den Strand streicheln. Und in den Fernsehnachrichten zeigen sie diesen hässlichen Bohrturm. Öllachen, Männer in Schutzanzügen, Lastwagen mit Chemikalientanks. Das sind zwar nur ein paar kleine Betriebsstätten, irgendwo im Wald versteckt, aber diese Bilder prägen das Image der Stadt – seit zwei Jahren!«

»Ja, und? Ihr müsst kämpfen! Wenn das alles nur Gespenster sind, dann …«

»Wir werden kämpfen. Aber mit einer Broschüre und ein paar netten Texten kommen wir dagegen nicht an. Wir müssen durch dieses Jahr hindurch. Wenn sich die Leute an die Ölförderung gewöhnt haben, dann werden wir uns neu aufstellen. Wir brauchen einen neuen Spirit. Vielleicht werden wir etwas weniger auf die Natur setzen. Das scheint hier im Augenblick nicht mehr so gut zu ziehen.«

»Hättest du mir nicht etwas früher Bescheid sagen können, dass ihr mal eben die Stadt neu erfinden wollt?«

Sven lächelte gequält. »Es gab heute Morgen ein Gespräch mit dem Bürgermeister und der Amtsleiterin. Da ist es endgültig entschieden worden. Sehr kurzfristig.«

Tom versuchte sich blitzschnell einen Überblick über seine finanzielle Situation zu verschaffen. Er war meistens knapp bei Kasse, im Augenblick noch etwas knapper als sonst. Der städtische Auftrag war längst eingeplant. »Du erwischst mich jetzt, ehrlich gesagt, auf dem falschen Fuß, Sven. Ich habe schon einige Arbeit in die Konzeption gesteckt.«

»Mir sind die Hände gebunden. Vielleicht können wir es nächstes Jahr verwenden.«

Tom versuchte seinen Worten einen möglichst beifälligen Klang zu geben. Er wollte auf keinen Fall verzweifelt wirken. »Hast du nicht irgendwas anderes? Einen neuen Flyer für den Abfallwirtschaftsbetrieb vielleicht, die Gebührensatzung für den Hafen oder kann ich die Friedhofsordnung gendergerecht formulieren?«

Sven hob die Schultern und ging langsam zu seinem Schreibtisch zurück. »Ich weiß, dass du ein ausgezeichneter Texter bist. Aber du kennst die Lage der kommunalen Finanzen und ich kann auch nicht einfach so in anderen Ressorts herumpfuschen.«

Tom spürte, wie nach der ersten Enttäuschung der Zorn in ihm aufloderte. Und er wusste, dass er jetzt gehen sollte. Sonst würde er sich bestenfalls unbeliebt machen. Aber das konnte ihm nun auch egal sein. Er sprach laut, damit Sven nicht merkte, dass seine Stimme zitterte. »Ihr seid hier echt am Arsch, um es mal deutlich zu sagen! Die Ölförderung macht euch den Tourismus kaputt, aber die Millionen aus den Förderabgaben streichen sie in der Landeshauptstadt ein. Ist doch so, oder?«

»Korrekt.«

»Wenn dann da draußen nur ein paar Tropfen Öl in den Nationalpark rieseln, dann ist der zarte Aufschwung dieser Stadt für Jahre im Eimer. Stimmt's?«

»Richtig.«

»Dann seid ihr wieder da, wo ihr Anfang der Neunzigerjahre angefangen habt. Im Dreck.«

»Könnte gut sein, ja.«

»Ihr müsst euch doch fragen, ob hier im Rathaus wirklich alle alles getan haben, um mit diesem Vorhaben richtig umzugehen. Aber wem sage ich das?!« Tom hatte, während er sprach, seine Papiere zusammengepackt. Es war höchste Zeit zu gehen.

Sven stand auch auf. »Ich verstehe dich gut. Ich denke in vielen Punkten ganz ähnlich. Wirklich! Immer dann, wenn die Frage im Raum stand, ob dieses Erdölprojekt uns nicht schaden könnte, kam irgendein Jurist und hat uns unsere Machtlosigkeit erläutert: Die Genehmigung wird nach Bundesrecht erteilt. Wir hier vor Ort sind nur Mitspieler. Du bist nicht der Einzige, der sich fragt, wie groß die Entscheidungsspielräume der Behörden wirklich sind.«

»Und was ist mit der Wirtschaft? Es geht doch nicht nur um die Natur, es geht auch um den Tourismus. Dafür gibt's doch eine Lobby in Schwerin.«

»Aber vielleicht nicht die stärkste. Und der Landesverband hat einen guten Draht in das gleiche Ministerium, in dem auch die Gelder aus der Ölförderung gerne gesehen werden. Verstehst du, auch für den Tourismusverband ist Barth nur ein Punkt auf der Landkarte. Da läuft eine Maschine. Wenn sie erst eine Weile gelaufen ist, kannst du sie kaum noch aufhalten. Die Oil Company of Europe ist Teil eines Weltkonzerns, die haben hier schon Millionen investiert. Im Zweifelsfall droht die OCE dann mit Regressforderungen.«

»Das sind so die üblichen Erklärungen – aber werden wir doch konkret. Stichwort Landkarte: Irgendwo muss die OCE doch ihre Anlagen aufbauen. Hätte die Stadt nicht die Freigabe der Grundstücke blockieren können?«

Sven verharrte in der Mitte des Raumes mit einer hilflosen Geste, als wüsste er gerade nicht, wo er hingehörte. »Keine Ahnung. Ist nicht mein Metier. Soweit ich weiß, wird das alles nach Bergbaurecht entschieden. Man hat kaum Möglichkeiten, die Förderung zu verweigern, wenn erst einmal eine Genehmigung vorliegt. Außerdem stammt, wenn ich mich recht erinnere, bei einigen Förderplätzen das Grundstück aus privater Hand.«

»Das finde ich interessant. Kannst du nicht mal rausbekommen, auf wessen Grund und Boden diese Bohrstellen errichtet werden?«

Sven sah ihn erstaunt an. »Was wird das? Investigative Recherche? Arbeitest du wieder als Journalist?«

Tom konnte sich ein Grinsen nicht verkneifen. »Wenn du mich derart hängen lässt, dann kommen die alten Reflexe wieder hervor.« Er öffnete die Tür, drehte sich aber noch einmal um. »Und vergiss nicht: Falls ihr eine moderne Friedhofssatzung braucht, ruf mich jederzeit an.«

-9-

Eine Viertelstunde später trat Clara ihm aus dem Schatten einer Baumzeile entgegen. Sie umarmten sich, fast in der Mitte des Marktplatzes von Barth. Es war eine lange, feste Umarmung. Sie standen auf den sandfarbenen Bodenplatten wie auf einer riesigen Tanzfläche.

Aber es ging jetzt nicht ums Tanzen. Tom spürte Claras Anspannung, und er spürte, wie die überraschend kräftige Frühjahrssonne seinen Rücken wärmte. Das Mittagslicht sprang ihm so grell von den hellen Bodenplatten entgegen, dass er die Augen schließen musste. Clara sah ihn prüfend an, als er sich die Tränen abwischte. »Alles in Ordnung?«

»Es ist nur das helle Licht«, sagte er, und er wusste, dass Clara das für eine Ausrede hielt.

»Komm, lass uns einen Kaffee trinken, drüben in der Eisdiele haben sie schon Stühle rausgestellt.«

In der Tat hockten einige Leute mit eingezogenen Schultern auf den Plastikstühlen vor Jannys Eisdiele, die winddichten Jacken eng am Körper. Tom dachte: ›Sie sitzen da, als werden sie dafür bezahlt.‹ Der Aufbruch in das Frühjahr wirkte angestrengt.

Zwischen ihm und Clara war einiges zu klären, aber sie sprachen nur über den Jungen im Zeesboot und seine Mutter. Als Clara von ihrer Begegnung mit Ursula erzählte, waren bei Tom die Bilder sofort wieder präsent: das wachsweiße Gesicht des Jungen, der starre Körper, der mit dem Boot auf den Wellen schaukelte und durch dieses Schaukeln nur noch starrer wirkte. Er hatte noch längst nicht begriffen, was er an diesem Ostermontag erlebt hatte. Mit knappen Worten, als wollte er alles schnell loswerden, schilderte er Clara die Ereignisse am Nachmittag und die Begegnung mit Sylke am Abend. »Ich hoffe, du verstehst, dass ich gestern nicht pünktlich auf dem Museumsmarkt sein konnte.«

Clara lächelte. »Ich habe mich wirklich geärgert. Aber dass du an diesem Tag so eine irrsinnig leckere Ratatouille gekocht hast, erscheint mir jetzt fast unbegreiflich. Ich glaube, ich hätte an deiner Stelle alles versalzen oder verkocht.«

»Vielleicht war es so etwas wie eine Schocktherapie. Als ich mit Kochen beschäftigt war, habe ich nur gedacht: *Wenigstens das hier muss jetzt klappen!* Dann habe ich zwei Stunden geschlafen und dabei von dem Jungen geträumt. Als ich wieder wach wurde, war mir sofort klar, dass ich zur Polizei gehen muss.«

»Du bist schon ein komischer Vogel«, sagte Clara und legte ihre Hand auf seine. Sie blickte nachdenklich über den Marktplatz. »Es tut mir so leid für Ursula. Als ich ihr gegenübersaß, hatte ich das Gefühl, dass sie am liebsten weinend zu Boden sinken wollte.«

»Aber sie hat es nicht getan.«

»Niemals würde sie so etwas tun. Eher würde sie tot umfallen.« Sie sah Tom prüfend an. »Wie willst du dich jetzt weiter verhalten?«

»Verhalten? Was meinst du?«

»Du hast den Jungen gefunden. Ist das damit für dich erledigt?«

»Was sollte ich denn tun?«

»… dich weiter mit dem Fall beschäftigen. Nach Motiven und einem Täter suchen.«

»Mir haben die letzten dreißig Stunden vollkommen gereicht. Und Sylke hat mir eindringlich …«

Clara unterbrach ihn: »Früher hat es dich doch auch nicht gekümmert, was Menschen wie Sylke Bartel sagen.«

»Hier geht es um ein totes Kind, wahrscheinlich einen Mord!«

»Glaubst du, dass man der Polizei deshalb nicht auf die Finger sehen sollte?«

Tom sah Clara verwundert an. Er hatte mit vielem gerechnet, aber nicht damit, dass sie ihn dazu auffordern würde, sich in die Ermittlungen einzumischen. »Ich fand, der Leiter der Mordkommission wirkte sehr entschlossen. Soll ich denen in die Quere kommen und den Privatermittler geben? Ich bin ein arbeitsloser Journalist.«

»Beste Voraussetzungen eigentlich, oder?« Clara lachte, aber im nächsten Augenblick wurde ihre Stimme wieder dunkler. »Nein, im Ernst, ich weiß auch nicht genau, wie du das anfangen solltest. Aber ich glaube, dass man Ursula irgendwie den Rücken stärken muss. Ihr Mann – das weißt du ja sicher – ist ein einflussreicher Bauunternehmer. Ein grober Mensch, heißt es.«

»Wer sagt das?«

»Habe ich gehört. Der Bruder einer Bekannten von mir ist bei der Rostocker Stadtplanung tätig. Die Firma von Rakowsky ist bei einigen Projekten unangenehm aufgefallen: Bauverzögerungen, Mehrkosten, Subunternehmer mit illegalen Arbeitskräften.«

»Ist das nicht genau das, was auf jeder größeren Baustelle passiert? Ein Bauunternehmen ist kein Handarbeitsklub.«

Clara zuckte mit den Schultern. »Mir geht es doch vor allem um Ursula. Ich stelle mir vor, wie sie da in ihrer Villa in Müggenburg sitzt, beinahe am Ende der Welt, das einzige Kind ist tot, und neben sich hat sie diesen Baulöwen, den sie weiß der Himmel warum geheiratet hat. Du bist wirklich nicht interessiert, dich mal mit Ursula zu treffen?«

Ihre Hartnäckigkeit war Tom unangenehm. Er hatte das Gefühl, dass er erst einmal zur Ruhe kommen musste. Und natürlich brauchte er Geld. Er brauchte einen Auftrag. Aber er wäre nicht im Traum darauf gekommen, dass es sich dabei um die Aufklärung eines Kapitalverbrechens handeln könnte. Und wer sollte ihn dafür bezahlen? »Ich denke, dass sich Ursula Rakowsky in diesen Tagen nichts weniger wünscht als Gespräche mit einem Privatdetektiv im ersten Ausbildungsjahr.«

Clara rührte nachdenklich in ihrer Kaffeetasse. Tom betrachtete sie: ihr rundes Gesicht, die dunkelblonden Strähnen, die sich aus dem Haarschopf gelöst hatten und neben ihrer Wange im Wind flatterten. In diesem Augenblick wirkte sie wie ein gekränktes Mädchen. Er griff nach ihrer Hand. Sie zog sie nicht zurück, reagierte aber auch nicht auf seine Berührung. Ihre Finger waren kalt.

»Komm, lass uns irgendwohin gehen, wo es wärmer ist.«

Sie blickte ihn trotzig an und trank den Kaffee aus. »Überleg es dir noch mal. Bitte! Ich wollte noch zum Freizeitzentrum. Die Bürgerinitiative plant für Donnerstag eine Demo.«

»Donnerstag?«

Clara war aufgestanden. Sie sah ihn mitleidig an, und in diesem Blick lag mehr als nur das Bedauern über Toms unerklärliche Vergesslichkeit. »Du weißt nicht mehr, was am Donnerstag stattfindet?«

»Wenn du mir kurz …«

Clara schüttelte ungläubig den Kopf. Dann klärte sie ihn in einem kühlen Tonfall auf: »Offizieller Beginn der Ölförderung. Testförderung am Standort Barth-Südwest, exakt 800 Meter vom bewohnten Gebiet entfernt, in unmittelbarer Nähe zum Fluss Barthe, dem größten Zufluss zum Bodden. Hochsensibles Ökosystem. Alles ist mit allem verbunden. Brutgebiete, einmalige Tierwelt, seltene Pflanzen. Und am Donnerstag kommt unser Wirtschaftsminister und wird zusammen mit den Managern der Ölfirma die Förderanlage starten. Die ganze Stadt streitet seit zwei Jahren darüber. Und du hattest das vergessen!?«

»Natürlich nicht, nur das Datum war mir entfallen. Ich habe eben noch mit Sven Dornkop darüber gesprochen. Wegen der OCE bin ich meinen Auftrag für die neue Stadtbroschüre los.«

»Wieso das?«

»Sie haben schlechte Buchungszahlen und glauben, die Leute kommen nicht wegen der negativen Presse. Jetzt wollen sie weg vom Naturtourismus, obwohl die Natur doch noch immer der größte Schatz dieser Stadt ist. Verrückt, oder?«

»Gar nicht verrückt! Da siehst du, wo das hinführt. Die machen hier alles kaputt!« Clara setzte zu einer Geste tiefer Empörung an, ließ den Arm dann aber wieder resigniert sinken. Schon oft hatte sie Tom überreden wollen, an den Mahnwachen und Menschenketten gegen die Ölförderung teilzunehmen. Aber er hatte es immer abgelehnt. Er war nicht für die Ölförderung. Aber er wollte sich auch nicht dagegen stemmen. Er war einfach kein Typ für Proteste. Irgendwo musste schließlich das Öl herkommen, das auch die Umweltschützer in ihren familientauglichen Vans mit Klimaanlage und Sitzheizung verbrannten.

Clara schien Toms Gedanken mitzulesen. »Vielleicht siehst du ja jetzt endlich mal einen Grund, dich aufzuraffen.« Sie verfiel in einen süffisanten Tonfall. »Oder bist du noch immer der Meinung, dass diese Sache dich persönlich nicht betrifft?«

»Klar, jetzt kannst du triumphieren. Aber ehrlich gesagt: Ich werde in den nächsten Tagen alle Hebel in Bewegung setzen müssen, um einen neuen Auftrag an Land zu ziehen. Meine Kasse ist derzeit der einzige Ort an der Ostsee, an dem es einen dramatischen Tidenhub gibt. Und jetzt gerade herrscht Ebbe. Da bleibt wenig Muße für Demos, Lichterketten und Schweigeminuten.«

Clara machte eine wegwerfende Geste, dann zog sie ihre Jacke zurecht und ging. Tom blickte ihr enttäuscht nach.

-10-

Als er einige Minuten später zahlte und ebenfalls aufbrach, wusste er noch nicht, dass der Tag noch mehr als eine unangenehme Überraschung bereithalten würde. Seine Knie

schmerzten beim Aufstehen. Erst jetzt spürte er, wie sehr er fror und beschloss sich bei einem zügigen Rundgang wieder aufzuwärmen.

Er hatte keine Lust auf die gepflegte Innenstadt und ging ostwärts am Adligen Fräuleinstift vorbei. Das barocke Klosterensemble wirkte wie ein Fremdkörper in der Stadt. Er mochte das Gebäude, aber er mochte auch den architektonischen Bruch, wenn man das Gelände des Fräuleinstifts hinter sich ließ. Dann nämlich geht es auf den Trebin und in Richtung Glöwitz, aus der Mitte heraus in die ungeordneten Randzonen der Stadt. Schon nach wenigen Minuten steht man auf Brachflächen, die niemandem zu gehören scheinen oder von ihrem Eigentümer längst vergessen wurden. Auf dem Werftgelände hinter verbogenen Zaunmaschen lagern aufgebockte Bootsrümpfe. Sie ragen über der Ebene auf wie gestrandete Wale. Tom hörte irgendwo eine Schleifmaschine jaulen, zwischen zwei Werkshallen war plötzlich ein Streifen vom Barther Bodden zu sehen, sonnenbeschienen und doch irgendwie grau und leblos. Er folgte noch einen Moment dem Weg, bis er vor sich die von hohen Zäunen umgebenen Spülfelder sah.

Auf dem Rückweg hielt er sich nah am Ufer des Boddens und passierte das mächtigste Gebäude in dieser Ecke von Barth, das Hotel Speicher. Als er vor dem Ziegelbau stand, hatte er wieder das Bild vom frühen Montagmorgen vor Augen: den Mann mit dem weißen Haarschopf, der auf dem Balkon der obersten Etage stand und nach einer Weile seinen Kaffee über die Brüstung kippte. Tom setzte sich in Bewegung, geradewegs auf den Hoteleingang zu. Er dachte nicht lange darüber nach, ob es sinnvoll oder vollkommen aussichtslos sein würde, einen unbekannten Hotelgast aufzusuchen. Er wollte einfach irgendetwas tun.

Im Innern des ehemaligen Kornspeichers waren die Flure schmal und spärlich beleuchtet, die Dielen knarzten unter den Füßen. Alles war mit Holz vertäfelt, es roch nach Harz, Badeseife und neuem Teppichboden. Die Rezeption des Hotels lag eigenartig versteckt im ersten Stock, sodass es kein Problem war, unbeobachtet zu den Zimmern zu gelangen. Er fuhr in den obersten Stock und betrat einen fensterlosen Flur. Einen Moment lang musste er sich orientieren, um die Richtung zum Bodden hin zu rekonstruieren. Dann folgte er dem Gang und klopfte an die letzte Tür. Es geschah erst einmal nichts. Er klopfte noch einmal, etwas kräftiger. Von innen glaubte er ein Rascheln zu hören. Dann öffnete sich die Tür. Der Mann war um die sechzig Jahre alt, sein Gesicht braun gebrannt, von vielerlei Falten und Fältchen durchzogen. Tom dachte an ein Flussdelta, vom Weltraum aus betrachtet. Der weiße Haarschopf war zurückgekämmt und türmte sich auf, fast wie eine Krone über der sonst eher zierlichen Gestalt. Der Mann blickte dem unerwarteten Besucher halb unwillig, halb neugierig entgegen.

Tom war für Sekundenbruchteile sprachlos. Er begriff nicht nur, dass dieser Mann tatsächlich derjenige war, der am Montagmorgen auf dem Balkon des Hotels gestanden hatte, sondern auch, wer dieser Mann war. Innerlich gab er sich einen Fußtritt, er hätte sich doch denken können, dass an diesen Tagen niemand anderes als Jon van Reijten das teuerste Hotelzimmer der Stadt bewohnte. Er war vermutlich hier, um den offiziellen Start der Ölförderung am Donnerstag vorzubereiten.

»Entschuldigen Sie bitte, mein Name ist Tom Brauer. Ich würde Sie gerne etwas fragen.«

Die Neugier im Gesichtsausdruck van Reijtens begann zu schwinden. Tom merkte, dass er schnell sein Interesse wecken musste, bevor der Manager ihn an das Sekretariat, die Pressestelle oder sonst irgendwelche Hilfskräfte verweisen würde.

»Ich weiß, es ist jenseits aller guten Sitten, wenn ich Sie hier anspreche, aber es geht um ein totes Kind. Vielleicht haben Sie davon gehört.« Er rechnete noch immer damit, dass ihm van Reijten die Tür vor der Nase zuschlagen würde, aber er bekam noch eine Chance.

»Was wollen Sie wissen?«

Tom hatte einen Fuß in der Tür – nicht im wörtlichen, sondern im übertragenen Sinne. Er musste dranbleiben.

»Sie standen gestern Morgen hier oben auf dem Balkon Ihrer Suite. Ich frage mich, ob Sie vielleicht etwas beobachtet haben.«

»Wer sind Sie? Sind Sie von der Polizei?«

»Ich bin derjenige, der den toten Jungen entdeckt hat, in einem Boot, draußen auf dem Wasser.«

Für einen Augenblick herrschte nervöses Schweigen. Tom spürte, wie van Reijten mit sich rang: Würde er hier noch länger seine Zeit verschwenden oder dem Diktat seiner zahllosen Aufgaben und Termine gehorchen? Sollte er das Risiko eingehen, mit jemandem zu sprechen, von dem er nicht wusste, ob er ihm schaden wollte? Der Manager öffnete die Tür vollständig und bat ihn herein. Sie gingen eine schmale Wendeltreppe hinauf zum Wohnbereich der Suite. Der riesige Raum endete an einer breiten Front bodentiefer Fenster und bot einen spektakulären Blick über den Jachthafen und den gesamten Barther Bodden, bis nach Osten hinüber zur Grabow. Es war, als ob man vor einem Monumentalgemälde stand, das sich entschlossen hatte, Realität zu werden.

Van Reijten ließ Tom auf einem ockerfarbenen Ledersessel Platz nehmen und schob die Geschäftsunterlagen zusammen, die auf einem niedrigen Glastisch ausgebreitet lagen. Dann setzte er sich ebenfalls. Er sprach mit holländischem Akzent und artikulierte jedes Wort präzise und fordernd. »Bitte, ich habe nicht viel Zeit.«

»Gestern Morgen habe ich mit einer Barkasse den Bodden überquert und dabei das Boot mit dem toten Jungen entdeckt. Etwa eine Viertelstunde früher, noch vor acht Uhr, standen Sie auf dem Balkon hier oben. Sie konnten den gesamten Bodden überblicken. – Vielleicht haben Sie etwas gesehen?«

Van Reijten sah ihn an. »Es tut mir leid, dass Sie diese schreckliche Entdeckung gemacht haben. Was würden Sie tun, wenn ich etwas gesehen hätte?«

»Der Tod des Jungen beschäftigt mich. Ich möchte, dass er aufgeklärt wird.«

»Sie sind von der Presse?«

»Ich bin privat hier. Früher war ich Journalist, aber inzwischen arbeite ich als freier Texter.«

»Ah, eine Art Autor? Ein Fantast?«

»Nein, ich schreibe nur über Dinge, die es tatsächlich gibt.«

Van Reijten deutete für Sekundenbruchteile ein Lächeln an, dann zogen sich seine Lippen wieder zu einer über Jahrzehnte kultivierten Grundstellung kühler Entschlossenheit zusammen. »Gut, dann werde ich Ihnen sagen, was ich gesehen habe: nichts.« Er tippte kurz gegen seine randlose Brille. »Ich trug keine … äh … glasses …«

»Keine Brille?«

»Richtig. Ohne Brille würde ich eine Leiche in zehn Metern Entfernung nicht mehr erkennen.« Van Reijtens Telefon, das auf dem Glastisch lag, begann zu vibrieren. Er nahm es in die Hand und blickte kurz auf das Display. »Das Einzige, was ich erinnere: Der Kaffee hat mir gestern Morgen nicht geschmeckt. Ich verstehe nicht, warum ich den Kaffee in diesem Hotel nicht mag. Aber der Tee: einfach vorzüglich.« Während van Reijten sprach, stand er auf und entfernte sich. »Entschuldigen Sie mich. Nur ein kurzes Gespräch.«

Er verschwand im Nebenzimmer. Seine Worte waren nicht zu verstehen, aber es klang so, als weise er jemanden zurecht. Tom blätterte schnell die Unterlagen durch, die van Reijten kurz zuvor übereinandergeschoben hatte. Es waren kleingedruckte Kalkulationen, Berichte und Korrespondenzen, das meiste in englischer Sprache. Aber dann fiel ihm ein Papier auf, das ganz anders beschrieben war. Es enthielt nur drei Sätze, die in großen Lettern auf das Blatt gedruckt waren.

Vineta wehrt sich.
Hört auf nach Öl zu bohren.
Wollt ihr noch mehr tote Kinder?

Unter dem Text war ein Foto in schlechter Qualität hineinkopiert, das Foto, das auch am Morgen in der Ostsee-Zeitung abgedruckt worden war: die Hand des Jungen und darunter, halb verdeckt, das sonderbare Schmuckstück. Tom starrte auf das Papier, ohne zu verstehen, was es bedeutete. Er war sich nur sicher, dass es etwas bedeutete. Er zuckte zusammen, als er dicht neben sich van Reijtens Stimme hörte. Der Manager musste vollkommen lautlos zurückgekehrt sein.

»Was sind Sie für ein Mensch? Was tun Sie da?« Er sprach leise, aber mit einem scharfen, fast gemeinen Unterton. »Ich habe Ihnen zugehört, ich habe Ihnen vertraut. Und Sie spionieren in meinen Unterlagen!«

»Es tut mir leid, ich dachte …«

»Ach, hören Sie auf! Verlassen Sie bitte dieses Zimmer.«

Tom stand auf. Er spürte, dass er kirschrot angelaufen war. Van Reijten wandte sich zur Wendeltreppe, aber Tom folgte ihm nicht. »Warten Sie bitte! Ich weiß, dass es nicht in Ordnung war, in Ihren Unterlagen zu lesen. Aber diesen Brief hier, den können Sie doch nicht einfach abheften. Er könnte etwas mit dem Tod des Jungen da draußen zu tun haben.«

Der Manager drehte sich um, seine Augen glühten. Tom fürchtete einen Wutausbruch schlimmster Art. Van Reijten

trat nah an ihn heran. »So, denken Sie das? Was sollte mich das kümmern, was Sie denken? Ich weiß gar nicht, wer Sie sind. Wissen Sie, wer ich bin?«

»Ungefähr.«

»Oil Company of Europe, Head of Business and Development. Ich bin verantwortlich für mehrere hundert Mitarbeiter in ganz Deutschland.«

»Ach ja.«

»Ich muss Entscheidungen, die ich treffe, sorgfältig abwägen. Sie sagten, Sie haben als Journalist gearbeitet. Sie kennen sich aus in dieser Stadt?«

»Recht gut.«

»Aber Sie arbeiten definitely not longer for any newspaper?«

»Nein.«

Van Reijten kratzte sich unter seinem weißen Haarschopf. Er zog das Telefon aus seiner Hosentasche, schien jemanden anrufen zu wollen, ließ das Gerät dann aber wieder in die Tasche gleiten. Tom war erstaunt, wie schnell die Stimmungslagen des anfangs so souverän auftretenden Mannes wechselten. Seine Stimme klang nach mühsam kontrolliertem Zorn. »Nehmen Sie wieder Platz.« Van Reijten selbst blieb stehen, ging ein paar Schritte auf und ab, blieb dann wieder stehen. Er nahm das Blatt mit dem Foto und den drei sonderbaren Sätzen in die Hand und ließ es wieder auf den Tisch fallen. »Was ich hier tue, ist ungewöhnlich. Es gibt eigentlich keinen Grund, warum ich Ihnen vertrauen sollte. Aber vielleicht sind Sie genau die Person, die mir in diesem Augenblick fehlt.« Er zeigte auf das Papier. »Ich habe diesen Brief bekommen – heute Morgen. Mein Assistent und ich … wir wissen nicht, ist es eine … how do you say … eine böse Brief?«

»Ein Drohbrief?«

»Ja, richtig. Vielleicht ist es ein Drohbrief.« Van Reijten sah Tom prüfend an. »Sie sind verwirrt? Wir waren es auch, als dieses Blatt heute Morgen in meiner Hotelpost lag. Niemand konnte sich erinnern, wer es abgegeben hat.«

»Ist es die erste Botschaft dieser Art?«

Van Reijten nickte. »Wir verstehen diese Zusammenhänge nicht. Was haben wir mit dem toten Jungen zu tun? Und mit Vineta? Wo ist Vineta? Ist das nicht diese versunkene Stadt? Wollen die Bewohner einer versunkenen Stadt sich mit uns streiten? Haben Sie deswegen ein Kind getötet? Können Sie mir diese Fragen beantworten?«

Tom war sich inzwischen sicher, dass es kein Vergnügen war, mit van Reijten zu streiten. Er wusste aber auch nicht, was er zu der merkwürdigen Botschaft sagen sollte.

»Ich habe den Eindruck, dass dieser Text etwas wirr ist. Aber es gibt auch gewisse Zusammenhänge. Sie wissen ja vielleicht, dass die mittelalterliche Stadt Vineta angeblich vor den Toren des heutigen Barth lag und bei einer Sturmflut versunken sein soll. Vielleicht haben Sie auch von der Vineta-Sage gehört, nach der die reiche Stadt vor den Augen eines kleinen Jungen wieder aufgetaucht sei. Er konnte die Stadt sogar betreten und wurde von Kaufleuten aufgefordert, dort etwas zu kaufen. Das ging aber nicht, weil der Junge kein Geld dabeihatte. Später, als er wieder an den Strand zurückgekehrt war, erzählte ihm ein Fischer, dass Vineta alle hundert Jahre zum Osterfest aus der Tiefe emporsteigt. Nur Kinder, die an einem Sonntag geboren seien, könnten die Stadt erkennen und retten, indem sie dort etwas kauften.«

Van Reijten hörte Tom mit wachsender Ungeduld zu. »Was haben wir mit alledem zu tun?«

Tom nahm den eigenartigen Brief in die Hand. »In diesem Brief wird der Tod des Kindes als Rache Vinetas gedeutet. Man könnte sich vorstellen, dass das Bohren in der Tiefe die Ruhe der versunkenen Stadt stört. Indem Sie nach Öl bohren, wecken Sie die Geister auf.«

Der Öl-Manager schlug mit einer Hand verzweifelt auf seinen Oberschenkel. »Wer denkt sich diesen Unsinn aus? Wir wollen keine Geister aufwecken. Wissen Sie, wie tief wir bohren? 3000 Meter tief – da liegt keine versunkene Stadt. Da ist alles ruhig und still. Wir lassen die alte, reiche Stadt in Ruhe und bringen dafür neuen Wohlstand nach Barth. Jetzt und hier. Durch das Öl werden hier Arbeitsplätze entstehen. Wir fördern die Wirtschaft.«

Tom verzog den Mund. »Nicht alle hier sehen das so. Das wissen Sie.«

Van Reijten tippte mit dem Zeigefinger ungeduldig auf den Glastisch. Dann sah er Tom durchdringend an. »Sie haben gesagt, dieser Brief könnte etwas mit dem Tod des Jungen zu tun haben. Denken Sie, dass es einzelne Menschen oder Gruppen in dieser Stadt gibt, die ein Kind umbringen würden, um uns von der Ölförderung abzuhalten?«

Tom merkte, dass er schwitzte. Und das hatte nicht nur damit zu tun, dass er noch immer seine Jacke trug. Er dachte an Clara und ihre geradlinige Art, die Ölförderung zu kritisieren. Sie schien nicht einen Augenblick daran zu zweifeln, was sie für richtig und was für falsch halten sollte. Vielleicht war es das, worum er sie beneidete. »So habe ich das nicht gemeint. Ich halte einen solchen Zusammenhang für unsinnig. Es gibt hier Gegner der Ölförderung – das wissen Sie natürlich. Aber das sind ganz normale Leute, viele haben selbst Kinder. Die würden niemals …«

»Und sonst irgendjemand? Jemand, der irgendwie … verrückt ist … besessen?«

»Ich kenne nicht alle Verrückten in dieser Gegend, aber ein Mord an einem Kind ist meiner Meinung nach mehr als verrückt. Der Tod dieses Jungen … das passt nicht hierher. Es scheint mir etwas zu sein, das niemand erwartet oder befürchtet hätte. Etwas, das von außen gekommen sein muss.«

»Und müssen wir uns Sorgen machen? Wird der Täter noch einmal zuschlagen?«

Tom hob die Arme. »Bitte fragen Sie mich so etwas nicht. Sie sollten mit dem Brief zur Polizei gehen. Die können das besser einschätzen.«

Van Reijten sah ihn nachdenklich an. Er schüttelte langsam den Kopf. »Wir müssen das ernst nehmen. Es gibt hier viel … how do you say … distrust.«

»Misstrauen?«

»Es gibt viel Misstrauen. Wir wollen hier unsere Arbeit machen. Und wir wollen sie sehr, sehr gut machen. Wir kämpfen seit Jahren gegen das Misstrauen. Das Misstrauen ist wie ein Drache: Hat man seinen Kopf abgeschlagen, wächst sofort ein neuer nach.«

»Vielleicht gibt es ja auch Gründe für das Misstrauen, schlechte Erfahrungen an anderen Orten.«

Van Reijten faltete das Papier zusammen, sodass Text und Bild nicht mehr zu sehen waren. Er ließ es auf den Glastisch fallen. »Wenn wir, die OCE, in Verbindung gebracht werden mit dem Tod eines Kindes, dann ist das nicht schön. Es ist ekelhaft. Wir töten keine Kinder.« Er stand auf und ging, ohne zurückzublicken, die Wendeltreppe hinab. Tom folgte ihm. An der Tür hatte der Manager die Fassung wiedergefunden und reichte Tom die Hand. »Ich wünsche mir, dass Sie unser Gespräch für sich behalten. Wir werden entscheiden, wie wir mit diesem Brief umgehen. Und wir werden die richtige Entscheidung treffen.«

Tom schämte sich später dafür, dass er in diesem Moment nickte und damit alles akzeptiert hatte, was van Reijten tun würde. Er konnte den Brief verschwinden lassen, und Tom würde nicht beweisen können, dass es ihn überhaupt gab.

Als die Tür geschlossen war, lehnte er sich erschöpft gegen die Wand des Hotelflurs. Er kam sich vor, als hätte er eine Begegnung mit einem Außerirdischen hinter sich. Van Reijten war schon einige Male in der Ostsee-Zeitung erwähnt worden. Sie hatten ihn als klugen und geschickten Manager dargestellt, Umweltinitiativen sahen in ihm den Agenten eines geldgierigen und rücksichtslosen Gewerbes, das sich blutsaugend über das Land legte. Tom hatte das Gefühl, dass das alles wahr sein, aber genauso gut das Gegenteil zutreffen konnte. Er musste grinsen, als ihm wieder einfiel, was er in einem Zeitungsartikel über Jon van Reijten gelesen hatte: Wegen seiner opulenten Frisur nennen seine Mitarbeiter ihn *Beethoven*.

-11-

»Wirklich? Du hast dich mit Beethoven unterhalten?«, Sven Dornkop brüllte vor Begeisterung ins Telefon.

Tom hielt das Gerät ein paar Zentimeter von seinem Ohr weg. Es war mittlerweile später Nachmittag, er war gerade vom Einkaufen zurückgekehrt – Pizza Siziliana extra scharf, dazu eine Flasche Rotwein, sehr trocken, lagen in seiner Tasche – und stand noch mit Jacke und Schuhen bekleidet im Wohnzimmer, wo er das Telefon gerade noch rechtzeitig unter einer ausgelesenen Zeitung gefunden hatte. »Ich dachte, ich frage ihn einfach, ob er was gesehen hat. Schließlich stand er gestern Morgen auf dem Balkon seines Hotelzimmers und konnte den gesamten Bodden überblicken.«

»Und, was kam raus?«

»Er ist stark kurzsichtig und der Kaffee im Hotel Speicher schmeckt ihm nicht.«

Sven kicherte wie ein Kind. »Mann, Mann, das sind ja Geschichten. Hätte nicht gedacht, dass dich der alte Herr einfach so in sein Hotelzimmer lässt.«

»Er hat mich nicht nur hineingelassen, wir hatten auch ein recht interessantes Gespräch.«

»Du machst mich neugierig.«

»Sorry, da kann ich im Augenblick nicht drüber sprechen.« Tom machte es Spaß, Sven zappeln zu lassen. Der sollte auch mal mitbekommen, was es hieß, wenn man hingehalten wurde. Svens Hochstimmung schien sich aber nicht so einfach vertreiben zu lassen.

»Bist du jetzt ernsthaft unter die Detektive gegangen?«

»Meine Freundin Clara denkt, ich sollte das tun.«

»Lass es lieber. Das passt nicht zu dir. Ehrlich gesagt, ich kann mir bis heute nicht vorstellen, dass du ein guter Journalist gewesen sein sollst. Texter ja, aber Journalist – nee, nicht wirklich. Und Detektiv erst recht nicht.«

»Danke für die Blumen.« Tom hatte sich wirklich beeilt, um rechtzeitig ans Telefon zu kommen. Das bereute er jetzt.

»Du hattest ja gefragt, ob ich noch einen anderen Auftrag für dich hätte«, sagte Sven gönnerhaft. »Und tatsächlich gäbe es da wohl etwas.« Er ließ eine dramatische Pause folgen und wartete wohl auf eine Äußerung Toms – vielleicht einen Jubelschrei.

»Soso. Was denn?«

»Schon seit Monaten liegt hier ein Manuskript bei mir im Büro, so eine Art Stadtchronik.«

»Gibt es doch schon.«

»Du meinst den Band, der zum 750-jährigen Stadtjubiläum rauskam? Na ja, ist ziemlich wissenschaftlich. Ich stelle mir eher etwas vor, das auch für die Allgemeinheit verständlich ist. Das Manuskript kommt von einer Dame aus dem Stadtarchiv. Sehr gebildet, verlässlich, präzise.«

»Oh, ich glaube, ich weiß, wen du meinst. Sie schreibt sehr kompliziert.«

»Möglich, aber wir kommen nicht an ihr vorbei.«

Tom sah sie vor sich: Frau Dr. Grimm, das wandelnde Geschichtsbuch. Glatte graue Haare, Faltenrock nach der Mode der Fünfzigerjahre, aber eine Brille wie des Teufels Großmutter. »Sie ist ein Bücherdrache.«

»Ach nee, ich würde er sagen, eine in die Jahre gekommene Bibliotheksmaus.«

»Sie hat Haare auf den Zähnen.«

»Das gehört dazu. Gelehrte müssen auch scharf schießen können. Jedenfalls mit Worten. Man muss nett zu ihr sein, ihr mit Respekt begegnen.«

»Ehrlich gesagt, mir fällt das schwer.«

Sven schien einigermaßen irritiert zu sein über Toms Zögern. »Hast du da einen Komplex oder so etwas? Ich sehe nicht, wer sonst so ein Buch schreiben sollte.«

Tom schüttelte sich. »Ich hatte einige Male Ärger mit Frau Dr. Grimm.«

»Weswegen?«

»Irgendwelche historischen Details in Artikeln, die ich geschrieben oder redigiert hatte. Sie ist wirklich penibel bis zum Abwinken. Ich habe in einem Text auch mal ihren Doktortitel vergessen. Das hat sie mir übelgenommen.«

»Na, besser geht's doch nicht! Dann kannst du mit Frau Doktor bei einem Sanddornlikör das Kriegsbeil begraben und zur Tat schreiten. Und du kannst sicher sein, dass sie in ihrem eigenen Text nicht einen einzigen Fehler finden wird.« Er lachte laut auf. Tom fand, dass dieses Gelächter beinahe schon nach Irrsinn klang.

»Habt ihr nicht etwas Einfaches? Eine Friedhofssatzung oder so etwas?«

»Jetzt hör endlich auf mit deiner Friedhofssatzung! Wenn die das nächste Mal geändert wird, dann bist du längst Kunde bei denen, verstehst du, dann liegst du brav in deinem Reihengrab und sagst keinen Ton mehr. Wir … nein, du wirst Frau Grimm darauf einschwören, dass das Buch auch für Laien verständlich sein soll. Dann läuft das.«

Tom seufzte. »Ja, ja, habe verstanden.«

»Ich schicke dir das Manuskript per E-Mail, wir können dann morgen noch mal telefonieren, ja?«

Tom legte das Telefon zur Seite. Er hatte das Gefühl, dass die meisten Gespräche mit Sven auf die gleiche Art endeten: Der Tourismusbeauftragte war noch fröhlicher, als er es ohnehin schon war, und er, Tom, hatte ein neues Problem am Hals. Die ganze Sache hatte schon einen sonderbaren Anstrich: Am Morgen hatten sie ein Projekt gestrichen, am Nachmittag war ein Neues da. Dass die Verwaltung so sprunghaft arbeitete, kam ihm ungewöhnlich vor. Aber welche Wahl blieb ihm: Alles, was seine finanzielle Lage besserte, musste er am Ende annehmen. Mit dieser Einsicht erinnerte er sich auch wieder an die Geräusche und den schwarzen Qualm, die der Dieselmotor seiner MATHILDA am Vortag von sich gegeben hatte. Ein Besuch in der Werft ließ sich nicht mehr vermeiden. Er rief gleich an und bekam einen Termin für Donnerstagvormittag. So konnte er am Mittwoch zu Clara fahren und am nächsten Morgen seine Barkasse aus Zingst zurückholen, wo sie nach der schockierenden Entdeckung noch immer lag.

Ohne dass er es wollte, kehrten seine Gedanken zurück zu dem, was passiert war. ›Ein Junge, einziger Sohn eines Bauunternehmers, verschwindet über Nacht vom elterlichen Grundstück und liegt am nächsten Morgen tot in einem Boot, das auf dem Wasser treibt.‹ Auch ohne den merkwürdigen Drohbrief, den van Reijten zwischen seinen Geschäftsunterlagen versteckt hatte, wirkte dieses Szenario so, als stecke irgendeine Botschaft dahinter. Tom versuchte sich aus der Umklammerung der immer von neuem ansetzenden Gedankenschleifen zu befreien. Er raffte sich auf und tat das, was er sich vor dem Anruf von Sven vorgenommen hatte: ein Kaminfeuer anzünden, eine Tiefkühlpizza in den Ofen schieben und den Abend mit einer Flasche Wein ausklingen lassen.

Seine Einkaufstasche stand noch neben der Haustür. Als er sie holte, fiel ihm auf, dass etwas im Postkasten lag. Er nahm die beiden Briefe heraus und erkannte, dass mindestens eine Rechnung dabei war. Lustlos warf er die beiden Umschläge auf einen Hocker, der zu eben diesem Zweck in einem Mauerwinkel unter der Garderobe stand. Dann stellte er den Backofen an und ging er auf seinen winzigen Hinterhof, wo ein überschaubarer Vorrat an Kaminholz lagerte.

Als er mit der frisch gebackenen Pizza vor dem flackernden Kamin saß, hatte er das Gespräch mit Sven schon fast wieder vergessen. Der Rotwein wurde seinem nobel klingenden Namen nur in Ansätzen gerecht. Tom warf einen Blick nach draußen. Die Dämmerung hing schon zwischen den niedrigen Altstadthäusern. Er spürte, wie eine angenehme Müdigkeit von ihm Besitz ergriff. Zum ersten Mal seit zwei Tagen hatte er das Gefühl, sich entspannen zu können. Mit den Füßen balancierte er den leeren Teller auf den niedrigen Sofatisch und döste eine Weile vor sich hin. Er überließ sich seiner Trägheit und dem Gefühl, dass der Tag so weitergehen konnte, irgendwie dem Ende entgegen. Es gab nur ein paar Dinge, an die er auf keinen Fall denken durfte: an den toten Jungen zum Beispiel oder seine finanzielle Lage oder einen möglichen Motorschaden an der MATHILDA. Fast war er so weit, so etwas wie Zufriedenheit zu verspüren, da fielen ihm die beiden noch ungeöffneten Briefe unter der Garderobe ein. Mühsam erhob er sich, dehnte seine Gelenke und nahm vor dem Weg auf den kalten Flur noch einen Schluck Rotwein.

Der erste Brief enthielt die jährliche Abrechnung seines Stromanbieters. Es gehörte wohl ein spezieller Humor dazu, den Kunden solche Briefe ausgerechnet einen Tag nach Ostern zukommen zu lassen. Der noch zu zahlende Betrag musste als ein weiterer Tiefschlag gewertet werden, aber Tom steckte ihn in seiner augenblicklichen Stimmung nahezu ungerührt weg. Der zweite Umschlag war weiß, quadratisch und enthielt keinen Absender. *Für Thomas Bauer* hatte der Verfasser mit ungelenken Buchstaben auf den Umschlag geschrieben. Er schien seinen Adressaten nicht besonders gut zu kennen. Nicht nur der Nachname war falsch geschrieben, es gab auch kaum jemanden auf der Welt, der ihn Thomas nannte. So hatte er nur während seiner Zeit als Lokalredakteur namentlich gezeichnete Artikel unterschrieben. Vielleicht kannte ihn der Absender des Briefes noch aus dieser längst vergangenen Epoche.

Als er den Umschlag öffnete, fiel eine unbeschriftete DVD heraus. Es gab keine Erklärung, kein Anschreiben, nichts Schriftliches. Nur das silberne Ding. »Bist ja nicht sehr mitteilsam«, murmelte Tom. Natürlich war es ein Risiko, die DVD in das Notebook zu schieben. Aber er konnte sich nicht vorstellen, dass jemand auf eine so umständliche Art und Weise Computerviren verbreiten würde. Da gab es doch modernere Methoden. Er ging zurück ins Wohnzimmer und hielt die DVD einen Moment lang so vor sein Gesicht, dass der flackernde Schein des Kaminfeuers in der silbernen Oberfläche zu Kaskaden bunter Lichtsplitter zerstäubte. Noch immer war er in einer etwas weinseligen, entspannten Stimmung und deshalb nur sehr schlecht auf das vorbereitet, was er zu sehen bekam, als er die DVD startete.

Der übliche Videoplayer öffnete sich. Sofort war der Betrachter mitten im Geschehen: dichtes Buschwerk, Bäume, alles reichlich verwackelt. Das Grundrauschen eines billigen Mikrofons, dahinter das gedämpfte Geräusch von Schritten auf weichem Untergrund. Der Bildausschnitt schwankte und ruckelte im gleichen Rhythmus wie die Schritte, die zu hören waren. Es wurde etwas heller, hinter dem Gebüsch

öffnete sich eine Rasenfläche. Man sah eine Schaukel, einen Sandkasten. Alles wirkte gepflegt, aber zugleich trist, ohne herumliegendes Spielzeug oder andere Zeichen von Leben. Es waren jetzt auch Stimmen zu hören; die eines Kindes und eines offenbar verärgerten Mannes. Die Kamera vollzog einen schwindelerregenden Schwenk und richtete sich auf zwei Gestalten, die hinter dem Blätterwerk nur unvollständig zu erkennen waren und immer wieder für kurze Zeit ganz verschwanden. Summend zoomte die Kamera näher an die Szene heran, das Bild wackelte stärker, aber die störenden Zweige und Blätter verschwanden. Tom stockte der Atem. Der Junge, den er sah, hatte nur wenig Ähnlichkeit mit der reglosen, bleichen Kindergestalt, die in dem Boot gelegen hatte. Trotzdem wusste er sofort, dass dieser Junge Leo war, der Sohn des Bauunternehmers Rakowsky. Er stand mit gesenktem Kopf auf der Rasenfläche. Über ihm hatte sich ein Mann von mächtiger, furchteinflößender Gestalt aufgebaut. Sein Kopf saß fast ohne Hals auf dem gedrungenen Leib, in seinem kantigen Gesicht prangte ein dichter Schnurrbart. Er trug ein ärmelloses, braunes Shirt und auf seinen Oberarmen großflächige Tätowierungen. In einer Hand hielt er einen länglichen Gegenstand; es war nicht genau zu erkennen, was es war. Die andere Hand war zur Faust geballt. Der Mann brüllte den immer weiter in sich zusammensinkenden Jungen an. Die Worte kamen nur verzerrt an und waren nicht zu verstehen. Man hatte das Gefühl, dass der Mann längst über sein Ziel hinausgeschossen war, aber er hörte nicht auf zu schimpfen. Dann geschah etwas, dass Tom zusammenzucken ließ: Ohne Vorwarnung schlug der Mann dem Jungen mit der rechten Hand ins Gesicht. Leos Kopf wurde zur Seite geschleudert, er stolperte, fing sich aber wieder. Als der Mann zuschlug, fiel der Gegenstand, den er in der anderen Hand gehalten hatte, zu Boden. Tom erkannte ihn erst, als er im Gras lag: eine alte Pistole, mit einem dunklen Holzgriff und einem langen, silbrig-glänzenden Lauf. Bevor er sich einen Reim darauf machen konnte, hatte der stämmige Mann schon wieder zugeschlagen, dieses Mal so fest, dass Leo sich nicht mehr auf den Beinen halten konnte. Er stürzte in ein Beet, das mit irgendeinem Bodendecker bewachsen war und krümmte sich dort zusammen. Der Mann hob mit einer Geste der Verachtung die Pistole auf und ging fort, ohne sich noch einmal umzusehen. Der Kamerablick folgte ihm. Man sah, wie er mit schweren Schritten eine weitläufige Terrasse erreichte und dann durch eine Glastür im Haus verschwand. Erst jetzt verstand Tom, dass die Rasenfläche kein öffentlicher Park war, sondern der großzügige Garten, der zu einer

Villa mit Reetdach gehörte. Die Kamera verharrte einen Moment ratlos an einer Hausecke und wandte sich dann wieder dem Jungen zu, der noch immer im Beet lag und kaum merklich zuckte. Es schien so, als ob er weinte. Dann brach die Aufnahme ab.

Tom spürte, wie alles wieder hochkam. Nicht nur das Bild von dem toten Jungen im Boot, sondern das ganze Elend, das an dieser Geschichte hängen mochte. Das verwackelte Video machte ihm eines klar: Der Junge, den er gefunden hatte, war nicht nur ein der Welt entrücktes Kind. Leo hatte gelitten, er hatte Schmerzen gespürt und Angst gehabt. Tom wusste nichts über seine Geschichte und er hatte Angst davor, diese Geschichte kennenzulernen. Er war auf das Video nicht vorbereitet gewesen. Und jetzt kam alles hoch, mit den unverdauten Erlebnissen vom Vortag gerieten auch die Dinge in seinem Magen in Aufruhr, die Pizza und der mittelmäßige Rotwein. Tom sprang auf, lief ins Bad, wo er sich übergeben musste.

Es war nicht einfach, wieder einen klaren Kopf zu bekommen. Er musste irgendetwas tun, das war klar. Aber was? Er spürte – und das war neu – den dringenden Wunsch, diese Sache besser zu verstehen. Er selbst wollte etwas verstehen, bevor er die Polizei oder Clara oder sonst irgendjemanden darüber informierte. Was hatten die Bilder auf der DVD, die Aufnahmen des heimlichen Beobachters, zu bedeuten? Und was hatte es zu bedeuten, dass irgendjemand – vermutlich der Mann oder die Frau hinter der Kamera – ihn, Tom

Brauer, in das Vorhandensein dieser Aufnahmen einweihte? Und warum wollte er oder sie anonym bleiben? Eineinhalb Tage nach dem Tod des Jungen wirkte das wie eine Anklage: *Sieh dir das an! Wer so mit einem Kind umgeht, der ist nicht weit davon entfernt, es umzubringen.*

Eine ganz wesentliche Frage hatte Tom für sich schon beantwortet: Auch wenn sich die Ähnlichkeit zwischen dem zierlichen Jungen und der Holzfällergestalt in Grenzen hielt. Der Mann musste Leos Vater sein, Rakowsky, der Baulöwe mit den vermeintlich zwielichtigen Geschäftspraktiken. Um sicher zu gehen, suchte Tom im Netz nach einem Bild von Rakowsky. Dessen Unternehmen präsentierte sich auf einer eigenen Webseite nicht gerade spektakulär, eigentlich ziemlich unprofessionell. Rakowsky-Bau bot seinen Kunden alles: *vom Fundament bis zur Badezimmerausstattung*. Besonders stolz waren sie auf die Übernahme kompletter Bauprojekte: ein Einkaufszentrum in Wismar, ein neuer Schultrakt mit Mensa in Rostock und verschiedene Bürogebäude in ganz Mecklenburg-Vorpommern. Auf einer schwer aufzufindenden Unterseite mit dem Titel *Über uns* fand Tom ein Foto von Rakowsky: Es war tatsächlich der Mann aus dem Video. In der Firmenpräsentation bemühte er sich um ein gepflegtes Auftreten: das braune Haar zurückgekämmt, offener Blick aus meerblauen Augen, ein unauffällig kariertes Hemd. Tom fragte sich, ob Rakowskys Gesichtsbräune auf dem Bau oder doch eher auf einer Jacht im Mittelmeer entstanden war. Sein Gesicht war kantig, mit dichten Augenbrauen, einer breiten Nase und einem Schnauzbart ausgestattet – das war einer, dem man auf den ersten Blick zutraute, Kommandos zu geben. Clara hatte diesen Günter Rakowsky in ein schlechtes Licht gerückt. Und Tom musste zugeben, dass die DVD ihr mehr als recht gab.

Er trank einen Schluck Wasser aus der Leitung, um den Geschmack der Magensäure loszuwerden. Dann räumte er den leeren Teller weg, verschloss die Weinflasche sorgfältig mit dem Korken und stellte sie auf seinen Küchenschrank. All das tat er mit einer ruhigen Entschlossenheit, die ihn selbst erstaunte. Es fühlte sich an, als ob die Zeit des entspannten Genießens vorläufig zu Ende sei.

Unter der Büronummer von Sylke Bartel meldete sich niemand. Auch einen Anrufbeantworter hatte sie nicht eingeschaltet. Tom probierte es bei der Hauptnummer der Polizeistation Barth und erfuhr, dass Sylke unterwegs war. Eine Handynummer wollten sie ihm nicht geben. Grimmig drückte Tom die rote Taste an seinem Telefon. »Wartet nur ab«, rief er und holte ein zerfleddertes Adressbuch aus der unteren Schreibtischschublade. Er hatte in seiner Zeit als Lokaljournalist Hunderte von Kontakten in dem Buch notiert und war sich bislang sicher gewesen, dass er das Buch nicht mehr benötigen würde.

Sylkes Nummer stimmte noch. »Ich bin hier mitten in einer Vernehmung«, zischte sie ihn an, und Tom glaubte aus jedem Wort Anspannung, Stress und Misserfolg herauszuhören. »Wenn du etwas abzugeben hast, dann geh bitte zur Wache.«

»Es ist ein Video. Und ich denke, es ist sehr wichtig«, sagte er. »Ich möchte es dir persönlich zeigen. Morgen früh?«

»Was auch immer du mir zeigen möchtest, bring es bitte zur Wache!«

Tom schnaufte. Er hatte wieder Lust, unvernünftig zu sein. »Wo bist du morgen früh?«

»Das werde ich dir nicht sagen.«

»Dann forsche ich auf eigene Faust nach der Herkunft dieses Videos.«

»Tom!«

»Sag mir, wo ich dich treffen kann.«

»Eine Befragung in der Schillerstraße, der große Häuserblock, mittlerer Eingang, die Nummer weiß ich gerade nicht. Ich bin um neun dort. Wenn du etwas früher kommst, können wir uns da kurz unterhalten.«

»Viertel vor neun bin ich da.«

Er wählte Claras Nummer. Sie nahm nicht ab. Wahrscheinlich dauerte die Vorbereitung der Demonstration länger als geplant. So etwas dauerte immer länger als geplant. Das vom Kamin aufgeheizte Wohnzimmer kam ihm plötzlich stickig und unerträglich heiß vor. Tom zog sich eine Jacke über und ging noch einmal raus. Er brauchte frische Luft, um wieder klar denken zu können.

Die Luft war nicht nur frisch, sie hatte wieder diese winterliche Anmutung, ein eisiger Dunst hing in den Gassen rund um die Marienkirche. Es roch nach Kohleöfen und Frittierfett aus irgendeiner Restaurantlüftung. Der gelbliche Schein der Straßenlaternen gab den Fassaden der Häuser etwas Unwirkliches. *Vielleicht sind wir ja alle beim Film,* den Satz hatte Tom mal irgendwo gelesen, in einem Roman. Es war das Einzige an dem ganzen Buch, an das er sich erinnern konnte. Aber der Satz gefiel ihm und hin und wieder gab es einen Moment, auf den nichts besser zutraf als dieser Satz.

Über einen Mitteilungskasten der Kirchengemeinde hatte jemand mit schwarzer Farbe gesprüht: *No Oil.* Es war eines der wenigen äußeren Zeichen, die auf den Beginn der Ölförderung hindeuteten. Schmierereien und Vandalismus gab es sonst selten in der Stadt – vielleicht mal an den wenigen leerstehenden Industriegebäuden oder in den schmuddeligen Ecken am Bahnhof, aber selbst dort war in den letzten Jahren vieles erneuert worden. Die hübsch aufpolierte Innenstadt zu verunzieren, das war nach Toms Erinnerung neu. Es war so etwas wie die Kündigung einer allgemein anerkannten Übereinkunft: Unsere Stadtmitte ist tabu! Die Ölförderung aber hatte Unruhe nach Barth gebracht. Keinen äußerlich erkennbaren Aufruhr, aber unterschwellig hatte sich die Stadtbevölkerung in zwei Parteien gespalten: eine Minderheit entschlossener Ölbohrgegner und eine schweigende Mehrheit. Überzeugte Befürworter gab es kaum. Oder sie trauten sich nicht an die Öffentlichkeit.

Irgendwann stand Tom wieder auf dem verlassenen Marktplatz, umgeben von stummen Häusern mit ihren vielen kleinen, zumeist unbeleuchteten Fenstern. Aus einem parkenden Auto waren leise Bässe zu hören. Es war der Moment, indem Tom einen Entschluss fasste: Er würde nicht ruhen, bis er wusste, was mit dem kleinen Leo geschehen war.

Mittwoch: Zeugen

-12-

Die Schillerstraße war eine kurze, ruhige Wohnstraße mit gepflegten Häusern, aber einem Straßenbelag, der sich nicht für tiefergelegte Sportwagen eignete. Sylke hatte von einem Häuserblock gesprochen und damit wohl eines der beiden Mehrfamilienhäuser gemeint, die sich in der Mitte der Straße wie zwei in Würde gealterte Kontrahenten gegenüberstanden. Tom postierte sich vor dem mittleren Eingang des größeren der beiden Gebäude. Ein Fußweg führte zu einer liebevoll gestalteten Eingangstür. Der Rasen war gepflegt, nur die planlos aufgehängten Briefkästen störten das gefällige Bild.

Er war zu Fuß gekommen und überpünktlich, weil er Sylke auf keinen Fall verpassen wollte. Es war ein frischer, fast frostiger Morgen, einer dieser verspäteten Wintertage, wie sie um Ostern herum manchmal vorkommen. Tom atmete weiße Dampfwolken aus und rieb sich die Hände. Er bereute es, nicht noch einen zweiten Pullover angezogen zu haben. Er sah auf, als er ein Geräusch hörte: Eine Frau mit glatten braunen Haaren und einem gestreiften Wollpullover hatte ein Fenster im Hochparterre geöffnet. Sie blickte nach links und rechts und winkte ihm dann zu. »Sie können ruhig reinkommen.« Die Frau sprach eigenartig gepresst, als wollte sie unbedingt vermeiden, dass irgendjemand außer Tom ihre Worte hören konnte. Er zögerte. »Na los, kommen Sie!«

Er hatte keine Ahnung, warum ihn die Frau ins Haus bat, aber die Aussicht auf einen windgeschützten Hausflur fand er verlockend genug, um der Aufforderung zu folgen.

Mit einem verkrampften Lächeln empfing sie ihn an ihrer Wohnungstür. »Es ist gut, dass Sie so unauffällig sind, ganz ohne Uniform und Polizeiauto. Wissen Sie, es ist mir eigentlich egal, was die Nachbarn reden. – Aber wenn sie keinen Grund haben zu reden, ist es doch besser.«

Tom nickte verwirrt. Alles hier verwirrte ihn, vor allem, dass die Frau gar nicht aufhörte, so verkrampft zu lächeln.

»Gehen Sie durch ins Wohnzimmer. Sascha ist schon da.«

Sascha? Wer war Sascha? Tom begriff, dass er in eine Situation geraten war, die er nicht mehr überblickte. Die Frau fasste ihn, als er die Tür zum Wohnzimmer öffnen wollte, sanft am Arm. »Ich möchte Sie bitten, keine Einzelheiten über diese Sache … also über Leo und seinen … na ja, Sie werden das ja sowieso nicht tun, die Polizei verrät ja so etwas nicht. – Es ist nur so, dass Sascha von dieser Geschichte ziemlich mitgenommen ist. Also auch deshalb ist es gut, dass Sie hier nicht gleich mit einer ganzen Kolonne von Beamten angerückt sind.«

Tom merkte, dass er nun auch verkrampft lächelte. Er drückte die Wohnzimmertür auf. Sascha war strohblond und etwa zehn Jahre alt. Er saß kerzengerade auf einem mit braunem Cordstoff bezogenen Sofa. Sein erwartungsvolles Gesicht machte es Tom unmöglich, das dumme Missverständnis aufzuklären. Er wollte ja aus der Rolle als Polizist heraus, aber es gelang ihm nicht. Mit jeder Sekunde, die verstrich, wurde es schwieriger. Hinter sich hörte er die nervöse Stimme von Saschas Mutter. »Möchten Sie etwas trinken? Kaffee, Saft, Wasser?«

»Einen Kaffee, gerne.« Er hielt es für sinnvoll, die Frau zu beschäftigen, damit sie nicht zu viel nachdachte.

»Du bist also Sascha?«

Sascha nickte. Was sollte er auch sonst tun? Tom dachte fieberhaft darüber nach, welche Rolle Sascha im Fall Leo spielen würde und wie er unbeschadet aus dieser vertrackten Situation herauskommen konnte. Es musste einen Grund geben, dass Sylke Sascha befragen wollte. Aber welchen? Tom erinnerte sich an eine alte Interviewregel, der zufolge es wichtig war, offene Fragen zu stellen. Er suchte nach den Worten, die ihn retten konnten. »Ja, Sascha, dann erzähl doch mal …«

Sascha wippte ganz leicht auf dem offensichtlich gut gefederten Sofa auf und ab. Er beobachtete Tom, der auf einem Sessel Platz genommen hatte.

»Schreiben Sie gar nichts auf? Die Polizei schreibt doch immer ein Protokoll!«

Tom lächelte. »Da hast du vollkommen recht.« Er fingerte ein Notizbuch aus seiner Tasche. »Und heute ist die Polizei richtig schlecht vorbereitet. Ich darf mir doch mal einen Kugelschreiber von euch leihen, oder?«

Sascha nickte wieder und fischte einen Stift aus einer Obstschale. Tom zitterte, als er den Stift entgegennahm. Er hoffte, dass der Junge es nicht bemerkte. Sascha war ihm sympathisch, und er tat ihm leid. Es war unmöglich, die unfreiwillige Scharade jetzt noch abzubrechen. »Gut, dann noch mal von vorn. Was kannst du mir sagen?«

»Also, es war so: Wir wollten ja im Gartenhaus übernachten, bei den Eltern von Leo. Das war auch alles toll. Wir sind zum Zähneputzen reingegangen – also in das richtige Haus – und dann so um neun zum Gartenhaus, mit Taschenlampe, Büchern und einem kleinen DVD-Spieler. Aber so um zehn hat sich Leo wieder seine Jeans angezogen und die Jacke und gesagt: ›Ich muss noch mal weg.‹ Ich war total überrascht, weil ich das nicht verstanden habe. Aber er wollte mir nicht verraten, was er vorhatte. Er hat nur gesagt: ›Du wartest hier drin, klar?‹ Ich hab dann noch einen Film geguckt und bin irgendwann eingeschlafen.«

Tom hatte, während Sascha sprach, irgendwelche Zeichen in sein Notizbuch gekritzelt. Zugleich hatte er hochkonzentriert zugehört. Er begann die Zusammenhänge zu verstehen und konnte endlich anfangen, sinnvolle Fragen zu stellen. »Wie klang das, als Leo mit dir gesprochen hat? Hatte er Angst oder war er gespannt?«

Sascha legte seinen Zeigefinger auf den Mund und die Stirn in Falten. Tom fiel in diesem Augenblick ein, dass Sylke jeden Moment auftauchen musste. Er wollte sich das nicht vorstellen. So schnell wie möglich musste er hier fertig werden.

»Zuerst dachte ich, er will sich wichtig machen. Leo ist manchmal so ein bisschen … na ja …«

»Angeberisch?«

»Ja, viele finden, er ist ein Angeber. In der Schule sagt er manchmal, er wäre der Stärkste, auch wenn andere dabei sind, die viel älter sind als wir. In Wirklichkeit sind die natürlich stärker als Leo und deswegen kriegt … also kriegte er auch manchmal eins auf die Nase. Und im letzten Jahr hat er uns mal eine Pistole von seinem Vater gezeigt.«

»Ach ja, so eine ganz alte mit einem Holzgriff, oder?«

»Woher wissen Sie das?«

Tom verfluchte sich für seine Unvorsichtigkeit. Er redete sich hier noch um Kopf und Kragen. »Wir sprechen natürlich auch mit Leos Eltern. Aber zurück zu dem Abend im Gartenhaus: Wollte er da auch angeben?«

»Nein, ich glaube, da hatte er wirklich etwas Wichtiges vor.«

»Warum glaubst du das?«

»Er wirkte so gespannt, irgendwie unruhig.«

»Hat er etwas mitgenommen?«

»Nein, ich glaube nicht.«

»Hat er noch irgendetwas gesagt?«

»Nein.«

Als Tom die Türklingel hörte, sprang er vor Schreck zehn Zentimeter in die Luft. Sascha sah ihn erstaunt an. »Sascha, vielen Dank für deine Informationen.« Tom hatte es eilig. Er zeigte auf sein Notizbuch. »Du siehst, ich habe alles notiert. Jetzt schreibe ich noch ein Protokoll.«

Sascha hielt ihn am Ärmel fest. »Der Leo, hatte der noch Schmerzen, bevor er starb?«

Toms Kehle war trocken wie die Mitte der Sahara. »Ich glaube … nein, ich weiß, dass Leo keine Schmerzen hatte. Bestimmt nicht. Glaubst du mir das?«

Sascha nickte.

Er berührte ihn an der Schulter. »Du bist ein toller Junge.« Dann wandte er sich ab und verließ eilig das Wohnzimmer. An der Tür stieß er mit Leos Mutter zusammen, der Kaffee schwappte auf den Fußboden. »Oh, Entschuldigung!« Sie wollte ihm die Kaffeetasse in die Hand drücken, um die Haustür zu öffnen, aber Tom ließ sie stehen. »Ich glaube, das ist meine Kollegin. Wir haben wahrscheinlich einen Einsatz.« Er lief zur Wohnungstür.

Sylkes Blick hatte etwas Starres, Vogelartiges. Sie schien nicht sofort zu begreifen, was passiert war. Tom nutzte den Moment der Schockstarre, drängte sie zwei Schritte zurück ins Treppenhaus und zog dabei die Tür hinter sich zu. Sylke fand ihre Sprache wieder. »Was machst du denn hier!?«

»Hör zu, ich erkläre dir das später. Reg dich jetzt bitte nicht auf, ja?«

Saschas Mutter erschien an der Wohnungstür. »Wollen Sie nicht noch eben …?«

»Tom, das ist nicht wahr …!«

»Nein, tut mir leid«, sagte Tom, »aber Sascha hat das alles sehr gut gemacht. Meine Kollegin wird Ihnen dann noch eine Durchschrift der Aussage zukommen lassen.« Er legte spontan den Arm um Sylkes Schulter und schob sie etwa einen Meter zurück zum Treppenabsatz. Er hätte es nicht für möglich gehalten, dass er das konnte: Sylke einfach so aus dem Gefahrenbereich schieben, fünf Stufen hinab bis zur Haustür. Sie war doch die Vertreterin der Staatsmacht. Die toughe Sylke.

Glücklicherweise hatte Saschas Mutter kein Interesse an lautstarken Verhandlungen im Treppenhaus. Sie war schon wieder in ihrer Wohnung verschwunden, als Sylke sich losriss und sich umdrehte. »Kannst du mir das jetzt sofort erklären?!«

Tom sprach schneller, als er denken konnte, damit Sylke ihn nicht unterbrach. Währenddessen schob er Sylke wieder ein Stück zur Haustür und öffnete sie. »Sicher, ich erkläre dir alles, aber vor allem denke ich, dass wir ein ausgezeichnetes Paar … ich meine natürlich, ein ausgezeichnetes Team wären, weißt du, es ergab sich einfach so; dieser Junge hat sofort Vertrauen zu mir gefasst, und ich denke, ich habe die richtigen Fragen gestellt, natürlich bekommst du alles schriftlich.«

Sylke stieß ihn von sich. »Das ist doch Irrsinn! Ich gehe da jetzt rein und entschuldige mich und dann …!«

»Nein, das tust du nicht, es ist besser so.«

»Weißt du, was passiert, wenn das rauskommt? Was das für einen Ärger gibt?« Sie war schon wieder auf dem Weg zur Wohnungstür.

»Es wird nicht rauskommen. Und den Ärger wird es geben, wenn du jetzt da reingehst. Der Junge steht noch unter Schock. Lass es bitte. Er weiß nicht viel, aber jetzt ist klar, dass Leo an dem Abend seines Todes von sich aus das Grundstück der Eltern verlassen hat.«

Sylke hatte die Hand schon am Klingelknopf. »Wie bitte?«

»Endlich hörst du mir mal zu. Komm, ich erzähle dir, was ich gehört habe, und dann entscheidest du, ob du die arme Familie komplett durcheinanderbringen und den Jungen noch einmal mit deinen Fragen quälen willst.«

Eine Viertelstunde später standen sie auf dem Parkplatz eines Supermarktes mit Blick auf die Barthestraße, die wie eine Tangente den Stadtkern im Südwesten umrundete. Tom reichte Sylke einen Becher mit Kaffee, den er an einem Imbisswagen geholt hatte. Sylke lehnte an der Autotür. Sie nahm den Kaffee, aber sie war weit davon entfernt, sich zu bedanken. »Noch einmal in aller Deutlichkeit: Ich dulde nicht, dass du dich in die Polizeiarbeit einmischst! Wenn ich vorläufig davon absehe, den kleinen Sascha noch einmal zu befragen, dann ausschließlich deshalb, weil ich das Kind schonen möchte.«

»Sicher.«

»Und weil ich vermute, dass bis auf das Wenige, was er dir erzählt hat, nichts aus ihm herauszuholen ist.«

»Is' klar.«

»Ich erwarte von dir, dass sich so etwas nicht wiederholt.«

»Und ich denke, ich habe die richtigen Fragen gestellt.«

»Das spielt doch keine Rolle«, zischte die Ermittlerin. »Du schadest den Ermittlungen, du schadest mir und du schadest dir selbst. Kannst du mir jetzt bitte sagen, was du mir zeigen wolltest?«

Es machte Tom nicht viel aus, dass Sylke ihn beschimpfte. Das hatte sie schon öfter getan. Dass er keinerlei Idee davon hatte, worin Leos abendliches Vorhaben bestanden haben konnte, beschäftigte ihn viel mehr.

Sie stiegen wieder in Sylkes Wagen und Tom holte ein Notebook aus seiner Aktentasche. »Die DVD mit diesem Video lag gestern bei mir im Briefkasten.«

Sylke blickte voller Abscheu auf die Bilder vom prügelnden Vater. »Das ist hässlich. Aber was hat es mit dem Fall zu tun?«

»Sieh doch mal hin: Wer so mit seinem eigenen Kind umgeht, der ist auch in der Lage, ihm das Genick zu brechen. Mit oder ohne Absicht.«

Sylke nahm einen Schluck Kaffee und blickte Tom mitleidig an. »Ich weiß nicht, was für idyllische Vorstellungen du vom ganz realen Leben in einer Familie hast. Ich will das in keiner Weise rechtfertigen, das ist schlimm, was hier passiert. Es gibt aber sicher etwas, worüber sich der Vater sehr geärgert hat. Möglicherweise hat es etwas mit der Pistole zu tun. Der Vater müsste das anders lösen, als seinem Sohn links und rechts eine runterzuhauen. Aber es ist meilenweit von einem Mordmotiv entfernt.«

»Der Mann ist doch stark wie ein Holzfäller. Er könnte Leo aus Versehen getötet haben.«

»Kein Vater schlägt seinen Sohn mal eben so aus Versehen tot.«

»Oder er hat ihn so misshandelt, dass er sich vor Konsequenzen fürchtete. Ich finde, dass man den feinen Herrn Rakowsky zu einem Gespräch bitten müsste. Immerhin ist das hier Kindesmisshandlung.«

Sylke schob die Unterlippe vor. »Ist dir eigentlich aufgefallen, dass die Büsche belaubt sind? Im Hintergrund blühen Sommerblumen. Das Video ist mehr als ein halbes Jahr alt.«

»Warum sollte sich solch eine Situation nicht ein paar Monate später wiederholt haben? Dann mit noch dramatischeren Folgen!«

»Tom, der Junge ist seit zwei Tagen tot. Es wäre zynisch, den Vater wegen eines vor Monaten heimlich aufgenommenen Videos zu befragen – ausgerechnet jetzt. Nee, mir

reicht das nicht.«

»Ich bin mir sicher, das ist ein Fehler.« Er schloss das Notebook und wollte es wieder in seine Tasche packen.

»Würdest du mir bitte noch die DVD aushändigen?«

Tom lachte verächtlich. »Als Beweismittel? Ich denke, sie ist nicht relevant für dich.«

»Gib sie mir einfach, ja?«

Tom holte sie aus dem Laufwerk und reichte sie Sylke mit spitzen Fingern. War sie wirklich so naiv zu denken, dass er die Datei nicht längst auf einen anderen Speicher kopiert hatte?

»Ich hätte da noch etwas. Eine brisante Information.«

Sylke rollte mit den Augen. »Und was wäre das?«

»Es gibt eine Art Drohbrief.«

Die Barther Polizistin sah ihn an, misstrauisch, aber auch neugierig. Als Pokerspielerin war sie wohl nicht sehr gut, dachte Tom. Van Reijten hatte die Sache bis zu diesem Zeitpunkt also tatsächlich für sich behalten.

»Von wem? An wen? Weswegen?«

»Langsam, ich möchte auch ein paar Informationen von dir.«

Sie schlug mit der Hand aufs Lenkrad. »Tom, wir sind hier nicht auf dem Basar von Marrakesch!«

»Nein, aber wir sind in Barth, einer Kleinstadt am nördlichen Ende der Welt. Mit einer Polizei, die hier und da Unterstützung gebrauchen kann.«

»Ich weiß nicht, womit ich das verdient habe.«

»Wir müssen diesen Deal auch nicht machen. Vielleicht bekommst du den Brief ja ohnehin bald zu sehen.«

Sylke schüttelte verzweifelt den Kopf. »Also bitte: Hier in aller Kürze noch ein paar Interna. Ich verzichte darauf, dich an die Notwendigkeit absoluter Geheimhaltung zu erinnern. Die Todesursache – das ist ja inzwischen allgemein bekannt – war ein Genickbruch. Es ist aber nach wie vor unklar, wie er zustande kam. Die DNA-Untersuchungen am Boot und an der Leiche geben bislang wenig her. Da überlagert sich einiges. Es gibt Fußspuren auf dem Belag des Bootes. Die meisten dürften von dir stammen. Du bekommst in der Angelegenheit noch Besuch von den Kollegen, die sich deine Schuhe ausleihen werden. In den Haaren des Jungen haben wir Betonstaub und Spuren von Kuhmist gefunden.«

»Kuhmist?«

»In einer ländlichen Gegend nicht wirklich ungewöhnlich, oder?«

»Habt ihr das schon irgendwie lokalisieren können?«

»Nein. Wir vermuten, dass der Junge an irgendeinem Ufer in das Boot gelegt und dieses dann ins Wasser gestoßen wurde. In der Nacht wehte ein mäßiger Nordostwind, der erst gegen fünf Uhr morgens nachließ. Wir lassen gerade berechnen, wann und wo das Boot zu Wasser gelassen worden sein könnte.«

»Alle Achtung, ein intelligenter Ansatz! Was ist mit diesem Metallding, das in seiner Hand lag?«

»Bislang ein einziges Rätsel. Es ist aus Bronze und könnte ein altes Schmuckstück sein, vielleicht eine Art Talisman. Wir haben einen Experten hinzugezogen, aber die Untersuchungen dauern noch an.«

»Warum bringt jemand ein Kind um und legt dann einen Talisman dazu?«

Sylke zuckte mit den Schultern. »Eine Art Botschaft, eine Entschuldigung. Es ist noch zu früh, um in dieser Richtung sinnvolle Vermutungen anstellen zu können. So, aber jetzt bist du dran.«

Tom versuchte Gestaltung und Inhalt des merkwürdigen Briefes so genau wie möglich wiederzugeben. »Das Blatt wurde für Jon van Reijten im Hotel Speicher abgegeben. Er ist ein hohes Tier bei der OCE und wird morgen die Erdölförderung bei Barth offiziell starten. Ich denke, es würde sich lohnen, wenn ihr mit ihm sprecht.« Er wartete auf Sylkes Reaktion, auf eine Nachfrage, ein Zeichen von Überraschung. Aber es kam nichts. »Ich habe eigentlich versprochen, mit niemandem über diesen Brief zu reden«, sagte Tom genüsslich, »aber ich halte es für meine Pflicht, die Polizei zu informieren, ohne zu wissen, welche Folgen das für mich haben könnte.«

»Beweismittel zu unterschlagen hat auch Folgen«, sagte Sylke säuerlich. Sie griff nach dem Sicherheitsgurt und nickte Tom zu. »Wir werden das Gespräch mit dem Herrn von der OCE suchen. Was deine Unterhaltung mit Sascha angeht: Schick mir deine Notizen bitte auf meine private Handy-Nummer. So können wir beide vielleicht den größten Ärger vermeiden. Wie ich gestern Abend bemerkt habe, ist dir die Nummer ja bekannt.«

-13-

Tom ging zu Fuß nach Hause. Obwohl er mit großen Schritten voranpreschte, steckte ihm noch immer die Morgenkälte in den Knochen. Als er in der Gartenstraße angekommen war, drehte er sofort die Heizkörper im Wohnzimmer und seinem winzigen Arbeitszimmer auf, schaltete den Computer an und rief seine E-Mails ab. Sven hatte das Manuskript von Dr. Grimm geschickt. Tom startete den Drucker und setzte in der Küche heißes Wasser auf, um eine Kanne Kaffee zu kochen. Am Morgen hatte er eilig ein Toastbrot hinuntergeschlungen. Nach den abenteuerlichen Erlebnissen in der Schillerstraße wollte er jetzt in aller Ruhe sein Frühstück nachholen.

In Gedanken spielte er sie durch, diese Möglichkeit, die ihm einen Tag zuvor noch absurd erschienen war: Er würde die Rolle eines Privatdetektivs übernehmen. »Ich ermittle im Fall des kleinen Leo, der am Montag tot aufgefunden wurde«, murmelte er vor sich hin. Seine Stimme übertönte leicht das Säuseln des Wasserkessels und verfing sich dann in der Gardine vor dem winzigen Küchenfenster. Der Satz hörte sich fremd an. Das war doch nicht er selbst, der so etwas sagte. Und er wusste auch gar nicht, wie man das anstellte: *Ermitteln.* Eine Verkettung besonderer Umstände hatte ihn an diesen Fall gefesselt: seine Entdeckung des toten Jungen im Boot, Claras Bekanntschaft mit Ursula Rakowsky, die DVD. Und heute Morgen diese eigenartige Farce in der Schillerstraße. Aber Chapeau! Das hatte er gar nicht so übel gemacht. Er musste grinsen. Vielleicht lernte er schneller als so mancher Polizeischüler.

Wo sollte er mit seinen Ermittlungen anfangen? Rakowsky beschatten, rund um die Uhr, ohne Unterbrechung? Die Aussicht auf stundenlanges Warten in Claras unbeheiztem Kombi verdarb ihm gleich wieder die Lust. Auf solche Methoden würde er verzichten. Er brauchte ein anderes, intelligentes Konzept. Ohnehin war es sinnlos, Rakowsky aufzulauern: Wenn der tatsächlich etwas mit Leos Tod zu tun hatte, dann würde er jetzt alles vermeiden, was ihn verdächtig machen konnte.

Während er aß, las er den Lokalteil der Ostsee-Zeitung. Auch dort gab es vor allem ein Thema: der tote Junge im Zeesboot. Da Polizei und Staatsanwaltschaft keine Neuigkeiten verlautbart hatten, brachten sie eine Straßenumfrage, um die Betroffenheit in der Bevölkerung zu dokumentieren. In einem kleinen Kasten wurden einige Bauprojekte des *erfolgreichen Bauunternehmers Günter R.* aufgelistet: eine

Dorfschule bei Grimmen, eine Werfthalle in Wismar, die Grundsanierung einer Plattenbausiedlung im Süden von Barth. ›Solide Bauten, nichts Spektakuläres‹, dachte Tom. Er blätterte weiter und nahm sich die Berichte über den Beginn der Ölförderung vor. Irgendwo im Wald, südwestlich von Barth, lag die neue Bohrstelle; ein von hohen Zäunen umgebenes Gelände, vollgestopft mit technischen Geräten: Pumpen, Aggregate, Tanks, Messstellen, Rohre, ein kleines Materiallager. Er war bei einer längeren Winterwanderung einmal in der Gegend unterwegs gewesen. Damals war das Gelände bereits eingezäunt, die Bohranlage aber hatte noch nicht existiert.

Für den kommenden Tag hatte sich hoher Besuch angekündigt: Landrat, Wirtschaftsminister, der übliche Pressetross. Natürlich würde die Unternehmensleitung der OCE auch vertreten sein, in Gestalt von Jon van Reijten. Das Szenario konnte sich Tom aus seiner Zeit als Zeitungsreporter leicht ausmalen: Häppchen, Sekt, Händeschütteln, ein Druck auf einen großen, roten Knopf, der die Anlage in Betrieb nahm.

Er hatte keine Milch mehr im Kühlschrank und musste den Kaffee schwarz trinken. Für einen Augenblick stellte er sich vor, in seiner Tasse würde Erdöl stehen, der bittere Saft, den sie aus der Tiefe herauspressten und ohne den die Menschheit nicht mehr auskam. Eine Sucht, tausendmal folgenreicher als der Genuss von schwarzem Kaffee. Er schüttelte sich und stand auf, um sich den Ausdruck von Dr. Grimms Text aus dem Arbeitszimmer zu holen. Dort hatte sich einiges getan: Der Drucker hatte sämtliches Papier vollgeschrieben und bettelte mit einer rot blinkenden Leuchtdiode um Nachschub. Am Ausgabeschacht des Gerätes war eine Halterung abgebrochen, sodass es nur wenige Blätter bei sich behalten konnte. Der erste Teil von Dr. Grimms Manuskript, etwa zweihundert Blatt, überfluteten den Fußboden; ungeordnet, verdreht und richtungslos hatten sich die Seiten bis unter ein Regal verteilt. Tom hatte nicht daran gedacht, zu prüfen, wie umfangreich die Arbeit war. Es schien sich um einen wesentlichen Teil ihres Lebenswerkes zu handeln. Verärgert schaltete er den Drucker aus. Zweihundert Seiten mussten ja wohl reichen, um sich ein Bild von der Publikation zu machen. Es musste eine halbe Stunde und länger dauern, die Blätter in die richtige Reihenfolge zu bringen, vorausgesetzt … Er hob probehalber ein paar Seiten auf und stieß einen Fluch aus. Die Blätter waren zwar eng bedruckt, hatten aber keine Seitenzahlen. Tom seufzte und setzte sich an den Küchentisch. Auf dem ersten Blatt ging es um die Hofhaltung des Fürsten Witzlaw III. im 14. Jahrhundert, erläutert anhand einer Einkaufsliste für den Wochenmarkt. Auf einer zweiten Seite berichtete ein Arbeiter aus der Fischfabrik Krüger, wie er um 1900 Fischkonserven für den Export nach Russland verpackte, und das dritte Blatt enthielt einen Auszug aus der berühmten Barther Bibel, einer aufwändig gestalteten Fassung der Heiligen Schrift in mittelniederdeutscher Sprache.

Tom schob die Seiten zusammen und wählte Svens Nummer. Eine Kollegin meldete sich und teilte ihm mit, dass sich Herr Dornkop bereits in der Mittagspause befinde.

Die folgende Stunde verbrachte Tom damit, in seiner Küche und seinem Wohnzimmer für Ordnung zu sorgen. Er war erstaunt darüber, dass er sich trotz aller Aufregungen zu dieser ungeliebten Tätigkeit aufraffen konnte. Das Aufräumen ließ ihn hungrig werden. Er holte eine Konservendose mit Linsensuppe aus der Vorratskammer und dachte, während er die Suppe löffelte, mit Wehmut an die Ratatouille, die er am Montag noch bei Clara zubereitet hatte.

Gegen 14 Uhr erreichte er Sven.

»Na, mein Freund«, rief der Tourismusbeauftragte gut gelaunt ins Telefon. »Hast du das Manuskript schon angesehen?«

»Deswegen rufe ich an. Ich denke, es wird keine einfache Sache.« Tom gab sich große Mühe, nach Empörung und Verzweiflung zu klingen. »Der Text ist vollkommen verquast, bemerkenswert unstrukturiert und von einem normalen Laienpublikum kaum zu verstehen. Ein kenntnisreiches Sammelsurium verschiedener Textformen, zusammenhanglos aneinander gereiht.«

»Du wirst sicher etwas Wunderbares daraus machen.«

»Ich denke, bei diesem Text könnte kein Stein auf dem anderen bleiben.«

Sven lachte. Seine gute Laune schien unzerstörbar. »Du hast freie Hand. Frau Grimm kennst du ja. Sie wird dir viele Zugeständnisse machen, wenn sie die Chance auf eine offizielle Veröffentlichung sieht.«

Es graute Tom bei dem Gedanken, mit Frau Dr. Grimm um jede gestrichene Fußnote kämpfen zu müssen. »Warte, warte, nicht so schnell! Ich denke, wenn wir die Frage des

Preises für dieses aufwändige Projekt diskutieren, wirst du das nicht mehr so locker sehen.« Er stellte sich vor, wie Sven mit den Augen rollte, und musste grinsen. So ein Projekt konnte sich die arme, schöne Stadt Barth gar nicht leisten. Die finanzielle Frage war die effizienteste Methode, sich die ganze Quälerei vom Leib zu halten.

»Da ist sicher einiges möglich«, sagte Sven.

Tom schluckte. »Wie, was?«

»Ich meine es ernst! Wir können ein gebundenes Buch daraus machen, Vierfarbdruck, um die hundert Abbildungen.«

»Habt ihr jetzt doch noch eine Goldader im Rathauskeller gefunden?« Tom merkte in diesem Augenblick, dass ihm die gönnerhafte Art des Tourismusbeauftragten doch sehr auf die Nerven ging.

»Eine Goldader haben wir nicht, aber wenn es den Willen gibt, etwas umzusetzen, dann gibt es auch einen Weg.«

»Das klingt jetzt aber sehr mysteriös.«

Sven schien es plötzlich eilig zu haben. »Schick mir eine ungefähre Kostenschätzung deiner Arbeit. Dann reden wir weiter. Du kannst auch gerne schon einen Termin mit Frau Grimm machen. Ich überlasse dir die weitere Kommunikation mit ihr.«

Tom schüttelte sich bei dem Gedanken an diese Zusammenarbeit. Aber blieb ihm eine Wahl? Sven hatte ihm gewissermaßen das Signal gegeben, beim Preis nicht zu bescheiden aufzutreten. »Ja, gut, ich werde … stopp … da war noch etwas. Hast du mal wegen dieser Grundstücksfrage …«

»Ach ja, deine kleine investigative Recherche. Es war gar nicht so einfach. Ich habe herausbekommen, dass die Barther Bohrstelle auf einem Waldstück liegt, das bis vor einiger Zeit im Besitz eines gewissen Jasper Gambitzke war. Der hat es allerdings schon vor zwei Jahren verkauft. Und aus den Unterlagen ging leider nicht hervor, an wen.«

Tom ließ sich den Namen buchstabieren und notierte ihn auf die Rückseite eines Manuskriptblattes von Dr. Grimm. »Das ist nicht viel, Sven. Genau genommen ist es sehr wenig.«

»Du machst bitte keinen Unfug mit dieser Information, ja? Vor allem wirst du kein Wort darüber verlieren, woher du sie hast.«

Tom stellte sich vor, wie Sven sich nervös durch die Haare fuhr. Der Angsthase. Er beendete das Gespräch und ging wieder zu seinem Rechner. Es kümmerte ihn nicht, dass er dabei auf den Blättern aus Dr. Grimms Manuskript herumtrampelte. Derart durcheinander und ohne Seitenzahlen war die Arbeit ohnehin nicht zu gebrauchen.

Zu seiner Überraschung fand er wenig später heraus, dass es noch immer Menschen gab, die im Netz nicht vorkamen. Jasper Gambitzke schien einer von ihnen zu sein. Tom probierte verschiedene Schreibweisen aus, fand aber nichts. Hatte er den Namen falsch verstanden? Erst als er den Vornamen durch J. ersetzte, stieß er auf einen Eintrag in einem Telefonnummernverzeichnis – eine von diesen Datenbanken, die automatisch generiert wurden und ihre Informationen aus dubiosen Quellen bezogen. Immerhin war der

Eintrag mit einer Adresse in Barth verknüpft. Ein zweiter Treffer führte zu einem Online-Forum der Ostsee-Zeitung. Der Eintrag bezog sich auf einen Artikel über die Proteste gegen die Ölförderung am Bodden:

Erdöl macht Dreck – das ist nun mal so. Aber wirklich widerlich finde ich, dass sich in dieser Gegend einige Herrschaften mit Geschäften bereichern, die schmutziger sind als jede Ölpest.

 J. Gambitzke

Tom kopierte den Text aus der Internetseite und druckte ihn aus. Es interessierte ihn nun doch, warum sich einer über schmutzige Geschäfte beschwerte, wenn er selbst Land verkaufte, auf dem dann eine Bohrstelle errichtet wurde.

Er sah auf die Uhr. Schon kurz nach drei. Am Abend war er mit Clara verabredet. Und am nächsten Morgen wollte er die MATHILDA, die noch immer im Zingster Jachthafen lag, zurück nach Barth holen. Wenn er vorher noch etwas erreichen wollte, durfte er keine Zeit verlieren.

Das Lebenswerk von Dr. Grimm bedeckte noch immer den Dielenboden seines Arbeitszimmers. Er ließ es dort noch etwas reifen, packte Landkarte und Taschenlampe in seinen Rucksack und kramte eine Luftpumpe aus dem untersten Fach seines Werkzeugschranks. Er blickte durchs Fenster auf seine winzige Terrasse. An der Hauswand stand ein längliches Ding, das von einer verwitterten Plane bedeckt war. Drei Jahre lang hatte er sein Fahrrad nicht angerührt. Warum ausgerechnet jetzt? Er hätte sagen können, es gäbe keine andere Möglichkeit, innerhalb weniger Stunden Gambitzke aufzusuchen und nach Zingst zu Clara zu gelangen. Aber er wusste nur zu gut, dass es nicht so einfach war. Seit zwei Tagen war er in einem Zustand innerer Unruhe. Der Tod war ihm begegnet, hatte sich ihm von einer gemeinen und ungerechten Seite gezeigt. So nah war er ihm seit Carolines Unfall nicht mehr gekommen. Es kam ihm so vor, als wolle der Tod die Mauern einreißen, die er, Tom, nach dem Unfall nach und nach um sich herum errichtet hatte. Er spürte, dass er rausmusste, raus aus einem Loch und aus den Bahnen, in denen sein Leben verlief. Im letzten Frühjahr hatte Clara ihn beinahe schon überredet, einen Fahrradausflug auf den Darß zu unternehmen. Er hatte es wirklich versuchen wollen, aber am Morgen des Tages hatte er Clara angerufen und ihr abgesagt. Ihm war klar gewesen, dass ihre Enttäuschung unendlich groß sein würde. Sie wollte nicht für das büßen, was ein durchgeknallter Autofahrer einer anderen Frau angetan hatte. Tom hätte es verstanden, wenn sie sich damals von ihm getrennt hätte. Aber jetzt war plötzlich etwas anders. Er konnte es nicht erklären und hatte auch keine Zeit, lange darüber nachzudenken. Er spürte nur, dass an diesem Tag der Zeitpunkt gekommen war, um mit dem Fahrrad nach Tannenheim und Zingst zu fahren.

Entschlossen betrat er die Terrasse. Die Kunststoffplane war in einen Zustand vollkommener Erstarrung übergegangen und ließ sich nur noch auf dem Wege der totalen Zerstörung vom Fahrrad entfernen. Das derart mumifizierte Gefährt schien jedoch gut in Schuss zu sein. Nach dem Unfall hatte Tom es sogar noch reparieren lassen: ein neues Hinterrad, ein neues Schutzblech und ein neuer Gepäckträger. Unter einer dünnen Staubschicht trat der Glanz der ausgewechselten Metallteile hervor. Aufpumpen, Spinnweben entfernen, Kette einfetten. Es fühlte sich an wie der zaghafte Versuch, an der Vergangenheit herumzuschrauben. Das war nicht ungefährlich. Er begann zu schwitzen und gleichzeitig zu frieren. Für die Kette fand er nichts Besseres als Olivenöl.

Als er das Fahrrad auf die Straße schob, fragte er sich, was Clara dazu sagen würde. Sie fuhr sehr gerne Rad, aber sie hatte es inzwischen aufgegeben, ihn zu einer Tour am Bodden entlang einzuladen. Vielleicht würde sich das bald ändern. Vielleicht würde es einen Tag geben, an dem er Clara glücklich sehen konnte.

Er sah sich um. Auf der Gartenstraße war kein Mensch. Es kam ihm vor, als würde er etwas Verbotenes tun. Beinahe stürzte er, als beim Anfahren das Vorderrad zwischen zwei Pflastersteine rutschte. Aber er konnte sich abfangen und trat entschlossen in die Pedale. ›Der Mensch scheint über einen ausgezeichneten Speicher für Körperhaltungen zu verfügen‹, dachte er auf den ersten Metern. Leicht nach vorn gebeugt, etwas verkrampft auf einem schmalen, harten Sattel sitzend, die Füße auf den Pedalen, die Beine in einer kreisenden Bewegung – ›fast wie die Kolben im Motor der MATHILDA‹ –, das hatte er seit drei Jahren nicht mehr gemacht, aber jetzt funktionierte es plötzlich wieder. Aber es war noch etwas da: wolkige Erinnerungen an Ausflüge, an die täglichen Fahrten in die Redaktion, Einkäufe mit einem Rucksack oder einem Kasten Bier auf dem Gepäckträger, freihändiges Fahren über den alten Eisenbahndamm nach Zingst, daneben Caroline, mit wehendem Haar.

Als er in die Hafenstraße einbog, übersah Tom beinahe einen Kleinwagen, der aus dem Nichts zu kommen schien und blieb stehen. Ein anderer Wagen hupte, weil sich sein Vorderrad schon auf der Fahrbahn befand. Dann war die Straße frei, aber er fuhr nicht. Er winkte einen Kombi vorbei, der aber anhielt. »Ich kann grad nicht«, sagte Tom leise. Niemand konnte es hören. Es war, als ob alle Nervenleitungen für einen Augenblick tot waren. Er zog den Reißverschluss seiner Jacke weiter zu, atmete tief ein. Dann ging es wieder. Er hatte es doch geschafft! Er fuhr wieder Rad! Clara würde sich freuen. *Du bist einen großen Schritt nach vorne gegangen,* würde sie sagen. Sie würde ihn umarmen und gleich eine Radtour für die nächsten Tage planen.

Wenig später, in der Werftstraße, kamen ihm Zweifel. Hatte er nicht etwas getan, was er nicht hätte tun dürfen? Hatte er Caroline aus seinem Leben gestrichen? War er nicht ein Verräter? Er biss sich auf die Lippen, bis er die Schmerzen nicht mehr aushielt. Aber er fuhr weiter. Wenn sich von hinten ein Fahrzeug näherte, verspürte er ein eigenartiges Kribbeln, das seinen Rücken hinaufzulaufen schien. Und wenn das Auto ihn passierte, überkam ihn ein Würgereiz. Nein, es war nicht gut, es war noch lange nicht gut. Er war froh, als er in Tannenheim absteigen konnte. Auf der Zufahrt zu der kleinen Siedlung lehnte er das Fahrrad an ein Schild und schloss es ab.

-14-

»Es ist nicht sehr gut zu erkennen«, sagte Manuel und beugte sich noch tiefer über die Zeitungsseite. Er hielt eine Lupe in der rechten Hand, während er sich abmühte, mit der linken die Taschenlampe so auszurichten, dass ihr Lichtkegel auf das Foto fiel, auf dem Leos Hand und das bronzene Schmuckstück zu sehen waren.

Sie saßen zu dritt in der niedrigen Stube einer typischen Ahrenshooper Fischerkate, in der Manuel und Sara seit vielen Jahren lebten. In der Luft hing ein süßliches Duftöl-Aroma, das sich mit dem Geruch einer indischen Gewürzmischung vermengte. Der Raum war angefüllt mit Gegenständen, von denen eine Fischerfamilie alten Schlages sicher niemals geträumt hätte: monsterartige Wesen aus Ton, Kristallobjekte, in denen ein magisches Licht schimmerte, ein Windspiel, dessen raffiniert bemalte Holzröhren sich zu immer neuen Figuren zusammenfügten, geomantische Werkzeuge, afrikanische Masken, die Münder weit aufgerissen. Sara hatte in einem kleinen Schuppen neben dem Haus ihre Töpferwerkstatt untergebracht, Manuel fertigte dort Schmuck aus Metall und Glas. Als die beiden Anfang der 1990er-Jahre das völlig heruntergekommene Haus erworben hatten, mussten sie wohl großes Glück gehabt haben. Inzwischen waren die Preise für Grundstücke an diesem Ort kaum noch bezahlbar.

»Eine solche Triskele habe ich noch nie gesehen.«

»Eine was?« Manuel richtete seinen breiten Oberkörper auf, sah Clara mitleidig an und strich sich einige seiner braunen Locken aus der Stirn. Obwohl Clara Manuel seit etlichen Jahren kannte, wunderte sie sich noch immer, wie feinfühlig der Zweimetermann mit den filigranen Schmuckstücken umging. Clara hatte die Dienstagsausgabe der Ostsee-Zeitung mit dem ausführlichen Bericht über den toten Jungen aus dem Zeesboot mitgebracht. Sie hatte das Gefühl, dass dem bronzenen Schmuckstück, das halb unter Leos Hand verborgen lag, eine besondere Bedeutung zukam. Und sie glaubte, dass Leute wie Sylke Bartel und der Chef der Ermittlungskommission nicht in der Lage waren, diese Bedeutung richtig einzuschätzen.

Manuel blickte nachdenklich auf das Foto. »Die ersten Triskelen gab es schon in der Steinzeit«, sagte er. »Es sind Symbole. Drei Kreise oder Spiralen, angeordnet in einer dreieckigen Formation. Die Verbindung von Geburt, Leben und Tod. Oder von Körper, Geist und Seele. Das Christentum hat dann natürlich ein Zeichen für die Dreieinigkeit Gottes daraus gemacht.«

»Typisch«, fügte Sara spöttisch hinzu, »die haben alles für ihre Zwecke vereinnahmt. Das Geheimnis des Christentums ist seine Anpassungsfähigkeit. Tom hat das Ding ja direkt vor sich gesehen, aber er war wohl viel zu aufgeregt, um es genauer zu untersuchen.«

Jetzt gab es nur noch das Bild aus der Zeitung: Der linke Arm des Jungen lag neben dem Körper, der andere auf seinem Bauch, seine Finger schienen vor dem Tod die Triskele umklammert zu haben. Oder aber das Schmuckstück war später unter seiner Hand platziert worden.

›Wie eine Marke, ein Kennzeichen‹, dachte Clara.

»Die Triskele ist ein sehr starkes Symbol«, sagte Sara mit ihrer leisen und melodiösen Stimme, die so gut zu ihrer zierlichen Gestalt passte. Wenn sie sprach, vollführten ihre Finger tanzartige Bewegungen. »Manche Menschen tragen eine Triskele als Amulett. Sie kann vor Unglück schützen, wenn sie aus einem geweihten Metall besteht.«

Clara verzog den Mund. »In diesem Fall hat es ja nun leider nichts genützt.«

»Du solltest darüber nicht spotten.« Sara schenkte sich aus der getöpferten Kanne noch einen Schluck dampfenden Tee ein. Clara wandte sich wieder Manuel zu. »Warum sagst du, dass du so eine Triskele noch nie gesehen hast?«

»Bei genauem Hinsehen fällt etwas auf.« Manuel schob Clara die gefaltete Zeitungsseite zu, damit sie das Bild besser betrachten konnte. »Dieser Schmuck ist nicht ganz regelmäßig gearbeitet. Das ist kein billiges Zeug von der Stange. Man hat diesem Jungen eine handgefertigte Arbeit, die vielleicht schon sehr alt ist, auf sein schwimmendes Totenbett gelegt. Keine Ahnung, was das zu bedeuten hat. – Ich möchte es vielleicht auch gar nicht wissen.« Er schüttelte sich, wobei seine Locken zitterten wie trockenes Laub. »Leider haben Zeitungsfotos nur eine geringe Auflösung. Außerdem wäre es natürlich wichtig, ein Farbfoto zu sehen. Ich nehme an, dass diese Triskele aus Bronze gefertigt wurde.«

»Das meinte Tom auch«, sagte Clara.

Saras Zeigefinger fuhr in die Luft. »Die Kelten! Das kann nur von den Kelten stammen.« Sie hielt ihre Hand einen

Augenblick wie beschwörend über den Zeitungsartikel, als könne sie auf diese Weise eine geheime Botschaft empfangen.

»Ja, könnte sein«, bestätigte Manuel dumpf. Er strich sich mit der Hand durch seinen Bart. »Die Kelten hatten eine besonders enge Verbindung zu den Energien des Bodens und der Elemente. Ihr Wissen ist zu einem großen Teil verloren gegangen, aber ihre kunsthandwerklichen Erzeugnisse haben sich damals in ganz Europa verbreitet.«

Clara fühlte sich zunehmend unwohl. Das ging ihr öfter so, wenn sie sich mit Manuel und Sara unterhielt. Die meisten Gespräche führten irgendwann zu Mutmaßungen über Phänomene jenseits der sichtbaren Welt. »Gut, ich wollte eigentlich nur wissen …«

»Richtig viel kann ich dir nicht sagen«, unterbrach Manuel sie, »aber das ist schon eine sehr mysteriöse Angelegenheit. Und was Tom angeht … ich hoffe nur, dass er diesen Tag einigermaßen unbeschadet überstanden hat.«

Clara winkte verächtlich. »Der wird da schon wieder drüber hinwegkommen. Ich kenne die Mutter des Jungen von früher. – Das ist die eigentliche Tragödie. Sie hat ihren einzigen Sohn verloren.«

»Aber nimm das mit Tom bitte nicht auf die leichte Schulter«, mahnte Sara. »Es ist klar, dass er das Boot nicht so einfach liegen lassen konnte. Aber ich denke, es kann böse Folgen haben, wenn man in so eine Sache eingreift.«

»Was meinst du mit *eingreifen*?«

Sara hob vielsagend die Schultern. »Ich weiß, dass du nicht viel davon hältst. Aber wenn ich das mal ganzheitlich betrachte: ein Junge in einem alten Holzboot, ausgestattet mit keltischem Schmuck, als ob ihn jemand auf seine letzte Reise schicken wollte … Da kann es nicht gut sein, wenn man da eingreift.«

Clara schüttelte den Kopf. Sie hatte zwei- oder dreimal versucht, mit Manuel und Sara über die Grenzen der Naturwissenschaft zu sprechen; eine langwierige, sinnlose Diskussion, die sie schließlich in gereizter Stimmung beendet hatten. Es war besser, diesen Punkt gar nicht erst anzusteuern.

Aber Sara ließ nicht locker. »Es könnte sein, dass der Junge geopfert wurde. Keltische Druiden töteten Menschen mit dem Schwert, um aus den Zuckungen die Zukunft zu lesen.«

»Ach, das ist doch geschmacklos«, rief Clara. »Wo sind denn hier Kelten? Wir leben im 21. Jahrhundert!«

Manuel lächelte. »Das habe ich schon öfter gehört. Geschichtlich gesehen ist das 21. Jahrhundert nicht sooo weit vom Mittelalter entfernt. In Barth ist das Mittelalter noch sehr lebendig. Und wenn im heutigen Bodden die große Stadt Vineta versunken liegt, dann ist dort die Kraft der Altvorderen gebunden. Wie beim Dauerfrostboden in Sibirien. Oder bei den Gletschern. Mit der Klimaerwärmung taut der Boden auf und gibt Dinge frei, die Jahrtausende alt sind.«

»Der Bodden muss aber nicht auftauen.«

»Diese Landschaft ist immer in Bewegung«, erklärte Sara. »Es sind vielleicht nur wenige Zentimeter Schlamm, darunter lauern alte Geschichten, ewig währende Flüche und Kraftfelder, die noch immer so stark sind wie vor tausend Jahren.«

Clara zeigte auf das Zeitungsfoto. »Glaubt ihr im Ernst so einen Schwachsinn?«

Sara und Manuel warfen sich einen bedeutungsvollen Blick zu. »Auf jeden Fall sollten alle, die sich damit beschäftigen, diese Sache sehr ernst nehmen. Die Menschen leben doch auf einer dünnen Oberfläche. Nur wenige spüren, dass sich darunter etwas regt und pulsiert. Sie sind die Einzigen, die etwas von dem begreifen können, was wirklich in dieser Welt vor sich geht.«

»Noch mal: Glaubt ihr im Ernst, dass Leo von keltischen Druiden oder ähnlichen Gestalten getötet wurde?«

Sara lächelte gequält. »Natürlich nicht von einem Druiden, der vor tausend Jahren gelebt und gewirkt hat. Das wäre naiv. Aber vielleicht von einem Menschen, der in seinem Namen handelt, der von fremden Kräften beherrscht wird. Es kann sein, dass er oder sie nichts davon ahnt.«

Clara schüttelte den Kopf. Sie spürte, dass es nicht mehr lange dauern würde, bis sie einen Wutausbruch bekommen würde. Das war ihr ganz am Anfang ihrer Arbeit als Erzieherin manchmal passiert. Aber auch nur bei wirklich schwierigen Kindern. »Ihr wisst, dass ich von übernatürlichen Kräften relativ wenig halte. Ich kenne zufällig die Mutter des Jungen. Ihr ist es völlig egal, ob der Junge in einem Zeesboot lag oder irgendwo anders, ob jemand eine Triskele in das Boot gelegt hat oder einen alten Schuh. Sie hat ihr einziges Kind verloren. Mir kommt dieses Gerede von Energien und mittelalterlichen Kräften irgendwie … borniert vor!« Sie spürte, dass es unwichtig war, was die beiden über sie dachten. Sie würden jede Kritik an ihrer Denkweise als Bestätigung betrachten. Vielleicht war es das, was sie so wütend machte.

Manuel tippte mit dem Finger auf die Zeitung. »Ich denke, du hast auch schon Dinge erlebt, die sich nicht mit Physik oder Chemie erklären lassen«, sagte er etwas ungehalten. »Du wolltest ja unsere Einschätzung. Jetzt hast du sie. Jeder muss selbst wissen, was er davon akzeptiert und was nicht.«

Sara nickte ergeben. »So sehe ich das auch«, sagte sie. »Ich würde dich nur um eines bitten: Nimm unsere Warnungen ernst. Ich würde an Toms Stelle vermeiden, in diesen Tagen auf dem Bodden herumzufahren.«

»Ich nehme an, dass er noch heute Abend oder morgen früh seine MATHILDA zurück nach Barth bringen wird.«

»Das sollte er lieber lassen. – Wir haben in zwei Tagen Vollmond. Es wäre wirklich besser …«

Clara stand auf. Es war höchste Zeit zu gehen. »Danke für den Tee und für deine Einschätzung, Manuel. Wahrscheinlich wird die Polizei sich auch eingehend mit diesem Schmuck beschäftigen.«

Manuel lachte kurz auf. »Die Polizei … ja, die werden sicher ihre Schlüsse ziehen. Ich denke nur, dass es nicht die richtigen sein werden.«

»Lassen wir uns überraschen.«

Sie war schon im Vorflur. Manuel redete von drinnen weiter auf sie ein. »Wer sich nur um die vermeintlichen Fakten kümmert, wird diesen Fall nicht lösen. Das ist nur die Oberfläche! Da bin ich mir sicher. Du solltest auf Saras Warnung hören.«

Clara dachte an Ursula, an ihren leeren, verzweifelten Blick. Sara drängte sich an sie heran und umarmte sie, was ihr in dieser angespannten Atmosphäre unangenehm war. »Bis demnächst«, murmelte Clara. Sie war erleichtert darüber, dass Sara nicht sehen konnte, wie sie mit den Augen rollte. Als sie vor dem niedrigen, reetgedeckten Haus stand, atmete sie dankbar die prickelnd frische Luft ein. Als ob diese Luft nur darauf gewartet hätte, ihr einen kühlen Kopf zu bescheren. Am westlichen Horizont, weit draußen über der graublauen Ostsee, zeichneten sich die Umrisse einer herannahenden Wolkenbank ab, hinter der sich die Sonne in einem theatralischen Niedergang vom Tag verabschiedete. Der Durchzug einer Kaltfront war angekündigt, aber noch war das Wetter ruhig. Clara lauschte auf das An- und Abschwellen der Wellen, die unterhalb des Höhenwegs über den Sandstrand strichen. Es war nur leise zu vernehmen, nicht mehr als ein grüblerisches Raunen. Sie beneidete Manuel und Sara darum, dass sie in Hörweite der Ostsee wohnten und jeden Tag den Stimmen des Meeres lauschen konnten. Aber sie fürchtete auch, dass diese Stimmen den beiden Kunsthandwerkern den Kopf vernebelt hatten. Sie bereute ihren Ausflug nach Ahrenshoop und versuchte alles, was sie in der Fischerkate gehört, gesehen und gerochen hatte, schnell wieder zu vergessen.

Eigentlich liebte Clara die Zeit, wenn der kurze Ansturm der Osterurlauber vorbei und noch nichts vom Einfall der Sommertouristen zu spüren war. Die Dörfer auf dem Darß wirkten dann noch nicht wie künstlich geschaffene Orte, sondern verbreiteten ihren eigenen, manchmal etwas mürrischen Charme. In den Gärten wurde gegraben, Dächer wurden repariert und nicht jeder Abfall sofort weggeräumt. Clara hatte sich angewöhnt, mindestens einmal in der Woche eine längere Tour mit dem Fahrrad zu unternehmen. Sie war jedes Mal etwas enttäuscht darüber, dass Tom sie dabei nicht begleitete, und sie fragte sich, wie lange sie diesen Zustand noch ertragen würde.

Clara schob ihr Fahrrad auf dem holprigen Pfad bis zur Althäger Straße. Der Weg hinauf auf den schmalen Landrücken oberhalb des Hafens kostete sie etwas Anstrengung. Es war eine der wenigen Steigungen, die ihr auf ihren Radtouren begegneten. Aber die Mühe lohnte sich. Von der Anhöhe aus führte eine schmale, gewundene Asphaltstraße durch den Ortsteil Althagen zu einem dieser Plätze, die dem Darß seinen ganz besonderen Zauber verleihen: eine u-förmige Hafenanlage, umgeben von einem locker geflochtenen Kranz aus Bäumen, ein langer Holzsteg, der sich ein Stück ins offene, aber fast immer sanfte Boddengewässer wagte. Unter blauen und grauen Planen dümpelten einige kleinere Jachten oder Jollen vor sich hin, ein besonders eifriger Eigner hatte bereits sein Zeesboot aus dem Winterlager geholt und es an den Steg manövriert. Die erdigbraunen Segel wedelten träge im Abendwind. Das Restaurant war noch geschlossen, wie auch die Imbissbude. Gute Geschäfte waren hier sicher noch nicht zu machen, aber irgendwie vollbrachte dieser Hafen das Kunststück, zugleich lebendig und verschwiegen zu wirken.

Clara hätte sich gerne für einen Moment auf eine Bank gesetzt, aber inzwischen hatte sich der Himmel eingetrübt. Die Wolkenwalze war breiter geworden und rückte über den Ahrenshooper Landrücken vor. Im Zusammenspiel mit der fortschreitenden Dämmerung verbreitete das aufkommende Unwetter eine bedrohliche Atmosphäre. Ohnehin fiel es Clara schwer, den Ort zu genießen, denn noch immer spukten ihr die wirren Gedankengänge durch den Kopf, mit denen Manuel und Sara sie behelligt hatten. Der Rückweg nach Zingst begann auf einem schmalen Pfad, der unmittelbar am Bodden entlangführte; so konnte sie wenigstens fahrend noch etwas von der Abendstimmung genießen. Immer wieder blickte sie hinüber zum leicht gekräuselten Wasser, über schläfriges Flachland mit regungslosen Schilfgruppen und jungen Birken, die ihre noch unbelaubten Äste ungeduldig in die Luft reckten.

Ein Bild – sie war kurz vor Born angekommen – prägte sich ihr ein: links vor ihr ein eingezäuntes Pumpenhaus, dahinter die ersten Ausläufer eines großen Waldcampingplatzes. Rechts, nicht weit vom Weg, eine Reihe hölzerner Pfähle im Wasser, daneben ein großer Betonklumpen, vielleicht die Überreste eines alten Anlegers. Tatsächlich lag ein Boot am Ufer. Dass abseits der zahlreichen kleinen Häfen jemand am steinigen Ufer anlandete, war unüblich, aber kein Grund zur Unruhe. Doch Clara sah aus den Augenwinkeln etwas, das sie irritierte. Sie erkannte nicht sofort, was es war, bremste, stellte das Fahrrad am Wegrand ab und trat vorsichtig, über das vertrocknete Gras vom Vorjahr hinweg, näher.

Das Holzboot war mit einer blauen Wäscheleine an einem Pflock befestigt. Am Heck war ein kleiner Außenbordmotor angebracht. Das alles war nichts Ungewöhnliches. Clara wäre zu anderen Zeiten wohl weitergefahren, aber die Ereignisse der letzten zwei Tage hatten sie in eine nervöse Unruhe versetzt. Etwas Helles schimmerte im Boot, unter der Ruderbank. Die Umrisse eines länglichen Gegenstandes, der in ein weißes Tuch eingewickelt war, vielleicht eine Tischdecke oder ein Vorhang. Nervös betrach-

tete Clara dieses Bündel, das bei Weitem nicht die Größe eines Erwachsenen hatte, aber man konnte sich gut vorstellen, dass es … Sie schüttelte den Kopf, als hätte sie so ihre Gedanken vertreiben können.

Langsam trat sie noch einen Schritt an das Boot heran und drückte einige Schilfrohrhalme zur Seite. Ihr rechter Schuh versank im Schlamm, sie nahm die Kälte des eindringenden Wassers wahr, kümmerte sich aber nicht darum. Deutlich zeichneten sich an der Seite des Bündels rotbraune Flecken ab; Flecken, die aussahen, als hätte sich das Tuch mit einer Flüssigkeit vollgesogen. Der Gedanke an Blut lag nicht nur im Bereich des Möglichen, er drängte sich auf, war unausweichlich.

Clara zog ihren durchnässten Schuh aus dem Morast und trat einen Schritt zurück. Sie musste ruhig bleiben. Gleichmäßig atmen, sicher stehen, eine vernünftige Entscheidung treffen. Es war doch eher unwahrscheinlich, dass nur zwei Tage nachdem Tom eine Leiche in einem Boot gefunden hatte, nun ausgerechnet sie, seine Freundin, die nächste … Nein, das konnte nicht sein! Spekulationen würden hier nur in die

Irre führen. Aber immerhin ... der Gedanke an Tom war ein erster Schritt. Vielleicht wusste er, was zu tun war. Sie nahm ihren winzigen Lederrucksack vom Rücken und zerrte ihr Mobiltelefon heraus.

Lange musste sie warten, viel zu lange, dann endlich war etwas zu hören. Aber es war nicht Toms Stimme im Telefon, es war hinter ihr. Sie drehte sich um und bekam einen heftigen Schlag gegen den Kopf. Merkwürdigerweise war das Letzte, was sie wahrnahm, ein romantischer Lagerfeuergeruch, der wohl vom Campingplatz herüberwehte. Dann wurde ihr schwarz vor Augen.

-15-

Die Adresse, die Tom sich aus dem Online-Verzeichnis abgeschrieben hatte, lag in Tannenheim, einer Siedlung im Westen von Barth, die auch nach Jahrzehnten die Atmosphäre des NS-Arbeitslagers nicht ganz losgeworden war. Im Kiefernweg standen mehrere gleichartige Reihenhäuser, die mit ihren flachen Dächern und kleinen Fenstern an Baracken erinnerten, deren Bewohner aber mit Gartenzwergen, Blumenrabatten und gepflegten Rasenflächen diesem Anschein entgegenzuwirken versuchten. Tom ging die kurze Straße zweimal auf und ab. Die Hausnummer 10 war nicht zu finden.

Ein weinroter Kombi rollte langsam an ihm vorbei, der Fahrer reagierte aber nicht auf Toms Handzeichen. ›Nette Leute hier‹, dachte er.

Ein Mann im grünen Overall, der eine Schubkarre mit Gartenabfällen vor sich herschob, hatte keine Chance auszuweichen. Er kratzte sich an der schweißbedeckten Stirn, blickte sich um und zuckte mit den Schultern. »Nummer 10? Das kann nur ein Irrtum sein.«

»Vielleicht ein ganz neues Haus?«

»Nee, gibt's hier nicht.«

»Kennen Sie einen Jasper Gambitzke? Der soll hier wohnen.«

»Nie gehört. Aber ich kenne nicht alle hier.«

Tom bedankte sich. Es gab diese Tage, an denen er dachte, dass in Barth ausschließlich Stoiker wohnten. Leute, die nicht mehr sagten, als unbedingt notwendig war. Und auch das nur, wenn es nicht anders ging. Es kam ihm vor wie eine ansteckende Krankheit. Er hatte keine Lust, an dreißig Reihenhäusern die Türschilder zu studieren und dabei von kampferprobten Kleinsäugern angefallen zu werden. Ohnehin fand er, dass diese Wohnkartons nicht zu einem ehemaligen Waldbesitzer passten, der in Leserbriefen über schmutzige Geschäfte schimpfte. Vermutlich war nicht nur die Hausnummer, sondern die gesamte Adresse falsch. Damit bestätigten sich immerhin seine Vorurteile gegenüber automatisch erstellten Adressverzeichnissen. Er ging ein letztes Mal den Kiefernweg bis zu seinem Ende. Bis dahin, wo die Nummer 10 hätte auftauchen müssen. Aber bevor er den Punkt erreichte, knickte die Straße nach rechts ab und führte zwischen Bäumen hindurch bis zur Landstraße. ›Manchmal ist das Naheliegende das Unwahrscheinliche‹, dachte Tom, ignorierte den Verlauf der Straße und ging stattdessen geradeaus weiter, als gäbe es den Straßenknick nicht. Er kam auf einen schmalen Pfad, der in eine Kleingartenanlage führte. Hier, irgendwo zwischen den Parzellen, wäre die Nummer 10 zu finden gewesen, hätte der Kiefernweg einen anderen Verlauf genommen.

Die Parzellen wirkten um diese frühe Jahreszeit noch wenig einladend, einige Lauben schienen nach der Winterpause noch gar nicht wieder benutzt worden zu sein. Tom folgte dem Hauptweg der Kolonie, der an einer Gruppe hoher Nadelbäume endete; offensichtlich die Tannen, die dem Stadtteil seinen Namen gaben. Ganz am Ende franste die Laubenkolonie aus, das Wäldchen schien mit den Kleingärtnern um einen verwilderten Winkel zu ringen. Ein Drahtzaun rostete vor sich hin, dahinter erstreckten sich Überreste eines Gartens. Noch karge Sträucher, ein paar der unvermeidlichen Koniferen, dazwischen hohes Gras, verdorrte Brennnesseln und Disteln.

Ganz vorn, neben einem verfallenen Gartentor, hing an einem Betonpfosten ein hölzerner Briefkasten, auf den jemand mit ungelenker Schrift eine Zahl gemalt hatte: *10*. Tom schüttelte verwirrt den Kopf und tastete sich behutsam durch einen von Ranken überwucherten Plattenweg. Dann sah er das niedrige Gartenhaus, graubrauner Putz, das Dach mit Teerpappe gedeckt, geradezu eingewachsen von Sträuchern und halbhohen Nadelbäumen. Das Haus musste aus der Zeit vor der Wende stammen und hatte seitdem wohl wenig Zuwendung erfahren. Von den Holzeinfassungen der Sprossenfenster war die Farbe zum größten Teil verschwunden, ein Stück Dachrinne hing herab wie ein ausgekugelter Arm. Es schien Tom unwahrscheinlich, dass jemand dauerhaft in dieser Hütte wohnte. Allerdings entdeckte er auch einige leere Weinflaschen und einen prall gefüllten Müllsack, der an der Hauswand lehnte. Eine Klingel gab es nicht. Die Holztür, mit einer abbröselnden Lackschicht überzogen, war abgeschlossen, aus dem Innern des Hauses drangen kein Licht und kein Laut. Tom umrundete das Haus auf einem ausgetretenen Pfad

und gelangte an den Hintereingang. Hier zeigten sich weitere Lebenszeichen: Unter einer winzigen Laube standen ein Campingstuhl mit verblasstem weiß-gelben Stoffbezug und ein kleiner Tisch, der von einer Kunststoffdecke nicht nur bedeckt, sondern offenbar auch zusammengehalten wurde, darauf ein bis zum Rand gefüllter Aschenbecher. Tom wandte sich der Hintertür zu, die nur angelehnt war. Er schob sie ein Stückchen auf und rief ins Innere: »Hallo?!« Noch einmal etwas lauter: »Hallo!« Im Haus war nichts zu hören. Er ging einen Schritt hinein. Die Tür fiel hinter ihm quietschend zu. Ein unangenehmer Geruch, der von Unordnung und missratenem Leben, mit Anteilen von kaltem Rauch, verdorbenem Essen und feuchtem Holz zeugte, drängte sich in seine Nase. Toms Herz klopfte. Er fragte sich, ob das, was er hier gerade tat, nicht vollkommen unsinnig und unverhältnismäßig riskant war.

Im Innern der Hütte herrschte wegen der Bäume und Sträucher rundherum ewiges Dämmerlicht. Es gab nur einen einzigen großen Raum, von dem eine Ecke abgeteilt war, vermutlich die Toilette. Eine kleine Küchenzeile, ein altes Bauernbüffet und verschiedene Tische, Kisten und Sessel dienten vor allem als Ablage für Gerümpel aller Art: Zeitungen, Konservendosen, weitere Aschenbecher. In der dunkelsten Ecke des Zimmers stand ein alter Schreibtisch, auf dem ebenfalls stapelweise Papier lag. Darüber hing, zu Toms Überraschung, ein Bildschirm. Er war eingeschaltet und zeigte in vier Segmenten starre Schwarz-Weiß-Bilder. Es schien sich um Überwachungsaufnahmen von der Umgebung des Hauses zu handeln.

Tom trat etwas näher und entdeckte auf dem Tisch ein silbernes Etwas, das zur Hälfte von Papieren bedeckt war. Es war eine altmodische Videokamera. Er hob sie vorsichtig an und klappte den Bildschirm aus. Ohne lange nachzudenken, drückte er auf die Starttaste. Sogleich befand er sich in einer anderen, nicht weniger fremden Welt, in einem Film über eine Baustelle: Der Kamerablick bewegte sich etwas zu hastig über das Baugerüst, über sandigen Untergrund mit Pfützen und kaputten Ziegelsteinen, einem Erdhaufen, leeren Eimern, einer Betonmischmaschine. Eine Hand tauchte von unten im Bild auf und zog aus einem leeren Mörtelfass etwas heraus. Eine zerknüllte Verpackung. Die Hand strich sie glatt und legte die Aufschrift frei: *Isofix 20.* Die Kamera schwenkte wieder nach oben und zeigte eine Tafel, die die Bauarbeiter an das Gerüst gehängt hatten. Darauf stand in großen, grünen Buchstaben: *Rakowsky-Bau.*

Tom glaubte, eine minimale Schwankung im Dämmerlicht wahrzunehmen. Er kehrte zurück in die erste, ebenso verstörende Wirklichkeit der abgetakelten Gartenhütte. Vor der schmutzigen Gardine eines Fensters zeichneten sich die Umrisse einer Gestalt ab, dann war ein schabendes Geräusch zu hören. Irgendjemand machte sich an der Hauswand zu schaffen. Tom hatte keinen Plan B. Er hatte nicht einmal einen Plan A. Warum hatte er sich nicht wenigstens eine Ausrede ausgedacht, bevor er in das Haus eingedrungen war? Er erwog, sich zu verstecken, was aber angesichts fehlender Wände, Gänge und Türen aussichtslos war. Also eine schnelle Flucht durch den Haupteingang. Er hatte bereits den ersten Schritt unter-

nommen, als ihm einfiel, dass die Tür abgeschlossen war. Fast gleichzeitig mit seinem Ausfallschritt hörte das Schaben an der Hauswand auf. Die Gestalt richtete sich wieder auf, kam näher. An der Fensterscheibe erschien das schmale Gesicht eines Mannes. Er starrte ausdruckslos ins Hausinnere, aber Tom wusste, dass es zu dunkel war, um erkannt zu werden. Das Gesicht zog sich zurück, die Gestalt bewegte sich nun langsam auf die Hintertür zu. Tom saß in der Falle.

Erstarrt wie eine Antilope, deren Fluchtinstinkt abhandengekommen war, sah er zu, wie die Tür von einem Fuß im grünen Gummistiefel aufgestoßen wurde und donnernd gegen einen Stuhl schlug, der umfiel. Noch bevor sich der Staub gelegt hatte, schob sich eine Mistgabel durch die Türöffnung, gefolgt von einem großen, hageren Mann, dessen strohig-blondes Haar bis auf die Schultern fiel. Er trug eine viel zu weite, graue Monteurhose mit Trägern und großer Brusttasche. Der Mann richtete die Forke auf Tom und stieß sie nach vorn, bis auf einen halben Meter vor seine Brust. Die Zinken waren lang genug, um einen Erwachsenen komplett aufzuspießen. »Was tust du hier?« Die Stimme klang einerseits rau, als würde jedes Wort von einem Reibeisen blutig gerieben, andererseits auch weinerlich, wie von einem großen Kind. Das zerfurchte Gesicht des Mannes machte es schwer, sein Alter zu schätzen; er konnte noch in den Vierzigern sein, wahrscheinlich war er aber schon über fünfzig.

»Entschuldigung! Die Tür war offen.« Tom wich einen Schritt zurück, die Mistgabel folgte ihm.

»Ich habe gefragt, was du hier tust.«

Er wollte beschwichtigend die Hände heben, merkte aber zum Glück, dass sein Gegner die Bewegung als Angriffsversuch deuten könnte. »Ganz ruhig, bitte. Es war ein Fehler. Ich habe gerufen, aber es hat niemand geantwortet.«

Die Mistgabel fuhr wieder ein Stück nach vorn und setzte auf seinem Parka auf. In diesem Augenblick klingelte Toms Handy. Es war sonst vollkommen still im Raum. Nur das dumme Klingeln, ein elektronisches Imitat einer historischen Telefonklingel. Er fixierte den Mann und steckte sehr langsam die Hand in die Jackentasche, um an zwei Fingern das Gerät herauszuziehen. »Entschuldigung«, murmelte er. Er war sich zwar vollkommen klar über die Lächerlichkeit der Situation, aber er wusste nicht, was er daran ändern konnte. Zum ersten Mal seit langer Zeit erfüllte es ihn mit großer Freude, die Stimme von Sylke Bartel zu hören. »Ach, Sylke …«

Sie ließ ihn gar nicht zu Wort kommen. »Du hast mir noch keine Notizen von deinem Gespräch mit Sascha geschickt! Kannst du das bitte …«

Die Spitzen der rostigen Zinken drückten sich mittlerweile fest gegen seine Brust. Tom spürte an seinen Oberschenkeln die Schreibtischplatte hinter sich und konnte nicht weiter zurückweichen. »Es ist gerade etwas ungünstig«, sagte er zu Sylke.

Sylke hatte keine Zeit für Ausreden. »Ich erwarte deine Nachricht in den nächsten dreißig Minuten.« Sie beendete das Gespräch.

Tom lächelte den Mann gequält an und murmelte noch

einmal: »Entschuldigung!«

Der Hagere durchbohrte ihn förmlich mit seinen Blicken, was auch nicht wirklich ein Vergnügen war. »Zum letzten Mal: Was willst du hier?«

Tom entschloss sich zu Maßnahmen, die Unternehmen und Politiker ergreifen, wenn alles andere nichts mehr hilft: maximale Transparenz. »Ich suche nach Hinweisen zum gewaltsamen Tod von Leo Rakowsky.«

Die Reibeisenstimme begann krächzend zu lachen. »Hier? Bei mir? Was bist du denn für einer?«

»Ich kann das erklären. Ich …«

»Bloß nichts erklären. Ich weiß sowieso alles. Ich hab sogar schon die Freunde entdeckt, die du mitgebracht hast. Da, hinter dir. Na los, dreh dich um!«

Tom hielt die Aufforderung für eine Finte, aber der zunehmende Druck der Mistgabel nötigte ihn, den Blick auf den Bildschirm in seinem Rücken zu werfen. Auf einem der vier Segmente sah man ein Stück vom Hauptweg der Gartenkolonie. Deutlich erkennbar stand ein dunkler, vermutlich roter Kombi am Rand des Weges. Zwei Männer saßen auf der Motorhaube und rauchten.

»Das sind nicht meine Freunde. Ich …«

»Vielleicht solltest du dich mal mit denen beschäftigen.« Der hagere Mann ließ plötzlich die Mistgabel sinken. Die Zinken schlugen mit einem metallischen Laut auf die Fußbodendielen auf. »Du bist also Tom Bauer. Na, wer hätte das gedacht.«

»Ich heiße Tom Brauer, Herr Gambitzke.«

Der hagere Mann nickte langsam, als würde er begreifen, dass er vor langer Zeit einen Fehler gemacht hatte. Er sprach plötzlich leise, es war kaum mehr als ein Flüstern. »Ja, ja, Brauer, auch gut. Dann hast du also … na ja …«

»Ja, ich habe mir das Video angesehen. Und ich habe versucht, eine Kommissarin auf Rakowsky aufmerksam zu machen.«

Gambitzke lachte hohl. »Ja, das klingt gut, sehr gut. Aber es wird wohl nichts bringen. Das sehe ich ein. Ich hatte mir mehr erwartet. Irgendwie mehr. Ich weiß nicht genau, was, aber doch mehr.«

Tom biss die Lippen zusammen. Er fand die Unterredung ausgesprochen anstrengend. »Herr Gambitzke, Sie wollten mit dem Video wohl so etwas wie eine Anschuldigung formulieren. Sie wollten Rakowsky belasten. Wissen Sie, ob er etwas mit dem Tod von Leo zu tun hat?«

Gambitzke zog die Mistgabel zu sich heran, hob sie hoch und schleuderte sie mit einer kraftvollen Bewegung auf den Fußboden. Die Zinken vibrierten und gaben einen eigenartigen Laut von sich. Tom stellte sich vor, dass es so ähnlich klingen musste, wenn man eine Gitarre zertrümmerte. »Rakowsky ist schuldig. So oder so. Er ist ein Schwein. Er geht über Leichen. Verstehst du das, Tom Bauer – Brauer? Wer über Leichen geht, macht sich auch schuldig an ihrem Tod, nicht wahr? Sieh mich an! Hier, in meinem wunderbaren Palast. Hier lebe ich. Bin ich nicht auch eine Leiche?«

Es fiel Tom schwer, ruhig zu bleiben. Er spürte, dass es möglich war die Begegnung mit Jasper Gambitzke zu überleben. »Sie haben vor zwei Jahren ein Stück Land verkauft, ein Waldstück, da drüben.« Er zeigte in die Richtung, in der die Bohrstelle der OCE liegen musste.

»Der Wald, der schöne Wald. Es war der Wald meines Vaters, den er für mich gekauft hat. Vor zwanzig Jahren. Eine kleine Verbesserung der Rente. Etwas Holzverkauf, ein paar Pachteinnahmen. Mein Vater war klug, auch kurz vor seinem Tod war er noch ein kluger Mann. Klüger als ich. Er wusste, dass ich irgendwann mal eine Rente brauche.«

»Und wer war der Käufer?« Tom spürte Gambitzkes Blick, und der Blick ließ ihn schaudern.

»Meinst du das jetzt ernst?«

»Sicher.«

Gambitzke sprang auf Tom zu und packte ihn am Kragen. Tom spürte den verdorbenen Atem des Mannes, der einen Kopf größer war als er selbst und ihn mit einem ungemein kräftigen Griff gegen die Schreibtischplatte drückte.

»Das ist es doch gerade«, flüsterte Gambitzke. »Rakowsky hat sich alles geholt. Alles. Nicht nur mein Waldstück. Drüben bei Bodstedt hat er noch mehr Land gekauft. Da kommt nächstes Jahr auch noch ein Bohrloch hin. Jetzt stecken sie da ihre Eisenstangen ins Land und holen Öl raus. Sie ficken das Land, verstehst du, du Spatzenhirn? Rakowsky hat behauptet, dass das Waldstück meines Vaters niemals eine nennenswerte Summe abwerfen könnte. Jetzt verdient er sich einen goldenen Arsch. Es ist meine Rente, die er da verdient. Mit meiner Rente vergoldet er sich seinen Arsch. Ich, ich …« Er hielt inne. Etwas Speichel lief aus einem Mundwinkel. Er wischte es mit einem Ärmel ab und wandte sich von Tom ab. »Ich habe gedacht, dass du mit dem Video mehr anfangen würdest. Ich dachte … ach, ich weiß nicht, ich habe früher manchmal Artikel von dir in der Zeitung gelesen. Jetzt lese ich keine Zeitung mehr. Nur das mit dem toten Jungen. Der Junge auf dem Bodden, das habe ich gelesen, unten beim Neukauf am Kiosk, Dienstagmorgen. Da habe ich gelesen, dass du diesen Jungen gefunden hast, *Tom B.*, haha, ich wusste sofort, wer *Tom B.* ist, verstehst du, Tom Bauer? Ich wusste auch, wer der Junge ist. Sie haben etwas über seinen feinen Vater geschrieben. *Günter R.*, haha. In dieser Stadt braucht man keinen vollen Namen, um zu wissen, wer gemeint ist. Ich habe gedacht: Jetzt hat er etwas zu doll zugeschlagen. Und ich kann ihn fertig machen! Ich habe noch mehr Videos, viele Videos. Aber das Beste habe ich dir gegeben. Seit zwei Jahren drehe ich Videos. Immer mit Rakowsky in einer Hauptrolle. Ich könnte eine ganze Serie machen aus den Videos. Ich habe sogar gelernt, wie man Videos zerschneidet und neu zusammensetzt und wie man sie auf eine DVD bringt.« Er hatte sich wieder in Rage geredet und brach dann plötzlich ab, winkte mit der Hand, als wolle er einen bösen Geist beschwören. Als er fortfuhr, war seine Stimme wieder ganz leise, rau, tonlos. »Doch, doch, es ist alles wahr. Rakowsky ist ein Böser. Irgendwann werden sie es glauben. Jetzt noch nicht. Aber irgendwann.« Er ging auf Tom zu und reichte ihm pathetisch die Hand. »Und du musst mir dabei helfen!«

Tom zwang sich, regungslos stehen zu bleiben und Gambitzke anzusehen. »Ich habe bisher noch keinen Beweis für Rakowskys Schuld gesehen«, sagte er. »Wo ist das Motiv? Warum soll er seinen Sohn getötet haben?«

Gambitzkes Augen waren weit geöffnet und leuchteten im Zwielicht seiner Behausung. »Dafür brauche ich dich! Ich verstehe es auch nicht. Aber ich spüre es. Er macht sich Feinde. Das Kind war seine einzige Schwachstelle, seine offene Wunde. Er hat das kranke Glied einfach abgehackt.« Er nickte und hatte plötzlich etwas Oberlehrerhaftes. »Ja, so muss es sein. Er hat das kranke Glied abgehackt!« Gambitzke zeigte auf den Monitor an der Wand. »Die da, ich weiß, dass das nicht deine Freunde sind. Das sind Rakowskys Leute. Sie wissen, dass ich hier wohne. Sie wissen auch, dass ich filme. Sie haben schon versucht, hier einzubrechen. Ich habe einem von ihnen den Arm gebrochen. Sie warten auf ihre Chance. Sie werden wiederkommen.«

Tom sah sich die beiden Männer an, die noch immer rauchend auf der Motohaube des Kombis saßen. Er glaubte plötzlich, dass er den Kombi schon vorher gesehen hatte, nicht nur im Kiefernweg, sondern schon, als er zu Hause losgefahren war. Wurde er beschattet? Hatte Gambitzke etwa recht? Oder war sein Irrsinn ansteckend? Tom kam nicht weit bei dem Versuch, seine Gedanken zu sortieren. Gambitzke fasste ihn an die Schulter.

»Du musst das Material mitnehmen!«

»Deine Videos?«

»Ja, alle. Sie wissen, dass ich sie hier habe. Sie werden wieder versuchen, hier einzubrechen. Sie können mich ruhig töten. – Aber sie dürfen nicht die Videos vernichten!«

Tom lächelte gequält. Er hatte keine große Lust, sich mit Gambitzkes Geheim-TV zu beschäftigen. Aber es wäre töricht gewesen, nicht wenigstens mal in die Filme hineinzusehen. Bei dem Gedanken, dass er sie anschließend der verschnupften Sylke Bartel übergeben konnte, musste Tom grinsen.

Gambitzke griff tief in eine Schublade seines Schreibtischs und holte eine Plastiktüte hervor. »Das hier, das ist alles. Ich habe Kopien.« Er riss die Augen weit auf und flüsterte: »Sie sind sehr gut versteckt!«

Die beiden Typen am Kombi regten sich. Sie blickten sich um und wechselten einige Worte. Gambitzke hatte es plötzlich eilig. »Du musst das für mich tun! Das ist das Mindeste«, sagte er beschwörend.

Tom wusste in diesem Moment nicht, wovon der hagere Mann sprach, aber er nickte.

»Ich weiß, dass Rakowsky mit der OCE etwas ausgehandelt hat, das ihn reich machen wird. Und ich weiß, dass sie ihm das inzwischen übelnehmen.«

»Woher?«

Gambitzke fuchtelte mit der Plastiktüte vor Toms Gesicht herum. Er sprach immer hektischer. »Ein Gespräch … mitgehört. Es ging um Prozente, immer wieder Prozente. Je mehr Öl sie da unten finden, umso mehr bekommt Rakowsky in den Arsch gesteckt.«

»Du bist sicher?« Tom merkte zu spät, dass er angefangen hatte, Gambitzke zu duzen.

»Ich habe es gehört. Der Chef der OCE-Schweine wollte

den Vertrag ändern, aber das Rakowsky-Schwein hat alles abgelehnt. Er ist so eiskalt wie ein Pumpschwengel.«

»Wann war das? Und wo?«

»Hotel Speicher. Ist erst wenige Tage her.«

In Toms Kopf passierte etwas; eine Art Mechanik setzte sich in Bewegung. Irgendwo im Hinterkopf verließ eine vage Erinnerung ihr finsteres Versteck, eine andere rastete ein, begann sich zu drehen, nahm die erste mit, versetzte sie in eine turbulente Bewegung, die so kräftig ausfiel, dass er beinahe das Gleichgewicht verlor. »Hotel Speicher«, murmelte er.

Gambitzke packte ihn am Oberarm und drehte ihn zum Monitor. »Ich will nicht, dass die Idioten wieder hierherkommen. Du musst gehen.«

»Mein Fahrrad steht vorne an der Abzweigung zur Zingster Straße. Die werden mich sehen.«

Gambitzke lächelte teuflisch. »Kein Problem.« Mit einer raschen Bewegung fischte er einen länglichen Gegenstand aus der Brusttasche seiner Monteurhose. Aus dem Gegenstand sprang eine zehn Zentimeter lange, silberne Klinge heraus. So dicht vor Toms Gesicht, dass er unwillkürlich zusammenzuckte. Gambitzke sah ihn so durchdringend an, wie er es im ersten Moment ihrer Begegnung getan hatte. Er klappte die Klinge mit dem Handballen wieder ein und schob Tom zum Hinterausgang hinaus.

Wie Indianer pirschten sie in einem Bogen durchs Unterholz, durch ein Zaunloch und an einem schmalen Wasserlauf entlang. Dann standen sie plötzlich ganz am Anfang der Laubenkolonie. Tom folgte Gambitzkes Blicken und sah hinter mannshohen Wacholdersträuchern eine Ecke des weinroten Kombis. Gambitzke deutete in die entgegengesetzte Richtung. »Du gehst diesen Pfad entlang. Schau vorsichtig nach den beiden Idioten. Warte, bis du siehst, dass sie nicht mehr an ihrem Auto stehen. Dann gehst du zu deinem Fahrrad und fährst los.«

Tom war erleichtert, als er Gambitzke im Dickicht verschwinden sah. Er lief den Pfad entlang, wie es der Mann beschrieben hatte. Als er schon kurz vor der Zingster Straße war, hörte er einen gellenden Pfiff, Gambitzkes höhnisches Rufen und ein meckerndes Gelächter. Eine Männerstimme rief irgendetwas, eine andere antwortete. Kurze Zeit später war zwei-, dreimal ein lautes Zischen zu hören. Tom konnte aus seinem Versteck beobachten, wie Gambitzke gebückt um den Kombi herumlief und mit seinem Messer in einen Reifen stach. Zum vierten Mal war das gemeine Zischen zu hören. Gambitzke verschwand wieder im Unterholz. Nur Sekunden später sprangen die beiden Männer, die er zuvor weggelockt hatte, auf den Weg. Einer trat wütend gegen einen platten Reifen, dann folgten die beiden Gambitzke ins Unterholz.

Tom lief auf die andere Wegseite, öffnete das Schloss und stieg auf sein Fahrrad.

-16-

Er stemmte sich mit seinem ganzen Gewicht in die Pedale, ohne einen Blick nach links und rechts zu werfen. Und schon gar nicht nach hinten. Zum Glück konnte er den Radweg nehmen, der in einigem Abstand parallel zur Straße verlief. Er hätte es nicht ausgehalten, mit den Autos auf einer Fahrbahn zu fahren, immer im Ungewissen, ob nicht von hinten jemand auf ihn zufuhr, so ein tonnenschweres Monsterauto, mit Geländereifen und dicker Stoßstange, der Fahrer vielleicht überreizt, überarbeitet, betrunken, bekifft. Ob der ausscherte oder einfach weiterfuhr, einfach drauf, auf das wankende Hinterrad, diesen fünf Zentimeter breiten Luftschlauch, der kaschiert war mit etwas Blech. So wie damals, als er mit Caroline auf dieser Straße fuhr. Schnell kam er außer Atem. Seine linke Brustseite schmerzte. Aber er gönnte sich keine Verschnaufpause, er wollte die Erinnerungen an die Minuten und Stunden nach dem Unfall nicht zulassen, nicht jetzt.

Auch als er auf der neu errichteten Meiningenbrücke den schmalen Wasserarm überquerte, der Zingst vom Festland trennte, hielt er nicht an. Hätte er seinen Blick nach Westen gewandt, dann wäre dort auf der anderen Seite des Bodstedter Boddens das verschlafene Dorf Wieck und die Halbinsel

Bliesenrade entdecken können, die an dieser Stelle in den Bodden hineinragte. Aus der Luft betrachtet sah sie aus wie der Kopf eines durstigen Vogels, der aus dem Bodden trinkt. Über diesen landschaftlichen Formationen lag der graublaue Streifen einer Wolkenbank, Vorzeichen einer nahenden Kaltfront. Aber Tom hatte jetzt keinen Sinn dafür. Er benötigte noch eine halbe Stunde, bis er die ersten Häuser von Zingst passierte. Wie schon zuvor folgte der Radweg der ehemaligen Bahnlinie. Tom war froh, dass er sein Ziel erreichen konnte, ohne ein einziges Mal auf einer Hauptstraße fahren zu müs-
sen. Als er in Zingst ankam, bog er in die Waldstraße ein und gelangte wenig später an das meergrüne Mehrfamilienhaus in der Neuen Reihe. Er lehnte das Fahrrad an die rückwärtige Wand. Dort stand noch immer der Roller, den Tom einem der Jugendlichen weggenommen hatte. Er hatte nicht mehr daran gedacht, ihn bei der Polizei abzugeben. Damit das Fahrzeug nicht geklaut werden konnte, schloss er es mit seinem Fahrrad zusammen. Es war ihm recht, dass er vor Clara eintraf, die für den Tag eine Radtour nach Ahrenshoop geplant hatte. Er holte Claras Wohnungsschlüssel aus dem üblichen Karton in der Garage und betrat die Wohnung.

Eine halbe Stunde später war ihm klar, dass Gambitzke ein Psychopath sein musste. Es schien keine Baustelle der Firma Rakowsky zu geben, die der verbitterte Mann nicht gefilmt hatte. Er hatte die Aufschriften auf Zementsäcken und Dämmstoffen aufgenommen, hatte die Arbeitszeiten der Angestellten vor laufender Kamera protokolliert und war sogar einmal in ein mobiles Klohäuschen eingedrungen. Rakowskys Privathaus, sein Büro, seine Autos, seine Jacht – alles war auf Videos festgehalten. Gambitzke hatte den Bauunternehmer beim Einkaufen und bei Arztbesuchen beobachtet. Er hatte einen Friseursalon und ein Café gefilmt, das Rakowskys Frau besucht hatte, war vor Leos Schule auf- und abgegangen und hatte das Gebäude aus verschiedenen Richtungen aufgenommen. Er hatte beobachtet, wie die Mädchen und Jungen nachmittags das Schulgelände verließen, darunter auch Leo, der mit wip-

penden Locken an der Straße entlanglief. Die Bilder versetzten Tom einen Stich. Es tat weh, den Jungen so lebendig und fröhlich zu sehen. Gambitzke schien es nicht nur um Verfehlungen zu gehen, die er Rakowsky anhängen konnte. Er wollte ein lückenloses Bild seines Lebens und seines Umfelds erzeugen. Tom kannte die Methoden der Staatssicherheit vor allem aus Filmen und Zeitungsberichten, aber es genügte ihm, um hier etwas wiederzuerkennen: diese grimmige Neugier, den Zwang zur Kontrolle. Er schätzte Gambitzke auf Anfang fünfzig, alt genug, um in den letzten Jahren der DDR noch auf die eine oder andere Art den Geist des Spitzelstaates erlebt zu haben.

Die einzige wichtige Entdeckung, die Gambitzke gemacht hatte, fand Tom nicht auf den Videos: das angebliche Gespräch zwischen Rakowsky und dem OCE-Manager. Von dieser Unterhaltung hätte er gerne Bilder gesehen. Er hatte aber genug von den Filmen und brach seine Suche ab.

Stattdessen schrieb er endlich für Sylke auf, was ihm Sascha über den Abend im Gartenhaus erzählt hatte. Während er das tat, kam ihm eine Idee, wie er mehr über das Ölförderunternehmen OCE in Erfahrung bringen konnte: über seinen alten Kollegen Steffen Knäpper! Sie hatten gemeinsam ihre Ausbildung bei der Magdeburger Volksstimme absolviert. Schon damals, in den unruhigen Zeiten kurz nach der Wende, war schnell deutlich geworden, dass nur einer von ihnen beiden als Journalist Karriere machen würde: Steffen recherchierte schneller, systematischer und hartnäckiger als Tom. Er hatte zwar keinen besonders eleganten Schreibstil, aber er konnte gut mit Zahlen umgehen. Die Verbindung aus Geld und Macht interessierte ihn, und es deutete sich früh an, dass er das Wirtschafts- oder Finanzressort bevorzugte. Steffen schien vom ersten Tag an zu wissen, wo er hingehörte. Diese Sicherheit war es, um die Tom ihn manchmal beneidet hatte, nicht um seine journalistischen Fähigkeiten. Kürzlich hatte er einen Artikel von Steffen im SPIEGEL gelesen, bei dem er inzwischen als Redakteur arbeitete.

Genau dort rief Tom an – und hatte Glück. Zweimal wurde er weiterverbunden, dann hörte er die vertraute, etwas näselnde Stimme seines alten Kollegen. Erfreulicherweise stellte Steffen keine dummen Fragen nach Toms Werdegang. Er ließ sich kurz die Situation schildern und versprach, sich nach der OCE umzuhören und in den nächsten Tagen zurückzurufen.

Tom legte das Telefon weg und sah aus dem Fenster. Die Straßenlaternen leuchteten inzwischen, in der Wohnung war es beinahe dunkel. Clara hatte gesagt, dass sie zur Kaffeezeit zurück sein würde. Unterwegs wollte sie noch ein Stück Kuchen kaufen. Als Tom gerade beschloss, dass es noch zu früh war, um unruhig zu werden, klingelte es an der Wohnungstür.

»Nein!« Er bereute seinen etwas zu lautstarken und hämischen Ausruf.

Sylke war in ein asymmetrisch geknöpftes, nachtblaues Stück Stoff gehüllt, tief ausgeschnitten. Kein Ballkleid, aber doch irgendetwas kurz davor. Über die Schultern hatte sie sich einen roten Parka gehängt. In hochhackigen Schuhen tänzelte sie durch das Treppenhaus und machte dabei Geräusche wie ein halbes Dutzend Perkussionskünstler. »Sag bitte nichts«, herrschte sie Tom an und hüllte ihn, während sie an ihm vorbeirauschte, in eine Wolke aus süßlichem Duft. In der Mitte des Wohnzimmers machte sie ruckartig kehrt.

Tom deutete vorsichtig auf Sylkes Schuhe. »Bist du bitte etwas vorsichtig mit den Holzdielen? Clara mag es nicht, wenn man sie zerkratzt.«

Sylke warf einen kurzen, missbilligenden Blick auf die Kinderzeichnungen an der Wand und fixierte Tom. »Ich bin ganz in der Nähe zu einer Party eingeladen. – Das nur zur Erklärung. Aber da ich dich dringend sprechen muss, dachte ich, schaue ich doch gleich mal hier vorbei.«

Tom konnte sich nicht erklären, was er nun schon wieder falsch gemacht hatte. »Woher weißt du, dass ich und Clara …«

Sie blickte ihn mitleidig an. »Zingst ist nicht sehr groß, Tom. Noch kleiner als Barth. Man sagt übrigens: Clara und ich.«

»Okay, möchtest du …«

»Nein danke, ich werde nachher noch viel trinken.«

Toms Handy klingelte. Auf dem Display erschien Claras Nummer. »Clara?« Es kam keine Antwort. Rauschen und Vogelgezwitscher verrieten, dass sie aus dem Freien angerufen hatte. Er glaubte ein leises Stöhnen zu hören. Dann Schritte, die sich entfernten. »Scheiße!«

Sylke hob die Augenbrauen. »Was ist los?«

Tom schaltete den Lautsprecher seines Telefons an. Es war aber nicht mehr zu hören als das nichtssagende Grundrauschen.

»Clara?«

Dieses Mal war das Stöhnen deutlicher. Im Hintergrund plätscherte etwas. Ein Motor wurde gestartet, es klang nach einem Zweitakter. Gurgelnd entfernte sich das Motorengeräusch. Dann nur noch Rauschen, Vogelgezwitscher. Tom rief noch einmal Claras Namen ins Telefon, aber es kam keine Antwort. Nur dieses unheimliche Geräusch einer Vorabendidylle, irgendwo am Wasser.

»Da ist was passiert!« Tom starrte auf das Handy. Das Licht im Display erlosch. Die Verbindung war unterbrochen. Sylke verzog den Mund.

»Ich weiß nicht. Ein Boot hat abgelegt, würde ich sagen, mit einem kleinen Außenbordmotor, der schon bessere Zeiten erlebt hat.« Tom starrte sie an. »Aber du hast auch das Stöhnen gehört, oder? Sie ist … sie ist vielleicht gerade umgebracht worden!«

Sylke winkte ab. »Mal bitte nicht den Teufel an die Wand. Vielleicht ist ihr schlecht geworden, ja, so könnte es sein: Sie hat sich überanstrengt, merkte, dass es ihr nicht gut geht, deshalb wollte sie dich anrufen. Dann ist sie bewusstlos geworden.«

»Und die Schritte, das Boot?«

»Vielleicht hat beides gar nichts miteinander zu tun.«

»Es fährt jemand mit einem Boot weg, während ein paar Meter weiter eine Frau zusammenbricht? Glaubst du das?«

Tom wählte Claras Nummer. Es kam ein Freizeichen, dann war ihre Stimme von der Mailbox zu hören.

»Kannst du ihr Handy orten lassen?«

Sylke machte eine weitläufige Geste mit dem rechten Arm. »Mal eben ein Handy orten lassen? Wie im Krimi, ja? Das ist nicht so einfach.«

»Wir müssen doch irgendetwas unternehmen!«

Die Polizistin zupfte ihr blaues Samtkleid zurecht und seufzte. Sie legte ihren Parka über eine Stuhllehne und sah Tom prüfend an. »Die Party wird wohl ohne mich beginnen. Aber ich würde jetzt doch gerne einen Schluck trinken. Etwas Hochprozentiges, wenn's geht.«

Wenig später saßen sie über einer Wanderkarte Fischland-Darß-Zingst im Maßstab 1:50000. Sylke leerte ein Schnapsglas mit Sanddorngeist. Tom fuhr nervös mit dem Finger an den gezackten Linien entlang. »Mit Sicherheit ist sie nicht an der Kreisstraße entlanggefahren. Also entweder hier oder hier. Im Wald gibt es keinen See, also wahrscheinlich der Weg am Bodden entlang. Das Plätschern klang ja nicht nach Ostsee, oder? Gut, also am Bodden. Aber war sie schon durch Born durch oder noch nicht? Oder war es in Prerow, vielleicht hier am Hafen? Kannst du nicht irgendetwas tun?«

Sylke nickte träge, als hätte sie nach langem Grübeln endlich etwas verstanden. »Du magst sie schon sehr, oder?«

Tom sprang auf. Es machte ihn wütend, dass Sylke noch immer so gelassen war. »Du sollst mir jetzt helfen, verdammt! Und nicht irgendwelche … Überlegungen anstellen!«

Sylke fischte ihr Handy aus ihrer Handtasche und sah Tom nachdenklich an. »Du magst sie wirklich sehr. Ich werde meine Kollegen nach Prerow schicken. Wenn Clara dort nicht ist, sollen sie weiter nach Wieck fahren, dann nach Born. Zwischen Born und Ahrenshoop kommt man mit dem Streifenwagen nicht weiter. Der Weg ist zu schmal. Wir bräuchten was anderes … vielleicht die DLRG, die haben da doch ein Boot stationiert. Aber ob die auch abends noch rausfahren?«

Tom war ungeduldig auf- und abgegangen. Jetzt blieb er stehen. »Ja, gut, dann mach das so. Worauf wartest du noch? Erst die Kollegen, dann die DLRG.«

Sein Handy klingelte. Es dauerte keine Sekunde, bis er die Verbindung aufgebaut und das Gerät am Ohr hatte. »Clara?! – Ist alles in Ordnung? – Mein Gott, bin ich froh. Was ist passiert?« Er war so verwirrt, dass er beinahe vergaß zu fragen, wo sie sich befand. »Bleib genau da, wo du bist – ja? Ich … also wir … wir holen dich ab.«

Er unterbrach die Verbindung und sah Sylke an. »Sie ist zusammengeschlagen worden. Mensch, wer macht denn so was? Wir können ihren Kombi nehmen, da passt das Fahrrad rein. Du kommst doch mit?«

Sylke verzog leicht säuerlich das Gesicht. »Wenn der Herr es wünscht, komme ich mit. Ist ja nur 'ne Party von 'nem alten Freund, die ich verpasse. Denk an ein Kühlkissen oder Eis oder so was. Und eine Decke.«

Tom rannte aufgeregt durch die Wohnung.

»Ich hätte noch eine Bitte.« Sylke deutete auf ihre Schuhe. »Die sind für lebensrettende Einsätze nicht geeignet. Könntest du mir vielleicht ein Paar Turnschuhe von Clara besorgen?«

Drei Minuten später rasten sie in Claras altem Kombi auf der Bundesstraße in Richtung Prerow. »Auch wenn es dir schwerfällt: Es wäre schön, wenn du dich an die Geschwindigkeitsbegrenzung halten könntest«, rief Sylke.

Tom sah zu ihr rüber und drosselte das Tempo.

»Ich weiß, dass du dich über meine Trägheit vorhin geärgert hast«, sagte Sylke. »Aber glaub mir, wenn etwas so aussieht wie ein ungutes Ereignis, dann glauben wir sofort an die schlimmstmögliche Variante. Der Mensch hat einen Drang zur Katastrophe.«

Tom war zu unruhig, um philosophische Kamingespräche zu führen. »Wieso bist du eigentlich vorhin … ich meine …«

»Jetzt hatte ich es beinahe schon vergessen.« Sylkes Lächeln verflog. Ihre Stimme wurde streng. »Du hast heute die Ermittlungsarbeit meiner Kollegen erheblich behindert.«

»Was habe ich?!«

»Es wurden mehrere Reifen eines zivilen Streifenwagens zerstochen, eine Person hat sich im Dickicht versteckt, und du warst auch irgendwie im Spiel.«

»Dann waren diese beiden Typen Bullen?«

»Einsatzbeamte in Zivil wäre die korrekte Bezeichnung.«

Langsam lichteten sich die Nebel. Tom war schockiert und erleichtert zugleich. Immerhin musste er wohl nicht mehr befürchten, von Rakowskys Hilfskräften verfolgt zu werden. »Darf ich fragen, was die beiden wollten? Haben die mich verfolgt?«

Sylke verzog den Mund. Zu Toms Überraschung blockte die Polizistin nicht sofort ab, sondern zeigte sich gesprächsbereit. »Wenn du mir sagst, warum du bei Gambitzke warst?!«

»Abgemacht.«

»Also?«

»Du zuerst.«

»Kommt nicht infrage.«

Tom holte Luft. »Also gut, damit das hier nicht zu lange dauert. Gambitzke verfolgt Rakowsky seit zwei Jahren mit seiner Kamera. Von ihm stammt auch das Video, auf dem er seinen Sohn schlägt. Der Typ ist etwas durchgeknallt, aber er hat mir plausibel erklärt, dass Rakowsky ihn bei einem Grundstücksdeal übers Ohr gehauen hat. Es handelt sich dabei genau um das Land, auf dem die OCE jetzt nach Öl bohrt.«

»Das klingt nach einem guten Geschäft für Rakowsky.«

»Aber der OCE scheinen die Vereinbarungen nicht mehr zu gefallen. Sie führen Verhandlungen mit Rakowsky und wollen die Verträge ändern, was der aber nicht mitmacht.«

»Und hat das etwas mit dem Tod des Jungen zu tun?«

»Vielleicht wollten sie Rakowsky unter Druck setzen, indem sie seinen Sohn verprügeln. Aber die Sache ist irgendwie schiefgegangen und am Ende ist der Junge tot.«

»Kann sich ein Unternehmen wie die OCE so etwas leisten? Die müssen dringend etwas für ihr Image tun. – So geht das bestimmt nicht.«

»Ich würde an eurer Stelle Rakowsky mal auf den Zahn fühlen.«

»Netter Versuch. Ist schon der zweite, oder? Ich zähle gar nicht mehr mit. Wir werden jetzt als erstes Gambitzke eine Rechnung schicken und sein Alibi überprüfen.«

»Ihr seid doch nur feige. Nur weil Rakowsky ein einflussreicher Unternehmer ist …«

»Stopp! Das lasse ich nicht gelten. Ich sehe einfach kein Motiv, keine Verstrickung, nichts. Du scheinst dich ja auch noch nicht entschieden zu haben, ob Rakowsky eher Täter oder Opfer ist.«

Tom holte tief Luft. Er durfte jetzt keinen Streit anfangen. Sie waren schon hinter Prerow und er wollte Sylkes Informationen haben, bevor sie Clara erreichten. »Erzählst du mir jetzt auch noch etwas?«

Sylke sah trotzig zu ihm rüber. »Es war die Idee meines Chefs.«

»Was?«

»Dich beschatten zu lassen.«

»Was soll der Mist?«

»Ich habe das Video mit dem prügelnden Rakowsky in die Ermittlungen eingebracht und konnte natürlich nicht verschweigen, woher es stammt. Der Leiter der Mordkommission reagiert noch allergischer auf Hobbyermittler als ich. Aber er fand es wohl auch irgendwie erstaunlich, dass du jetzt schon zweimal im Zusammenhang mit Leos Tod in Erscheinung getreten bist.«

Tom schüttelte den Kopf. Er wusste nicht, ob er lachen oder weinen sollte. »Da habt ihr euch gedacht: Schauen wir doch mal, was der Brauer macht. Vielleicht führt der uns ja zu einem möglichen Verdächtigen.«

Sylke lächelte verkniffen. »Wenn du so fragst … es dürfte wohl so ähnlich gewesen sein.«

»Und wie lange sollen die Jungs sich jetzt noch an meine Fersen heften?«

»Das dürfte sich erledigt haben. Ich werde morgen eine Mitteilung machen, dass du die Sache bemerkt hast.«

»Vielleicht solltet ihr mehr fantasieren, bei euch in den Dienstbesprechungen. Nicht nur die eingetretenen Pfade gehen. Die Sache mit Rakowsky und der OCE … da könnten doch auch noch Dritte im Spiel sein. Offiziell arbeitet das Unternehmen natürlich korrekt. Aber stell dir einen Manager vor, der sich profilieren will. Der engagiert unter der Hand einen von der ganz üblen Sorte, um Rakowsky über seinen Sohn unter Druck zu setzen. Die Sache geht aber schief, weil der Junge sich wehrt. Er bekommt einen Schlag ab, stürzt unglücklich und stirbt.«

»Das klingt so … so ausgedacht, Tom. Mein Chef macht das auch so. Der erfindet irgendeine wilde Theorie und setzt dann alles und jeden in Bewegung, bis ihm einen Tag später klar wird, dass es mit seiner Theorie nicht ganz hinkommt.«

»Du hältst nach wie vor nicht viel vom Leiter der Mordkommission, oder?«

»Er schwingt große Reden. Aber er hat kein klares Konzept, kein Bild vom Täter, gar nichts. Und anstatt sich das einzugestehen, anstatt Fragen zu stellen, poltert er herum und vergibt jeden Tag neue, sinnlose Aufträge. Typisch Mann.«

Tom fuhr langsamer. Sie waren fast da. »Du glaubst, du würdest es besser machen, oder?«

»Ehrlich gesagt, bin ich mir da ziemlich sicher. Aber ich habe nicht die richtigen Dienstabzeichen und nicht die richtigen Verbindungen. Stattdessen stehe ich kurz vorm Rauswurf.«

Tom stoppte den Wagen. Er berührte Sylkes Arm. »Ich würde dich sofort befördern.«

Sie streckte ihm die Zunge raus.

-17-

Hellbraun. Wie ein Kamel. Wie feuchter Sand. Und darauf ein Wort: *Patrol.* Sie musste sich diese Farbe merken. Und das Wort *Patrol.* Vielleicht war es das letzte, was ihr Kopf noch leisten würde, bevor er platzte. Er fühlte sich so an, als könne es nicht mehr lange dauern bis zu diesem Augenblick. War sie vielleicht schon tot? Hieß es nicht, dass das eigene Leben an einem vorbeirast, wenn man stirbt? Dass man am Ende einen lichtgefüllten Tunnel sieht? Sie sah nur Braun. Hellbraun. Ihr ganzes Leben war eine kamelbraune Schirmmütze mit der Aufschrift *Patrol.* Sie versuchte Abstand zu gewinnen. Herauszoomen, abrücken von dieser riesigen kamelbraunen Mütze. Zurücktreten, um zu erkennen, dass die Schirmmütze auf einem Kopf saß. Dem Kopf eines Mannes mit gedrungenem Körper. Er hatte eine dunkle Jacke getragen, blau oder schwarz.

Es gelang ihr, auf Distanz zu gehen. Trotz des beinahe berstenden Kopfes. Aber was, wenn der Mann noch da war? Wenn er sich umdrehen und zurückkehren würde? Sie spürte, wie ihr Herz schneller schlug. Ob es möglich war, die Augen zu öffnen? Es wäre der Beweis, dass sie doch nicht tot war. Sie musste die Augen öffnen, um das Kamelbraun loszuwerden. Und sie tat es. Aus Braun wurde Schwarz, nein: Dunkelgrün. Dunkles, fransiges, verschwommenes Grün. Sie fühlte mit den Fingern der rechten Hand, dass es sich um Gras handelte. Vorsichtig versuchte sie den Kopf zu heben. Ja, sie lag im Gras. Der Ort kam ihr bekannt vor. Und er machte ihr Angst. Eine leicht abschüssige Wiese, die zu einem schilfbewachsenen Ufer führte. Vom Schilf war nicht mehr als schwarze Flecken zu erkennen, aber sie wusste, dass es dort stand. Weil dort auch das Boot gelegen hatte, das Boot mit dem blutigen Paket. Sie musste schlucken und spürte dabei einen Stich an der Schläfe. Sie tastete die Stelle mit dem Zeigefinger ab, fühlte verklebte Haare und verkrustete Haut. Es war dunkel, und ein Stück weiter, am Ufer entlang, schimmerten die Lichtpunkte von Laternen. Sie setzte sich vorsichtig auf – und wieder fuhr ein Schmerzschuss in ihren Kopf. Während sie sich auf den rechten Arm stützte, hielt sie den Kopf mit der linken Hand, damit er nicht abfiel und explodierte. Dann wurde es etwas besser. Aber sie zitterte am ganzen Körper. Ein eisiger Windstoß erinnerte Clara an die dunkle Wolkenbank, die sie am Nachmittag über der Ostsee gesehen hatte. ›Am Nachmittag … Wie lange war das her?‹ Wahrscheinlich hatte sie nicht mehr als eine Viertelstunde im Gras gelegen, aber es kam ihr vor wie zwei Tage. Sie tastete den Boden ab, ohne zunächst zu wissen, wonach sie überhaupt suchte. Dann fühlte sie die glatte, kalte Form ihres Mobiltelefons. Telefon, Tom, anrufen, Hilfe, nach Hause fahren, reden, heulen, schlafen. Sie musste lächelnd anerkennen, dass ihr kurz vor der Sprengung stehender Kopf noch bemerkenswert produktiv war. Sie tat, was ihr der Kopf riet, und war so froh, als sie Toms Stimme hörte. Sofort fing sie zu heulen an, obwohl sie das eigentlich erst für später eingeplant hatte. Er würde also kommen. Er hatte gesagt: *Bleib genau da, wo du bist! Wir holen dich ab.* ›Er hat gesagt: *wir.* Warum eigentlich *wir*?‹ Ihr Kopf fing schon wieder an, ganz eigene Wege zu gehen, und spekulierte über Könige, die von sich selbst im Plural sprachen. *Wir wünschen, dass Sie bleiben, wo Sie sind.* Sie musste plötzlich lachen, obwohl dabei Schmerzschübe durch ihren Kopf rasten.

Die Zeit machte eine Pause, in die hinein ein Windstoß nach dem anderen fuhr. Das Schilf geriet in Bewegung, unten am Ufer schlugen kleine, gemeine Wellen gegen das Land. Die ersten Regentropfen spürte sie auf dem Handrücken und an der Wange. Dann schlugen die Tropfen überall ein, auf dem Kopf, am Arm, auf den Beinen. Die Hose war schnell durchnässt. Und noch immer stand die Zeit. Aber dann geriet sie mit einem Ruck wieder ins Rollen wie ein alter, verrosteter Waggon. Zwei Autoscheinwerfer tauchten aus dem Nichts auf, rutschten durch die Ebene, schaukelten ein paar Meter über die unbefestigte Wiese und blendeten sie nun. Tom kam nicht allein. Neben ihm ging eine Frau. Im Licht der Scheinwerfer erkannte sie die Polizistin. Sylke Bartel im Abendkleid. Es wurde immer grotesker.

»Er trug eine kamelbraune Schirmmütze.« Das waren ihre ersten Worte, als Tom sie endlich in den Arm nahm und irgendwie gleichzeitig vom Boden zu sich hinaufzog. Er drückte vorsichtig etwas Kaltes auf ihre rechte Schläfe. Dabei fror sie doch schon und war gänzlich durchnässt. Von der anderen Seite wurde eine Decke um sie gelegt. Ein süßlicher Duft umgab sie. Er musste von der Polizistin kommen. Sie wurde das Gefühl nicht los, dass dieser Duft gefährlich war.

»Wir bringen dich in ein Krankenhaus.«

Es kam zu einem kurzen Streit. Sie wollte sich wieder auf den nassen Boden setzen. Sie weigerte sich mitzufahren, wenn Tom sie nicht auf kürzestem Weg nach Hause bringen würde. Sie hatte ein Anrecht darauf.

Während Tom und sie stritten, untersuchte die Polizistin eine Holzlatte, die im Gras lag. Es musste das Ding gewesen sein, das ihr der Mann vor den Kopf geschlagen hatte.

Schweigend lud Tom das Fahrrad in den Kofferraum. Die Polizistin raffte ihr Kleid und nahm wie selbstverständlich auf dem Beifahrersitz Platz. Erst jetzt fielen Clara die unpassenden Schuhe auf, die Sylke Bartel trug. »Ich war wirklich eine Zeitlang weg. Richtig weg«, sagte sie verwirrt.

Tom nickte.

Clara dachte einen Moment lang nach. »Wieso trägt Frau Bartel diese Turnschuhe? Die sehen aus wie meine.«

»Es sind deine. Komm, setz dich in den Wagen.«

Sie sprachen nicht viel während der Fahrt. Clara war verwirrt. Über alles. Tom und die Polizistin saßen vorne – in ihrem Wagen. Wie Mann und Frau saßen sie da. Und sie, Clara, saß hinten und war das Kind. Der Regen hatte zugenommen und trommelte auf Dach und Scheiben. Sie blickte aus dem Fenster. Der Mann mit der Schirmmütze tauchte wie ein Riese vor ihr auf, als sie versuchte, das Dunkel über dem Prerower Forst zu durchdringen. Dann fiel ihr das Ding im Boot wieder ein. Sie beugte sich nach vorn. »Ich habe noch gar nicht gesagt, warum das alles passiert ist. Ich habe in diesem Boot etwas gesehen. Ein Bündel, eingewickelt in ein Tuch, es war etwa so groß wie ein Kind. Und an dem Bündel war ein großer Blutfleck.«

Tom und die Polizistin blickten sich an.

Ja, sie musste zugeben, dass es so klang wie die Fantasien einer Geistesgestörten. Sie saß hinten, sie war das Kind und erzählte dumme Geschichten. Sie fühlte sich wie hinter einer Wand. Einer Wattewand. »Tom, glaubst du mir nicht?«

»Wir müssen das alles in Ruhe besprechen.«

»Frau Lehnhoff, im Abendlicht wirken Farben oft anders, als sie sind. Vielleicht war es ein Ölfleck? Oder Schlamm?«

»Es war Blut!«

Später standen sie in ihrem Wohnzimmer. Clara hatte sich ihre Schläfe im Spiegel angesehen. Ein gewaltiger Bluterguss zog sich vom linken Augenwinkel bis unter den Haaransatz, ein Schnitt verlief über der Augenbraue, war aber zum Glück nicht so lang, dass man ihn hätte nähen müssen. Sie fühlte sich fast schon wieder fit genug, um wütend auf den Kerl zu sein, der ihr ein Brett gegen den Kopf geschlagen hatte.

Sylke Bartel zog die Turnschuhe aus und schob sie mit einem gemurmelten »Dankeschön« unter den Wohnzimmertisch. Sie zupfte ihr blaues Kleid zurecht, legte sich den Parka über den Arm, bereit zum Aufbruch.

Clara war enttäuscht. »Können wir nicht … ich meine, was ist, wenn in diesem Bündel jetzt wirklich ein totes Kind lag? Sie können dann doch nicht einfach auf eine Party gehen!«

Sylke und Tom sahen sich an. Clara versuchte etwas aus diesem Blick herauszulesen. War da eine Botschaft? Eine Übereinkunft, von der sie, Clara, nichts wissen sollte? Sie schämte sich für ihre Gedanken. Aber die Gedanken waren einfach da.

»Wenn Kinder verschwinden, dann wird sofort Alarm geschlagen. Zurzeit wird im ganzen Landkreis niemand vermisst«, sagte die Polizistin.

»Wie war es bei Leo? Der wurde doch auch Stunden nach seinem Tod noch nicht vermisst.«

»Das war über Nacht, Frau Lehnhoff. Das ist etwas anderes.«

»Dieser Mann, er war etwa sechzig Jahre alt, er trug diese kamelbraune Schirmmütze und …«

»Frau Lehnhoff, ich bin gar nicht im Dienst. Aber ich habe schon den Kollegen Bescheid gegeben. Die müssten bald hier sein und nehmen dann Ihre Aussage auf.«

Sie sah sich die Polizistin an. Sie hatte das Bild einer Schlange vor Augen, einer blauen Kobra mit riesigen Augen. »Es geht doch auch um das, was mit Leo passiert ist! Wurde eigentlich dieses Schmuckstück untersucht, das der Junge in der Hand hielt, als Tom ihn gefunden hat?«

»Selbstverständlich. Die Herkunft ist geklärt. Wenn Sie es genau wissen wollen: Das Stück gehört dem Kulturhistorischen Museum in Rostock. Vermutlich elftes oder zwölftes Jahrhundert, möglicherweise stammt es aus Irland. Es könnte eine Art Amulett gewesen sein, vermutlich war es mal eine Gürtelschnalle, ist aber später so umgearbeitet worden, dass es diese Funktion nicht mehr erfüllen kann.«

»Aber wie kommt es hierher, an den Tatort?«

Sylke Bartels Ungeduld war unübersehbar. »Da sind noch einige Fragen offen. Eigenartigerweise steht das Schmuckstück noch immer auf den Bestandslisten des Museums und wurde nie als gestohlen gemeldet. Die Museumsleitung hält das aber nicht für außergewöhnlich. Immerhin stehen da Tausende von Objekten im Katalog. Wir versuchen das alles nachzuvollziehen.«

Clara hatte das Gefühl, schneller reden zu müssen, um noch die wichtigsten Dinge zu sagen. Aber je schneller sie redete, umso ungeduldiger wurde die Polizistin. »Ich habe mich dazu informiert. Das verschlungene Motiv ist eine Triskele. Das symbolisiert drei Elemente, die verbunden werden. Gibt es dazu eine Theorie? Der Täter muss sich doch etwas dabei gedacht haben, dass …«

»Es muss nicht immer alles etwas bedeuten, Frau Lehnhoff.«

»Ich finde es schon etwas eigenartig, wie die Polizei hier vorgeht. Wurde wenigstens Rakowsky vernommen? Tom hat Ihnen doch das Video gezeigt, auf dem zu sehen ist, wie brutal er sein Kind schlägt. Ich habe auch manchmal mit Kindern zu tun, die geschlagen werden. Es bleibt selten ein Einzelfall! Wenn es passiert, dann passiert es regelmäßig. Man muss mit solchen Eltern reden.«

Einen Moment lang schien es so, als würde Sylke Bartel einen Wutausbruch bekommen. Aber sie beherrschte sich und zog sich mit einer energischen Bewegung den Parka über. »Sie müssen der Polizei schon die Entscheidung überlassen, wie sie vorgeht. Aber selbstverständlich sollten Sie den Angriff und Ihre Beobachtungen zu Protokoll geben.«

Clara wandte sich ab. Sie hatte an diesem Abend begonnen, Sylke Bartel zu hassen. Wenn sie ehrlich war, dann hatte sie auch keine Idee, was ein altes Schmuckstück neben dem Körper eines toten Jungen bedeuten konnte. Die fantastischen Geschichten von Manuel und Sara klangen in ihr nach wie eine beunruhigende, magische Musik. Sie hatte das Gefühl, sich dem Sog dieser Musik nicht mehr länger entziehen zu können. Hatten die letzten Stunden nicht bestätigt, dass ein Fluch über diesem Ereignis lag? Konnte die ungute Begegnung am Boddenufer nicht auch eine Strafe für ihren Unglauben sein? Bislang waren Manuel und Sara die Einzigen, die etwas Substanzielles zu dem Schmuckstück gesagt hatten.

Tom brachte Sylke zur Tür. Clara hörte, wie er sich dafür entschuldigte, dass sie nun viel zu spät zu ihrer Party kam.

Kaum war sie gegangen, kamen ihre Kollegen. Eine junge Frau und ein etwas älterer, schnaufender Mann in einer knapp sitzenden Uniform. Clara bat sie herein. Sie wartete nicht, bis die beiden anfingen, Fragen zu stellen, sondern erzählte in einem einzigen Monolog, was passiert war, mit ungefährer Uhrzeit und allen Details, an die sie sich erinnern konnte. Während sie sprach, schrieb die junge Polizistin lächelnd mit. Der Kollege schnaufte und kratzte sich immerfort am Kopf, als hätte er einen juckenden Ausschlag. Die Polizistin fasste zusammen: »Ein untersetzter Mann in dunkler Jacke, mit einer hellbraunen Schirmmütze, etwa sechzig Jahre alt. Können Sie sich noch an das Gesicht erinnern?«

Clara schüttelte den Kopf. »Nein … oder doch. Es war ein breites, irgendwie grobes Gesicht. Aber es gibt viele Männer, die so ein Gesicht haben. Und Sie haben noch etwas vergessen: die Aufschrift *Patrol.* Das stand auf der Schirmmütze. Es heißt doch so etwas wie Patrouille, Streife. Ist ein schlechter Witz, oder?«

Sie bekam von der Polizistin die Durchschrift ihrer Aufzeichnungen und brachte die beiden zur Tür.

Tom hatte in der Zwischenzeit Tee gekocht und vom Durchgang zur Küche aus das Gespräch verfolgt. »Sehr merkwürdig das alles«, sagte er. »Wenn es tatsächlich so sein sollte, dass in diesem Bündel ein totes Kind lag, dann sind alle Überlegungen mit Rakowsky und der OCE hinfällig. Dann muss es etwas anderes sein. Ein Serienmörder.«

Das Wort hallte ungut nach. Was hatten solche Wörter in ihrem Wohnzimmer verloren? *Kindermörder. Serienmörder.*

Das war doch alles nicht wahr. Claras Blick fiel auf die Wand mit den Buntstiftbildern aus ihrer Kita-Gruppe. Sie spürte den dringenden Wunsch, alles ungeschehen zu machen, was in den letzten drei Tagen passiert war. Es fühlte sich an, als wäre sie von oben bis unten beschmutzt. Sie wollte das loswerden, wollte genauso leben wie vor diesem unsäglichen Ostermontag. Und noch etwas war anders: dieses Gefühl, übergangen zu werden. Das musste aufhören. Sie war kein Typ für Hilflosigkeit.

Sie ging zu Tom in die Küche. »Und du? Hältst du mich auch für so überspannt, wie Sylke Bartel das tut?« Ihre Worte klangen aggressiver, als sie es beabsichtigt hatte.

Tom war gerade dabei, die Teebeutel aus der Kanne zu nehmen. Seine Bewegungen stockten. »Nein, wirklich nicht. Ich glaube dir jedes Wort. Aber trotzdem wissen wir nicht, was jetzt wirklich in diesem Bündel war.«

»Hast du eine Erklärung? Was könnte der Grund gewesen sein, warum der Mann mir eine Holzlatte über den Kopf schlägt und dann verschwindet?«

Tom drehte sich um. In seinem Gesicht stand tiefe Ratlosigkeit. »Ich weiß es nicht. Es ist eine weitere Frage, die unbeantwortet ist. Man müsste so viele Dinge gleichzeitig klären.«

»Dieses Schmuckstück ist wichtig! Die Polizei behandelt es, als wäre das nur eine Nebensache. Hatte ich dir erzählt, dass ich bei Manuel und Sara war?«

»Nein. Was haben sie gesagt?«

»Für sie ist dieses Amulett der Schlüssel zu allem. Sie glauben sogar, dass übernatürliche Mächte am Werk sind. Keltische Druiden oder Erdkräfte. Ich habe es nicht wirklich verstanden. Ich weiß nur, dass die Polizei noch keinen Zugang zu diesem Fall gefunden hat.«

»Hm, keltische Druiden. – Ob das weiterführt?«

»Immerhin sind Sara und Manuel die einzigen Leute, die versuchen, die Bedeutung dieses Schmuckstücks zu erkennen.«

»Ich halte mich lieber an die Fakten.«

»Und an die schöne Sylke Bartel?«

»Was soll das heißen?«

»Läuft da etwas zwischen euch?«

Tom sah sie an, erstaunt und mitleidig. Sie mochte diesen Blick nicht. »Quatsch! Wir kennen uns schon lange und haben uns schon oft gestritten.«

»Aber …?«

»Heute war es etwas anders. Sie hat Probleme mit ihrem Chef, wir waren in einigen Punkten einer Meinung und … na ja, es war doch ein einigermaßen attraktiver Auftritt, oder?«

Clara hatte für einen Moment das Bedürfnis, ihm eine Ohrfeige zu geben. »So, attraktiv fandst du sie? Eine toughe Polizistin im Abendkleid. Ist es das, wonach du dich sehnst?«

»Clara, du weißt genau …«

»Du hättest mich ruhig etwas mehr in Schutz nehmen können gegen diese Sylke, diese attraktive Schnepfe. Aber vielleicht bin ich heute auch einfach überfordert. Ich werde jetzt duschen und dann schlafen gehen.« Tom berührte sie am Arm, aber sie wich aus. Es war nicht wirklich überraschend, dass sie eifersüchtig war. »Vielleicht ist sie ja der

Grund, warum du dich überhaupt noch mit der Angelegenheit beschäftigst?«

»Das ist nicht fair.« Toms Stimme klang ungewohnt rau.

Sie spürte, dass sie auf einem falschen Weg war. Aber es gelang ihr nicht mehr, den Weg zu verlassen. »Ich habe in der letzten Zeit viel Geduld mit dir«, sagte sie. »Deine berufliche Durststrecke hört und hört nicht auf, und ich nehme seit Langem Rücksicht auf deine Empfindlichkeiten. Ja, ich kann verstehen, dass du seit dem Unfall mit Caroline nicht mehr mit dem Fahrrad fahren willst, aber du musst auch verstehen, dass ich das irgendwann nicht mehr mitmachen möchte. Es geht jetzt zwei Jahre so, und irgendwann musst du dich entscheiden, ob du ein Gefangener der Vergangenheit sein willst oder ob dein Leben weitergeht. Manchmal habe ich das Gefühl, du hast aufgehört, an eine Zukunft zu glauben. Vielleicht möchte ich ja mal eine Familie haben, Kinder. Aber ich kann ja nicht einmal eine Radtour mit dir machen. Ich würde mir wünschen, nicht alleine nach Ahrenshoop und über den Darß fahren zu müssen. Wenn das alles nicht so wäre, wie es ist, dann wäre die Sache am Boddenufer heute vielleicht gar nicht passiert.« Sie war erstaunt über diesen Schwall an Vorwürfen und erwischte Tom auf dem falschen Fuß.

»Also, das ist jetzt … ich meine, zum Thema Fahrrad kann ich dir einiges sagen. Ich bin heute …«

»Ach, das hat jetzt alles keinen Sinn«, sagte Clara. »Ich bin müde, ich habe Kopfschmerzen. Vielleicht ist es besser, wenn du gehst.« Sie sah die Enttäuschung in Toms Gesicht.

Aber es war zu spät.

Er schüttelte ratlos den Kopf. »Ich denke, du stehst noch unter Schock. – Ich weiß nicht, ob es gut ist, wenn du allein bist.«

»Ich komme zurecht. Danke.«

Tom griff im Wohnzimmer wortlos nach seiner Tasche. Er nahm die Jacke vom Haken und ging, ohne sich noch einmal umzudrehen.

Donnerstag: Geschäfte

-18-

Die Fahrt über den Bodden wollte er so schnell wie möglich vergessen. Es war ohnehin nicht ratsam, bei Dunkelheit durch das enge Fahrwasser zu manövrieren, zwischen flachen Schilfinseln und Untiefen hindurch. Mitten in der Nacht, bei Regen und ohne den leisesten Mondschein kam es Tom vor wie eine schwarze Hölle. Immer wieder nahm er Fahrt aus dem Boot, suchte mit dem Scheinwerfer der MATHILDA nach der nächsten Fahrwassermarkierung und tastete sich so Stück für Stück durch den Zingster Strom. Er kannte zwar die gefährlichsten Untiefen, aber bei Nacht und Regen glich die Fahrt einem Drahtseilakt mit verbundenen Augen.

Als er in den Barther Bodden einfuhr, warfen sich kurzatmige, störrische Wellen gegen die Steuerbordseite der betagten MATHILDA. Regenschübe schlugen gegen die Fenster des Deckhauses. Es schien, als wollten Wind und Wasser zeigen, dass man sich vor ihnen hüten musste. Vollkommen verschwitzt erreichte Tom gegen ein Uhr nachts den Hafen. Er wäre am liebsten gleich zur Werft gefahren, hätte aber anschließend wohl über einen hohen Zaun klettern müssen, um mitten in der Nacht das Betriebsgelände verlassen zu können. Also machte er die MATHILDA an ihrem Liegeplatz fest und eilte in die Gartenstraße, um noch ein paar Stunden zu schlafen.

Auch das gelang ihm nur ansatzweise. Der Streit mit Clara machte ihm zu schaffen. Er hätte wohl doch anders reagieren können, aber ihm hatte am Ende einfach die Kraft gefehlt. Er versuchte seine eigene Verletztheit auszublenden, um zu verstehen, wie berechtigt Claras Vorwürfe waren – und verfiel immer wieder in lautlose Anklagen über ihre Voreingenommenheit. Erst gegen drei Uhr morgens schlief er ein, um fünf Stunden später vom Wecker aus dem Schlaf gerissen zu werden.

Nach einem kurzen Frühstück ging er zum Hafen und brachte die MATHILDA endlich in die Werft. Der Mechaniker lauschte konzentriert, als er die Symptome des angeschlagenen Dieselmotors beschrieb. Tom verstand nicht, was der Mann in seinen Schnauzbart brummte, aber alles lief auf einen stolzen Preis für die Reparatur hinaus. Er wollte sich in diesem Augenblick keine Gedanken darüber machen. Im Büro sollte er seine Kontaktdaten hinterlassen, obwohl er dort längst bekannt war. Er tat alles, was sie ihm sagten, und eilte zurück nach Hause.

Im Vorbeigehen nahm er die Zeitung aus dem Briefkasten und schlug die erste Seite des Lokalteils auf. Aufmacher war ein Bericht über den merkwürdigen Drohbrief, den sie nahezu in Originalgröße abgedruckt hatten. Sie schrieben, dass die OCE den Brief bekommen hatte, aber kein Wort darüber, dass die Geschäftsführung die Polizei nicht sofort informiert hatte. »Diese dreiste Bande«, murmelte Tom, während er seine Schuhe von den Füßen streifte. Er konnte sich lebhaft vorstellen, wie der ausgebuffte Jon van Reijten die ermittelnden Polizisten für sich eingenommen hatte, mit seinem Gejammer über das große Misstrauen gegen sein Unternehmen und dem Wunsch, dass der Tod des unschuldigen Jungen hoffentlich bald aufgeklärt werde. Dann hatte er die Beamten vermutlich dringend darum gebeten, in der Öffentlichkeit zu verschweigen, dass die OCE nur mit Verzögerung und auch nicht von sich aus die Existenz des Drohbriefs zugegeben habe. Vielleicht hatte er die Polizisten gefragt, woher sie von dem Brief wussten. Es spielte keine große Rolle, was sie ihm gesagt hatten. In den Augen van Reijtens konnte nur er, Tom, der Verräter sein.

All das war ein Grund mehr, sich den offiziellen Start der Ölförderung im Gebiet Barth-Südwest aus der Nähe anzusehen. Die Idee, zu dieser umstrittenen Veranstaltung zu gehen, war Tom schon nach dem Gespräch mit Gambitzke gekommen. Er zog sich ein Hemd an und holte ein Jackett aus dem Schrank, das er seit Jahren nicht getragen hatte. Pünktlich fuhr das für halb zehn bestellte Taxi an der Ecke zur Fischerstraße vor. Tom lotste den Fahrer über Hafen- und Werftstraße auf die Barthestraße aus der Stadt hinaus. Kurz hinter der Abzweigung nach Zingst ging es nach links in den Wald hinein, wo sich einige verstreute Häuser zur Siedlung Planitz zusammenfügten. Der Taxifahrer war leicht verunsichert und wollte Tom gleich vorne am Forsthaus absetzen. »Fahren Sie bitte noch weiter, da rechts entlang.«

Der Fahrer schnaufte und lenkte sein frisch gereinigtes Fahrzeug virtuos um Pfützen herum, die wie Pocken über den lehmigen Fahrweg verteilt waren. Vereinzelt gingen Menschen in bunten Regenjacken am Weg entlang, nach einem halben Kilometer stießen sie auf eine größere Ansammlung, die sich erst teilte, als der Taxifahrer kräftig hupte. »Was ist denn hier los?«, grummelte er.

»Jetzt links«, rief Tom, der zwischen all den Leuten die Einfahrt zum Bohrgelände kaum erkennen konnte. Sie fuhren über eine asphaltierte Rampe hinab auf ein schweres Eisentor zu.

Der Förderplatz war mindestens so groß wie ein Fußballfeld, weitgehend asphaltiert und von einem hohen Zaun umgeben, der mit diversen Kameras bestückt war. Warnschilder wiesen auf die Pflicht zum Tragen von Schutzkleidung hin und auf ein Verbot von offenem Feuer und dem Gebrauch von Mobiltelefonen. In der Mitte des Platzes erhob sich ein etwa fünfzig Meter hoher Turm aus Metallgestänge; er war umringt von komplizierten Apparaturen und mehreren Tanks, zwischen denen Rohre mit unterschiedlichem Durchmesser verliefen. In der Mitte des Turms war eine senkrechte Achse zu erkennen.

»Meine Güte«, seufzte der Fahrer, der offenbar zum ersten Mal zur Bohrstelle gefahren war. Tom verstand nicht, ob er mehr staunte oder erschrak; jedenfalls hatte er hier, wo im vergangenen Herbst noch ein glatter, brauner Acker an den Wald grenzte, nicht mit einem solchen technischen Ungetüm gerechnet.

Das Eisentor glitt langsam zur Seite. Zwei Wachleute winkten das Taxi durch. Links von der Einfahrt standen dunkle Limousinen, ein Übertragungswagen vom NDR-Fernsehen, Kleinbusse und andere Fahrzeuge. Ein Sicherheitsmann mit Signalkelle lotste das Taxi an eine Haltebucht. Tom hatte das Geld für den Fahrer schon abgezählt und drückte es ihm in die Hand.

Draußen, außerhalb des Geländes, konnte er hinter Sträu-
chern und vereinzelten Bäumen die bunten Jacken der Demonstranten erkennen. Manchmal drangen Stimmenfetzen herüber. Tom hatte das Gefühl, in der Mitte einer belagerten Festung zu stehen. Zwischen dem Bohrturm und einem Block aus mehreren Bürocontainern hatte die OCE ein kleines Festzelt aufgebaut. Davor standen Männer in schwarzen Anzügen in kleinen Grüppchen zusammen, ein paar Meter weiter Frauen und Männer mit Kameras, Aufnahmegeräten und Schreibblöcken. ›Das Übliche‹, dachte Tom. Er wurde zu einem improvisierten Empfangsdesk geschickt: zwei verbeulte Ölfässer – nicht ohne Symbolik – darüber ein Holzbrett. Eine junge Frau, wahrscheinlich die Praktikantin aus der Öffentlichkeitsarbeit, wollte seinen Presseausweis sehen.

»Der ist aber abgelaufen.« Die Praktikantin zog die Mappe, die sie Tom hatte reichen wollen, wieder zurück.

»Sie nehmen das aber genau«, sagte Tom und gab sich etwas überdreht und sehr fröhlich. »Ich habe vergessen, den Ausweis zu verlängern. Das ist immer so lästig.«

Die Praktikantin zog eine Schnute, als hätte sie einen Grund, persönlich beleidigt zu sein. »Für wen sind Sie denn tätig? Hatten Sie sich vorher angemeldet?«

»Sorry, nein. Ich arbeite für Radio Meppen. Bei uns wird demnächst auch nach Erdöl gebohrt. Wir sind wahnsinnig gespannt, wie das so läuft.«

Die Praktikantin war überfordert. »Ich müsste da mal eben mit meiner Chefin sprechen …«

Tom wechselte in einen spöttischen Ton: »Also, wenn Sie

keine Berichterstattung über das Projekt wollen, dann laden Sie doch die Presse gar nicht erst ein. Dann hätte ich mir die fünfhundert Kilometer Anreise erspart.«

Die junge Frau presste die Lippen zusammen. Dann reichte sie Tom die Mappe.

»Geht doch.«

Er gesellte sich zu den Journalistenkollegen. Zum Glück kannte er niemanden. Die Ostsee-Zeitung hatte vermutlich irgendeinen jungen Kollegen aus der Zentralredaktion in Rostock geschickt. Er blätterte gelangweilt in der Pressemappe. Daten, Statements, Fotos – auch hier das Übliche. Wie sehr ihn das alles an seine frühere Tätigkeit erinnerte. Und wie wenig er das alles vermisste!

Ein Diagramm zeigte den Aufbau der Erdschichten: Jura, Keuper, Muschelkalk, Bundsandstein, Zechstein. Eine senkrechte Linie markierte den Verlauf der Bohrung; sie führte weit hinab in die Tiefe, wo sie sich in zwei Bögen nach links und rechts aufteilte. Es sah aus wie eine gespaltene Zunge, deren Spitzen fast 3000 Meter unter der Erdoberfläche auseinandergepresst wurden und sich dort ausbreiteten. Ein kurzer Text erläuterte das Verfahren der Horizontalbohrung. Es war den Autoren wichtig, zu betonen, dass die ölführenden Bereiche vom Grundwasser unendlich weit entfernt lagen und durch undurchlässige Schichten davon getrennt waren.

Dann begann die Show. Die Praktikantin schob den Kunststoffvorhang des Zeltes zur Seite und ließ die Kollegen eintreten. Links im Zelt stand das Büfett: Kanapees, Käsespieße und Salatschälchen, auch einen bauchigen Topf mit Tomatensuppe hatten sie herbeigeschleppt. Nah am Eingang waren Stehtische aufgestellt, an der Stirnseite eine Tischreihe mit Namensschildern. Davor fünf Reihen mit Klappstühlen aus Kunststoff. Die Fernsehleute hatten schon ihre Kamera und einen Scheinwerfer aufgebaut. Jemand klopfte gegen ein Mikrofon, das Jaulen einer Rückkopplung schrillte durch das Zelt. Dann eine übertrieben leutselige Stimme: »Liebe Kolleginnen und Kollegen, wenn Sie sich bitte auf die Plätze begeben würden, dann könnten wir beginnen.« Tom entdeckte den Sprecher erst, als er das Mikrofon schon wieder zur Seite gelegt hatte. Ein Dreißigjähriger mit Anzug, Krawatte und dunkel geränderter Brille. Wahrscheinlich der Pressesprecher der OCE. Tom hatte es nie gemocht, von solchen Leuten als Kollege bezeichnet zu werden. Es war eines dieser subtilen Mittel, um kritische Distanz zu unterminieren und die Journalisten durch permanente Freundlichkeit einzulullen.

Auf dem Weg zu den Pressestühlchen entdeckte er Sven. »Was machst du denn hier?«

Der Tourismusbeauftragte sah ihn überrascht an. »Das gleiche könnte ich dich fragen. Bist du doch wieder journalistisch unterwegs?«

Tom schüttelte den Kopf. Er hatte keine Lust mit Sven über seine detektivische Tätigkeit zu sprechen. »Nicht wirklich. Und du? Suchst du nach neuen Ideen für den lokalen Tourismus? Wie wäre es mit Wanderungen im Ölschlick? Oder ein spezielles Angebot für Paare: Während die Frauen auf der Zingster Hafenstraße shoppen, dürfen die Männer ein paar Meter in den Barther Untergrund reinbohren. Das bringt die Libido in Schwung.«

»Du bist zynisch.«

Der Wirtschaftsminister, ein breitschultriger Zweimetermann mit Schnauzbart, bekam als Erster das Wort. Tom fand, dass sein Äußeres ihn eher für das Amt des Landwirtschaftsministers qualifizierte. Sein Statement war erfreulich kurz. Er lobte die technischen Innovationen, die im Bereich der Erdölgewinnung in den letzten Jahren erreicht worden seien, erweckte aber nicht unbedingt den Eindruck, dass er diese Innovationen auch verstanden hätte. Trotzdem betonte er in jedem zweiten Satz die Sicherheit der modernen Anlagen – die PR-Strategie wäre selbst für einen Freizeitreporter eines Anzeigenblättchens durchschaubar gewesen. Der Minister lobte auch die wirtschaftlichen Impulse, die durch die Erdölförderung in der Region gesetzt würden.

Van Reijten gab im Anschluss den Elder Statesman. Seine weiße Mähne wogte sanft wie ein Strauß Unterwassergras, während er die unermüdlichen Mühen seines Unternehmens schilderte, mit neuen Fördermethoden schonend und wirtschaftlich Rohstoffe zu erschließen. Er hob die dienende Rolle der OCE hervor. Im Einsatz für hohe Ziele: »Wir wollen, dass Deutschland unabhängiger wird von Erdölimporten. Wir wollen, dass wir weniger Rücksicht darauf nehmen müssen, von welchen Launen die Russen oder die Araber gerade getrieben werden.«

Zwischen den beiden Granden saß der Pressesprecher und wirkte noch bübchenhafter als zuvor. Er moderierte die Statements und nickte zu allem, was gesagt wurde, wie ein hungriges Huhn. Dann skizzierte er die Pläne für die kommenden Jahre: weitere Bohrplätze südwestlich von Barth würden eingerichtet, ein ausgeklügeltes Verkehrskonzept werde dafür sorgen, dass die Belastungen sich minimierten. »Wer es nicht darauf anlegt, wird bei einem Besuch in dieser wunderschönen Region überhaupt nicht merken, was wir hier tun. Wer es doch darauf anlegt, ist herzlich eingeladen, sich über sämtliche Maßnahmen zu informieren. Wir werden zu allen Fragen Auskunft geben und keine relevanten Vorkommnisse verheimlichen.«

Damit war die Fragerunde eröffnet. Die ersten, zögerlich vorgetragenen Fragen drehten sich um den wirtschaftlichen Nutzen für die Menschen vor Ort. Arbeitsplätze, Aufträge für Dienstleister. Alles klang sehr brav. Dann schlug eine Journalistin, zierliche Figur, selbstgestrickter Pullover, einen etwas anderen Ton an. »Ich habe gewisse Zweifel daran, ob dieses Bohrprojekt einen nennenswerten Beitrag leisten kann, um unsere Abhängigkeit von Rohstoffimporten zu sichern. Nach unseren Berechnungen reicht die gesamte Ölmenge, die hier im Laufe von über zwanzig Jahren gefördert werden soll, gerade einmal aus, um drei Tage lang den Rohölbedarf Deutschlands zu decken.«

Der Pressesprecher lächelte. »Haben Sie auch eine Frage?«

»Ich möchte wissen, ob es sich hier um eine traditionelle Bohrung handelt oder ob die Methode des Frackings angewendet wird.«

In einer weit ausholenden Erklärung zählte der Prcssesprecher verschiedene technische Verfahren und geologische Strukturen auf, ohne auf die Frage einzugehen. Vor allem schien er vermeiden zu wollen, das böse Wort mit F auszusprechen.

Die Journalistin legte nach. Sie erwähnte vergiftetes Trinkwasser in den USA. »Auch Sie pressen eine Flüssigkeit in den Boden und sprengen damit das Gestein auf, damit das Öl austreten kann. Das ist nach meinen Informationen exakt die Definition von Fracking.«

»Irgendwie hat sie recht«, murmelte Sven, der neben Tom saß und seine Hände ineinander krampfte.

»Wir fracken nicht«, sagte der Pressesprecher kurz angebunden. Seine Stimme klang etwas heiser.

»Sie nennen das, was Sie tun, nicht Fracking, aber sie tun genau das, was andere so nennen. Das ist in meinen Augen kein Zeichen transparenter Information. Das ist eine sprachliche Vernebelung.«

Ermutigt durch den Vorstoß der Kollegin meldete sich ein weiterer Reporter zu Wort: »Sie haben mal behauptet, dass die Bohrflüssigkeit so harmlos sei, dass man sie trinken könnte.«

Der Pressesprecher hatte rote Flecken am Hals. »Ja, das wurde wohl so gesagt.«

Der Journalist stand auf. Es war ein kleiner, untersetzter Kollege in kariertem Hemd und Jeans. Er schien die Gelegenheit für einen wirkungsvollen Auftritt zu wittern. »Dann möchte ich darum bitten, dass Sie uns das hier und heute vorführen. Die Kollegen vom Fernsehen brauchen ja auch ihre Bilder.« Zustimmendes Gemurmel von den hinteren Stehplätzen.

»Jetzt wird's aber skurril!«, flüsterte Sven.

Der Pressesprecher blickte hilfesuchend zur Seite. Das Gesicht des Wirtschaftsministers war seit Minuten eingefroren. Van Reijten hatte ein Buddhalächeln aufgesetzt. Es schien so, als habe er auf diesen Moment gewartet. Er stand langsam auf und bog das Mikrofon, das an einem Stativ vor ihm befestigt war, umständlich in eine andere Position. »Ich danke Ihnen für Ihre wichtigen Fragen«, sagte er. Jedes Wort wog er ab, machte lange Pausen. »Sie geben uns einen Eindruck von den Sorgen und Befürchtungen, die sich auf unser Projekt richten. Sie beobachten uns kritisch. Und das ist gut so. Deshalb sind wir dankbar für Ihre Anwesenheit und Ihre Aufmerksamkeit. Zu allem, was wir tun, werden wir auch in Zukunft umfassend Auskunft geben.« Er wandte sich an die zierliche Pulloverträgerin. »Zu Ihrer Frage: Wir haben uns entschieden, das, was wir tun, nicht Fracking zu nennen, weil Fracking in der öffentlichen Wahrnehmung mit bestimmten Substanzen verbunden wird. Die Bohrflüssigkeit, die wir verwenden, enthält diese Substanzen nicht. Sie ist nicht giftig. Sie besteht aus Wasser. Außerdem enthält sie in geringem Umfang Zusätze, die Sie alle aus Ihrem Haushalt kennen.« Er machte eine Pause und gab ein Zeichen zur Seite, wo inzwischen die Praktikantin mit einem Tablett stand. Sie trat heran und stellte zwei Trinkgläser auf den Tisch, die mit einer transparenten Flüssigkeit gefüllt waren. »Ich möchte Ihrem Wunsch gerne entgegenkommen«, sagte van Reijten lächelnd, »und mit dem Herrn Minister auf den Beginn der Erdölförderung anstoßen. Aus gegebenem Anlass werden wir das nicht mit Sekt, sondern mit der von uns für dieses Projekt eingesetzten Bohrflüssigkeit tun.«

Der Pressesprecher verzog sich in den Hintergrund, der Wirtschaftsminister erhob sich und brachte seinen mächtigen Körper in eine fotogene Position. Tom hatte allerdings das Gefühl, dass sich sein Appetit auf Bohrflüssigkeit in Grenzen hielt. Die beiden Männer hoben die Gläser, stießen sie aneinander und tranken. Fotoapparate klickten, die TV-Kamera arbeitete lautlos. Es war das Bild des Tages. Später würden der Minister und der OCE-Chef noch einen roten Knopf betätigen, mit dem die Einleitung der Bohrflüssigkeit begann. Aber das war den Journalisten nach Toms Einschätzung bei Weitem nicht so wichtig wie dieses Bild. Als die beiden die Gläser wieder absetzten – das des Ministers war noch zur Hälfte gefüllt –, applaudierten einige der Anwesenden. Tom vermutete, dass es sich um Angestellte der OCE handelte.

Van Reijten hob die Hand. »Ich möchte noch eine persönliche Bemerkung anfügen.« Er machte eine lange Kunstpause. »Vor wenigen Tagen ist in dieser Stadt ein Kind ums Leben gekommen.« Wieder eine Pause. »Wir als Unternehmen bekamen einen Brief, in dem unsere Arbeit mit dem Tod des Kindes in einen Zusammenhang gebracht wird. Ich möchte hier zum Ausdruck bringen, dass wir alle über den Vorfall zutiefst traurig sind. Und dass wir es als … How do you say? … Shameful … als beschämend empfinden, mit diesem Ereignis in Verbindung gebracht zu werden. Sollten wir irgendetwas tun können, was bei der Aufklärung des Verbrechens hilft, werden wir das sofort und jederzeit tun. Ich fürchte allerdings, dass dies nicht der Fall sein wird. Gegen den oder die Verfasser des Briefes haben wir Anzeige erstattet. – Ich danke Ihnen. Und ich bitte Sie nun, die Gespräche im kleinen Kreis am Büfett fortzusetzen.«

Für einige Sekunden machte sich eine Stimmung kollektiver Betroffenheit breit. Sie zerfiel, als die Ersten aufstanden und den kulinarischen Teil der Veranstaltung einleiteten.

Tom hielt sich im Hintergrund. Er wartete einfach, ob noch etwas passieren würde. Und es passierte etwas. Ohne dass er ihn zuvor bemerkt hatte, stand plötzlich van Reijten neben ihm. »Ich weiß, dass Sie das tun mussten«, sagte er, als würde er ein kurz unterbrochenes Gespräch fortsetzen.

Tom verschlug es für einen Augenblick die Sprache.

»Ich werte das nicht als Verrat«, fügte van Reijten hinzu. »Allerdings denken wir, dass dieser Drohbrief kein Drohbrief ist.«

»Sondern?«

»Ein böser Scherz. Man möchte uns, ohne dass es dafür einen sachlichen Grund gäbe, mit einem gemeinen Verbrechen in Verbindung bringen. Es ist eine Attacke auf den guten Ruf der OCE.«

Tom versuchte eine möglichst ausdruckslose Miene aufzusetzen. Er musste an das blutige Paket denken, das Clara im Boot bei Born gesehen hatte. Er stellte sich die Frage, ob van Reijten davon etwas wusste. Das faltenreiche Gesicht des Managers war so unergründlich wie der Marianengraben bei Nacht. »Ich habe mich gefragt, ob es irgendetwas geändert hätte, wenn die Verzögerung von einem Tag nicht eingetreten wäre.«

Van Reijten sah ihn säuerlich an. »Ich denke, das spielt keine Rolle.« Er winkte Sven zu, der ganz in der Nähe stand. »Noch etwas anderes: Ich habe gehört, dass Sie ein Buchprojekt über die Geschichte der Stadt Barth planen. Ich finde das fantastisch. Wie ich überhaupt diese Stadt fantastisch finde. Wir als Unternehmen würden dieses Projekt – und natürlich Ihre Arbeit – gerne unterstützen. Die OCE hat für solche Zwecke eigens die Stiftung Land und Kultur gegründet.«

Bevor Tom etwas Hinhaltendes sagen konnte, war Sven schon zur Stelle. »… das würden wir natürlich sehr begrüßen! Ihr Gespräch mit dem Bürgermeister verlief also positiv? Wir werden Ihnen jederzeit gerne das Konzept erläutern.«

»Danke! Wir hören voneinander«, sagte van Reijten lächelnd. Er nickte, reichte Sven seine Karte und verschwand zwischen den Journalisten, alles in einer einzigen fließenden Bewegung, die Tom an die Eleganz einer Balletttänzerin erinnerte. Er biss sich auf die Lippen.

»Ist doch super, dass das klappt!«, rief Sven.

»Das ist Mist«, sagte Tom. »Jetzt verstehe ich, warum du hier bist.«

Sven grinste. »Landschaftspflege nennt man das. Aber denk nicht, dass ich der Ölförderung deshalb irgendetwas Positives abgewinnen kann.«

»Das ist doch schizophren.«

»Der Wind hat sich gedreht.«

»Ach Sven, merkst du nichts? Ich lasse mich nicht gerne kaufen. So ein von der OCE gefördertes Buchprojekt wird meine Freundin Clara jedenfalls ziemlich daneben finden. Die findet im Augenblick sowieso alles daneben, was ich tue.«

»Beziehungsstress?«

Tom hob die Schultern. Er wollte jetzt gar nicht an Clara denken.

Sven legte ihm kameradschaftlich die Hand auf die Schulter und sah ihn mit seinen großen, blauen Augen an. »Wenn ich diese Unterstützung aus der Wirtschaft ablehne, dann schießen sie mich im Rathaus ab. Der Naturtourismus schwächelt, wir brauchen andere Erfolge. Und die Stadt hat leider nicht so viel Geld, dass wir bei der Auswahl der Sponsoren wählerisch sein können. Du bleibst doch an Bord?«

Tom seufzte. Er war nicht hergekommen, um den einzigen Auftrag, der sich am Horizont abzeichnete, aus den Händen zu geben. »Ich bin heute Nachmittag mit Dr. Grimm verabredet. Sie war am Telefon sehr interessiert. Ich nehme an, zu deiner großen Freude?«

Sven boxte ihm gegen die Schulter. »Siehst du, auch ich muss Kompromisse machen.«

Tom schichtete einige Käsehäppchen auf eine Serviette und ging zum Essen an die frische Luft. Draußen spürte er sofort, dass sich die Stimmung verändert hatte. Die bunten Regenjacken, die zuvor am gesamten Zaun aufgereiht waren, hatten sich vor dem Tor zu einem dichten Farbklecks zusammengeballt. Eine erregte Stimme sprach in ein Megafon, untermalt von einem Ensemble aus Trillerpfeifen. Er hätte gern das Gelände erkundet, aber rings um das Pressezelt waren Sicherheitsleute aufgereiht, die darauf achteten, dass niemand den für die Veranstaltung vorgesehenen Bereich verließ. Der Wirtschaftsminister bestieg gerade seine Limousine, die begleitet von einem Sicherheitsfahrzeug abfuhr.

»Wissen Sie schon, wie Sie nach Hause kommen?« Van Reijten, schon wieder. Dieses Mal hatte er sich von der anderen Seite angeschlichen. Er wartete nicht auf eine Antwort. »Ich nehme Sie gerne mit. Steigen Sie ein.«

Tom hatte wieder dieses ungute Gefühl, von jemandem umgarnt zu werden, mit dem er eigentlich nichts zu tun haben wollte. Aber er hatte die Hoffnung noch nicht aufgegeben, irgendetwas über das Unternehmen OCE zu erfahren, was ihn auf neue Ideen brachte.

Wenige Augenblicke später saß er neben dem Ölmanager auf der Rückbank eines schwarzen Mercedes, der sanft schaukelnd über das Gelände glitt. Das Metalltor öffnete sich und der Wagen rollte auf die Demonstranten zu, die dicht gedrängt auf dem Weg standen und keinen Grund sahen, zur Seite zu gehen. Der Chauffeur näherte sich den Regenjackenleuten im Schritttempo so lange, bis die Stoßstange Kontakt mit den ersten Demonstranten aufnahm. Dann blieb der Wagen stehen. Ein Lied wurde angestimmt. Tom kannte es mit einem anderen Text aus der Grundschule. Aus *Hejo, spann den Wagen an* wurde *He ho, leistet Widerstand.*

»Die kommen nicht von hier, oder?«, fragte van Reijten. Seine Stimme klang leise und drohend.

»Ich weiß es nicht. Vielleicht nicht alle.«

Mit einem unangenehmen Knall zerplatzte ein Ei auf der Windschutzscheibe. Der Chauffeur stellte den Scheibenwischer an, der die gelbe Masse zu einer halbrunden Schmiererei verstrich. Das Einschalten der Scheibenwaschanlage verbesserte die Situation nur unwesentlich. »Fahren Sie langsam weiter«, sagte van Reijten. Er hatte sein Mobiltelefon in der Hand. »Ich verstehe nicht, was die Polizei im Sinn hat. Diese Zurückhaltung ist nicht zielführend. Unterstützen die neuerdings Wegelagerer und Randalierer?«

Wie zur Bestätigung begann einer der Demonstranten mit beiden Fäusten auf den schweren Mercedes zu trommeln. Es klang hohl und dumpf wie die Begleitmusik zu einem düsteren Ritual. Noch immer rührte der Scheibenwischer in der gelben Eiermasse herum. Tom blickte auf die dicht gedrängten Menschen, die widerwillig und unter dem Druck der Stoßstange zur Seite wichen. Er hatte Angst, dass jemand zu Fall kommen könnte. Direkt neben der Seitenscheibe glitten Jackenknöpfe, Arme und Rucksäcke vorbei, er sah wütende Gesichter, aber auch solche, die lachten und das alles für eine große Gaudi hielten.

Und dann sah er Clara. Sie stand neben einer Freundin aus Barth. Um den Kopf trug sie einen weißen Verband, darüber die Kapuze ihrer hellblauen Allzweckjacke. Eine Haarsträhne hing ihr ins Gesicht. Es sah beinahe etwas verwegen aus. Für einen Sekundenbruchteil trafen sich ihre Blicke. Tom konnte Claras Erstaunen erkennen, aber auch das Entsetzen, das dem Erstaunen folgte. Im gleichen Moment hatte der Chauffeur das Ende der Menschenmenge erreicht. Er beschleunigte, und Clara verschwand aus Toms Sichtfeld.

»Was sagen Sie dazu?«, sagte van Reijten. »Sind das die besorgten Bürger, von denen Sie gesprochen haben? Werfen die mit Eiern?«

Tom war zu schockiert, um irgendetwas oder irgendjemand zu rechtfertigen. Nur mühsam konnte er sich von der Frage lösen, ob es ihm jemals gelingen würde, Clara zu erklären, warum er im Auto des obersten Ölbohrers saß und sich allem Anschein nach mit ihm und seinem schmutzigen Unternehmen verbrüdert hatte. Es musste irgendetwas passieren. Sie fuhren am Ortseingangsschild von Barth vorbei.

»Wo kann ich Sie absetzen?«, fragte van Reijten süßlich.

»Irgendwo in der Nähe der Innenstadt. Am besten gleich da vorn, am Dammtor.«

Der Wagen hielt. »Ich freue mich sehr auf das Buchprojekt«, sagte der Ölmanager. Er wartete darauf, dass Tom ausstieg.

Aber Tom blieb sitzen.

»Wie ist eigentlich der Stand im Streit zwischen der OCE und Günter Rakowsky?«

Van Reijtens Augen verengten sich zu Schießscharten. Sein Körper schien zu erstarren, aber der Tonfall seiner Stimme blieb unaufgeregt. »Entschuldigung, was meinen Sie?«

»Die OCE möchte die Verträge mit dem Bauunternehmer Rakowsky ändern. Haben Sie ihn inzwischen überzeugen können?« Er hatte für einen Augenblick das Gefühl, den Manager auf dem falschen Fuß erwischt zu haben. Aber der Holländer hatte sich schnell wieder im Griff.

»Ich weiß nicht, aus welchem Grund und mit welchem Ziel Sie diese Frage ansprechen.«

»Ich bin neugierig.«

»Sie werden verstehen, dass ich Ihnen in unsere Geschäftsbeziehungen keinen Einblick geben kann.«

»Sie haben heute von transparenter Information gesprochen. Das gehört dazu.«

Van Reijten tippte dem Chauffeur auf die Schulter, der daraufhin ausstieg.

»Meine Aussage bezog sich auf technische Fragen, die Ölförderung betreffend.«

»Wenn es um den Mord an einem Kind geht, sollte diese Zusage auch gelten.«

Van Reijtens Stimme bekam nun doch scharfe Kanten. »Jetzt bringen Sie Dinge in Zusammenhang, die nicht zusammengehören. Das hätte ich von Ihnen nicht erwartet.«

»Ich möchte ausschließen, dass es solche Zusammenhänge geben könnte.«

»Was werfen Sie uns vor? Dass wir das Kind eines Mannes töten, mit dem wir im Streit liegen?«

»Sie liegen also im Streit?«

»Durchaus.«

»Wie konnte das passieren? Sie wären nach den Gesetzen des Landes Mecklenburg-Vorpommern nicht verpflichtet, hohe prozentuale Pachtzahlungen zu leisten.«

»Das sind interne Prozesse.«

»Korruption?«

»Kein Kommentar.«

Es gab einen unangenehmen Moment des Schweigens. Tom hatte das Gefühl, den Zipfel eines Tuches angehoben zu haben, unter dem sich etwas Großes und Finsteres befand. Aber sofort danach kam es ihm so vor, als gleite ihm der Zipfel wieder aus der Hand.

Van Reijten nahm einen neuen Anlauf, dieses Mal in einem väterlichen Tonfall: »Hören Sie, ich kann gut verstehen, dass dieses schlimme Ereignis vom Montag Sie beschäftigt. Ich kann auch verstehen, dass Sie nach Erklärungen suchen für etwas, das uns allen unerklärlich und grausam erscheint. Aber man muss vorsichtig sein, ein Indiz ist kein Beweis. Und ein Hinweis noch keine Tatsache. Wir haben in dieser Grundstücksfrage in der Tat eine Meinungsverschiedenheit. Ich kann Sie nur bitten, das zur Kenntnis zu nehmen und mir in diesem einen Punkt zu vertrauen: Wir arbeiten ausschließlich mit legalen Mitteln, um dieses Problem zu lösen.« Er lehnte sich zurück. »Es ist alles schon schwierig genug. Wenn da nicht noch dieser Verrückte wäre, dieser Granditzke … oder wie der heißt.«

»Gambitzke? Was ist mit dem?«

»Also, das ist ein Mensch, dem ich alles zutrauen würde.«

»Können Sie das präzisieren?«

Van Reijten zögerte für einen Moment und schüttelte dann den Kopf. »Nein, das kann ich nicht.«

»Warum nicht?«

Er schien mit sich zu ringen. »Ein Erpressungsversuch mit manipulierten Videoaufnahmen. Wir konnten das Problem vorerst lösen, aber … nein, bitte, wir sollten dieses Gespräch jetzt beenden.« Er winkte dem Chauffeur zu, der sich rauchend neben dem Wagen aufhielt, in diskretem Abstand, aber immer bereit, auf ein Zeichen seines Chefs zu reagieren.

Tom hätte van Reijten gerne weiter befragt, aber es war klar, dass er nichts mehr sagen würde. »Eine Frage noch: Haben Sie die Polizei über diesen Vorfall informiert?«

Van Reijten schüttelte den Kopf. »Wie gesagt, es war ihm nichts zu beweisen. Wenn Sie ein weiteres Mal den Wasserträger spielen wollen, ich kann es nicht ändern.« Er wandte sich ab, mit einer Geste, die ein Abschied sein konnte, aber auch ein Zeichen von Verachtung.

Tom stieg aus und sah zu, wie die Limousine zurück auf die Straße rollte und hinter der nächsten Ecke verschwand.

-19-

Clara hatte die Wunde an ihrem Kopf mit einem Verband geschützt, obwohl das nicht unbedingt nötig gewesen wäre. Aber sie wollte zur Mahnwache vor der Ölförderstelle gehen, und sie wusste ja nicht, wie sich diese Veranstaltung entwickeln würde. Es konnte ein Gedränge geben, Geschubse, im schlimmsten Fall, wenn sie die Einfahrt blockierten, würde die Polizei mit einem Wasserwerfer anrücken.

Es war dann alles nicht so dramatisch. Die Aktion glich einem großen Sonntagsspaziergang mitten in der Woche. Clara traf Kathi, eine Freundin und Kollegin aus Barth. Sie genoss es, sich ganz entspannt mit ihr über die Ereignisse des Tages zu unterhalten. Nur als Kathi sich nach der Kopfverletzung erkundigte, gab sie eine ausweichende Antwort. Sie kämpfte eine Zeit lang mit den dunklen Erinnerungen an den Vortag.

Trotzdem war es richtig, zu der Demo zu gehen. Die Bewegung und die frische Luft taten ihr gut. Es war kalt geworden, in der Nacht hatte es geregnet. Auf dem Zufahrtsweg zur Ölförderstelle reihten sich Pfützen aneinander, der Lehmboden war weich und gefährlich glitschig. Vor dem Gelände hatte die Bürgerinitiative einen kleinen Infostand aufgebaut. Leider gab es nichts zum Aufwärmen, auch keinen Stand mit Getränken oder belegten Brötchen. Clara und Kathi scherzten, dass es ja nicht so weit her war mit dem Catering und dass die Holzköpfe im Innern des riesigen Drahtkäfigs wenigstens in dieser Hinsicht die bessere Wahl getroffen hatten.

Kurz vor Ende der Presseveranstaltung versammelten sich die knapp hundert Teilnehmer der Demo direkt vor der Einfahrt. Einer, den Clara nicht kannte, hielt eine kurze Ansprache, einige Leute lärmten mit Trillerpfeifen herum. Die erste Limousine mit Schweriner Kennzeichen ließen sie noch durch, begleitet von Buhrufen und nicht sehr freundlichen Sprüchen. Als der zweite Wagen anrückte, hatte sich die Stimmung etwas aufgeschaukelt. Clara musste lauthals lachen, als ein rohes Ei auf der Windschutzscheibe landete. Die Demonstranten wollten wohl testen, wie weit sie gehen konnten, und gaben einen Moment lang den Weg nicht frei. Dass der Fahrer trotzdem langsam weiterfuhr und die Leute in der vorderen Reihe wegdrückte, fand Clara gefährlich und unnötig. Sie hielt sich etwas im Hintergrund, war dann aber doch neugierig, wer da so dreist seine Überlegenheit ausspielte. Sie erkannte einen Mann mit weißem Haarschopf auf der Rückbank. Das musste der Chef des Ölförderunternehmens sein; ein Mann, den Clara aus einer Talkshow als ebenso gebildet wie arrogant in Erinnerung hatte. Diese Kombination von Eigenschaften war ihr zuwider.

Als der Wagen direkt neben ihr vorbeirollte, erkannte sie Tom. Es war ein wirklicher Schock. Später versuchte sie sich einzureden, dass es vielleicht einen Grund geben musste, warum dieser Öl-Manager mit Tom die Rückbank seiner Chefkarosse teilte. Aber keine noch so raffinierte Erklärung würde ihr das Gefühl nehmen, dass dieser Augenblick etwas Entlarvendes hatte. Er löste eine ganze Lawine von Fragen aus: Warum hatte Tom nicht erwähnt, dass er zu der Eröffnung der Ölförderstelle gehen wollte? Warum hatte er sich seit Jahren hartnäckig geweigert, einmal klar Position zu beziehen? Selbst als ihm der Auftrag für die Broschüre entzogen worden war, hatte er sich nicht zu der Erkenntnis durchringen können, dass diese Ölbohrer der Stadt nicht guttaten.

Clara hatte nicht nur das Gefühl, betrogen worden zu

sein. Sie erkannte in diesem Augenblick, in dem Tom in der glänzenden, schwarzen Luxuslimousine vorbeiglitt, einen Moment der Wahrheit. Gab es ein besseres Bild als dieses: sie draußen in der Kälte, in Stiefeln und Regenjacke, trotz Kopfverletzung auf dem matschigen, lehmigen Boden stehend, die Zehen längst gefühllos, die Hände zitternd. Und Tom: mal wieder irgendwie reingerutscht in eine mondäne und verlogene Gesellschaft, zu der er nicht gehörte, in der er aber irgendwie mitspielen wollte. Wahrscheinlich hielt er sich für den klügsten Ermittler aller Zeiten, ließ sich aber in Wirklichkeit nur von abgezockten Typen wie diesem Jon van Reijten an der Nase herumführen.

Clara spürte, dass sie verletzlicher war als sonst. Als sie ihm in die Augen blickte, während er vorbeischwebte mit diesem Gesichtsausdruck des Ertappt-Werdens und der Überraschung, dieser eine Moment brachte in Claras Innerem etwas zum Einsturz. Wollte sie noch länger mit Tom zusammen sein? Wollte sie wirklich ihre Zukunft, ihr Leben mit ihm verbringen? Hatte der Vorabend nicht schon gezeigt, in welche Richtung alles lief? Hatte sie nicht immer viel Geduld aufgebracht, gerade auch wegen des tödlichen Fahrradunfalls, dem seine Frau zum Opfer gefallen war? Es mochte Gründe geben, warum er in diesem Auto saß, aber Clara fühlte in Bildern. Und dies war ein Bild, das etwas zu erzählen hatte. Ein Bild, das Bände sprach.

Auf dem Rückweg von der Ölförderstelle wälzte sie diese Gedanken wie schwere Steine vor sich her. Kathi war erstaunt über ihre plötzliche Schweigsamkeit, aber Clara hatte keine Lust mehr, mit irgendjemandem zu sprechen. Sie verabschiedete sich und ging zu ihrem alten Kombi, den sie nah bei der Straße in einem schmalen Stichweg geparkt hatte.

Es war wie ein Déjà-vu-Erlebnis, als sie jetzt im ausgekühlten Auto saß und nicht wusste, was sie tun sollte. Sie war enttäuscht und schockiert, auf eine ähnliche Weise wie am Montag, als Tom nicht zum Museumsmarkt gekommen war. Und eigenartigerweise tat sie an diesem Donnerstag genau dasselbe wie am Montag. Mit dem Unterschied, dass sie das Ziel ihrer Fahrt schon kannte, als sie losfuhr.

Ein knappe halbe Stunde später parkte sie am Straßenrand, schräg gegenüber der Einfahrt zur Villa der Rakowskys. Sie drückte den Klingelknopf, nannte ihren Namen und das Eisentor öffnete sich leise summend. Ursula empfing sie an der Haustür. Anders als am Montag war sie schlicht gekleidet, in eine weite, schwarze Stoffhose und einen Wollpullover mit diskretem Zopfmuster. Sie reichte Clara die

Hand, zog sie dann aber zu sich heran, um sie zu umarmen. Clara spürte ihren schlanken, feinen Körper unter dem weiten Pullover.

Im Wohnzimmer flackerte ein Feuer hinter der Glaswand des Kamins. Ursula reichte Clara eine Tasse Tee. »Schön, dass du da bist – auch wenn es etwas überraschend kommt. Was ist mit deinem Kopf passiert?«

»Eine unerfreuliche Begegnung während einer Fahrradtour. Es geht aber schon wieder. Wie hast du die letzten Tage überstanden?«

In Ursulas Gesicht zeichnete sich ein Bild des Schmerzes ab. Doch sie versuchte so etwas wie ein Lächeln anzudeuten. »Ich müsste lügen, wenn ich sagen würde, dass es jeden Tag aufwärts geht. Aber ich komme inzwischen ganz ohne Medikamente aus. Ich versuche die Dinge zu regeln, die geregelt werden müssen. Viele Menschen haben uns Trost zugesprochen. Das war und ist das, was mich aufrecht hält.«

Clara zögerte einen Augenblick. Sie wollte Ursula die Fragen stellen, die eigentlich Tom ihr hätte stellen sollen. Aber ihr war klar, dass sie diese Fragen anders stellen musste, als Tom es getan hätte. »Ursula, hast du eigentlich irgendeine Veränderung an Leo beobachtet? Ich meine, in der letzten Zeit?«

Ursula sah sie überrascht an. »Das ist eine dieser vielen Fragen, die die Polizei auch schon gestellt hat.«

»Ja, es beschäftigt mich eben auch, das zu verstehen, was man nicht verstehen kann.«

»Leo war ganz normal. Sehr selbstbewusst kam er mir manchmal vor, wollte eigene Entscheidungen treffen. Ich habe mich gefreut darüber, manchmal auch etwas gewundert.«

»Warum?«

»Er hatte so verrückte Ideen. Er sagte, er wolle mal mit mir verreisen, aber ohne seinen Vater – dabei sind wir immer nur zu dritt weggefahren. Und diese Übernachtungsparty im Gartenhaus, das war auch seine Idee. Aber ich glaube, das ist völlig normal. Jungs in dem Alter entwickeln ihre eigenen Vorstellungen.«

»Hast du irgendeine Idee, wo dieses Schmuckstück herkam, das in dem Boot lag?«

»Du stellst wirklich genau die gleichen Fragen wie die Polizei. Willst du nicht den Job von dieser Frau übernehmen, wie heißt sie doch gleich?«

»Bartel.«

»Ja, richtig. Und nein, ich habe keine Ahnung, wo dieses Ding herkommt. Weder ich noch Günter kannten es. Und ich kann auch ausschließen, dass Leo es irgendwann mal angeschleppt hat. Jedenfalls habe ich es nie bei ihm gesehen.«

»Es ist eine Triskele.«

»Was ist das?«

»Ein symbolischer Gegenstand, vielleicht eine Art Talisman. Drei Spiralen, die miteinander verbunden sind, ineinander übergehen. Es steht, wenn ich das richtig verstanden habe, für die Einheit der Elemente, in der christlichen Kultur für die göttliche Dreieinigkeit. Also überhaupt für drei Dinge, die zusammengehören.«

»Drei Dinge, die zusammengehören. Was soll das bedeuten? Ich finde das abscheulich. Ich möchte, dass sie den Leichnam bald freigeben. Dann können wir endlich die Beerdigung planen.«

»Aber du willst doch sicher wissen, wer das getan hat?«

Ursula presste ihren Kopf in ihre offenen Hände. Es sah aus, als versuche sie zu weinen. Aber sie weinte nicht. »Natürlich«, sagte sie düster, »aber ich habe auch Angst davor. Ich fürchte, dass ich mich selbst nicht mehr kontrollieren kann, wenn ich erfahre, wer sich an meinem Sohn vergriffen hat.«

»Hat die Polizei mit dir über die Ermittlungen gesprochen?«

Ursula sah Clara müde an. »Ja und nein. Diese Frau Bartel ist schon etwas eigenwillig. Ich darf eigentlich nicht darüber reden. Aber sie selbst erzählt mehr, als sie will. Sie denken wohl an sexuellen Missbrauch, aber zumindest Frau Bartel scheint daran zu zweifeln.« Ursulas Blick war vollkommen leer. »Immerhin haben Sie den Ort gefunden, an dem Leo ins Boot gelegt wurde. Es ist gar nicht weit von hier, einige Kilometer weiter raus, rechts am Straßenrand stehen ein paar Häuser. Ein Fischer hat da seine Boote liegen. Auch das alte Zeesboot war da festgemacht. Der oder die Täter haben Leo hineingelegt und dem Boot einen Stoß gegeben. Einfach so. Der Wind hat es aufs Wasser getrieben, bis zum Morgen, als dein Freund es gefunden hat. Ist das nicht … grotesk?«

Clara spürte, wie ihre Knie zitterten. Sie konnte nichts daran ändern. Sie wusste jetzt, warum sich Tom so geziert hatte, mit Ursula zu sprechen. Damit ihr Gegenüber nicht sehen konnte, wie sehr ihre Knie zitterten, stand sie auf. Sie zwang die Beine durch das Beschweren mit ihrem eigenen Körper dazu, wieder ihren Dienst zu tun, musste sich aber an einer Anrichte festhalten. Das Zittern ließ nach.

»Du kannst dir die Stelle ansehen«, sagte Ursula. »Die Ermittler sind wohl fertig mit ihrer Spurensuche.«

»Und weiß man, wo …« Sie presste die Lippen aufeinander und musste für einen Augenblick um Fassung ringen.

»Drüben an der Landstraße ist das alte LPG-Gelände. Riesige Ställe, Betonstraßen, Gerätehallen. Alles verfällt seit Jahren. Ich glaube, keines dieser Gebäude hat noch ein Dach. Es sieht aus wie nach einem Bombenangriff.« Sie machte eine Pause. Wartete. Sammelte Kraft.

»Du musst nicht darüber reden, wenn du nicht willst.«

»Doch, es ist … es ist besser. Ich habe das Gefühl, dass ich es nur dann begreifen werde, wenn ich es ausspreche. Leo ist in ein altes Betonbecken gefallen, drei Meter tief. Oder hineingestoßen worden. Es gab wohl auch eine Auseinandersetzung. Er hat einige Druckstellen am Arm. Aber er wurde nicht gequält.«

Clara versuchte alles in sich aufzunehmen: wie Ursula sprach, was sie sprach. Aber es schien ihr, als wäre ihr Inneres vollgestopft. Sie fühlte sich wie ein überquellender Mülleimer. »Du bist sehr tapfer, Ursula.«

Ursulas Mundwinkel zuckten. Sie stand auch auf.

»Hat Frau Bartel mit dir auch über die Beobachtung gesprochen, die ich gestern gemacht habe?«

»Beobachtung? Nein.«

»Ich wurde von einem Mann niedergeschlagen. Vorher habe ich in einem Boot ein blutiges Bündel gesehen. Es war ungefähr so groß wie ein Kind.«

Ursula sah Clara entsetzt an. »Du meinst …«

»Es könnte sein, dass noch ein zweites Verbrechen begangen wurde. Wieder ein Kind, wieder ein Boot. Bislang wird zum Glück niemand vermisst. Und es wurde auch nichts gefunden.«

»Das wäre ja – schrecklich.«

Clara hatte das Gefühl, dass Ursulas Erschrecken nicht so groß war, wie man hätte erwarten können. Sie war nach dem, was sie in den letzten Tagen erlebt hatte, vermutlich gar nicht mehr in der Lage, mit möglichen anderen Opfern wirklich mitzufühlen. Sie musste unendlich erschöpft sein.

Mit einer umständlichen Bewegung schob sie die Gardine zur Seite, sodass sie nun durch die bodentiefen Wohnzimmerfenster ungehindert den weitläufigen, parkartigen Garten überblicken konnten. Im Hintergrund der Teich mit Schilfgürtel, kleine vom Gärtner aufgeworfene Hügel, dazwischen Rasenflächen mit Beerensträuchern. Eine künstliche Landschaft, die der Landschaft jenseits des zwei Meter hohen Zaunes nachempfunden war.

»Siehst du die Birken?«, fragte Ursula gedankenverloren. »Bald werden sie grüne Spitzen bekommen. Alles wird grün werden.« Sie drehte sich zu Clara um. »Jetzt sitzen wir hier draußen in dieser Idylle und haben das Gefühl, es ist die Hölle. Ich weiß noch nicht, ob Günter und ich hier bleiben können. Egal, wo wir hingehen, die Hölle ist überall. Aber vielleicht ist es besser, in eine andere Hölle zu gehen.«

»Hast du schon mit ihm darüber gesprochen?«

»Nein, es ist noch zu früh. Am Wochenende wollen wir einen Tag auf dem Meer verbringen.«

»Ihr macht einen Bootsausflug?«

Ursula lächelte. »Es ist kein Ausflug im engeren Sinne. Eher der Versuch, Abstand vom Land und von dem zu gewinnen, was hier passiert. Wir machen das manchmal, wenn uns etwas über den Kopf wächst. Da draußen sind um uns herum nur das Wasser, der Himmel und der Wind. Da können wir Dinge verstehen, die wir hier an Land nicht begreifen.«

»Und dein Mann erlebt das auch so?«

»Warum nicht?«

Clara zögerte. Ein weiteres Mal ärgerte sie sich darüber, dass Tom es ihr überließ, die unangenehmen Fragen zu stellen. »Sag mal, dein Mann macht ja offenbar durchaus umstrittene Geschäfte. Könnte es nicht sein, dass …«

»Was soll das heißen?«

»Du kennst seine Zusammenarbeit mit der OCE nicht?«

Clara sah, wie sich Ursulas Körper straffte. Sie schüttelte den Kopf und blickte auf einen Punkt irgendwo draußen am Ende der idyllischen Gartenlandschaft. »Er hat sehr günstig Land gekauft, das die OCE in den nächsten Jahren für die Ölförderung nutzt. Dafür bekommt er viel Geld.«

»Ist das verboten?«

»Nein, aber …«

Ursula wandte sich ruckartig um. »Woher weißt du das alles?«

»Ich … ich meine, wir … also Tom und ich, wir haben nach dem Tod Leos verschiedene Überlegungen angestellt, und Tom hat ein paar Erkundigungen eingeholt.«

»Ah, Erkundigungen! Ihr schnüffelt hinter meinem Mann her. Und du kommst zu mir und willst ihm jetzt irgendwelche dunklen Geschäfte anhängen?« Ursulas Stimme hatte sich verändert. Sie hatte einen rauen, fast männli-

chen Beiklang bekommen.

»So war das nicht gemeint. Aber könnte es nicht sein, dass Leos Tod damit zusammenhängt?« Clara hatte geahnt, dass Ursula nicht über ihren Mann sprechen wollen würde. Aber sie wollte, dass jetzt alles auf den Tisch kam. Sie wollte, dass Ursula spürte, wie wenig sie von diesem Baulöwen hielt, den Ursula irgendwann einmal meinte, heiraten zu müssen. »Und du weißt vielleicht auch, dass dein Mann Leo ziemlich brutal geschlagen hat. Es gibt …«

»Ich weiß, es gibt ein schändliches, heimlich aufgenommenes Video. Die Polizistin hat mir einige Bilder daraus gezeigt.« Ursula verschränkte die Arme wie eine strenge Lehrerin und fixierte Clara mit einem Blick, der nur schwer zu ertragen war. »Clara, ich war und bin dankbar, dass du dich nach mir erkundigst. Und vor allem, dass du am Montag in meiner Nähe warst. Es ist schön, dich wiedergetroffen zu haben. Aber ich möchte dich bitten, auch Grenzen zu respektieren. Wenn ich das hier alles wenigstens ansatzweise verarbeitet habe, dann will ich dir gerne mehr über mich und mein Leben erzählen. Aber im Augenblick bin ich dazu nicht in der Lage. Ich weiß nicht viel über die Geschäfte meines Mannes. Es interessiert mich auch nicht. Das ist vielleicht naiv und in deinen Augen ziemlich old-fashioned. Aber ich kann damit gut leben. Ich kann meinem Mann so weit vertrauen, dass er sich nicht auf Dinge einlassen würde, die seine Familie in Gefahr bringen. Das reicht mir. Und ich möchte, dass du das nicht in Zweifel ziehst.«

»Und die Prügel? Was ist damit?«

»Leo hat seinen Vater provoziert. Er hat eine Waffe aus dem Schrank entwendet. Günter hat falsch und übertrieben reagiert. Das weiß er.«

Ursula war nur wenige Zentimeter größer als Clara, aber sie kam ihr in diesem Moment unendlich überlegen vor. Es war das zweite Mal an diesem Tag, dass Clara etwas tief im Innern traf und schmerzte wie ein spitzer Pfeil. Ursulas Haltung und ihre Worte konnten nichts anderes bedeuten: Sie sollte jetzt gehen. Als sie sich abwandte, spürte sie, wie Ursula ihre Schulter berührte.

»Bitte, du musst das verstehen! Günter ist ein ruppiger Typ, aber eigentlich grundsolide. Er hat sich hochgearbeitet, buchstäblich aus der Gosse hat er sich hochgearbeitet. Schwierige Kindheit, Herumtreiber. Als ich ihn kennenlernte, wohnte er in so einer Art Männerwohnheim. Es war wirklich gruselig.«

»Das … das alles passt so überhaupt nicht zu dir!«

Ursula lachte bitter auf. »Ja, das höre ich bis heute immer wieder. Schön, dass du es auch noch mal aussprichst.

Aber ich kann dich verstehen. Ich war eine Tochter aus gutem und strengem Haus, bestimmt für etwas Höheres. Und dann gehe ich weg und tue mich mit so einem Herumtreiber zusammen. Ja, das war ein Bruch mit meinem geordneten Leben, das war es wirklich! Aber ich wollte diesen Bruch, ich musste dieses Korsett abwerfen, das meine Eltern um mich gelegt hatten.«

Sie schilderte mit hastigen Worten, wie sie von zu Hause ausgezogen war, kaum dass sie achtzehn Jahre alt war. Sie war vor ihrem Vater geflohen, einem strengen, fast zwanghaften Menschen, der nach der Wende von 1989 die Orientierung verloren habe. Sie selbst habe das Gegenteil von Ordnung gesucht, die Gesellschaft der Herumtreiber und Heruntergekommenen. »Das war so eine Phase«, sagte Ursula, »die ich wohl gebraucht habe. In der Zeit bin ich auf Leute gestoßen, die ich sonst wohl nie kennengelernt hätte. Auch Günter war dabei.« Sie blickte an Clara vorbei an die Wand. »Es war eine wilde Zeit. Wir haben viel getrunken und gefeiert, wir haben ohne Grund und ohne Ziel gelebt, einige Male gab es auch Ärger mit der Polizei. Ich habe alles mitgemacht, bis Günter bei einem Einbruch in eine Villa beteiligt war und etwas schiefgegangen ist. Dann hatte ich genug. Und von diesem Moment an habe ich wieder Ordnung in mein Leben gebracht. Wenigstens so viel, wie nötig war, um Günter auf die richtige Schiene zu setzen, aber niemals auch nur halb so viel, wie mein Vater mir aufgezwungen hatte.«

Sie schüttelte sich. Vielleicht aus Empörung über ihren Vater, vielleicht auch angesichts ihrer eigenen Irrwege.

Clara war erstaunt über Ursulas unvermittelten Redeschwall, aber auch fasziniert von der Energie, die dahintersteckte.

Die Frau des Bauunternehmers schob Clara zum Ausgang. »Das war mehr, als ich dir erzählen wollte. Ich möchte jetzt alleine sein«, sagte sie und schloss die Tür.

Clara saß eine Weile verwirrt in ihrem Auto, dann fuhr sie los. Aber sie fuhr nicht nach Hause. Jetzt wollte sie noch weiter, bis zum Ende, bis an den toten Punkt. An den Ort, an dem Leo auf seine letzte Reise geschickt worden war.

Als sie auf die Landstraße abbog, sah sie vor sich ein verfallenes Gebäude. Die Fenster waren eingeschlagen, eine Tür mit Brettern zugenagelt. Weiter rechts konnte man einen ersten Anbau erkennen, hinter dem verrosteten und lückenhaften Zaun lagen weitere Ruinen, überwuchert von Gestrüpp und Bäumen. Clara folgte der Landstraße nach Osten, und immer wieder waren auf der linken Seite Gebäude und Wegreste zwischen dem wuchernden Dickicht auszumachen. Clara wusste, dass sich hier ein altes LPG-Gelände befand, aber dessen Größe war ihr bisher nicht bekannt gewesen. Irgendwo hinter diesen Betontrümmern und Abfallbergen war Leo zu Tode gekommen.

Die Landstraße war schmal und voller Schlaglöcher. Kein Auto war unterwegs auf dieser Straße, die ins Nichts führte. Nicht ganz ins Nichts, denn weiter draußen gab es noch ein Hotel und ein Informationszentrum der Nationalparkverwaltung, wo man sich über die vielfältige Tier- und Pflanzenwelt erkundigen konnte. Und über die erdgeschichtlichen Launen, die diese lange, ostwärts gestreckte Landzunge erschaffen hatten und sie weiterhin formten.

Manchmal fuhren Clara und ihre Kolleginnen mit einer Kindergartengruppe raus bis an die Landspitze, den Pramort. Für Tiere ließen sich die Kleinen immer leicht begeistern. Aber ganz draußen an der Hohen Düne standen die Kinder oft ratlos herum und wunderten sich. Hier könne man beobachten, wie eine neue Landschaft entstehe, erklärte dann der Ranger der Nationalparkverwaltung mit leuchtenden Augen. Von einem Aussichtspunkt aus zeigte er den jüngsten Besuchern, wie Wasser und Wind an der Küstenlinie arbeiteten. Aus Sand, der weiter westlich abgetragen worden war, türmten sich allmählich Dünen auf, die nach vielen Jahren von Strandhafer und Salzmiere, später von niedrigen Sträuchern und Heidekraut besiedelt wurden und sich von Jahrzehnt zu Jahrzehnt in winzigen Schritten in eine Welt einfügten, auf der Menschen sicher stehen konnten. Wenn Clara sah, wie die Kinder über die Wege und die Holzstege stürmten, die über das empfindliche Gelände gelegt waren, dann hatte sie immer das Gefühl, dass sich hier zwei Welten begegneten, die sich nicht verstanden, auch wenn die Nationalpark-Ranger sich noch so viel Mühe gaben. Die kleinen Menschenkinder mit ihren Launen, Fragen und kurzweiligen Wünschen rannten durch eine karge, winddurchpflügte und sich doch unendlich langsam verändernde Landschaft. Diese Kinder wirkten wie Fremde in einer Welt, in der ein anderes Zeitmaß galt; einer Welt, die auch ohne Menschen ganz gut auskam.

Mit diesen Gedanken rollte Clara in mäßigem Tempo auf der Landstraße entlang, links der Wald mit fahl leuchtenden Birkenstämmen zwischen dunklen Kiefernköpfen, rechts die sumpfigen Wiesen, durchzogen von Wassergräben.

Vier Kilometer hinter Müggenburg bog sie nach rechts von der Landstraße ab. Eine Handvoll Häuser duckte sich zwischen Bäumen und Hecken. Clara stieg aus und ging die wenigen Schritte, die auf den allgegenwärtigen Deich führten. An diesem Punkt der Halbinsel hatte sie noch nie haltgemacht. Der Blick öffnete sich auf den Uferstreifen und das dahinter liegende Boddengewässer. Ein Fahrweg führte auf eine kleine Landzunge und endete in einem dichten Schilfwald. Der Wind hatte nachgelassen, über dem leise gluckernden Wasser lag eine kaltfeuchte Dunstschicht, die das Atmen schwer werden ließ. Die Landschaft war von einem grauen Schleier überzogen.

Clara ging bis zum Ende des Weges. Inmitten des Schilfdickichts lag eine kleine, hinter hohen Halmen versteckte Wasserfläche, eine Art natürlicher Hafen, in dem mehrere Ruderboote angepflockt waren. Kunststoffschalen, Schwimmkörper und Abfälle lagen in den Booten, am Ufer war ein Gestell aus Holzstangen aufgebaut, auf dem die Fischer ihre Netze und Reusen trocknen konnten. Hier also musste Leos Leichnam in das Zeesboot gelegt worden sein – ein allzu trister und doch auch wieder passender Ort für einen letzten Weg hinaus auf das Boddengewässer. Hätte der Wind wie so oft aus westlicher Richtung geweht, wäre das Boot wohl auf den Schilfgürtel an der nächsten Landspitze zugetrieben, deren Umrisse sich draußen im grauen Dunst abzeichneten. Dann hätte es vielleicht wesentlich länger gedauert, bis man den Jungen gefunden hätte.

Clara war tief betrübt. Sie stand hier nicht nur am tragischen Schlusspunkt eines unschuldigen Lebens, sie war auch selbst an einem Punkt, an dem sie nicht weiterwusste. Langsam ging sie zurück zu ihrem alten Kombi. Auf halbem Wege rollte ihr ein anderes Auto entgegen und blieb ruckartig stehen. Als Clara erkannte, wer aus dem knall-

roten Kleinwagen stieg, kippte ihre Stimmung von Betrübnis um in Verzweiflung. Das hatte ihr gerade noch gefehlt! Sylke Bartel verschaffte sich mit zusammengekniffenen Augen einen Überblick. ›Alles nur Pose‹, dachte Clara, denn geblendet wurde die Polizistin von diesem trüben Nachmittagslicht wohl kaum. Lässig setzte sie sich in Bewegung.

»Was machen Sie hier?« Ihr Ton war kühl, ein echter Polizeiton.

»Ich gehe spazieren.«

»Sie sind sicher nicht zufällig hier, oder?«

»Ich gehe selten zufällig irgendwohin.« Sie standen sich jetzt unmittelbar gegenüber.

Sylke Bartel trug eine dunkelblaue Daunenjacke, Jeans und knöchelhohe Lederschuhe. Ihre rot geschminkten Lippen waren einer der wenigen Farbakzente in dieser graubraungrün verschleierten Umgebung. »Wer hat es Ihnen erzählt?«, frage sie.

Clara hatte keine Lust auf Versteckspiele. »Die Mutter von Leo. Ich bin seit Langem mit ihr bekannt. Und ich möchte Sie bitten, ihr deswegen keine Schwierigkeiten zu machen.«

Über Sylkes Mund huschte ein Lächeln. Sie schien zufrieden damit zu sein, dass Clara sie nicht mit Ausreden hinhielt. »Das ist kein Problem«, sagte sie. »Seit dem Tod des Jungen sind die Menschen hier nervös. Deshalb hat auch gleich jemand von den Nachbarn angerufen, als Sie hier auftauchten.« Zur Erklärung deutete sie auf die wenigen Häuser, die wie kleine Festungen hinter dem Deich und den Baumkronen versteckt lagen.

»Ich habe gehofft, dass mir dieser Ort etwas über das erzählt, was hier passiert ist. Warum legt jemand ein Kind in ein Boot und schiebt es dann aufs Wasser?«

Der Blick, mit dem Sylke Bartel Clara musterte, hatte etwas Abschätziges, fast Spöttisches. »Sind Sie zu einem Ergebnis gekommen?«

»Ich glaube, so etwas zu verstehen, geht nur in kleinen Schritten. Da reicht kein Fingerschnippen.« Clara spürte wieder ihre Abneigung gegen diese Frau, die ihr so vorkam, als müsse sie immer die Kontrolle über die Dinge haben. Kontrolle um jeden Preis. Eigenartigerweise hatte sie erst im Umgang mit kleinen Kindern gelernt, wie lächerlich dieser ständige Wunsch nach Kontrolle war.

»Vielleicht sollten Sie sich nicht überanstrengen«, sagte die Polizistin. »Es gab vor einer Stunde eine Festnahme, und ich könnte mir vorstellen, dass der Fall recht bald aufgeklärt sein wird.«

»Wen haben Sie festgenommen?«

»Im Augenblick darf ich keinen Namen nennen.« Sie wandte sich zum Gehen.

»Frau Bartel, jetzt machen Sie doch bitte keine Ratespiele mit mir. Sie wissen, dass ich nicht für die Boulevardpresse arbeite oder solche Dinge herumerzähle.«

»Tut mir leid. Morgen um zehn gibt es eine Pressekonferenz. Dann erfahren alle mehr.«

Clara lief hinter der Kommissarin her und kam sich vor wie ein Kind, dem man den Lutscher weggenommen hatte.

»Sie wissen, dass mich dieser Fall sehr beschäftigt. Haben Sie denn auch eine Erklärung für den Vorfall von gestern? Ist der Mann, den Sie festgenommen haben, möglicherweise derjenige, der mich niedergeschlagen hat?«

Die Polizistin sprach, während sie weiterging. Sie hielt es nicht einmal für nötig, sich zu Clara umzudrehen. »Ihre Beschreibung dürfte auf den mutmaßlichen Täter nicht zutreffen. Und für den gestrigen späten Nachmittag und den frühen Abend hat er ein Alibi.«

»Sie glauben, dass ich Märchen erzähle.«

»Durchaus nicht.« Inzwischen hatten sie Sylke Bartels Auto erreicht.

»Sie halten sowieso nicht viel von mir. Das ist mir gestern schon aufgefallen. Wahrscheinlich sehen Sie in mir eine esoterische Spinnerin oder ein unbedarftes, dummes Mädchen, das nichts anderes kann, als die Kinder anderer Leute zu hüten. Sie mögen keine Kinder, stimmt's? Sie mögen überhaupt keine Menschen. Vielleicht sind Sie auch eifersüchtig.«

Das war der Moment, in dem Sylke Bartel innehielt. Sie stützte sich mit beiden Händen auf das Dach ihres roten Kleinwagens, als wäre es ein Rednerpult. »Liebe Frau Lehnhoff, Sie können mir alle möglichen Dinge an den Kopf werfen. Die werden auch durch Übertreibung nicht wahrer. Ich habe einen sehr anstrengenden Job, und mich beschäftigt dieser Fall durchaus weit über meine Dienstzeit hinaus. Und ja, ich habe keine Kinder und ich will auch keine Kinder haben. Aber wozu reden wir hier über Kinder? Wir haben vor ein paar Tagen einen toten Jungen gefunden und müssen herausbekommen, wer für diese Tat verantwortlich ist. Ich muss das herausfinden, nicht Sie. Und Sie werden sehen, dass die Mordkommission in dieser Sache eine sehr gute Arbeit leistet. So wie Sie in Ihrer Kita zweifellos auch gute Arbeit leisten. Und was Tom angeht …« Ihre Stimme hatte sich immer mehr gesteigert und war auf dem besten Weg zur Wutrede. Aber dann brach der Wortschwall plötzlich ab. Sylke hielt einen Moment inne, blickte in den grauen Himmel, als ob dort die richtigen Worte geschrieben stünden, und sah dann auf ihre Füße, um sich schließlich noch fester an ihren roten Kleinwagen zu klammern. »Was Tom angeht – ja, ich mag ihn, durchaus, obwohl ich mich oft mit ihm streite, vielleicht aber auch gerade deshalb. Er ist ein kluger Kerl, etwas eigensinnig vielleicht, leichtsinnig sowieso und er handelt mit Vorliebe unüberlegt, in gewisser Weise rücksichtslos. Trotzdem – ja doch, ich mag ihn – irgendwie.« Mit den letzten Worten riss sie die Tür ihres Wagens auf und stieg ein. Eilig ließ sie den Motor an und gab so viel

Gas, dass die Reifen auf dem feuchten Untergrund durchdrehten. Das Auto hoppelte in einem nicht sehr eleganten Bogen einmal um Clara herum, rollte den Weg zum Deich hinauf und verschwand hinter der Deichkrone.

-20-

Tom hatte nach seiner Rückkehr vom Ölförderplatz zweimal

versucht Clara anzurufen, aber nur die freundliche Ansage der Mailbox zu hören bekommen. Er glaubte nicht, dass es ihm gelingen würde, die Fahrt in van Reijtens Mercedes in wenigen Sätzen zu erklären, also legte er wieder auf.

Kurz vor vier Uhr am Nachmittag betrat er die Stadtbäckerei Junge in Barth, wo er mit Dr. Grimm verabredet war. Er holte sich einen Kaffee und setzte sich auf einen Platz am Fenster. Das belebte Café war nicht gerade der Ort, den Tom für komplizierte Gespräche bevorzugt hätte, aber Frau Grimm hatte darauf bestanden. Die Bäckereikette hatte sich für ihre Filiale ein hübsch restauriertes Backsteinhaus in der Langen Straße ausgesucht. Sie gaben sich große Mühe, durch schöne stoffbespannte Stühle und eine heimelige Beleuchtung den Eindruck eines gediegenen Cafés zu erzeugen. Aber der Betrieb lief wie im Schnellrestaurant: mit Selbstbedienung und Geschirrrückgabe durch die Kunden. Aus den Lautsprechern rieselte Popmusik, die niemandem wehtat.

Pünktlich auf die Sekunde betrat die Stadthistorikerin mit kleinen, aber energiegeladenen Schritten den Verkaufsbereich. Sie holte sich am Tresen einen Cappuccino und steuerte direkt auf Toms Tisch zu. Sie trug einen karierten Faltenrock, einen beigen Pullover und eine Halskette aus Bernstein. Tom war überrascht, wie stark ihr glattes braunes Haar mit Grau durchsetzt war. Das Gesicht hinter ihrer riesigen Brille wirkte ungesund, irgendwie eingefallen. Tom musste an die Farbe einer getrockneten Dattel denken.

Dr. Grimm stellte eine unförmige, mokkafarbene Handtasche neben ihren Platz und setzte sich. »Ich freue mich sehr«, sagte sie. Es klang so, als meinte sie eigentlich das Gegenteil.

»Wann haben wir uns zuletzt gesehen? Es ist mindestens drei Jahre her, oder?«, entgegnete Tom.

Sie schien sich in diesem Moment wieder an die unangenehme Begegnung zu erinnern. Damals hatte sie ihn im Redaktionsbüro aufgesucht und ihm eine Kopie eines Artikels überreicht, in dem einige Passagen mit giftgrünen Markierungen versehen waren. Tom hatte in dem groß angelegten Beitrag die Gründung und Entwicklung des Adeligen Fräuleinstiftes im Jahr 1733 beschrieben und die Einrichtung fälschlicherweise als *Kloster* bezeichnet. Der Artikel beruhte zum Teil auf einem Gespräch, das er zuvor mit Dr. Grimm geführt hatte. Sie hatte sich nun ganz offensichtlich für den Text mitverantwortlich gefühlt. Tom musste damals eine Viertelstunde aufbringen, um die empörte Historikerin einigermaßen zu beruhigen.

»Sie haben das Zeitungsgeschäft aufgegeben? Das ist eine gute Entscheidung«, sagte Dr. Grimm nun mit einem verkniffenen Lächeln, als genieße sie einen späten Triumph.

»Ich halte Journalismus ja ohnehin für ein grundsätzlich unseriöses Gewerbe.«

Schon ihre ersten Sätze reizten Tom zum Widerspruch. »Ist es nicht wichtig, dass die Menschen über die Dinge informiert werden, die in ihrer eigenen Stadt passieren? Aber vielleicht sollten wir gleich über unser Buchprojekt sprechen.«

Die Historikerin hob die Augenbrauen. »Bislang ist es mein Buchprojekt. Und wir werden zunächst in der Tat einige Gespräche führen müssen, bevor es unser Projekt

wird.« Sie kramte in ihrem mokkafarbenen Lederbeutel und beförderte einen dicken Stapel Papiere auf den Tisch. »Sie haben das Manuskript gelesen?«

Tom dachte an die zweihundert unsortierten Blätter, die noch immer auf dem Fußboden seines Arbeitszimmers herumlagen. »Noch nicht ganz.«

»Ich halte das für eine Voraussetzung, bevor wir uns unterhalten.«

Er nahm einen Schluck Kaffee, um nicht die Fassung zu verlieren. Das fing ja gut an! Sein Telefon klingelte. Er blickte kurz auf das Display: Steffen Knäpper, sein alter Journalistenkollege aus dem Wirtschaftsressort. Es war zu ärgerlich, dass er das Gespräch nicht annehmen konnte.

Dr. Grimm sah sich im Café um. Ihr Blick blieb an einem Spruch hängen, der in großen Buchstaben eine Wand zierte.

Der Kaffee muss so heiß sein,
wie die Küsse eines Mädchens am ersten Tag,
so süß, wie die Nächte in ihren Armen

und schwarz, wie die Flüche ihrer Mutter,
wenn sie es erfährt.

Sie rümpfte die Nase. »Was halten Sie von diesem Spruch?«

Tom sah sich um und überflog die Sentenz. »Fast etwas zu frivol für dieses Café. Ich nehme an, es trifft nicht Ihren Geschmack?«

Dr. Grimm überhörte den süffisanten Tonfall. »Ich meine gar nicht den Inhalt, sondern die drei Kommafehler. Sagen Sie nicht, das ist Ihnen nicht aufgefallen?!«

»Doch sicher, sofort«, erklärte Tom und wunderte sich, wie leicht ihm an diesem Nachmittag eine Lüge nach der anderen über die Lippen kam. »So ein Kommafehler trübt das Vergnügen erheblich.«

»Ich möchte mich auf den Redakteur verlassen, dem ich mein Manuskript anvertraue. Selbst mir unterläuft von Zeit zu Zeit ein kleiner Tippfehler.« Unvermittelt kicherte sie wie ein Schulmädchen.

Tom nickte. »Es wäre übrigens schön, wenn Sie Ihr Manuskript mit Seitenzahlen ausstatten. Es könnte ja mal vorkommen, dass man ein paar Blätter durcheinanderbringt.«

Dr. Grimm verzog den Mund und machte sich eine Notiz.

Toms Handy klingelte erneut. Wieder Steffen Knäpper. Er warf einen Blick auf Dr. Grimm und versuchte das Risiko abzuschätzen. Es war erheblich. Trotzdem entschied er sich Steffens Anruf anzunehmen. »Entschuldigen Sie bitte, Frau Dr. Grimm, ein sehr dringender Anruf.« Bevor sie protestieren konnte, war er aufgestanden und auf dem Weg nach draußen.

»Hi, Steffen.«

»Ich habe ein paar Informationen für dich.«

»Können wir das in einer halben Stunde besprechen?«

»Dann bin ich auf dem Weg nach Singapur – internationale Handelskonferenz, anschließend Surfurlaub. Wenn du was von mir haben willst, dann jetzt oder erst wieder in drei Wochen.«

Tom stellte sich vor, wie Steffen in seinem Designer-Mantel neben den gepackten Koffern mit seinem Hightech-Surfanzug stand und versonnen auf die Baustelle der Hamburger Hafen-City blickte. Sicher wohnte er in irgendeinem coolen Loft oder einem Apartmenthaus ganz aus Glas. Dass Tom neidisch war, wollte er gar nicht leugnen.

»Hab verstanden. Schieß los!«

»Du hattest ja nach der Situation der OCE und der Rolle van Reijtens gefragt. Er ist im internationalen Vorstand und seit zwei Jahren Deutschland-Chef. Seine Aufgabe könnte man kurz und knapp so beschreiben: Er sollte den Laden ausmisten. Das scheint ihm ganz gut zu gelingen.«

»Was gibt es denn da auszumisten?«

»Es lag wohl so einiges im Argen. Komplexe, unübersichtliche Firmenstruktur, ineffizientes Projektmanagement, insgesamt zu hohe Kosten. Van Reijten hat als Erstes einige Köpfe rollen lassen. Interessant ist dabei ein gewisser Jürgen Scherf, der ehemalige Justiziar der Deutschland-Zentrale.«

»Inwiefern?«

»Es heißt, er soll sehr ungünstige Verträge abgenickt haben. Da geht es auch um Pachtzahlungen. Für kurze Zeit stand eine

Anklage wegen Veruntreuung im Raum, gegen Scherf und einen Geologen, der für die OCE Gutachten erstellt hat. Man konnte den beiden aber nichts nachweisen. Scherf hat sich mit dem Unternehmen außergerichtlich geeinigt. Jetzt ist er in der sächsischen Staatskanzlei beschäftigt und verbringt da noch ein paar ruhige Berufsjahre. Der hat gute Kontakte in alle möglichen Bereiche, vor allem in der Bau- und Agrarwirtschaft.«

»Agrarwirtschaft?«

»Ja, er war mal ein hohes Tier in der DDR-Agrarverwaltung. In dem Bereich gibt es noch einige alte Seilschaften. Und es haben sich auch neue gebildet.«

Tom hatte das Telefon am linken, eine Hand auf dem anderen Ohr, weil der Straßenverkehr so laut war. Sein Blick ging geradeaus, aber er nahm überhaupt nichts um sich herum wahr. ›Konzentrier dich!‹, sagte er sich. ›Du musst dich konzentrieren!‹ Er hatte das Gefühl, dass Steffens Informationen etwas Interessantes enthielten, aber er fand nicht den Punkt, an dem er anknüpfen konnte.

»Bist du noch dran?« Steffen wirkte ungeduldig.

»Ja, sicher, war das alles?«

»Ich finde, das war eine ganze Menge. Fang was damit an! Und wenn wir uns mal wieder sehen, ist ein Abend beim Italiener fällig.«

»Na klar, auf jeden Fall. Ich danke dir.«

Das Gespräch war zu Ende. Jetzt würde Steffen ins Taxi steigen und wenig später mit einem Flieger über der Skyline von Hamburg verschwinden. Tom hatte fast schon vergessen, dass fünf Meter von ihm entfernt, hinter den Fenstern der Stadtbäckerei Junge, eine verknitterte Historikerin darauf wartete, ein Buch über eine kleine Hafenstadt an der mecklenburgischen Boddenküste zu veröffentlichen. Dr. Grimm und er, Tom Brauer, würden vermutlich nie nach Singapur fliegen und niemals einen Surfurlaub an einem angesagten Hotspot des Wassersports machen. Als er ins Café zurückkehrte, durchlebte er einen Augenblick zutiefst melancholischer Stimmung.

Dr. Grimm war aufgestanden und zog sich gerade ihren Mantel über. »Also, Herr Brauer, so möchte ich nicht arbeiten! Entweder man redet miteinander oder man führt irgendwelche Telefonate.« Sie stopfte die Blätter ihres Manuskriptes unsanft in ihre Allzweck-Hand- und Umhängetasche. Die Farbe Mokka hatte in Toms Augen etwas Ekelerregendes.

»Sie wollen wirklich gehen? Das ist schade.« Dr. Grimm sagte nichts mehr. Sie knöpfte umständlich den Mantel zu. So umständlich, als wolle sie ihm eine letzte Chance geben. Tom redete drauflos, er legte jede Hemmung ab: »Ich bin übrigens sehr begeistert von Ihrem Text – soweit ich ihn bisher gelesen habe.«

Dr. Grimm zupfte den Mantel über den Schultern zurecht und schüttelte sich dabei.

»Dass Ihnen inhaltlich in dieser Stadt kein Mensch das Wasser reichen kann, muss ich ja nicht erwähnen. Aber ich denke, dieses Buch könnte auch stilistisch und gestalterisch ein echter Kracher werden – wenn Sie mir diese vulgäre Ausdrucksweise gestatten.«

Dr. Grimms Bewegungen verlangsamten sich.

»Die Zusammenstellung der Texte ist brillant – facettenreich, sprachlich pointiert, aber auch für Laien verständlich. Es ist genau das, was ich mir vorgestellt habe, als ich von Herrn Dornkop auf das Projekt aufmerksam gemacht wurde. Ich möchte nicht den langweiligen Stadtchroniken, die ohnehin kaum jemand liest, noch eine weitere hinzufügen. Nein, etwas anderes muss her: ein großes Barth-Lesebuch. Ein lehrreiches, unterhaltsames Werk, das die ganze lebenssatte Geschichte dieser Stadt enthält, prall gefüllt mit Originaldokumenten, Bildern, Geschichten, Sagen, Anekdoten. Und natürlich knappen und klugen Erklärtexten. Ein Spaziergang durch die Historie, der den Leser fesselt und nicht mehr loslässt, bis er in tiefer Nacht die letzte Seite erreicht und bereut, nicht noch einmal von vorne anfangen zu können. Ich meine, es wäre geradezu tragisch, wenn Sie dieses Buch nicht realisieren würden. Und ich denke, dass Sie – bei aller Bescheidenheit – außer mir in diesem charmanten Städtchen niemanden finden werden, der für solch ein Projekt das nötige Fingerspitzengefühl aufbringt.«

Dr. Grimm hatte, während er sprach, ihren Mokka-Beutel in die Hand genommen und ihm bereits den Rücken zugekehrt. Nach drei Schritten blieb sie stehen und wartete ab, bis Toms Hymne ihr vorläufiges Ende erreicht hatte. An ihren Schultern sah er, wie sie seufzte. Als sie sich umwandte, hatte sie so etwas wie ein Lächeln auf den Lippen. Sie blickte ihn durch monströse Brillengläser treuherzig an. »Sie sind ein Schuft! Aber ein durchaus charmanter Schuft.«

Eine halbe Stunde später hatten sie einige Grundlinien des Buchkonzeptes besprochen und protokolliert. Tom bedankte sich. »Niemand geht so souverän mit der Historie dieser Stadt um wie Sie.«

Dr. Grimm lächelte. Auf ihren Wangen war eine leichte Rötung erschienen. Es konnte aber auch der Reflex der rotbraun gehaltenen Inneneinrichtung des Cafés sein. »Gut«, sagte sie leicht gedehnt, wie jemand, der Zeit gewinnen will. »Ich habe etwas, das ich Ihnen zeigen möchte. Ich habe kürzlich einige Sagen und Legenden entdeckt, die sich auf verschiedene Regionen in Mecklenburg beziehen, bis hinüber nach Rügen. Dieser Text hier ist etwas ganz Wunderbares, finde ich. Sehr ungewöhnlich. Es ist am besten, wenn ich Ihnen das vortrage.« Dann begann sie mit einer warmen, leicht körnigen Altstimme zu lesen. Tom stellte sich vor, dass so die Erzählungen einer jahrhundertealten Eiche klingen müssten – wenn sie denn eine Stimme hätte.

Harald und Gundula

Der arme Fischerssohn Harald liebte Gundula, die Tochter des Stadtfürsten von Vineta. Gundula erwiderte die Liebe, doch ihr Vater verbot die Verbindung, weil Harald nicht einer standesgemäßen Familie angehörte. Tief enttäuscht ging Harald fort. Bevor er die Stadt verließ, versprachen sich Harald und Gundula, dass sie heiraten würden, wenn Harald wohlhabend zurückkehrte, spätestens nach sieben Jahren.

Gundula hielt sich an ihr Versprechen. Sie wehrte alle Verehrer ab, die in großer Anzahl bei ihr vorstellig wurden. Ihr

Vater war sehr enttäuscht von ihr und haderte mit dem Eigensinn seiner Tochter.

Als die sieben Jahre vergangen waren, gab es noch immer kein Lebenszeichen von Harald. Schweren Herzens gab Gundula den Traum von einem gemeinsamen Leben auf. Sie heiratete einen Kaufmannssohn aus ihrer Heimatstadt. Wie die meisten Bürger Vinetas handelte er mit Honig. Dieses Geschäft hatte die Stadt reich werden lassen.

Im Frühjahr des nächsten Jahres kehrte Harald zurück, denn schwere Winterstürme hatten ihn im Frankenreich festgehalten und seine Reise verzögert, sodass er nicht mehr rechtzeitig hatte kommen können. Er war in der Ferne zu einem wohlhabenden Kaufmann geworden und wollte nun Gundula heiraten. Sie war tief unglücklich, aber hielt fest zu ihrem Eheversprechen und bat Harald, ihr Haus und die Stadt zu verlassen.

Harald wurde furchtbar wütend. Er beschimpfte Gundula und ihren Mann und wurde von Soldaten aus der Stadt getrieben. Drei Tage und drei Nächte ankerte sein Schiff vor den Toren Vinetas. Harald verfluchte die Stadt und alle ihre Bewohner. Dann verschwand sein Schiff auf dem Meer.

Von diesem Tag an liefen die Geschäfte der Stadtbewohner nicht mehr gut. Es kam immer häufiger zu Streitereien. Krankheiten und Unglücksfälle nahmen zu. Die einstmals intakte Gemeinschaft verrohte und verarmte. Man vernachlässigte die Stadtbefestigungen. Auch die tapfere Gundula konnte nichts dagegen tun. Ihr Vater und ihre kleine Tochter starben an einer schlimmen Krankheit. Sie selbst wurde Herrscherin über Vineta. Man nannte sie die »düster Fürstin«.

Dann kam es zu einer schrecklichen Sturmflut. Die Befestigungen hielten dem Druck des Wassers nicht stand und die ganze Stadt wurde von Schlamm und Wasser überspült. Viele Menschen kamen in den Fluten um, zuletzt wurde auch die düster Fürstin in ihrem Palast eingeschlossen und ertrank. Kurz vor der Flut soll der Geist von Gundulas Tochter aus den Fluten des Meeres aufgetaucht sein, um die Bewohner der Stadt zu warnen.

Tom war der ausgedehnte Vortrag Dr. Grimms tendenziell peinlich. Er sah sich um, aber an den benachbarten Tischen war die kleine Privatlesung scheinbar nicht aufgefallen. »Das ist ja wunderbar«, sagte er gedämpft. »Aber die Geschichte handelt von Vineta und nicht von Barth.«

»Für mich gehört das zusammen. Der Mythos von Vineta ist längst ein Teil der Identität unserer Stadt. Die Theorie, dass Vineta einstmals hier blühte, wo sich heute der Bodden erstreckt, ist in meinen Augen absolut überzeugend.«

»Stört es Sie nicht, dass bislang nicht eine einzige Tonscherbe oder sonst etwas gefunden wurde?«

Dr. Grimm lächelte und kam Tom wie eine Magierin vor, die schon lange der Unwissenheit der Welt trotzt. »Keineswegs. Nicht, dass Sie mich falsch verstehen: Ich bin sehr für die akribische Erforschung unserer Historie. Aber neben dem, was wir empirisch überprüfen, gibt es auch die Sphäre des Mythischen. Die Kraft des Mythos braucht keine kleinlichen Vergewisserungen.«

Tom wiegte nachdenklich den Kopf. Dr. Grimm schien sein Zögern zu bemerken. Sie reichte ihm das Blatt mit dem

Text. »Lesen Sie das noch einmal in Ruhe durch. Sie werden irgendwann verstehen, was ich meine. Ich begreife diese Sage als ein heimliches Grundgesetz der Barther Geschichte. Sie steht für das Weggehen und Wiederkommen; für den ungeheuren Sog, den dieser Ort ausübt.« Ihre Wangen waren nun wirklich rot. Sie sprach leise und eindringlich, als verrate sie ein streng gehütetes Geheimnis. »Es ist eine Geschichte von unbedingter Treue zu einem Ort. Das zeichnet die Barther aus. Wer hier groß geworden ist, der vergisst die Stadt nicht. Viele kommen zurück. Merkwürdig viele. Die Geschichte zeigt auch, dass etwas Zerstörerisches in dem Wunsch liegen kann, unbedingt dazuzugehören. Finden Sie nicht? Man muss sorgsam umgehen mit den Geistern dieser Stadt. Und wer das Gefühl der Treue zur Stadt beschädigt oder ausnutzt, der verdient den Tod!« Für einen Augenblick erschien in Dr. Grimms Augen ein Leuchten, das Tom unheimlich war. Aber dann war es, als ob ein Vorhang fiel, und sie kehrte zurück zu ihrem sachlichen und etwas spröden Auftreten. Sie blickte auf ihre Uhr. »Ach, es ist schon spät. Ich muss noch einiges erledigen.«

»Wir sollten bald weitersprechen. Ich kann doch mit Ihnen rechnen?«

Dr. Grimm sah ihn durch ihre großen Brillengläser an, als ob die Frage, die er stellte, vollkommen überflüssig sei. »Sicher! Ja, doch.«

-21-

Tom fühlte sich erschöpft, als er zu Hause ankam. Er hatte das Gefühl, um ein Geheimnis zu kreisen, das sich nicht zeigen wollte. Es war wie der Versuch, einem scheuen Tier auf die Schliche zu kommen: Ab und an huscht ein Schatten durch das Bild, so schnell, dass man nicht erkennen kann, zu welchem Lebewesen er gehört.

Bei einem Besuch am Geldautomaten war ihm ganz nebenbei klar geworden, dass er pleite war. Bis auf eine kleine Restzahlung für einen Werbetext, auf die er seit Wochen wartete, war auf keine Einnahmen zu hoffen. Ganz neu war die Situation für Tom nicht. Nach dem Ende seines Angestelltendaseins hatte er mit den vorhandenen Ersparnissen das Darlehen für sein kleines Haus in der Gartenstraße abbezahlt. Er wollte keine Schulden mehr haben. Anfangs hatte er von seinen Aufträgen leben können, aber nach Carolines Tod war er in ein tiefes Loch gefallen. Monatelang hatte er kaum gearbeitet, meistens nur dann, wenn der Tank der MATHILDA leer war. Einmal hatte er sich Geld von Clara geliehen, die es ihm nur widerstrebend geben wollte. Damals schwor er sich, das nicht noch einmal zu tun. Nach dem Streit vom Vorabend und der Begegnung an der Ölförderstelle kam so etwas ohnehin nicht mehr infrage. Tom fühlte sich nicht in der Lage, die Situation sachlich zu analysieren. Sein Verhältnis zu Geld war problematisch. Und er hatte das Gefühl, dass sein Verhältnis zu vielen anderen Dingen ebenfalls problematisch war, zu Fahrrädern und Autos zum Beispiel. Seit dem Nachmittag mit Dr. Grimm wusste er, dass auch sein Verhältnis zu gebildeten Frauen problematisch war, wahrscheinlich zu Frauen insgesamt, zum Leben ganz allgemein und zu Menschen, die keine Frauen waren, sowieso.

Immerhin fand er im Kühlschrank noch ein paar Scheiben Brot, Käse und Wurst, dazu noch ein halbes Glas mit scharfem Senf. Ein Bier hätte ihm gutgetan und das Münzgeld reichte sogar noch für zwei oder drei Flaschen, aber er konnte sich nicht mehr aufraffen. Er sah sich im Fernsehen Nachrichten an, ohne zu verstehen, worum es ging. Die Komödie, die auf den Wetterbericht folgte – oder war der Wetterbericht schon Teil der Komödie? –, konnte er nicht länger als zehn Minuten ertragen. Draußen in der Gasse war es längst dunkel, hinter dem Vorhang schimmerte das gelbliche Licht einer Laterne. Toms Gehirn drehte ein paar letzte Runden auf niedriger Betriebstemperatur.

Dann klingelte das Telefon. Es war einer dieser Anrufe, von denen man schon vorher weiß, dass sie in kein Schema passen. Tom hielt das Telefon ans Ohr und hörte ein Schaben, dann ein Kratzen, sehr nah am Mikrofon des anderen Telefons. Er musste an den Anruf von Clara denken, an ihr Stöhnen, seine Angst, die Ungewissheit. Aber dieses Mal war es etwas anderes: Eine tiefe, raue Männerstimme ließ ihn hochschrecken.

»Tom Brauer? Sind Sie das?«

»Wer ist denn da?«

»Ein Zeuge. Ich kann meinen Namen nicht nennen. Ich habe eine wichtige Information für Sie.« Die Stimme hörte sich nicht ängstlich an, aber irgendwie gepresst und beinahe zornig.

»Was für eine Information?«

»Das kann ich am Telefon nicht sagen. Kommen Sie in einer Viertelstunde zum Bahnhof.«

»Und wenn ich nicht will?«

Der Mann am Telefon schien nicht damit gerechnet zu haben, dass seine Information vielleicht nicht gefragt war. »Sie wollen doch wissen, wer den Jungen getötet hat.«

»Ich habe eine Abneigung gegen anonyme Hinweisgeber.«

»Es ist Ihre einzige Chance. Kommen Sie zum Bahnhof. Achten Sie auf die Lichtzeichen.« Der Mann beendete das Gespräch.

Tom starrte eine Weile sein Telefon an. Vielleicht war das genau der Tipp, der ihm fehlte. Warum hatte er so zögernd reagiert? Warum widerstrebte es ihm, dieser Einladung zu folgen?

Er zog sich die Jacke über und nahm nichts außer seinem Telefon und einem Notizblock mit. Die Luft war kaum kälter als zur Mittagszeit, der Wind hatte nachgelassen. Ein angenehmer, frischer Abend. Er durchquerte die Kernstadt auf der Langen Straße und folgte ihr bis zum Bahnhof. Der Bahnhofsvorplatz war vor Jahren aufwändig saniert worden, mit neuen Haltebuchten, Wartehäuschen und Blumenrabatten. Ohnehin war der Busbahnhof reichlich groß geraten. Jetzt, der letzte Bus und die letzte Bahn waren abgefahren, lag die Anlage still und aufgeräumt im Laternenlicht. Außer ein paar Jugendlichen, die sich um ein getuntes, schwarzes Auto herum versammelt hatten und Zigaretten rauchten, war niemand zu sehen. Tom platzierte sich vor dem Bahnhofsgebäude und versuchte herauszufinden, wo sein vermeintlicher Zeuge stecken könnte. Vielleicht lag er irgendwo im Dickicht und lachte sich kaputt.

Doch dann bemerkte er etwas. Am hinteren Ende des Bahnhofsvorplatzes glaubte er ein winziges Licht gesehen zu haben. Er lief langsam in die Richtung der Lichtquelle. Hinter einer Wendeschleife gelangte man auf eine unwirtliche Brache, auf der ein verfallenes Gebäude stand; ein zweistöckiger Backsteinbau, der früher wohl für den Gepäck- und Güterumschlag genutzt worden war. Inzwischen hatte man einen Bauzaun rundherum errichtet. Wahrscheinlich stürzten gelegentlich Teile des Daches herunter. Aus einer der Fensterluken im ersten Stock kam das diskrete Blinken. Es stoppte, als Tom an dem Haus angekommen war, das schwarz und unförmig in den nächtlichen Himmel aufragte. Er ging am Bauzaun entlang, dessen Teile locker aneinandergefügt waren – eine Einladung, einmal auf die andere Seite des Zauns zu wechseln. Der Lichtschein der Laternen reichte nicht aus, um den hinteren Teil des Gebäudes zu erhellen. Tom wartete einen Augenblick, bis sich seine Augen an die Dunkelheit gewöhnt hatten. Trotzdem konnte er kaum etwas erkennen.

Dieses mannshohe schwarze Rechteck war wohl der Eingang. Von einer Tür war nichts zu sehen. Tom tastete sich Schritt für Schritt voran, es ging ein paar Stufen aufwärts, dann war er im Haus. Es roch nach feuchtem Beton und

Urin. Vorsorglich hielt er seine Hände vor den Körper, weil er damit rechnete, gegen herausgebrochene Bauteile zu stoßen. Die Konturen einer Wendeltreppe zeichneten sich ab. Tom stieg vorsichtig hinauf und ließ dabei die Finger an der rauen Wand entlanggleiten. Oben angekommen, versuchte er sich zu orientieren. Die Drehung der Treppe hatte ihn ganz durcheinandergebracht. Er durchquerte einen kleinen Raum und ging dann nach rechts in einen Flur, der so dunkel war, dass er nicht einmal seine Hände erkennen konnte,

wenn er sie zwanzig Zentimeter vor sein Gesicht hielt. Sein rechter Fuß blieb an einem harten, länglichen Gegenstand hängen. Er konnte sich fangen, aber irgendetwas, das mit dem Gegenstand verbunden war, fiel scheppernd auf den Boden. Er wartete und glaubte weiter vorne ein Geräusch zu hören.

»Hallo?! Sind Sie da? – Würden Sie mal etwas sagen? – Vorhin wollten Sie doch unbedingt mit mir sprechen. – Auch etwas Licht wäre toll.« Er ging wieder zwei, drei Schritte vorwärts. Dann hörte er plötzlich links von sich ein Geräusch. Bevor er sich umdrehen konnte, legte sich ein Arm um seinen Hals und drückte zu. Es musste ein durchtrainierter Arm sein. Der Geruch nach Zigarettenrauch und Schweiß strömte auf ihn ein. Er rechnete damit, dass ihm im nächsten Moment ein Messer zwischen die Rippen gerammt würde. Der Besitzer des durchtrainierten Oberarms zerrte ihn ein paar Schritte weiter in einen Raum, der größer war als der erste. Der Druck auf seinen Hals nahm zu, er spürte, wie die Luft knapp wurde. Er suchte einen festen Stand, streckte sein rechtes Bein nach vorn und stieß es mit größtmöglicher Kraft zurück. Offensichtlich hatte er gut gezielt und das Bein seines unbekannten Gegners getroffen. Ein rauer Schrei hallte von den Wänden wider, der Druck um den Hals ließ nach, war plötzlich weg. Tom bekam einen kräftigen Stoß, stolperte, konnte sich fangen und prallte mit Schulter und Kopf gegen eine Wand. Der Schmerz fuhr quer durch seinen Körper wie ein glühendes Geschoss. Aber der Schmerz weckte ihn auch auf. Noch im Aufstehen wandte er sich um, nahm eine katzenhafte Haltung ein. Sein Fuß trat auf einen Gegenstand. Sofort griff er danach. Es war eine Holzlatte, etwa einen Meter lang, aber zu leicht, um damit größere Schäden auf dem Körper eines kräftigen Mannes anzurichten. Der Raum hatte eine Fensteröffnung, durch die der Mond einen Streifen Licht auf die Wand legte. Tom erkannte vor sich eine kräftige Gestalt. Er tänzelte um den Mann herum wie ein hoffnungslos unterlegener Boxer um einen Champion und schwenkte dabei drohend seine Holzleiste. »Wenn Sie mir etwas sagen wollen, wäre jetzt die Gelegenheit dazu.«

Der Mann schien mit Ironie nichts anfangen zu können. Er antwortete mit einem Ausfallschritt und einem Schlag gegen Toms Kopf. Der konnte ausweichen, bekam aber noch einen Fausthieb aufs linke Ohr ab.

Als das Mondlicht direkt auf das Gesicht seines Gegners fiel, erkannte er ihn. »Der Chef persönlich. Ich hätte vermutet, Sie lassen andere die Drecksarbeit machen.«

»Schwierige Dinge packe ich lieber selbst an.«

Dieses Mal ging der Schlag gegen den Brustkorb. Tom glaubte etwas knirschen zu hören. Er wollte die Holzlatte auf Rakowskys Kopf niedergehen lassen, traf aber nur die Schulter. Das Holz splitterte, Teile flogen durch den ganzen Raum. In Toms Hand blieb nur ein zwanzig Zentimeter langer Stumpf zurück.

»Was wollen Sie? Ist das Ihre Art, Konflikte zu lösen?«

»Was willst du von mir?«, rief Rakowsky. »Warum schwärzt du mich bei der Polizei an? Warum schnüffelst du in meinen Geschäften herum? Was sollte das mit dem Video? Seid ihr alle bekloppt?«

Tom hatte das Gefühl, dass die Schläge auf seinen Körper auch seine Gedanken durcheinanderbrachten. »Es gibt eine Reihe von Indizien, die darauf hindeuten, dass Sie …«

»Indizien, Hinweise – Scheiße ist das! Ihr seid alle verlogene Kriecher. Deine Freundin hängt dauernd bei meiner Frau rum und schleimt sich ein.« Rakowsky warf sich gegen Tom. Er konnte gerade noch ausweichen, kam aber zu Fall. Sofort war der Bauunternehmer über ihm, zog ihn hoch und schleuderte ihn wieder gegen eine Wand. Der Aufprall war so heftig, dass Tom auf den Boden sackte.

»Warum redet nicht einfach mal jemand Klartext?«, rief der Bauunternehmer aufgebracht. »Warum fragt nicht einer: *Hast du deinen Sohn massakriert?* Stattdessen: Heimliche Videos. Und wenn ich einen wichtigen Geschäftstermin habe, dann kommt diese Frau Bartel und lädt mich aufs Revier vor. Was glaubt ihr, wie es mir geht in diesen Tagen!?«

Tom versuchte sich aufzurichten, aber Rakowsky bekam ihn in seinen unangenehmen Würgegriff. Sie stürzten auf den Boden und rollten quer durch den Raum. Tom sah ein einen dunklen Gegenstand, ein kurzes, aber massives Holzbrett. Er wusste, dass er ohne Waffe keine Chance hatte. Mit einer entschlossenen Drehung schlug er seinem Gegner das Brett gegen die Schläfe. Jeder andere wäre von diesem Treffer wohl außer Gefecht gesetzt worden. Rakowsky erstarrte nur, entließ Tom aber nicht aus der Umklammerung. Etwas Warmes tropfte auf seinen Hals. Dann ließ Rakowsky doch noch los, stand auf und presste seine Hand an die Schläfe. Er schnaubte und schüttelte sich. Tom rechnete mit dem Schlimmsten. Aber es kam schlimmer. Er wich nach links aus, um Rakowskys Faust zu entgehen, der dafür die andere Faust in Toms Magengrube versenkte. Tom ging in die Knie. Ihm wurde schwarz vor Augen. Er erinnerte sich noch, dass er einen Teil seines Abendessens ausspucken musste. Dann wurde es dunkel um ihn.

Als er wieder denken konnte, sah er Rakowsky in voller Größe vor sich stehen. Der Hüne versuchte Sylkes strengste Polizistenstimme nachzuahmen. »*Es muss aber genau jetzt sein, Herr Rakowsky. Sie machen sich sonst verdächtig.*« Er spuckte auf den Betonboden. »Die Frau habe ich gefressen. Wer mir in die Quere kommt, der muss damit rechnen, dass ich unangenehm werde. – Das gilt auch für dich, du Bürschchen.«

Rakowsky drehte sich um und blickte aus der schmalen Fensterluke nach draußen. Im Mondlicht wirkte die

Silhouette seiner bulligen Gestalt noch bedrohlicher. Der Stierkopf saß direkt auf dem Körper. Da, wo andere einen Hals haben, hatte Rakowsky nur einen kurzen, sackartigen Schaft.

Plötzlich war er wieder ganz nah bei Tom und hielt ihm ein längliches Ding vor die Nase, dem ein scharfer Geruch entströmte. Tom wich reflexartig zurück.

»Na los, nimm schon.«

Tom glaubte, dass er ohnehin nichts mehr zu verlieren

hatte, und nahm einen Schluck aus der Flasche. Flüssiges Eisen rann durch seinen Hals. Aber das Brennen ließ schnell nach und wich einem würzigen, überraschend angenehmen Geschmack. Er gab Rakowsky die Flasche zurück, der sie zur Hälfte leerte.

»Der Kerl meiner Schwester hat den gebrannt, so ein Bio-Freak mit eigenem Hof unten bei Lüdershagen. Macht in Hühnern und Korn. Der hält nicht viel von mir und noch weniger von der heimischen Ölindustrie. Aber sein Selbstgebrannter ist schon 'ne Hausnummer.«

»Was wollten Sie mir jetzt eigentlich sagen?«

Rakowsky lachte kurz und grimmig auf. »Das meiste ist schon gesagt. Aber für dich jetzt nochmal im Klartext: Ich habe meinen Sohn nicht umgebracht. Ich bin doch nicht bekloppt. Und ich weiß auch nicht, welches Schwein das getan hat. Habe ich mich da jetzt klar ausgedrückt?«

Tom nickte.

»Wenn wir das jetzt mal so stehen lassen«, sagte Rakowsky eine Spur nachdenklicher, »dann könnten wir ja mal überlegen, was zwischen uns noch zu besprechen wäre. Die Kollegin aus der Baustraße erzählte etwas von illegalen Geschäften mit der OCE. Das ist der zweite Punkt, der mich ganz verrückt macht. Was gehen denn diese Leute meine Geschäfte an?«

»Dass die Polizei sich für verbotene Dinge interessiert, liegt in der Natur der Sache. Jasper Gambitzke hat Ihnen billig ein Stück Wald verkauft und Sie verdienen sich jetzt an der Pacht von der OCE eine goldene Nase.«

»Das ist nicht verboten. Zugegeben, ich habe mit diesen Pachtgeschäften einen guten Stich gemacht. So funktioniert das Spiel eben.«

»Woher wussten Sie so genau, welche Flächen die OCE für das Ölprojekt nutzen würde?«

Rakowsky rülpste. Tom glaubte, dass man das Geräusch über den gesamten Bahnhofsvorplatz hören musste.

»Ah, daher weht der Wind! Ja, ich habe gut gerechnet. Und ja, es gab bei der OCE Leute, mit denen ich den einen oder anderen Skatabend verbracht habe. Aber auch das ist nicht verboten, wenn ich das richtig sehe.«

»Ihr Informant war ein Geologe, der bei der OCE beschäftigt war. Der hat ausgerechnet, wo genau die Förderplätze hingelegt werden müssen, um das Ölfeld optimal auszubeuten. Und mit dem Justiziar Dr. Scherf müssen Sie ja auch ein paar Bier getrunken haben, damit er Verträge abschloss, die seinem eigenen Unternehmen schadeten. Das riecht nach Korruption.«

»Ach herrje. Wenn das Korruption ist, dann läuft in diesem Land doch nichts mehr ohne Korruption. Und bitte, hat er das Unternehmen geschädigt, dann ist das doch nicht mein Problem. In anderen Regionen dieser Welt bekommt jeder verdammte Grundstücksbesitzer einen prozentualen Anteil der Fördergewinne. Das ist mein Maßstab. Nichts weiter. Du bist doch auch kein Freund der OCE. Dann kann es dir doch nur recht sein, dass die Herren ein wenig geschröpft werden.«

Tom hatte bis jetzt noch immer auf dem Fußboden gesessen. Er stand mühsam auf und tastete seine zahlreichen schmerzenden Körperstellen ab. Dann stellte er sich neben Rakowsky und warf einen Blick auf den Bahnhofsvorplatz. Die Jugendlichen und ihr Auto waren verschwunden. Der leere Platz wirkte im Mondlicht so, als wäre er mit Eis bedeckt. »Warum haben Sie Ihren Sohn geschlagen? Als ich das Video gesehen habe, war ich schockiert.«

Rakowsky drehte sich um und blickte Tom lange an. Dann setzte er sich auf die Fensterbank. Es war vollkommen still. »Er hat im letzten Sommer eine Pistole aus meinem Schrank genommen. Hat damit vor seinen Freunden angegeben. Das Ding war geladen. Das war wahnsinnig gefährlich.«

»War die Waffe nicht eingeschlossen?«

»Irgendwie hat der Junge mitbekommen, wo ich den Schlüssel aufbewahre. Ich habe den Schreck meines Lebens bekommen. Und da habe ich dann wohl die Kontrolle verloren. Ich habe das vorher noch nie gemacht. Und danach auch nicht. Ich schwöre es.«

Wieder war es still. Tom horchte in die Nacht hinein. Außer den gelegentlichen Motorengeräuschen war nichts zu hören. Aber dann vernahm er doch etwas. Rakowsky schluchzte.

»Wie kann ich denn ahnen, dass das alles so endet? Wenn ich könnte, wie ich wollte … «

Tom hatte sich nie vorstellen können, wie es ist, wenn ein Schlosshund heult. Das, was er jetzt neben sich hörte, kam dem wohl recht nahe. Nur dass sie nicht in einem Schloss hockten, sondern im Obergeschoss einer Backsteinruine in einer der verkommensten Ecken einer norddeutschen Kleinstadt. Er wusste nicht, was er tun sollte. Er war nicht gut im Trösten.

Weil Rakowsky einfach nicht aufhörte, tat Tom irgendwann etwas, das er bis zu diesem Moment für undenkbar gehalten hätte. Er legte einen Arm um den mächtigen Körper des Bauunternehmers. Es dauerte noch eine halbe Ewigkeit, bis das Schütteln und Vibrieren unter den Schultern nachließen. Irgendwo schrie eine Katze.

Nach einer Weile raffte sich Rakowsky auf. »Scheiße! Alles scheiße!«

»Glauben Sie, dass ...«

»Mann, jetzt hör doch endlich mit dem *Sie* auf! Ich bin Günter.« Er reichte Tom seine rechte Hand.

»Tom.«

»Also, Tom, was wolltest du sagen?«

»Glaubst du, dass die von der OCE jemanden beauftragen würden, ein Kind zu kidnappen, zu bedrohen oder sogar zu töten, damit ein Geschäftspartner tut, was sie wollen?«

Rakowsky drehte seinen massigen Oberkörper zu Tom und sah ihn erstaunt an. »Ich halte viel für möglich, aber das wäre doch wirklich Irrsinn. Du meinst, die wollten Leo entführen und dann ist irgendetwas schiefgegangen?«

»Das wäre meine Frage.«

Rakowsky blickte düster vor sich hin. »Das Unternehmen ist groß – zu groß. Man weiß nicht, wer van Reijten am Ende diktiert, was er zu tun hat. Es ist nicht meine Welt. Diese gelackten Managertypen. Man kann nicht dahinter schauen.« Der Bauunternehmer reckte sich und warf die leere Kornflasche aus dem Fenster. Sie zersplitterte am Sockel eines Anbaus. »Ich habe genug für heute. Lass uns gehen!«

»Kann es sein, dass du es gar nicht wissen willst?«

»Ich glaube nicht, dass an deiner Vermutung etwas dran ist. Ich kann und will mir das nicht vorstellen. Es muss ein Verrückter gewesen sein. Ein Mensch ohne Herz und Verstand.« Er holte einen kleinen Rucksack aus einer Ecke des Raumes.

Derweil tastete Tom seine Wunden ab. Kopf und Schulter schmerzten am meisten. Unterhalb seines linken Auges war eine beunruhigende Schwellung. »Hätte man das hier nicht auch alles anders regeln können?«, fragte er.

Rakowsky lachte. »Man muss sich halt auch mal so richtig die Meinung sagen. Und ich glaube, du weißt jetzt, was du von mir zu halten hast. Wer mit mir Geschäfte macht, bekommt seinen Teil. Ich werde niemals jemanden übers Ohr hauen. Das halte ich so seit meiner wilden Jugendzeit. Aber wenn ich das Gefühl habe, dass der andere nicht so ehrlich ist, dann gibt's was auf die Mütze. Man kann in der Hinsicht übrigens von Gaunern und Verbrechern eine Menge lernen.«

Sie gingen den Weg zurück durch das Haus, Rakowsky mit seiner Taschenlampe vorneweg. Als sie unten angekommen waren, drehte sich der Bauunternehmer um und wies auf die Ruine. »Weißt du, wem dieses Gebäude gehört? Ist nicht schwer zu erraten, was? Alle haben sie mich für bekloppt erklärt: Hier ist doch nichts, haben sie gesagt. Fünfmal am Tag ein Schienenbus und ein paar stinkende Überlandbusse, mehr fährt hier nicht. Vollkommen nutzloses Investment.« Er bohrte seinen Zeigefinger in Toms Schulter. »Ich habe gelernt, vorausschauend zu denken. In den nächsten Jahren wird die Bahnstrecke verlängert, bis nach Zingst und Prerow. Zigtausende Feriengäste fahren da jedes Jahr hin. Dann ist Barth plötzlich nicht mehr der kleine Endpunkt, sondern ein zentraler Ort. Hunderte werden jeden Tag von hier auf den Darß fahren, andere kommen hierher, weil ihnen nach zwei Wochen der Strand zu langweilig ist. Dann wird es hier richtig brummen. Die Leute wollen Fahrräder mieten, Eis und Schnitzel essen. Was weiß ich. Und dieses Grundstück hier wird doppelt und dreimal so viel wert sein wie jetzt. Die Wiederherstellung dieser Ruine wird natürlich mein Unternehmen erledigen. Verstehst du? So mache ich Geschäfte.«

Tom musste grinsen, aber zuckte zusammen, weil ein Schmerz wie ein Wespenstich seinen Mundwinkel durchbohrte. »Die Idee mit der Bahnstation … Das ist fast wie in *Spiel mir das Lied vom Tod.*«

Rakowsky zuckte mit den breiten Schultern. »Kenne ich nicht. Brauche ich auch nicht. Brauche nur das hier.« Er tippte mit dem Zeigefinger auf seinen massigen Kopf. »Soll ich dich nach Hause bringen?«

Tom wollte lieber zu Fuß gehen. Sie waren an der Bahnhofstraße angekommen. Rakowsky zog eine kleine Karte aus seinem Rucksack und schrieb eine Telefonnummer darauf. »Ruf mich an, wenn noch etwas ist. Und renn nicht wieder zu der Polizei-Tante.« Er stieg in einen schweren Geländewagen, dessen Motor grollte wie ein Raubtier.

Tom hatte ein eigenartig gespaltenes Gefühl, als er durch

die nächtlichen Straßen von Barth trabte. Wie ein geschlagener Hund kam er sich vor, vollkommen ausgepumpt, betrunken vom viel zu starken Korn. Er war irritiert über diese beinharte Begegnung, diesen unvermittelten Gewaltausbruch, aber auch die plötzliche Nähe zu einem, den er bis zu diesem Abend für böse gehalten hatte. Irgendwie gerührt war er. Und er hatte schon wieder das Gefühl, etwas übersehen zu haben.

Freitag: Spuren

-22-

Tom träumte von Straßenkämpfen. Von Einschlägen und explodierenden Granaten. Kämpfer drangen in sein kleines Haus ein und schlugen alles kurz und klein. Es waren Männer, die grobe Cordhosen trugen und Bauarbeiterhelme. Sie durchbohrten Tom mit langen Messern und lachten dabei. Er war bereits ein Dutzend Mal getötet worden, als endlich jemand rief: *Es ist ein Albtraum. Ein absoluter Albtraum.* Tom wollte zustimmen, aber er hatte seine Stimme verloren. Noch einmal hörte er die weinerliche Stimme: *Einfach nur ein Albtraum.*

Dann wachte er auf und begriff, dass der Sprecher tatsächlich in seinem Wohnzimmer auf einem Sessel saß. Es war Sven Dornkop, der Tourismus- und Marketingbeauftragte der Stadt Barth.

»Wie kommst du denn …?« Er konnte den Satz nicht beenden, denn beim Versuch sich umzudrehen, fuhr ein höllischer Schmerz durch seinen Körper, setzte die Schulter in Brand und ließ den Rippenbogen explodieren. Er sank langsam zurück und tastete sein Gesicht ab. Er hatte bemerkt, dass auch mit seinem Kopf nicht alles so war, wie es sein sollte.

»Die Tür war offen, der Schlüssel steckte. Und hier sieht es aus wie nach einem Bombeneinschlag.«

Tom setzte erneut zu einem Versuch an, seinen Körper in eine aufrechte Position zu bringen. Er kam immerhin so weit, dass er Svens Einschätzung mit eigenen Augen nachvollziehen konnte. Auf seinem Sofa waren getrocknete Blutflecken, auf dem Fußboden Lehmklumpen. Stiefel und Jacke lagen auf dem Weg zwischen Flur und Sofa verteilt. Ein blutiges Geschirrtuch hing über seiner einzigen Zimmerpflanze, einem Ficus benjamina, der ihn seit seinem Studium begleitet und bislang allen Zumutungen getrotzt hatte.

»Ich dachte, ich träume«, sagte er verwirrt.

»Und ich wünschte mir, dieser Tag wäre nur ein böser Traum.«

Erst jetzt wurde Tom klar, dass Sven so verzweifelt war, wie er ihn noch nicht gesehen hatte. Er trug sein Büro-Outfit, hatte aber die Krawatte gelöst und das Hemd geöffnet, der sonst so gut geordnete Scheitel hing über den Augen, die tief in ihren Höhlen lagen.

»Was ist los?«

»Ich weiß nicht, wie ich das erklären soll. Erzähl du erst mal.«

Tom setzte sich mühsam auf. Abgesehen von seinen Blessuren brummte auch sein Schädel. Der Selbstgebrannte aus Lüdershagen hatte eine fatale Langzeitwirkung. Tom konnte sich nicht erinnern, wie er nach Hause gekommen war. »Ich hatte eine unheimliche Begegnung der dritten Art. Habe mich mit Rakowsky geprügelt. Später haben wir dann – ja, ich weiß nicht – irgendwie Frieden geschlossen. Ich hatte ihn ja immer in Verdacht, mit dem Tod seines Sohnes in

Verbindung zu stehen. Aber ich glaube, das war ein Irrtum. Er ist ein grober Knochen, aber er hat auch etwas Grundehrliches.«

Sven schüttelte verwirrt den Kopf. »Der Bauunternehmer Rakowsky, der Vater von Leo, prügelt sich mit dir?«

»Es scheint sich um eine sehr spezielle Art zu handeln, Krisen zu verarbeiten. Ich glaube, das mit dem Unternehmer ist irgendwie nur seine äußere Existenz. In Wirklichkeit ist er der Chef einer Vorstadt-Gang oder so etwas.« Tom stand auf. »Entschuldige mich bitte, ich gehe mal eben duschen.«

Das Wasser brannte auf seinen Wunden, als wäre es Säure. Sein Gesicht sah schlimm aus. Rakowskys Faustschlag hatte die Region um sein linkes Auge in ein Krisengebiet verwandelt. Als er seine Wunden im Spiegel betrachtete, musste er an Clara denken. Es waren vier Tage vergangen, seit er den toten Jungen entdeckt hatte, und in diesen vier Tagen hatten sie beide viele Schläge eingesteckt. Aber schlimmer noch waren die Schläge, die ihre Beziehung erlitten hatte. Tom wusste nicht einmal mehr, ob sie noch ein Paar waren. Er musste dringend mit Clara sprechen. Aber nun belagerte ihn Sven mit seinen mysteriösen Problemen. Er fühlte sich schon erschöpft, bevor der Tag richtig angefangen hatte. Immerhin hatte sein Besucher inzwischen Kaffee gekocht und den Toaster in Gang gesetzt.

»Also, was ist los?«

»Die Polizei ist im Rathaus«, erklärte Sven mit belegter Stimme. »Sie durchsuchen mein Büro. Offenbar haben sie die Absicht, mich festzunehmen.«

»Wahnsinn! Wieso das?«

»Ich habe keine Ahnung, was sie mir vorwerfen. Unser Bürgermeister war so nett, mich telefonisch zu warnen, bevor ich im Rathaus angekommen bin.«

»Und da hast du gleich abgedreht und bist ausgerissen? Mensch, Sven, das ist bestimmt ein Missverständnis. Die sind doch alle etwas durcheinander im Augenblick.«

Sven sah düster vor sich hin. »Glaube ich nicht. Die Blöße werden sie sich nicht geben. Der Bürgermeister klang schon

sehr nervös. Wahrscheinlich beruhte sein Anruf auch nicht auf Nettigkeit, sondern auf Kalkül. Er will den Schaden so gering wie möglich halten. Im Rathaus treffen gerade die ersten Journalisten ein. Um zehn ist eine Pressekonferenz wegen des toten Jungen. Es wird einen Riesenandrang geben.«

Tom schreckte hoch. »Pressekonferenz? Wieso weiß ich davon nichts? Das kann nur heißen, dass sie wesentliche Fortschritte gemacht haben! Aber ich glaube es erst, wenn ich es höre.«

Svens Telefon klingelte. Tom sah zu, wie sich das Gesicht des sonst so heiteren Stadtangestellten weiter verdüsterte. Seine Stimme klang dünn. »Das ist doch … Ja … ja, sicher! … Natürlich. – Ich habe nichts damit zu tun! – Hallo … Herr Dr. Fröbe …«? Sven starrte das Telefon an und schüttelte ratlos den Kopf. »Na, jetzt schlägt's doch dreizehn.«

»Nachrichten vom Bürgermeister?«

»Sie haben auf meinem Rechner Dateien gefunden, die angeblich beweisen, dass ich den Drohbrief an die OCE geschrieben habe. Du weißt schon, dieses eigenartige Schreiben …«

Tom nickte. »Und, hast du?«

»Bist du verrückt?!«

»Immerhin bist du ja nicht der größte Freund dieses Unternehmens. Und am Dienstag, als der Brief auftauchte, wusstest du wohl auch noch nicht, dass die OCE die Stadt finanziell fördern möchte.«

Sven sprang auf.

Tom hob beschwichtigend die Hand. »Ich mache doch nur Spaß. Aber zugegeben: Besonders amüsant klingt die Sache nicht.«

»Ich bin ruiniert! Wenn sich das nicht innerhalb der nächsten Stunden in Luft auflöst, werde ich hier nicht länger arbeiten können. Das kann sich die Stadt nicht erlauben. Und dann noch diese Pressekonferenz! Es ist aussichtslos.«

Tom verstand, dass er jetzt derjenige war, der einen kühlen Kopf bewahren musste. Bei aller Dramatik der Situation fand er es bemerkenswert, dass Sven sich in seiner Not ausgerechnet seinen Text-Dienstleister als Rettungsanker ausgesucht hatte.

»Lass uns mal scharf nachdenken. Wenn nicht mein Schädel so brummen würde, wäre es einfacher. Wer hat Zugang zu deinem Rechner? Ist das Büro abgeschlossen, wenn du nicht da bist?«

»Wir haben die Anweisung, die Türen verschlossen zu halten. Ich bin da manchmal etwas nachlässig, aber ich denke, in dieser Woche gab es keinen längeren Zeitraum, in dem die Tür unverschlossen war.«

»Kann sich jemand den Schlüssel beschaffen?«

Sven sank in sich zusammen. »Das ist ein Problem. Letztendlich ist es für die Kolleginnen und Kollegen der Verwaltung ein Kinderspiel, an den Schlüssel zu kommen. Man geht zum Pförtner und sagt, dass man in dem Raum etwas liegengelassen hat. Das wird ganz unbürokratisch gehandhabt und auch nicht protokolliert.«

»Wer von deinen Kollegen könnte so etwas getan haben?«

Sven seufzte. »Niemand! Aber irgendwie auch alle. Ich denke, dass ich nicht der beliebteste Kollege in der Verwaltung bin. Wie du weißt, bin ich erst seit einem halben Jahr hier in Barth. Ich komme von außen, versuche neue Wege zu gehen, wirke auf einige wohl manchmal überheblich.«

»Hm, das ist für das Klima vielleicht nicht förderlich, aber noch kein Motiv, um jemandem derart in den Rücken zu fallen.«

»Es gibt eine Person, bei der es etwas anders liegt. Als ich mich beworben habe, gab es noch eine Konkurrentin. Eine erfahrene Frau, langjährig in Barth tätig und fachlich anerkannt. Aber dann …«

»… dann hat sich die Stadtspitze für den jüngeren, unvoreingenommenen und in Marketingfragen geschulten Kandidaten entschieden. Zugleich eine klare Absage an den Trott, das Bewährte und Betuliche. – Verstehe. Weißt du, wer diese Dame war?«

Sven biss sich auf die Lippen. »Ich habe es natürlich irgendwann unter der Hand erfahren, aber es wäre wirklich absurd, wenn diese Person … Nein, wirklich, so etwas würde sie nie machen! Das ist nicht ihr Stil.«

Tom musste lächeln. »Du willst mir den Namen nicht sagen?«

»So eine Beschuldigung wiegt schwer. Wenn ich ohne Beweise einen Namen nenne, werde ich noch tiefer fallen, als ich ohnehin fallen werde. Alle werden sagen: Jetzt steckt er in der Scheiße und zieht auch noch andere hinein.«

»Du brauchst Beweise.«

»Wo sollte ich die hernehmen?«

»Lass uns erst einmal klären, dass wir beide über Frau Dr. Grimm reden.«

Sven zuckte zusammen, als Tom den Namen nannte. »Wie kommst du …?«

Tom holte tief Luft. Er spürte, dass sich etwas zusammensetzte, was er am Vortag nicht hatte zusammenbringen können. Jetzt ließ er seinen Gedanken freien Lauf. »Ich mag sie. Wirklich. Seit ich gestern mit ihr gesprochen habe, verstehe ich sie viel besser. Sie kämpft für ihre Stadt. Sie hat eine Vision – auch wenn es eine rückwärtsgewandte und irgendwie verschrobene Vision ist. Sie träumt sich zurück in die große Vergangenheit dieser Stadt. Ein Fürstenhof, der mächtige Kirchenbau, wohlhabende Bürger und Kaufleute. Dr. Grimm will diese vergangene Größe – oder wenigstens ein Stück davon – wiederauferstehen lassen. Sie kann nicht akzeptieren, dass es auch andere Sichtweisen gibt. Vor allem kann sie nicht akzeptieren, dass man ihr einen Job vorenthält, auf den sie nach ihrem Verständnis gewissermaßen ein Anrecht hat. Sie hat jahrelang darauf hingearbeitet, vom Stadtarchiv, wo man die Vergangenheit verwaltet, auf eine

Position zu kommen, in der man auch gestalten kann. Sie will ihr Bild von dieser schönen und bedeutenden Stadt vermitteln. Und dann wird ihr ein Mann vor die Nase gesetzt, der ihr Sohn sein könnte, der über Barth nichts weiß und mit flotten Sprüchen eine Form von Stadtmarketing betreibt, die Dr. Grimm für niveaulos hält.«

Mit offenem Mund hatte Sven zugehört. »Alle Achtung, ich hätte es nicht besser formulieren können. Aber diese tollen Einsichten sind alle nutzlos. Wir werden ihr das nicht beweisen können. Wenn sie es war, dann hat sie die Dateien bei mir abgelegt und bei sich gelöscht. Wahrscheinlich hat sie für den Brief auch meinen Drucker benutzt, das lässt sich vermutlich auch nachweisen.«

Tom nickte. »Wenn meine Vermutung stimmt, dann werden die Spezialisten der Polizei mit Sicherheit noch etwas auf Dr. Grimms Rechner finden. Wir müssen sie nur davon überzeugen, bei ihr zu suchen. Ich habe da auch schon eine Idee.« Er fühlte sich allmählich wieder wach, beinahe unternehmungslustig. Bei bestimmten Bewegungen erinnerte ihn ein stechender Schmerz daran, dass keineswegs alles in Ordnung war. So auch, als er jetzt aufstand, um sein Telefon zu holen. Langsam wie ein alter Mann ließ er sich auf dem Sofa nieder, auf dem er die Nacht verbracht hatte. Er legte die beiden Ausgaben der Ostsee-Zeitung vom Dienstag und vom Donnerstag aufgefaltet vor sich hin. Dann wählte er die Nummer von Holger.

Wie immer schien der Fotograf unter Strom zu stehen, auf dem Sprung zum nächsten Einsatz. »Hi, Tom! Schön von dir zu hören!«

»Ich muss etwas fragen. Du warst ja am Montagmorgen am Zingster Hafen und hast Fotos gemacht?«

»Das war ein Tag, sage ich dir! Worauf willst du hinaus?«

»Am Dienstag wurden in einem großen Bericht verschiedene Fotos von dir in der Ostsee-Zeitung abgedruckt, darunter eines, das die Hand des toten Jungen und das bronzene Schmuckstück zeigt, das auf dem Boden des Zeesbootes lag.«

»Stimmt, um das Foto gab es eine Diskussion. Normalerweise werden bei uns keine Toten abgebildet, jedenfalls nicht im Detail. Aber hier ging es ja um dieses Schmuckstück, das im Boot lag.«

»Gut. Dieses etwas unheimliche Bild wurde also abgedruckt. Am gleichen Tag erhielt die OCE eine Art Drohbrief, in den das Foto einkopiert war. Die Ostsee-Zeitung berichtete darüber am Donnerstag und druckte wiederum den Brief ab.«

»Wenn du das sagst, wird es wohl so gewesen sein.«

»Nein, es muss etwas anders gewesen sein. Ich habe hier beide Ausgaben. Wenn man genau hinsieht, dann erkennt man, dass es sich um zwei verschiedene Fotos handelt. Bei einem ist die Triskele – also das Schmuckstück – etwas mehr von der Hand verdeckt als bei dem anderen. Kannst du mir das erklären?«

Der sonst so beredte Holger schwieg. Tom hörte, wie er ins Telefon atmete. Dann sagte er kurz angebunden: »Nee, kann ich nicht.«

»Dann will ich es versuchen. Es hat mich von Anfang an gewundert, dass dieser Brief schon am Dienstagmorgen in van Reijtens Hotelpost lag, nur wenige Stunden, nachdem die Zeitung erschienen war. Technisch ist das sicher kein Problem, aber wer kommt auf die Idee, sich mal eben am Frühstückstisch so eine kleine Briefkampagne auszudenken? Die andere Möglichkeit: Der Absender des Briefes hatte schon vorher ein Foto, hat den Brief aber erst abgegeben, nachdem ein nahezu identisches Bild in der Ostsee-Zeitung abgedruckt war. Wer könnte aber an ein solches Foto kommen? Sicher, die Redakteure. Welches Interesse sollten die

aber haben, in Barth für Unruhe zu sorgen und dabei ihren Job zu riskieren? Oder hast du selbst den Brief geschrieben?«

Der Fotograf fand seine Stimme wieder. »Um Gottes Willen, das darfst du nicht denken, Tom! Das ist …«

»Ich weiß doch, Holger. Keine Sorge. Wie kann es überhaupt sein, dass es zwei verschiedene Fotos gibt?«

»Hm, also das ist mir jetzt echt peinlich. Ich bin auf den Rand des Bootes geklettert, um diese Fotos zu machen. Dadurch hat es sich bewegt und dieses bronzene Schmuckstück ist ein Stück zur Seite gerutscht. Es war so besser zu erkennen als vorher. Da habe ich von dieser Ansicht ein Foto gemacht, später aber das Teil, ohne einen Fingerabdruck zu hinterlassen, wieder an seine ursprüngliche Stelle gerückt. Ich wollte ja den Fundort der Leiche nicht manipulieren. Von diesem Arrangement ist auch noch ein zweites Bild entstanden.«

»Sehr gut. Dann weiter. Du warst am Montagmorgen ziemlich gesprächig. Ich dagegen war komplett durcheinander. Deswegen ist mir erst heute Morgen wieder eingefallen, dass du deinen nächsten Termin erwähnt hast: im

Stadtarchiv. Kann es sein, dass du dort irgendeine digitale Spur hinterlassen hast?« In der Telefonverbindung knackte und kratzte es.

»Oh Mann, Tom, jetzt muss ich mich erst mal hinsetzen. Ich will echt keinen Ärger haben. Die OCE wird den Briefschreiber bestimmt auf Schadenersatz verklagen. Da steht doch einiges im Feuer. Wäre ich doch bloß nicht so leichtsinnig gewesen.«

»Kannst du mir bitte erzählen, was passiert ist? Ich verspreche dir, dass ich alles versuchen werde, um dich da rauszuhalten.«

»Das wäre echt grandios, Tom. Am liebsten würde ich die ganze Sache unter dem Deckel halten.«

»Aber mir musst du schon sagen, was vorgefallen ist, sonst kann ich dich nicht schützen.«

Der Fotograf seufzte. »Ich bin also ins Stadtarchiv gekommen. Da war diese Frau Dr. Grimm. Nette Frau eigentlich, etwas kleinlich manchmal, so 'ne Büchertante halt. Ich habe ihr von dem toten Kind im Zeesboot erzählt und auch dieses Schmuckstück erwähnt. Da war sie ganz interessiert. Sie meinte, als Historikerin könne sie dazu vielleicht etwas sagen. Ich zeigte ihr dann also die Bilder aus dem Zingster Hafen. Anschließend habe ich meinen Job gemacht und ein paar Ausstellungsstücke für einen Katalog fotografiert. Nichts Besonderes, nach einer halben Stunde war ich fertig. Als ich gehen wollte, fragte mich Frau Grimm, ob ich ihr für die weitere Auswertung nicht eins von diesen Bildern mit dem Schmuck drauf da lassen könnte. Ich habe mir dabei nichts gedacht und ihr das Bild auf einen Stick gezogen. Es war wohl das Bild, bei dem man das Schmuckstück besser sehen konnte, während die Redaktion natürlich das andere Foto bekommen hat. Sag schon, ist das irgendwie verwerflich?«

»Ich denke nicht«, sagte Tom. »Du konntest ja nicht wissen, was mit dem Bild noch angestellt würde. Und wie gesagt: Ich werde versuchen, dich da rauszuhalten. Versprechen kann ich aber nichts.«

»Danke, Tom. Wenn dir das gelingt, bin ich dir etwas schuldig.«

Tom beendete das Gespräch und blickte zu Sven hinüber, der zusammengesunken auf seinem Stuhl saß und an einer ausgekühlten Scheibe Toastbrot knabberte.

»Wir bekommen das hin, Sven«, sagte Tom. »Ich habe folgenden Plan: Du bleibst hier und hältst dich bis heute Mittag komplett bedeckt. Ich gehe gleich ins Rathaus und versuche noch vor der Pressekonferenz mit der Chefin der Barther Polizei zu sprechen. Sie müssen dich aus den Presse-Statements komplett raushalten und anschließend einen Blick auf Frau Dr. Grimm und ihren Rechner werfen.«

Sven stand auf und wandte sich in feierlichem Tonfall an Tom, der gerade dabei war, die Zeitungen in seine Studienrats-Aktentasche zu packen. »Ich drücke dir die Daumen. Vor allem natürlich in meinem eigenen Interesse. Nie wieder werde ich ein böses Wort über dich und deine Ermittlungskünste verlieren.«

»Versprich bitte nicht so etwas. Du wirst es sowieso nicht halten.«

-23-

Die Situation im Rathaus erschien unübersichtlich. Kurzfristig war die Pressekonferenz in einen anderen Raum verlegt worden, weil das Interesse so groß war. Kameraleute, Techniker und Reporter eilten schimpfend über die Flure, hektisch wurde um- und neu aufgebaut. Tom war das Durcheinander recht, so gelangte er trotz seines leuchtend blauen Auges einigermaßen unbemerkt bis zum Ort des Geschehens. Sylke stand mit Kriminalhauptkommissar Brehm, dem stämmigen Leiter des Ermittlungsteams, und einem dürren Herrn im meerblauen Anzug in einer Ecke des Raumes. Tom näherte sich der Gruppe so, dass Sylke ihn sehen konnte, die beiden Männer ihm aber den Rücken zuwandten. Als sie ihn bemerkt hatte, zeigte er mit dem Finger auf die Tür.

Zwei Minuten später kam Sylke aus dem Raum, bedeutete ihm mit dem Kopf, ihr zu folgen und verschwand hinter der nächsten Ecke. »Das ist keine gute Idee«, zischte sie, als sie wieder zusammentrafen. »Du hast dich in diese Angelegenheit genug eingemischt. Ich möchte nicht, dass wir zusammen gesehen werden, wenn so viel Presse da ist.«

»Wer ist denn das Gerippe in meerblau?«

»Staatsanwalt Rieger aus Stralsund.«

»Und ihr habt hier im Rathaus heute Morgen ermittelt?«

Sylke rollte mit den Augen. »Ja, Herrgott, das ist aber im Augenblick zweitrangig. Die Geschichte werden wir hier nur am Rande streifen. Was hast du eigentlich mit deinem Auge gemacht?«

»Bin gegen einen Schrank gelaufen.«

»Das glaubst du doch selber nicht.«

»Doch, es war ein Schrank auf zwei Beinen. – Aber wir kommen vom Thema ab. Ich habe eine dringende Bitte: Lasst den Angestellten, dessen Büro ihr heute gefilzt habt, komplett aus dem Spiel. Der hat nichts damit zu tun. Sein Rechner ist manipuliert worden.«

»Woher willst du das wissen?«

»Ich habe eindeutige Hinweise und auch einen Zeugen, der meine Vermutung notfalls bestätigen kann.«

»Und natürlich hast du auch den wahren Verfasser des Drohbriefs ausfindig gemacht?«

»Korrekt.«

Sylke hob die Hand, als wollte sie zu einer Strafpredigt über die Grundsätze polizeilicher Ermittlungen anheben, ließ sie aber resigniert sinken. »Die Journalisten haben längst mitbekommen, dass hier heute Morgen eine Durchsuchung stattfand. Wir müssen etwas sagen.«

»Du kannst doch diesen Part übernehmen. Spiel die Sache herunter. Ihr seid Hinweisen nachgegangen, die sich bislang nicht bestätigt haben.«

»Sag mir einen Grund, warum ich den Kerl schonen soll. Weil er dein Kumpel ist?«

»Weil er definitiv unschuldig ist. Für seine berufliche Zukunft ist es nicht ganz unwichtig, wie ihr die Ermittlungen hier und heute darstellt.«

»Brehm und Rieger werden mich für dämlich halten und meine Äußerungen korrigieren.«

»Du schaffst das schon.«

Sie schlug mit der Hand unwirsch durch die Luft und drehte sich auf den Absätzen um. Tom wartete einen Moment und folgte ihr dann in den Saal.

Wenige Minuten später eröffnete Kriminalhauptkommissar Brehm mit seiner Posaunenstimme die Pressekonferenz. Sylke saß neben ihm an einem weißen Bürotisch, der Staatsanwalt hielt sich im Hintergrund. »Wir können Ihnen heute mitteilen, dass die Polizei Barth gestern einen Tatverdächtigen festgenommen hat. Bevor ich auf Einzelheiten eingehe, möchte ich mich bei meinem Team bedanken. Stellvertretend sitzt neben mir die Kollegin Bartel von der hiesigen Polizei. Ohne die harmonische Zusammenarbeit wären derart zügige Ermittlungen nicht möglich gewesen. Nun zu den Einzelheiten: Zwischen dem Tatverdächtigen und der Familie des Opfers gab es eine Auseinandersetzung wegen eines Grundstückgeschäfts.«

Als Tom diesen Satz hörte, musste er schlucken. Sie hatten also Jasper Gambitzke festgenommen. Ein ganzer Schwall widersprüchlicher Empfindungen rollte über ihn hinweg und durch ihn hindurch: Erleichterung, Bedauern, Erschrecken, Ungläubigkeit. Nach den ersten Sekunden blieben vor allem die Zweifel. Gebannt hörte er zu, was Brehm zu sagen hatte.

»Gegen den Tatverdächtigen wurde vor vielen Jahren schon einmal wegen Kindesmissbrauchs ermittelt. Es wird zur Zeit geprüft, ob auch ein sexuelles Motiv für die Tat vorliegt. Im

Laufe der Ermittlungen stellte sich heraus, dass ein vom Tatverdächtigen genanntes Alibi für die Tatzeit mit hoher Wahrscheinlichkeit falsch ist. Aus diesen gewichtigen Gründen gehen wir davon aus, dass die Ermittlungen hier den entscheidenden Durchbruch erzielt haben. Auch wegen eines sogenannten Drohbriefs gegen das Unternehmen OCE konnten wir inzwischen erste Erfolge erzielen. Dazu kann Ihnen Kollegin Bartel von der örtlichen Polizei mehr sagen.«

Brehm saß breitbeinig auf dem billigen Metallrohrstuhl, den die Stadt Barth zur Verfügung gestellt hatte. Nach dem Ende seines Statements lehnte er sich vor Selbstbewusstsein strotzend zurück. Sylke dagegen richtete sich kerzengerade auf und ließ für einen Moment ihren Blick über die anwesenden Journalisten streifen. Tom fragte sich, warum die beiden so viel Theatralik nötig hatten.

»Wir haben einem Hinweis folgend heute Morgen in einem Büro des Rathauses nach Unterlagen und Dateien gesucht, die im Fall des bereits erwähnten Drohbriefs wichtige Informationen enthalten könnten. Im Augenblick kann ich hier zum Stand der Ermittlungen noch nichts Genaues sagen. Die Auswertung der Daten dauert noch an.«

Damit war ihr Statement beendet. Brehm warf ihr einen kurzen, irritierten Blick zu. Tom fürchtete, er werde nun korrigierend eingreifen und *Sven D.* als mutmaßlichen Autor des Drohbriefs nennen, womit jeder gewusst hätte, wer aus dem Rathaus im Visier der Ermittler stand. Sven wäre als Tourismusbeauftragter wohl nicht mehr tragbar gewesen. Aber Brehm schwieg. Der Eindruck eines harmonischen Auftretens mit seiner Kollegin schien ihm wichtiger zu sein.

Die Journalisten stellten Fragen zum Tatverdächtigen: ob er schon gestanden habe, was er mit der merkwürdigen Inszenierung des Leichnams bezwecken wollte und welche Bedeutung das bronzene Schmuckstück habe. Brehm überließ es Sylke, die Fragen zu beantworten: nein, es gebe kein Geständnis, aber die Vernehmungen hätten auch gerade erst begonnen. Die Verbindung zwischen dem Tatverdächtigen und dem Schmuckstück sei unklar, ebenso die Absicht, die hinter der Inszenierung stecke. Man könne spekulieren, dass er dadurch seine feindliche Haltung gegenüber der Familie des Opfers demonstrativ zum Ausdruck bringen wollte. Ein Journalist wollte wissen, wie die Polizei auf den Tatverdächtigen aufmerksam geworden sei. Tom sah, wie Sylkes Mundwinkel zuckten. Er glaubte, dass sie ihm direkt in die Augen sah, als sie antwortete: »Es gab einen ersten Hinweis aus der Bevölkerung. Entscheidend war aber die gründliche Arbeit der Ermittlungskommission.«

Der hagere Staatsanwalt hatte sich im Hintergrund gehalten. Nun trat er nach vorn und richtete ein paar dürre Sätze des Dankes an die ermittelnden Beamten und beendete die Pressekonferenz. Tom war nicht der Einzige, der das enttäuschend fand. Brehms selbstsicheres Auftreten konnte nicht darüber hinwegtäuschen, dass die Erläuterungen hohl und inhaltsleer klangen. Einige Journalisten baten darum, weitere Fragen stellen zu dürfen, aber Brehm wies das mit einem Hinweis auf die noch nicht abgeschlossenen

Ermittlungen zurück. Er und Sylke packten ihre Sprechzettel zusammen und verschwanden durch eine Tür an der Stirnseite des Saales.

Tom eilte auf den Flur und von dort aus zum Haupteingang des Rathauses. Er sah, dass Sylke, Brehm und Rieger an der Straße standen und sich unterhielten. Es wäre sinnlos gewesen, Sylke in diesem Moment noch einmal anzusprechen. Er hoffte, dass die drei noch einen Moment weiter plauderten und trabte in mäßigem Dauerlauftempo den Friedhofswall hinunter. Über die Sundische Straße und die Lange Straße gelangte er in die Baustraße. An der Einfahrt zum Polizeiparkplatz blieb er erschöpft stehen. Schon eine Minute später bog Sylkes roter Kleinwagen in die Parkplatzeinfahrt ein. Tom stellte sich in die Mitte der Fahrspur und wartete, bis Sylke wenige Zentimeter vor ihm stoppte. Er ging um ihr Auto herum und stieg ein.

»Was soll das jetzt?«

»Ich hätte da noch ein paar Fragen.«

»Die Pressekonferenz ist zu Ende, Tom. Auch für dich.«

»Diese Pressekonferenz war ein schlechter Scherz, oder?«

Sylke sah ihn mit einem Ausdruck tiefer Verzweiflung an. »Weißt du, es ist wirklich anstrengend, wenn dauernd jemand ankommt und an deiner Arbeit herumkrittelt.« Etwas leiser fügte sie hinzu: »Und am schlimmsten ist es, wenn du das Gefühl hast, dass er nicht ganz unrecht hat.«

Tom musste grinsen. »Ich mache dir einen Vorschlag: Wir fahren jetzt schnell zu einer lauschigen Pommesbude und holen uns eine Currywurst. Und während wir die essen, plaudern wir etwas übers Wetter und andere Dinge, die die Welt bewegen.«

Sylke antwortete nicht. Sie starrte kurz auf das Lenkrad. Dann legte sie den Rückwärtsgang ein und setzte ihren Wagen kraftvoll zurück.

Eine Viertelstunde später stellte Tom zwei Pappteller mit Currywurst und Pommes frites auf einem wackeligen weißen Bistrotisch ab, der nach einer vermutlich langen Vorgeschichte sein Dasein vor einer Imbissbude in der Chausseestraße fristete. Sie standen inmitten von Plattenbauten alter Schule. Senioren mit Plastiktüten oder Einkaufstrolleys transportierten ihre Freitagseinkäufe nach Hause.

»Ich denke, dass wir hier niemanden treffen, der uns kennt. Man muss sich das Leben ja nicht schwerer machen, als es schon ist«, sagte Sylke.

Tom grinste. »Vielen Dank übrigens für die Currywurst. Es ist doch zu dumm, dass ich mein Portemonnaie vergessen habe.«

»Du hast uns immerhin auf die Spur zu Gambitzke geführt. Der Staat schuldet dir also eine Geste der Anerkennung. Ich übernehme das heute mal aus meiner privaten Kasse.«

»Es hat dir irgendwie Spaß gemacht vorhin, oder? Als du da auf dem Podium sitzen konntest. Im Rampenlicht. Und dann sprichst du von einem *ersten Hinweis aus der Bevölkerung* und *der entscheidenden Ermittlungsarbeit der Polizei.* Ich habe gesehen, dass du das genossen hast.«

Sylke sah ihn an. Ihre Mundwinkel zuckten. »Du machst Spielchen, Tom. Hältst du mich für so eitel?«

»Glaubst du denn, dass es Gambitzke war?«

»Hast du Zweifel? Du hast uns ihn schließlich frei Haus geliefert.«

»Soweit ich weiß, habe ich nie die Vermutung geäußert, dass Gambitzke Leo getötet haben könnte.«

»Es spricht einiges gegen ihn.«

Tom spuckte ein Stück Knorpel aus. Die Wurst war ge-

nau so, wie man sie an diesem Ort erwarten konnte. »Dass Gambitzke unter anderem auch sexuelle Motive gehabt haben könnte, ist nach meinem laienhaften Verständnis nicht stimmig. Meist töten diese Leute ihre Opfer doch zur Vertuschung des Missbrauchs. Es hat aber gar kein Missbrauch stattgefunden.«

»Möglicherweise war es ein Versuch, und dabei kam es zu dem Sturz in das Betonloch.«

»Aber passt es zu diesem Ablauf, dass der Täter sein Opfer so demonstrativ ausstellt, wie das hier geschehen ist?«

»Vielleicht hoffte er, dass das Boot gar nicht entdeckt wird, sondern in einem Schilfgürtel hängen bleibt.«

»Und die Triskele – das Schmuckstück?«

»Vielleicht ein Ablenkungsmanöver? Oder eine Art Abschiedsgeschenk? Er wollte nicht, dass das so endet. Das Hauptmotiv ist nach unserem augenblicklichen Verständnis auch der Grundstücksdeal mit Leos Vater.«

Tom schüttelte den Kopf. Er war überrascht darüber, wie bereitwillig Sylke mit ihm über den Fall sprach. Er wollte das nicht wieder zerstören. »Es stimmt schon: Gambitzke ist voller Hass auf Rakowsky. Er hat ihn zwei Jahre lang mit seiner Videokamera verfolgt, hat alle seine Verfehlungen dokumentiert: wie er seinen Sohn schlägt, kleine Betrügereien auf den Baustellen, ungeeignete Baustoffe. Ihr habt das Videomaterial bei ihm gefunden?«

Sylke sah ihn erstaunt an. »Welches Videomaterial?«

»Hm. Er hat es wohl sehr gut versteckt. Aber macht nichts. Ich habe von ihm Kopien bekommen. Die bringe ich euch gerne vorbei.«

»Das solltest du schleunigst tun. Aber wie auch immer, ich sehe es so: Gambitzke hat irgendwann eingesehen, dass er weder mit Drohungen noch mit heimlichen Videoaufnahmen weiterkommt. Dass er dem großen Rakowsky nicht ans Bein pinkeln kann. Da hat er sich an seinem hübschen, blonden Sohn vergriffen.«

Tom blickte in den Himmel. »Entschuldige, dass ich auch hier kritisch nachfrage. Das werden ja andere im weiteren Verlauf des Verfahrens auch noch tun. Gambitzke steht sicher mit dem Rücken zur Wand. Seine Existenz ist zerstört und der Deal mit Rakowsky hat ihm den Rest gegeben. Aber ist er so perfide, sich an einem unschuldigen Kind zu vergreifen? Ist er dazu kalt genug? Ich weiß nicht. So etwas macht doch nur jemand, der von innen her zerfressen ist. Der keine Skrupel mehr kennt. Ich glaube, Gambitzke zweifelt jeden Tag an sich selbst. Der steckt voller Wut, aber auch voller Angst. Er hätte nicht den Mut, ein Kind umzubringen. Vielleicht wird er euch irgendwann sogar dankbar sein, dass ihr ihm so eine Tat zutraut. Und allein deswegen einen Mord gestehen, den er nicht begangen hat. Dann dürfte alles zu spät sein.« Er hatte die letzten Worte eher an sich selbst gerichtet als an Sylke. Sie hörte trotzdem sehr aufmerksam zu.

»Ist ein bisschen viel Küchenpsychologie. Wir werden sehen, wie die Verhöre weiterlaufen. Bislang hat Gambitzke konsequent geschwiegen. Im Übrigen soll er wegen des Grundstückverkaufs auch die OCE erpresst haben.«

»Aha, das sagt wer?«

»Ich weiß es nur von Brehm. Und Brehm vom Staatsanwalt. Dem wiederum war es sehr wichtig, dass wir heute schon an die Öffentlichkeit gehen. Es gebe so viel Unruhe in der Stadt, hieß es. Ich weiß nicht, was dahintersteckt.«

»Vielleicht die OCE, die von dieser Drohbriefgeschichte ablenken will? Ich habe gestern mit van Reijten gesprochen. Der hat auch diesen Erpressungsversuch erwähnt, wollte aber nicht näher darauf eingehen. Nach allem, was ich jetzt höre, denke ich, dass es ihm sehr recht ist, wenn Gambitzke als Täter betrachtet wird und die OCE dann möglichst schnell aus dem Fokus der Aufmerksamkeit verschwunden ist.«

»Ich weiß es nicht.« Sylke kaute nachdenklich auf einem der gummiartigen Kartoffelstreifen herum.

»Du bist heute sehr gesprächig«, sagte Tom, »das freut mich – ehrlich. Heute Morgen warst du noch sehr ablehnend.«

Die Barther Polizistin blickte auf ihren halbleeren Teller und legte das Besteck zur Seite. »Pass auf, Tom, ich bin in einer komplizierten Situation und werde dich jetzt in eine kleine Intrige einweihen. Und ich rechne mit deiner absoluten Diskretion. Versprochen?«

»Ich mache ungern Versprechungen zu Dingen, die ich nicht kenne.«

»Es geht nicht anders.«

»Also gut: Weil du es bist.«

»Ich habe dir ja schon am Mittwoch gesagt, was ich von Brehms Ermittlungen halte: Der Mann ersetzt systematische Arbeit durch übersteigertes Selbstbewusstsein. Er hat einfach kein Konzept. Gestern habe ich einen Anruf aus Anklam bekommen. Brehms Chef wollte von mir eine Einschätzung zum Stand der Ermittlungen hören. Offenbar hat er ernsthafte Zweifel an der Kompetenz seines Stellvertreters. Ich glaube, er will Brehm loswerden. Aber dazu muss der so richtig auf die Schnauze fallen. Ich spiele seitdem bei Brehm wieder hundertprozentig mit, aber ich sammle gleichzeitig Hinweise darauf, was er alles versäumt und falsch macht. Ich habe auch Zweifel, dass Gambitzke der Täter ist. Aber ich will es nicht ausschließen. Wenn er es nicht ist, brauche ich ein Alternativszenario. Und wenn ich das habe, werde ich Brehm halbherzig damit konfrontieren, in der Hoffnung, dass er ablehnen wird, das weiter zu verfolgen. Dann gehe ich zu Brehms Chef und hole mir die Erlaubnis, trotzdem in dieser alternativen Richtung zu ermitteln. Sollte das klappen, ist Brehm weg vom Fenster und ich habe gute Karten.« Sylke hatte leise auf ihn eingeredet. Jetzt sah sie Tom aufmerksam an, ihre Lippen zuckten nervös.

Tom hatte schon wieder ein Stück Knorpel erwischt. Er beendete die Mahlzeit. »Eine ausgewachsene Intrige … Ich wusste schon immer, dass mit dir nicht zu spaßen ist. Verstehe ich das richtig, dass du mich jetzt als Informant und Stichwortgeber einspannen möchtest? Diese Rolle ist mir nicht sehr sympathisch. Würde wenigstens etwas dabei rausspringen?«

Sylke lächelte. »Du denkst an eine Stelle bei der Polizei mit Pensionsansprüchen und sechs Wochen bezahltem Urlaub? Habe ich leider nicht im Angebot. Aber vielleicht kann man

aus irgendeiner Kasse ein Honorar abzwacken. Ich kenne mich da auch nicht so aus. Wenn wir so weit kommen, dann werde ich mit Brehms Chef sprechen.«

»Ich bin beeindruckt. Wie nennt man das dann: inoffizieller Mitarbeiter? Ach nee, das gibt's ja nicht mehr.«

»Hör auf zu spotten! Mir ist es sehr ernst.«

»Habe ich schon verstanden. Und ich dachte, solche Machenschaften gibt es nur im Fernsehen.«

Sylke räumte die Pappteller zusammen und holte noch zwei Tassen Kaffee. »So, und jetzt noch mal zur Sache: Wir haben auf dem Rechner von Sven Dornkop belastendes Material gefunden. Du meinst also, jemand hat es dort bewusst abgelegt?«

Tom fischte die beiden Zeitungsausgaben aus seiner Tasche und erklärte Sylke die Unterschiede zwischen den Fotos. Er berichtete ihr von dem Gespräch mit Holger.

»Ich möchte mit dem Fotografen auf jeden Fall sprechen.«

»Könntest du das vielleicht ans Ende stellen? Und erst einmal Frau Grimm überprüfen?«

Sylkes Stirn legte sich in Falten. »Also, unsere Zusammenarbeit kann nicht so laufen, dass du mir vorschreibst, wann ich mit wem spreche. Deine Kumpaneien müssen da zurückstehen.«

»Diese sogenannten Kumpaneien haben mir erst ermöglicht, zu den Informationen zu kommen, die ich dir hier auf den Tisch lege.« Eine Windböe fegte über sie hinweg und trug die Zeitungen davon. Tom sprang hinterher und konnte gerade noch verhindern, dass eines der wertvollen Stücke auf die Chausseestraße flog und von einem Lastwagen überrollt wurde.

»Also gut«, rief Sylke, während Tom die Zeitung vom Schmutz befreite, »wir nehmen uns Frau Grimm vor. Wenn das mit dem Foto nicht so ist, wie du behauptest, dann kannst du dich allerdings auf etwas gefasst machen. Ich kenne die Dame nicht, und es fällt mir schwer, einer gestandenen Historikerin solche Intrigen zu unterstellen.«

»Aber wenn ihr einen anonymen Hinweis auf das Büro des Tourismusbeauftragten bekommt, dann fahrt ihr hin und nehmt alles auseinander. Finde ich merkwürdig.« »Es ist hier einiges merkwürdig.« Sie sah auf ihre Uhr. »Gut, die Mittagspause war heute etwas früh, aber sie war durchaus gehaltvoll.« Sie blickte Tom spöttisch an. »Zumindest was den Fettanteil im Menü angeht. Jetzt muss ich zurück an den Schreibtisch.«

»Ich würde für einen Freund gerne noch eine Currywurst mitnehmen. Könntest du mir das Geld leihen?«

Sylke hatte schon ihre Handtasche geöffnet, hielt aber plötzlich inne. »Ein Freund, ja? – Da fällt mir ein, dass ich dich ja noch ganz offiziell fragen muss, ob du den Aufenthaltsort von Sven Dornkop kennst.«

Tom wiegte den Kopf und tat so, als müsse er angestrengt nachdenken. »Ich schlage dir einen Deal vor: Jetzt eine Currywurst und ich garantiere dir, dass sich Sven Dornkop morgen früh auf dem Polizeirevier meldet.«

Sylke kramte in ihrer Geldbörse und schob einen Zehn-Euro-Schein unter ihre Kaffeetasse. Sie ließ ihre Handtasche mit einem aggressiven Geräusch zuschnappen. »Das hier ist eine einzige Zumutung!«

Tom nahm das Geld und nickte Sylke zu. »Ich bedanke mich im Namen eines unbekannten Freundes.«

-24-

Clara hatte sich ihre Urlaubswoche anders vorgestellt und brauchte dringend eine Abwechslung. Sie wollte für einen Tag aus dem Leben verschwinden, allein sein, die Gedanken schweifen lassen und niemandem mehr gerecht werden müssen, auch nicht den eigenen Ansprüchen. Sie war enttäuscht von Ursula, von Tom sowieso, aber auch von sich selbst. Sie hatte von Anfang an fest daran geglaubt, dass Günter Rakowsky irgendetwas mit dem Tod seines Sohnes zu tun hatte, obwohl sie ihn nur aus Gesprächen und Berichten kannte. Wie hatte sie sich so festlegen können? Dass Ursula, ihre alte Schulfreundin, ihren Mann derart entschieden verteidigte, machte Clara zu schaffen. Sie wollte nicht wahrhaben, dass die Frau, die sie als zerbrechliches und kühles Mädchen in Erinnerung hatte, einen Mann wie Rakowsky liebte, sich auf ihn verließ und von seinen Geschäftsmethoden profitierte. War sie eifersüchtig? Wollte sie Ursula wieder für sich gewinnen? Für sich ganz allein? Es war an der Zeit, ehrlich zu werden. Und es gab für dieses schwierige Unterfangen keinen besseren Ort als den Darßwald. Dort konnte man um diese Jahreszeit, wenn noch nicht viele Touristen in der Gegend waren, stundenlang herumlaufen, ohne einem Menschen zu begegnen. Kaum ein Wald hat so viele Gesichter wie der Wald auf dem Darß: Da gibt es heitere, lichtdurchflutete Kiefernbestände, andernorts ragen mächtige Eichen- und Buchenstämme wie die Säulen einer Kirche auf und bilden weit gewölbte Dachkonstruktionen. Es gibt Wildnisse mit undurchdringlichen, mannshohen Farngewächsen und stille Senken, aus denen schwarze Wasserlöcher wie große Augen glotzen, umgeben von üppigem Grün und umgestürzten Erlen, die lautlos vor sich hin faulen. Clara mochte diese vielgestaltige Waldlandschaft und wollte sich an diesem Freitag darin verlieren. Sie wollte vergessen, wie enttäuscht sie am Vorabend nach Hause gekommen war. Die rätselhafte Begegnung mit Tom an der Ölförderstelle, das eigenartige Zusammentreffen mit Ursula und schließlich das Gespräch mit Sylke Bartel. All das hatte sie im Innersten getroffen, ganz zu schweigen von dem Erlebnis, als der Mann sie mit einem Knüppel niedergestreckt hatte. Alles, was sie belastete, wollte sie im Wald loswerden, wollte es aus ihrem Körper herauswandern lassen, abstreifen an der rauen Oberfläche einer geliebten Landschaft. Ihr Plan war denkbar einfach: vormittags die zwölf Kilometer bis zur nordwestlichen Spitze des Darß laufen, dort über Mittag bleiben und ein kurzes Bad in der eiskalten Ostsee nehmen, dann am Nachmittag weiter in südlicher Richtung durch den Darßwald wandern und mit dem letzten Bus um 19 Uhr zurück nach Zingst fahren.

Der Tag war wie geschaffen für solch ein Unternehmen: Die Luft war frisch, der Himmel heiter, manchmal zeigte sich

eine erstaunlich warme Frühlingssonne, zwischendurch zogen Wolkenfelder von der See her auf das Land zu. Sie warfen riesige Schatten über den weißen Strand, als wäre es eine Kleinigkeit, die heitere Atmosphäre einer Landschaft von einem Augenblick zum nächsten in das Gegenteil zu verwandeln. Auf dem Weg nach Prerow beeilte sich Clara nicht sonderlich und machte zwischendurch immer wieder Pausen, in denen sie genüsslich auf ihren mitgebrachten Broten kaute und die Aussicht über die metallisch blaue Ostsee genoss. Außer diesen Broten und einer Flasche Wasser hatte sie nur ein Handtuch dabei. Zunächst hatte sie auch das Telefon zu Hause lassen wollen, es dann aber doch in den Rucksack gesteckt. Es war abgeschaltet, und daran würde sich auch nur in einem echten Notfall etwas ändern.

Als sie am Darßer Ort ankam, war es schon früher Nachmittag. Nur wenige Ausflügler trieben sich am Leuchtturm herum, einige saßen in dicke Jacken gehüllt am nahe gelegenen Strand und blickten über das Meer. Clara lief einige Minuten durch Sand und Steine, so lange, bis sie vollkommen ungestört war. Sie hatte sich den ganzen Vormittag über lustvoll davor gefürchtet, an diesem Ort ins Wasser zu gehen. Mit verzweifeltem Mut legte sie ihre Kleidung ab und lief so entschlossen wie eine Selbstmörderin der kaum zehn Grad warmen Ostsee entgegen. Der Schmerz beim Eintauchen in das Wasser war schwer zu verkraften, die Wellen peitschten kräftig und in unangenehm schneller Folge gegen ihren Körper. Als sie den Boden nicht mehr mit den Füßen erreichen konnte, drehte sie sich auf den Rücken und schwamm ein paar Züge aufs Meer hinaus. Sie blickte auf einen malerischen Küstenstreifen, mit vom Wind angenagten Sanddünen, gebeugten Kiefern und einem imposanten Leuchtturm, der wie ein riesiger Nagel in der Landschaft steckte. Es war der Gipfel des Verschwindens. Niemand würde sie retten, wenn sie einfach immer weiterschwimmen würde, so lange, bis die Kräfte sie verließen.

Da draußen, mit dem Blick auf die Landspitze, fiel Clara ein, dass sie Tom trotz allem etwas mitteilen musste. Sie erinnerte sich an den energischen Auftritt Ursulas: wie sie ihre Flucht aus dem engen Elternhaus hinein in die Halbwelt von Rostock geschildert hatte. Über diesen Punkt schien Tom nichts zu wissen; es war vielleicht die letzte Chance, dem groben Bauunternehmer doch noch irgendetwas nachzuweisen.

Gerade rückte ein Wolkenband heran und versteckte die Sonne. Einige kalte Windböen fuhren über den grauen Strand. Clara schwamm, so schnell sie konnte, zurück zum Ufer und eilte zu ihrem Rucksack. Sie hatte sich vorgenommen, ihr Telefon nur in einem Notfall zur Hand zu nehmen. Jetzt tat sie es trotzdem. Ihre Finger zitterten so sehr, dass sie für fast jeden Buchstaben zwei oder drei Anläufe benötigte. Am Ende stand auf dem Display der karge Text einer SMS an Tom.

Ihre Hände waren kraft- und gefühllos. Sie brauchte unendlich lange, bis sie die Knöpfe ihrer Bluse und ihrer Hose geschlossen hatte. Sie zog einen zweiten Pullover an und schloss den Reißverschluss der Jacke bis zum Kragen. Dann ging sie los. Jetzt war keine Zeit mehr für Trödeleien. Sie fühlte sich,

als hätte sie einen Eisklumpen im Bauch. Sie eilte über die einsamen Pfade, zuerst parallel zur Küste, dann wieder ein Stück in den Wald hinein. Obwohl der Darßwald mit seinen fast 6000 Hektar groß genug ist, um darin verloren zu gehen, machte sich Clara keine Sorgen. Sie wählte nicht den Weg, der parallel zum Strand führte, sondern ging wieder ein Stück ins Innere des Waldes, weil sie hoffte, dort besser vor dem Westwind geschützt zu sein. Sie kannte den Grundriss des Gebietes recht gut und orientierte sich am Sonnenstand. Nach einiger Zeit bemerkte sie allerdings, dass sie zu weit nach Osten geraten war. So oder so würde sie irgendwann auf die Landstraße stoßen, die auch der Bus benutzte. Ihr Ziel war eine mitten im Wald gelegene Haltestelle zwischen Ahrenshoop und Born. Mit großen Schritten durchquerte sie die verschiedenen Vegetationszonen, das eigenartige Auf und Ab zwischen Wällen und Senken, den Reffen und Riegen, wie sie die Einheimischen nannten, entstanden aus dem ewigen Wirken von Wasser und Wind. Die Form dieser Landschaft erschien ihr wie ein erstarrtes Meer; ein Meer, das vor Jahrtausenden eingeschlafen und von der Vegetation über Nacht erobert worden war.

Vielleicht war ihr Inneres ebenso erstarrt. Sie hatte sich von dieser Wanderung erhofft zu einem neuen Blick auf die Dinge zu gelangen. Am Ende konnte sie außer einer tiefen Erschöpfung und einer leichten Unterkühlung nicht viel von diesem Tag mitnehmen. Noch immer wusste sie nicht, ob sie noch mit Tom zusammenbleiben wollte und warum sie diese destruktive Neigung verspürte, Ursula gegen ihren Mann aufzuwiegeln. Die letzte und dürftige Frucht dieses Wunsches war die spröde SMS, die sie an Tom geschickt hatte.

Inzwischen drang das Brummen vorüberfahrender Autos durch den Wald. Der Zauber der einsamen Wanderung verlor sich im anschwellenden Lärm der Straße. Clara war trotzdem froh darüber, es dämmerte bereits und sie verspürte starken Hunger. Aber dann vergaß sie ihre eigenen Bedürfnisse. Plötzlich war ein quälend lang anhaltendes, bis ins Mark eindringendes Quietschen zu hören. Clara blieb stehen. Es war zwar kein Zusammenstoß zu hören, aber sie spürte, dass auf der Landstraße etwas geschehen war. Vielleicht lag es an der bedeutungsschweren Stille, die dem Reifenquietschen folgte.

Über einen unbefestigten Stichweg rannte sie direkt auf die Straße zu. Sie sah einen silbernen Kombi auf dem Seitenstreifen stehen, die Warnblinkanlage war eingeschaltet. Ein Mann stand etwa zwanzig Meter hinter dem Fahrzeug und betrachtete einen Gegenstand, der im Straßengraben lag. Clara spürte ihr Herz schlagen, als sie näher kam. Das, was der Mann betrachtete, war kein Gegenstand, sondern ein Wildschwein. Das Tier lag in einer Blutlache, aber es atmete, hektisch und ungleichmäßig. Seine Augen waren angstvoll aufgerissen.

»Ich konnte gar nichts machen«, sage der Mann, der etwa fünfzig Jahre alt war, mit weinerlicher Stimme.

»Haben Sie schon die Polizei benachrichtigt?«

»Ich muss unbedingt weiter, meine Frau liegt im Krankenhaus.«

»Dann rufe ich jetzt beim Forstamt an, damit sich jemand um das Tier kümmert.«

Der Mann hob ratlos die Schultern und sah sich um. »Gut, machen Sie das. Dankeschön!«

»Das heißt aber nicht, dass sie jetzt einfach weiterfahren sollen«, rief Clara. Aber der Mann saß schon in seinem Wagen und startete den Motor. Er fuhr davon.

Clara betrachtete das Tier, dessen Atem flacher und schneller zu werden schien. Sie nahm zum zweiten Mal an diesem Tag ihr Telefon aus dem Rucksack. Mit Hilfe einer Suchmaschine fand sie die Nummer des Forstamtes, das für den Darß zuständig war. Eine Männerstimme meldete sich. Der Forstmann nahm ihren Bericht entgegen. Er schien wenig Lust zu haben, sich um das Problem zu kümmern.

»Es kommt wohl öfter vor, dass hier Tiere angefahren werden?«

»Das können Sie laut sagen, und die meisten Leute fahren einfach weiter. Das ist ein Gesetzesverstoß.« Der Mann versprach, dass er jemanden vorbeischicken würde.

Clara schaltete ihr Telefon wieder aus. Sie war allein mit dem verendenden Tier. Das Wildschwein verströmte einen eigenartigen, irgendwie säuerlichen Geruch. Auf der linken Seite schien es deformiert zu sein, vermutlich waren Knochen gebrochen. Unter dem Borstenkleid mochten weitere Verletzungen versteckt sein. Clara setzte sich einen guten Meter entfernt in das Gras der Böschung. Hin und wieder fuhren Autos vorbei, meistens in hohem Tempo, obwohl an dieser Stelle die Höchstgeschwindigkeit auf sechzig Kilometer pro Stunde begrenzt war. Niemand kümmerte sich um das kleine Drama, das sich neben der Piste abspielte.

Nach und nach kamen weniger Autos, aber Clara hatte das Gefühl, dass sie immer schneller fuhren. Die Lichtpunkte der Scheinwerfer jagten wie Gespenster durch den Wald. Das Wildschwein hatte einige Male versucht, auf die Beine zu kommen, war aber stattdessen nur ein Stück die Böschung abwärts gerutscht. Es hatte bei diesen Bemühungen leise und verzweifelt gequiekt. Nun war es beinahe dunkel und das Tier nur noch ein schwarzer, röchelnder Schatten. Clara glaubte zu spüren, dass es mit dem Wildschwein zu Ende ging. Es atmete nur noch in kurzen Stößen, zwischen denen längere Pausen lagen. Sein glänzendes, schwarzes Auge blickte ziellos in den Himmel. Ein letztes eigenartig gurgelndes Röcheln war zu hören. Dann blieb es still. Clara hatte das Gefühl, dass nicht nur mit diesem Wildschwein etwas zu Ende gegangen war. Sie glaubte nicht an Zufälle und neigte dazu, jedem Ereignis einen Sinn zu geben. Vielleicht, so dachte sie, sollte die Begegnung mit dem angefahrenen

Wildschwein darauf hindeuten, dass auch in ihrem Leben etwas zu Ende gegangen war. Sie wusste nur nicht, was.

Sie hockte noch eine ganze Weile neben dem toten Tier. Längst fror sie wieder, gab aber die Totenwache erst auf, als sie glaubte, aus dem Wald Geräusche zu hören. Sie hatte erwartet, dass der Wildschweinbestatter mit einem Auto anreisen würde. Stattdessen sah sie, wie sich ein Mann mit einer Schubkarre zu Fuß näherte. Er kam über einen schmalen Pfad geradewegs aus dem Wald. Vorsichtshalber zog sich Clara hinter eine Gruppe junger Kiefern zurück. Der Mann drückte die Karre die Böschung hinauf und ging dann noch einige Meter am Straßenrand entlang. Er stapfte kaum mehr als drei Meter an Claras Versteck vorbei. Auf dem Kopf trug er eine Schirmmütze. Sein Gesicht konnte Clara nicht erkennen, aber sie schätzte, dass er fünfzig oder sechzig Jahre alt sein musste. Als er das Tier entdeckte, blieb er stehen. Ihm war keine Überraschung anzumerken. Er sah sich um, dann holte er aus einer Tasche, die in der Schubkarre lag, ein großes Tuch und legte es neben das tote Wildschwein. Er wälzte das Tier auf das Tuch und band es so zusammen, dass man vom Inhalt des Paketes nichts mehr sehen konnte. Ächzend wuchtete er das Bündel die Böschung hinauf, dann in die Schubkarre, was ihm erst im zweiten Anlauf gelang. Er nahm seine Mütze ab und wischte sich mit dem Ärmel die Stirn ab. In diesem Augenblick raste ein Auto vorbei. Für Sekundenbruchteile wurde die Schirmmütze hell erleuchtet. Sie war lehmbraun und trug die Aufschrift *Patrol*.

Clara überkam eine Wut, wie sie sie noch nie erlebt hatte. All das, was sich in dieser Woche in ihr aufgestaut hatte, schien sich entladen zu wollen. Sie tastete mit den Händen auf dem Waldboden herum. Als sie eine kalte, feuchte Rinde fühlte, griff sie zu und hob einen stabilen Knüppel auf. Mit dieser Waffe in der rechten Hand verließ sie das Versteck und eilte geräuschlos hinter dem Mann mit der Schubkarre her, der gerade dabei war, mit seiner Beute den Schauplatz zu verlassen.

Sie sprach ihn von hinten an: »Hey, kennen Sie mich noch?«

Der Mann drehte sich kurz um, ging aber währenddessen weiter. Sie sah ein Stück von seinem breiten Gesicht. In der Dunkelheit schien er sie nicht zu erkennen. »Was wollen Sie? Gehen Sie weiter.«

»Ich möchte mit Ihnen reden.«

»Verpiss dich!«

Das waren die letzten Worte, die der Mann an Clara richtete. Sie hatte nie so etwas getan. Einen Mann einfach so niederschlagen, von hinten mit einem Knüppel. Das Beunruhigende und zugleich Aufregende an der Sache war, dass es sie mit einer tiefen Genugtuung erfüllte.

-25-

»Sven? – Sve-en!?« Tom hatte gegen dreizehn Uhr die Tür zu seinem Haus in der Gartenstraße aufgeschlossen, das unangenehm warme Paket mit der Currywurst auf einen

Hocker gestellt und sich Jacke und Schuhe ausgezogen. Als niemand auf seinen Ruf reagierte, überkam ihn ein eigenartiges, unheimliches Gefühl. Sein Haus war so winzig, dass Sven ihn unmöglich überhört haben konnte. Sollte sein Gast geflohen sein, oder hatte er sich am Ende …? Tom schüttelte sich angesichts der schrecklichen Gedanken, die ihn heimsuchten. Hätte er einen derart verzweifelten Menschen wie Sven sich selbst überlassen dürfen? Vor drei Stunden war er hier aufgebrochen. Drei Stunden des zermürbenden Wartens. Was wusste er eigentlich über Sven? Steckte hinter der Maske des fröhlichen Kommunalangestellten ein einsamer, depressiver Mensch? Wenn Sven in seiner Notlage zu Tom floh, dann hieß das doch auch, dass er in der Stadt sonst niemanden hatte, dem er sich anvertrauen konnte. Er, Tom, wäre nicht auf den Gedanken gekommen, dass er in Barth Svens einziger Freund war; er hätte ihn überhaupt nicht als *Freund* bezeichnet.

All diese Gedanken schossen ihm durch den Kopf, während er durch das Haus stürmte und vom Dachboden bis zum Keller jeden Raum überprüfte. Sven war fort. Als Tom wieder in das Wohnzimmer zurückgekehrt war, fand er auf dem Tisch einen unauffälligen Notizzettel, auf den ein einziges Wort gekritzelt worden war: *Danke.*

Tom musste sich setzen. Immerhin konnte er die schlimmstmögliche Variante vorläufig ausschließen. Sven hatte offensichtlich eine andere Zuflucht gefunden. Dennoch fand Tom dieses unberechenbare Verhalten irritierend. Und er war in Sorge: Sylke hatte er versprochen, dass der Verdächtige sich am kommenden Tag bei ihr melden werde. Nun konnte er ihn nicht einmal erreichen.

Die sonderbaren Ereignisse setzten sich fort an diesem Nachmittag. Tom versuchte gegen vierzehn Uhr Clara zu erreichen. Er wollte ihr nun endlich erklären, warum er in der Firmenlimousine van Reijtens an ihr vorübergefahren war, notfalls wollte er diese Erklärung auch auf ihre Mailbox sprechen. Aber Clara ging nicht ans Telefon und die Mailbox hatte sie abgeschaltet. Das tat sie sonst nie. Seine Unruhe wuchs von Minute zu Minute. Er fühlte sich wie ein Schiffbrüchiger, der dabei zusehen muss, wie sein leckgeschlagenes Schiff Zentimeter um Zentimeter im Meer versinkt. Auch seine Genugtuung über den Pakt mit Sylke war verflogen; er konnte ja nicht absehen, wie sich die polizeiinterne Intrige weiterentwickeln würde. Jederzeit konnte Sylke mit ihrem Vorhaben scheitern und von dem Fall abgezogen werden. Sollte Gambitzke tatsächlich für Leos Tod verantwortlich sein, würde man stattdessen Brehm wegen des Erfolges feiern. Und selbst wenn sich herausstellen sollte, dass Gambitzkes Verhaftung ein Fehler war – so etwas passierte. Wer der Polizei falsche Alibis nennt und sich anderweitig verdächtig macht, muss damit rechnen, dass er ins Visier der Ermittler gerät. Brehm konnte sicher nicht so einfach abgesetzt werden, wie Sylke es hoffte.

Tom wurde klar, dass er wieder anfangen musste, selbst zu denken. Er musste alle Fäden aufnehmen, deren Enden er in die Finger bekommen konnte. Vor allem musste er diejenigen Punkte finden, die von der Polizei noch nicht ausreichend untersucht worden waren. Die Situation war unbefriedigend. Sie nagte an ihm.

Holger, der Fotograf, war nur über sein Mobiltelefon erreichbar. Er hatte keinen Festnetzanschluss und hetzte fast immer von einem Termin zum nächsten. Seine Stimme klang ruhelos, unter Druck, selbst dann, wenn er doch mal zu Hause auf dem Sofa saß und in einer Illustrierten blätterte.

»Du fotografierst doch gelegentlich in Museen. Warst du auch schon mal im Kulturhistorischen Museum in Rostock?«

»Nur zur Aushilfe. Ist schon ein paar Jahre her. Worum geht's?«

»Ich möchte wissen, wie ein kleiner Gegenstand, historischer Schmuck, aus so einem Museum verschwinden kann, ohne dass es jemand merkt.«

Holger lachte so laut, dass es in Toms Telefon klirrte. »Da gibt es viele Möglichkeiten. Geht es um dieses Ding, das der tote Junge bei sich hatte? Ja, ist gut, musst nichts sagen, ist alles hoch geheim. Macht nichts. Aber ich fürchte, ich kann dir nicht weiterhelfen. Die haben da in Rostock ein riesiges Depot mit Zigtausenden Objekten, von der germanischen Teetasse bis zum Designer-Lampenschirm aus dem späten zwanzigsten Jahrhundert. Stell dir das bitte mal vor: Hunderte Regale, Schränke, Berge von Kartons. Verwinkelte Räume, unübersichtliche Zuständigkeiten, veraltete EDV – ich denke, da braucht es nur ein begrenztes Maß an krimineller Energie, um das eine oder andere Stück zu entwenden.«

Tom dachte angestrengt nach. Er fühlte sich wie ein gestresster Manager. Eigentlich war er viel zu müde. »Hast du gerade etwas vor?«, fragte er Holger. »Kannst du mich nach Rostock fahren?«

»Du bist ja 'ne Nummer! Und wer macht meinen Abwasch?«

»Ich will zum Verlagshaus der Ostsee-Zeitung. Vielleicht haben die irgendetwas im Archiv. Soweit ich mich erinnere, haben die mit der Digitalisierung sehr spät angefangen.«

»Was springt denn dabei raus?«

»Du wirkst an der Aufklärung eines Verbrechens mit.«

»Kann ich mir dafür was kaufen?«

»Vielleicht. Wenn du zum richtigen Zeitpunkt dabei bist, um Fotos zu machen.«

Holger schnaubte. »Solche mehr als vagen Versprechungen sind bei mir eher unbeliebt. Aber sei's drum.«

Eine gute Stunde später stoppte Holger seinen tiefergelegten Japaner vor dem Verlagshaus der Ostsee-Zeitung. »Du hast genau dreißig Minuten. Ich gehe solange einen Kaffee trinken und werde dabei von dem großen Sensationsfoto träumen.«

Tom betrat den in die Jahre gekommenen 1960er-Jahre-Bau und ging zum Empfang. Eine sehr junge Angestellte, vermutlich eine Auszubildende, blickte Tom aus braunen Rehaugen sorgenvoll an. Worüber sie sich Sorgen machte, war Tom unklar; vielleicht über sein blaues Auge, vielleicht aber auch über sein insgesamt etwas heruntergekommenes Erscheinungsbild.

Er trug sein Anliegen vor und die junge Frau brachte ihn höchstpersönlich ins Archiv. Nach einer umständlichen Einweisung, in der er sich vorkam, als wäre er ein Grundschüler, durfte er in eine Suchmaske Stichwörter eingeben. Nach und nach kreiste er die Suche ein: *Kulturhistorisches Museum, Schmuck, Bronze, Mittelalter, Kelten, Verlust* und so weiter. Die Ergebnisse nützten ihm wenig: Es wurden unzählige Artikel über Ausstellungen und politische Vorgänge rund um das Museum angezeigt. Tom ließ sich zwei Artikel über mittelalterliches Kunsthandwerk ausdrucken. Dann kombinierte er seine Suche mit dem Wort *Diebstahl*, was dazu führte, dass die Ergebnisliste auf einen einzigen Artikel schrumpfte. Es war ein Bericht über den jährlichen Kinderaktionstag des Kulturhistorischen Museums. Die jungen Besucher durften da selbst Schmuckstücke basteln und bei einer Rallye einen Museumsdieb jagen. Echte Museumsdiebe hingegen schien es in der Hansestadt Rostock nicht zu geben.

Tom schnaufte. Er hatte das Gefühl, verschaukelt zu werden und versuchte es mit dem Suchwort *Einbruch*. Das Zeitungsarchiv hatte auch dazu nicht viel zu bieten: zwei Texte über den Einbruch in die Villa eines ehemaligen Museumsdirektors. Tom ließ sich die Artikel aus purer Verzweiflung ebenfalls ausdrucken, überflog sie und warf sie dann in den Papierkorb.

»Wir schließen«, verkündete eine Verlagsmitarbeiterin, die lautlos aus dem Nichts aufgetaucht war.

»Jetzt schon?«

Die Dame ging wortlos über Toms Einwand hinweg und schaltete den Drucker aus. »Fahren Sie dann bitte den Besucher-PC herunter?«

Tom gehorchte enttäuscht. Langsam ging er zurück zum Haupteingang und nickte im Rausgehen der Auszubildenden zu, der nichts Besseres einfiel, als ihm »Gute Besserung!« zu wünschen.

Er hatte wenig, genau genommen hatte er nichts. Sinnvoll wäre ein Besuch im Museum, aber die Wahrscheinlichkeit, am Freitagnachmittag jemanden anzutreffen, der etwas über verloren gegangene Schmuckstücke sagen konnte, war verschwindend gering.

Er setzte sich auf die Steintreppe vor dem Eingang des Verlagsgebäudes. Holgers Wagen rollte langsam, aus Richtung des Rostocker Bahnhofs kommend, an die große Kreuzung heran und hielt in der Rotphase der Ampel. Bevor Tom einstieg, blickte er auf sein Handy. Eine SMS war eingetroffen. Eine SMS von Clara. Schlagartig erwachte er aus seiner lethargischen Stimmung. Nicht nur die Tatsache, dass sich Clara überhaupt noch bei ihm meldete, versetzte ihn in Unruhe, vor allem der eigenartig verstümmelte Text der SMS ließ ihn aufhorchen: *Rakowsky Rostock Einbruch Villa.* Er wunderte sich über diese kryptische Botschaft und stieg ein. Holger war schon losgefahren und gleich nach rechts abgebogen, als Tom brüllte: »Stooopp, halt sofort an!«

»Mensch, was ist denn …«

Tom blickte noch einmal auf das Display. »Warte hier!«

Er sprang aus dem Auto und rannte zurück in das Verlagsgebäude. Die Auszubildende blickte ihn an, als wäre er ein Gespenst, aber er kümmerte sich nicht um sie.

»Wir haben geschlossen«, herrschte ihn die Archivmitarbeiterin an, aber Tom kümmerte sich auch darum nicht, sondern kippte den Inhalt des Papierkorbs auf den Teppichboden.

»Na, hören Sie mal! Sind Sie denn verrückt?«

Er fand die zusammengeknüllten Zettel, die er in den Papierkorb geworfen hatte, und ließ den Rest liegen. »Sorry«, rief er im Rauslaufen.

Noch während er das Foyer durchquerte, hefteten sich seine Blicke an die Zeitungszeilen. Der Einbruch lag schon zwölf Jahre zurück und hatte ein tragisches Ende genommen: Ein Wachmann hatte am späten Abend Licht in der Villa des Museumsdirektors gesehen und war wenig später im oberen Stockwerk erschossen worden. Im zweiten Artikel ging es um das Gerichtsverfahren gegen den Einbrecher, den *Bauhelfer Ronny K.*, der zwei Monate nach den tödlichen Schüssen in einem illegalen Glücksspielkeller festgenommen worden war. Bei der Durchsuchung seiner Wohnung hatten die Polizisten einen Brieföffner aus dem 19. Jahrhundert entdeckt. Er konnte zweifelsfrei dem Villeneinbruch zugeordnet werden. Etliche andere Stücke, die entwendet worden waren, blieben verschwunden, ebenso wie ein möglicher zweiter Täter, der von einer Zeugin beobachtet worden war. Ronny K. wurde wegen Mordes angeklagt. Es lief zunächst auf einen Indizienprozess hinaus, aber der Angeklagte legte im Laufe des Verfahrens überraschend ein Geständnis ab. Er wurde zu einer Freiheitsstrafe von zwölf Jahren verurteilt.

Holger war schon ungeduldig. Sein Wagen knatterte so aufgeregt, als hätte er zwischenzeitlich noch ein paar Tassen Kaffee getankt. »Na, was war da so dramatisch?«

»Mal sehen – alles bislang sehr unklar.« Tom erzählte Holger von dem Villeneinbruch.

»Ist doch eigenartig, dass so ein Direktor Teile aus der Museumssammlung bei sich zu Hause aufbewahrt. Und was hat dieser Ronny K. mit der Beute gemacht? Verkauft? Und wenn ja, an wen? Sollte dieses Schmuckstück, das ich suche, dabei gewesen sein, dann könnte der Käufer der Mörder von Leo sein. Oder hat auch er das Teil weitergegeben? Es ist nicht viel, wirklich nur ein kleiner Anfang, vielleicht ist es auch gar nichts.«

»Was ist, wenn Ronny K. dieses Schmuckstück doch behalten, aber irgendwo anders versteckt hat?«

»Der wurde ein halbes Jahr nach dem Einbruch zu zwölf Jahren verurteilt. Er müsste also noch sitzen.«

»Schon mal was von vorzeitiger Haftentlassung gehört?«

Tom sah Holger von der Seite an. Sie zockelten gerade im dichten Berufsverkehr über die Rövershäger Chaussee aus Rostock hinaus. »Du bist ja klüger, als ich dachte.«

»Wie man rausbekommt, ob er schon entlassen ist, weiß ich aber nicht.«

»Das kannst du ruhig mir überlassen.«

Tom war froh, dass Holger ihn auf dem Rest der Strecke nicht mehr länger mit Fragen behelligte. Er schloss die

Augen, lauschte dem Röhren des tiefergelegten Japaners und versuchte die neuen Erkenntnisse irgendwie mit den Ereignissen in Verbindung zu bringen, die ihn seit Tagen beschäftigten.

Zu Hause angekommen, wählte er Claras Nummer. Telefon und Mailbox waren weiterhin abgeschaltet. Er fand, dass ihr Verhalten etwas Mysteriöses hatte, fühlte aber insgeheim auch eine gewisse Genugtuung. Immerhin konnte er

ihr nun etwas entgegenhalten, wenn sie ihm vorwarf, nicht mit ihr über seine Ermittlungen zu sprechen. Sie ließ es ja gar nicht dazu kommen!

Es war mittlerweile später Nachmittag. Tom hatte das dringende Bedürfnis, sich eine halbe Stunde auf sein Sofa zu legen. Die Sonne stand tief und ließ das Mauerwerk der Marienkirche in schönstem Glutrot aufleuchten. Es war die Zeit, in der sich im Licht des anbrechenden Abends alles markanter als sonst zeigte, in kräftigen Farben, verführerisch klar. Tom dachte an seine Rechercheergebnisse und sah nur Nebel. Nach einem ersten Anfall von Euphorie war seine gute Laune wieder verflogen. Dass ausgerechnet bei diesem Villeneinbruch das Schmuckstück gestohlen worden sein sollte, das er suchte, erschien ihm zunehmend unwahrscheinlich. Und er hatte kaum Möglichkeiten, diese Spur weiter zu verfolgen. *Rakowsky Rostock Einbruch Villa.* Claras kryptischer Text kam ihm vor, als wäre sie beim Verfassen betrunken gewesen. Das entsprach nicht ihren Gewohnheiten, schon gar nicht am helllichten Tag. Es blieb ihm nichts anderes übrig, als ein Risiko einzugehen. Die Probe aufs Exempel.

Es war still in seinem Wohnzimmer, sehr still. Er wählte die Telefonnummer, die Günter Rakowsky ihm gegeben hatte.

»Ah, der neugierige Tom. Was gibt's?«

»Ich habe eine sehr einfache Frage: Kannst du mir sagen, wer Ronny K. ist?«

Rakowsky lachte ins Telefon. Es klang laut, hohl und metallisch. Der Bauunternehmer schien gerade in einem Keller oder einer Halle zu sein. »Hast du wieder einen Punkt gefunden? Du hast noch immer nicht genug?«

»Ich habe nur eine schlichte Frage.«

Er hörte, wie Rakowsky schwerfällig ausatmete. »Wie hieß der Typ?«

»Ronny K. Vom Nachnamen weiß ich nur den Anfangsbuchstaben. Das stand damals so in der Zeitung.«

»Weißt du, was ich gerade mache, Tom? Ich stehe in meiner Garage und suche die Ausrüstung für eine Bootstour zusammen. Wahrscheinlich denkst du jetzt: Aha, er will fliehen. Mit seiner Jacht. Über die Ostsee.«

»Willst du denn?«

Wieder das laute, scheppernde Lachen. Es klang etwas zu laut, fand Tom. »Ich möchte morgen mit meiner Frau einige Stunden auf dem Wasser verbringen. Wir wollen reden. Abschied nehmen von unserem Sohn. Nächste Woche ist die Beerdigung. Wir wollen versuchen zu verstehen, was passiert ist. Wie wir weiterleben können. Verstehst du das?«

Tom musste schlucken. Er verachtete sich für das, was er tat. Und er nahm sich vor, am Abend dieses Tages damit aufzuhören. Er würde nicht mehr anderen Leuten nachspionieren. Schluss. »Sicher. Ich verstehe das.«

»Was soll das mit Ronny K.? Und was willst du von mir?«

»Ich habe nachgedacht.«

»Nachdenken ist immer gut.«

»Du hast gesagt, man könne von Gaunern und Verbrechern eine Menge lernen. Das ist einer dieser Sätze, über die ich nachgedacht habe.«

»Ja, wir waren alle mal jung, oder? Haben hier und da einen Kaugummiautomaten geknackt. Du nicht?«

»Kaugummi habe ich nie gemocht. Ich mochte die Automaten mit Ringen, Murmeln oder Plastikfiguren. Die waren etwas wert, die konnte man tauschen.«

»Kannst du dich mal etwas klarer ausdrücken? Ich habe noch einiges zu tun heute.«

»Statt Murmeln könnte man auch Kunstgegenstände stehlen. Zum Beispiel aus der Villa eines Museumsdirektors. So hat es jedenfalls Ronny K. gemacht, vor zwölf Jahren.«

»Ja, und?«

»Du hast zu diesem Zeitpunkt in einem Bauunternehmen gearbeitet?«

»Habe mich zum Stellvertreter des Chefs hochgearbeitet, innerhalb kurzer Zeit. Dann hat mir das auch nicht mehr gereicht und ich habe meinen eigenen Laden aufgemacht. Der läuft jetzt seit sechs Jahren. Und ich sage dir: Er läuft gut.«

»Dafür braucht man doch viel Geld.«

»Ich hatte ja einige Jahre gearbeitet und war sehr sparsam damals. Sag mal, worauf willst du eigentlich hinaus?«

»Ronny K. ist in eine Villa eingebrochen, in der sich Gegenstände aus dem Kunsthistorischen Museum Rostock befanden. Einer dieser Gegenstände könnte das bronzene Schmuckstück gewesen sein, dass neben Leo im Boot gefunden wurde.«

»Ja, Herrgott noch mal. Das ist interessant, aber was habe ich damit zu tun?«

»Ronny K. war zu einer Zeit in Rostock aktiv, als du auch dort warst. Er war eigentlich Bauhelfer und du hast auch in einem Bauunternehmen gearbeitet. Er soll einen Mittäter gehabt haben, der aber nie gefasst wurde. Und Ronny K. hat ihn auch nicht verraten. Stattdessen hat er brav seine Strafe abgesessen, fast die gesamten zwölf Jahre. Aber jetzt ist er vielleicht wieder auf freiem Fuß. Sein damaliger Mittäter hat bei ihm sicher einiges gutzumachen, glaubst du nicht? Was wäre, wenn dieser Mittäter heute ein erfolgreicher Unternehmer ist? Dann wird Ronny K. einen hohen Preis verlangen. Und wenn man ihm seinen Anteil nicht gibt, dann kann so einer wie Ronny K. sicher sehr ungemütlich werden. Er hat ja schon einmal einen Menschen umgebracht. Warum nicht auch noch einen zweiten? Warum nicht einen Angehörigen des ehemaligen Mittäters? An ihm selbst kann er sich ja nicht vergreifen, er will ihn ja noch melken.«

Tom hörte für einen Augenblick nichts mehr. Es schien so, als habe Rakowsky die Verbindung gekappt. Die Geschichte klang ja auch einfach zu verrückt. Sie klang so verrückt, dass Tom schon in dem Augenblick, in dem er das letzte Wort aussprach, nicht mehr daran glaubte. Er schämte sich. Schon wieder hatte er Rakowsky eine unerhörte Anschuldigung an den Kopf geworfen.

Die Verbindung war tatsächlich tot. Tom hielt das Telefon noch eine Weile in der Hand und dachte nichts. Dann legte er das Gerät weg. In dem Augenblick, als es auf dem Tisch lag, schlug es wieder Alarm.

Rakowskys Stimme war jetzt nicht mehr in den dumpfen Hall seiner Garage gehüllt. Sie klang direkt und trocken, nur Millimeter von Toms Ohr entfernt. »Du bist ein mieses Stück, Tom Brauer. Aber Respekt. Ich habe es beinahe befürchtet. Du willst mich testen. Ich werde dir zeigen, wie Günter Rakowsky arbeitet.« Er musste sich räuspern. »Tu mir bitte einen Gefallen und geh jetzt nicht wieder zu der hübschen Polizeitante. Ich muss kurz in die Firma fahren und ein paar Dinge aus meinem Tresor holen. Dann komme ich dich besuchen. Sagen wir – in einer Stunde?«

Tom spürte, wie ihm der Schweiß aus allen Poren trat. »In Ordnung«, hörte er sich sagen. Er legte das Telefon wieder auf den Tisch und starrte es an. Was hatte Rakowsky vor? Was waren das für Dinge, die er aus seiner Firma holen wollte?

In der folgenden halben Stunde ging Tom ruhelos in seinem Wohnzimmer auf und ab. Dabei fiel ihm wieder einmal auf, wie klein es war. Eigentlich viel zu winzig, um seinen bohrenden Fragen genug Raum zu bieten. Was sollte er tun? Es war eine Selbstverständlichkeit, sich in solch ei-

ner Situation irgendwie abzusichern. Wenn er wirklich in ein Wespennest gestochen hatte – und so hatte es sich doch angehört – dann musste er sich auf das Schlimmste gefasst machen. Solange niemand außer ihm den möglichen Zusammenhang zwischen Ronny K. und Rakowsky kannte, war er in Lebensgefahr. Hätte er eine Videokamera gehabt, hätte er die bevorstehende Begegnung aufzeichnen können. Aber was nützte ihm ein Videobeweis, wenn er längst tot war? Mehrmals nahm er das Telefon zur Hand, um Sylkes Handynummer zu wählen, legte es dann aber wieder hin.
Schließlich wählte er doch.

Sylke war sofort am Apparat. Es klang beinahe so, als hätte sie auf seinen Anruf gewartet.

»Ich … äh … ich habe ein Problem.«

»Was ist los?«

Tom wollte ihr von seiner Befürchtung berichten, Rakowsky könnte ihn umbringen. Aber im gleichen Augenblick kam ihm das lächerlich und feige vor. »Ich würde gerne etwas überprüfen«, sagte er, um irgendetwas zu sagen. »Vor gut zwölf Jahren ist in Rostock ein gewisser Ronny K. in eine Villa eingebrochen und hat dabei einen Wachmann erschossen. Er wurde ein halbes Jahr später zu einer langen Haftstrafe verurteilt. Könntest du rausbekommen, ob er inzwischen auf freiem Fuß ist?«

»Tom, ich bin nicht deine Sekretärin.«

»Du hast doch sicher Zugriff auf diese Daten.«

»Nach deiner Vorstellung schwirren solche Daten frei und für jeden zugänglich im Polizeirechner herum.«

»Ist es nicht so?«

Sylke schnaubte. »Na ja, so ähnlich. Ich melde mich wieder.« Sie legte auf.

Tom ging ins Bad, um sein Gesicht zu kühlen. Im Spiegel sah er eine müde Gestalt mit einem handtellergroßen, grünblauen Mahnmal um das linke Auge herum. Noch während er sich das Gesicht abtupfte, läutete es an der Tür.

»Hab es schon etwas eher geschafft«, rief Rakowsky ihm gut gelaunt zu und war auch schon in Toms Vorflur, in dem neben dem hünenhaften Bauunternehmer keine zweite Person Platz hatte. Also wich Tom zurück ins Wohnzimmer. Er erwog für einen Augenblick das Haus über die von Mauern umgebene Terrasse fluchtartig zu verlassen. Aber im Zweifelsfall hätte Rakowsky ihm, während er an einer der Mauern hing, noch rechtzeitig eine paar Kugeln in den Leib jagen können.

Der Bauunternehmer trug eine schwarze Lederjacke und eine Sonnenbrille, die er sich in die Stirn geschoben hatte. In der linken Hand hielt er einen schmalen Aktenkoffer.

Tom stellte sich vor, wie Rakowsky dort seine Waffe hineingelegt hatte, gut versteckt unter unverfänglichen Papieren. Wahrscheinlich mit Schalldämpfer.

Rakowsky sah sich mit professionellem Blick im Wohnzimmer um. Als er mit einer Hand an der Fensterbank ruckelte, rieselte an den seitlichen Verankerungen Putz auf den Boden. »Hier müsste man mal einiges machen, Tom. Wenn ich jetzt noch etwas dran ziehe, dann habe ich die Fensterbank gleich in der Hand. Hier fegt der Wind doch sicher so kräftig durch, dass du damit eine Kerze auspusten kannst.« Er klopfte gegen eine Außenwand und gegen den gemauerten Kamin. Ein Stein löste sich und rutschte nach innen. Rakowsky schüttelte den Kopf. »Herrje, hier kann man doch nicht mehr wohnen!« Er zeigte an die Decke. »Hast du mal über ein neues Dach nachgedacht? Ich hab von außen gesehen, dass einige Ziegel locker sind. Beim nächsten Orkan sitzt du oben ohne da. Wenn man sowieso neu eindeckt, könnte man eine Gaube einbauen, dann wäre etwas mehr Platz im Schlafzimmer. Das ist doch sicher oben, oder?«

Tom nickte leicht verwirrt. Sicher würde Rakowsky das Haus ersteigern, nachdem er den Bewohner ermordet und seine Leiche auf irgendeiner Baustelle einbetoniert hatte.

Mit einem Ächzen ließ sich der Bauunternehmer auf einem Stuhl nieder und legte den Aktenkoffer auf seine Knie. Er musterte Tom und sein blaugrünes Auge. »Da habe ich ja doch ganz schön zugelangt. Tut mir leid, Kumpel. Das war ein sehr spezieller Abend.« Er grinste verkniffen, aber er schien selbst zu merken, dass es ihm nicht mehr gelang, gute Laune vorzutäuschen.

Tom fragte sich, wie er sich fühlte. Vielleicht wie ein Landwirt, der sich kurz vor der Schlachtung einer Kuh noch einmal bei ihr für das schlechte Futter entschuldigt.

»Du hast mir wirklich einen Schreck eingejagt, Tom. Gute Arbeit. Ich wusste, dass es irgendwann irgendwie rauskommen würde. Wie bist du drauf gekommen? Doch nicht allein durch das Herumgraben in Archiven? Über mich steht doch nirgendwo etwas.«

Tom räusperte sich. Was wollte Rakowsky noch? Wollte er sich vergewissern, dass Tom keine Zeugen hatte, damit es sich auch lohnte, ihn zu töten? »Die Tatsache, dass Ronny K. Bauhelfer in Rostock war, das zeitliche Zusammentreffen, auch die Verbindung zu dem Schmuckstück in dem Boot. Das sind Anhaltspunkte, aber auch nicht mehr. Es kommt noch etwas dazu, was mich schon seit Tagen beschäftigt.«

»Und das wäre?« Rakowsky lehnte sich mit seinem massigen Oberkörper nach vorn. Sein Blick war kaum auszuhalten.

Tom spürte, wie ihm der Boden unter den Füßen wegbrach. Sein Leben war nicht mehr viel wert. Trotzdem sprach er weiter. »Das Video, auf dem du Leo schlägst. Ich kann nicht verstehen, dass man seinen eigenen Sohn so brutal misshandelt. Es ist und bleibt eine Zumutung. Inzwischen erkläre ich es mir so, dass in diesem Augenblick etwas hochkam, das ziemlich tief saß. Ein Trauma. Ein Erlebnis, das heftige Reaktionen auslöste. Vielleicht der Moment als dein Kompagnon Ronny seine Waffe hebt und den Wachmann erschießt. Als Leo mit der geladenen Pistole vor dir stand, da war das Bild wieder da und bei dir sind alle Sicherungen durchgebrannt. Dein eigener Sohn führte sich so auf wie der schlimmste Mensch, der dir begegnet ist.«

Rakowskys Gesichtszüge hatten Furchen bekommen. Tom wusste nicht, ob es an der Beleuchtung lag oder ob sie sich wirklich gerade erst gebildet hatten.

»Ein Psychologe bist du also auch, Tom Brauer.« Er ließ die beiden Schlösser seines Aktenkoffers aufschnappen.

Tom sprach eilig weiter: »Ich war in Rostock in einem Zeitungsarchiv, mit einem Kollegen, der die Zusammenhänge jetzt auch kennt. Es ist mir erst heute Mittag wirklich klar geworden. Ein Funken weiblicher Intuition spielte dabei auch eine Rolle.«

Rakowsky lächelte grimmig. »Klar. Viele Mitwisser. Willst dich absichern, oder? Hast du etwa Angst vor mir?«

»Wieso sollte ich Angst haben?«

»Deine Stimme zittert. Deine Hand auch. Ich bin doch etwas enttäuscht darüber, dass du mich bei aller noch so scharfsinnigen Analyse noch immer nicht kennst, Tom. Nicht mal ansatzweise.« Rakowsky ließ die rechte Hand hochschnellen und imitierte das Geräusch einer Pistole. »Peng – peng!« Er lachte lauthals. »Jetzt zuckst du aber schön zusammen, was?« Schon im nächsten Moment wurde sein Gesicht wieder ernst. »Du hast natürlich allen Grund, mir zu misstrauen. Ich werde dir jetzt erklären, wie es wirklich war. Du kannst es dann glauben oder nicht. Es ist mir egal. Du kannst auch zu der Polizeitante gehen, wenn du dich mit ihr so gut verstehst. Es wird am Ergebnis wenig ändern. Also: Ja, ich war mit Ronny, der übrigens mit Nachnamen Kurth heißt, in der Villa dieses Museumsdirektors. Ronny war ein Ganove, ich war kurz davor, auch einer zu werden. Meine Frau ist wohl schuld daran, dass ich dann noch die Kurve bekommen habe. Zum Glück! Zu dem Einbruch hat Ronny mich überredet. Es war das Dümmste, was ich je gemacht habe. Es sollte eine einmalige Sache sein. Wir stiegen durch ein Kellerfenster ein und durchsuchten das gesamte Erdgeschoss, fanden aber nur wenig Brauchbares, kaum Geld, aber viel Nippes. Wir nahmen alles, was uns wertvoll erschien.«

»War auch das bronzene Schmuckstück dabei?«

»Nein. Davon weiß ich nichts. Als ich nach draußen sah, entdeckte ich auf der Straße diesen Mann, der das Haus anstarrte. Ein Mann in Uniform. Ich sagte zu Ronny: ›Wir müssen weg. Sofort!‹ Aber Ronny wollte noch schnell ins Obergeschoss. Er glaubte, dass ich mich getäuscht hätte. Ich habe gesagt: ›Da komme ich nicht mehr mit.‹ Dann bin ich

wieder runtergegangen zu unserer Einstiegsstelle im Keller. Von da unten hörte ich wenig später den Schuss. Ich höre es noch jetzt, wie der Knall durch das Gebäude hallte. Vor allem nachts höre ich es. All die Jahre klingt jetzt schon dieser Schuss in meinem Kopf. Es stimmt schon, als ich Leo mit der Waffe sah, da bin ich ausgerastet. Das war dumm. Vielleicht hat es wirklich etwas mit dem Moment zu tun, als Ronny einen Menschen getötet hat.«

Rakowsky lehnte sich zurück und blickte an die Decke. Dann sah er Tom an. »Ich habe dir ja gesagt, wie ich Geschäfte mache. Ronny und ich, wir haben die Beute nach dem Einbruch geteilt. Von dem Zeug, das er noch im Obergeschoss abgeräumt hat, wollte ich nichts haben. Ich wollte es nicht einmal sehen. Wegen des toten Wachmanns mussten wir sowieso erst einmal alles verstecken und uns komplett aus der Szene zurückziehen. Wir wollten warten, bis Gras über die Sache gewachsen war. Und wir haben etwas vereinbart: Für den Fall, dass sie einen von uns verhaften würden, würde er den anderen unter keinen Umständen verraten. Sollte einer von uns in den Bau wandern, würde der andere ihm von seinem Teil später etwas abgeben. Sozusagen Haftentschädigung. Ronny haben sie dann bei einer Razzia gefasst. Er hat sich an unsere Abmachung gehalten und zehn Jahre lang geschwiegen. Im letzten Herbst wurde er entlassen. Ich habe für ihn ein Konto in Irland eingerichtet. Er wollte immer nach Irland, er mag die Pubs, den Wind und das raue Meer, das wusste ich. Wahrscheinlich glaubt er, dass in Irland noch immer die alten Keltenkrieger rumlaufen. Nach seiner Entlassung tauchte er dann tatsächlich in meinem Büro auf. Wir haben eine Nacht lang gesoffen wie die Henkersknechte. Dann habe ich das Konto an ihn überschrieben. Als Ronny erfahren hat, welche Summe ich für ihn zusammengespart habe, war er ganz sanft vor Glück. Wir haben uns umarmt und er ist seiner Wege gegangen. Ich habe keine Ahnung, wo er sich aufhält. Wären die Bullen an der Sache noch interessiert, hätten sie die Überschreibung des Kontos längst entdeckt. Aber das ist erledigt. Aus und vorbei.«

»Klingt nach wahrer Männerehre. Fast zu schön, um wahr zu sein. Man könnte dich auch ohne Ronnys Aussage noch wegen Mordes oder Beihilfe anklagen.«

Rakowsky nickte. »Ja, das könnte passieren. Ich habe Ronny seine fürstliche Haftentschädigung allerdings nicht ganz ohne Gegenleistung zukommen lassen. Er hat bei meinem Anwalt eine eidesstattliche Erklärung abgegeben. Demnach befand er sich allein oben in der Villa, ich dagegen war schon beinahe draußen, als der tödliche Schuss fiel. Damit hatte ich nichts zu tun. Eine Anklage hätte nach Meinung meines Anwalts kaum eine Chance. Und der Villeneinbruch ist verjährt.« Er holte eine Kladde aus seinem Koffer, schlug sie auf und zeigte Tom eine dicht bedruckte Seite mit dem Siegel einer Anwaltskanzlei. Unterzeichnet war die Seite von Ronny Kurth, mit einem krakeligen Namenszug, der Tom vorkam wie das Autogramm eines Grundschülers. »Dieser Einbruch war ein schlimmer Fehler«, sagte Rakowsky. »Der hat mich jetzt noch einmal einen großen Teil meines Vermögens gekostet. Aber für mich gibt es nichts Wichtigeres als mein Wort. Und das habe ich gehalten.«

»Das sieht Ronny auch so?«

»Sonst hätte er die Aussage zu meinen Gunsten ja sicher nicht unterschrieben.«

»Bleibt dieses Schmuckstück. Es kann doch kein Zufall sein, dass es hier auftaucht.«

»Ich denke, dass Ronny nach seiner Entlassung aus dem Knast einige seiner alten Schätze verkauft hat. Frag ihn doch selbst, wenn du ihn findest.« Rakowsky legte die Kladde wieder in den Koffer. Tom sah, dass sich außer der dünnen Mappe nichts anderes darin befunden hatte. Keine Waffe. Nichts.

Der Bauunternehmer stand auf. Er sah Tom von oben herab an. »Ich hoffe, meine Erklärungen genügen dir. Ich kann und werde dich nicht daran hindern, der Polizeitante von diesen Zusammenhängen zu erzählen. Aber vielleicht könntest du ja auch darauf verzichten. So etwas führt zu Papierkram, lästigen Terminen und schadet dem Geschäft.« Er deutete auf die lockere Fensterbank. »Falls du den Sanierungsstau in deinem Palazzo angehen möchtest, sag einfach Bescheid. Ich mache dir einen Sonderpreis, über den du glücklich sein wirst.« Er hob die Hand wie einer, der sich von einem alten Kumpel verabschiedet, und ging.

Tom lauschte auf die schweren Schritte Rakowskys auf dem Pflaster vor seinem Haus. Sie wurden leiser und waren bald nicht mehr hörbar. Er zupfte an seinem T-Shirt. Es war schweißnass und klebte an seinem Körper. Sein Telefon summte. Eine SMS von Sylke. *Ronny K. wurde vor einem halben Jahr entlassen. Hat das irgendeine Bedeutung?*

-26-

Clara hatte nach ihrer Wanderung, die in einer Totenwache bei einem Wildschwein gemündet war, den letzten Bus nach Zingst verpasst. Es war ihr nichts anderes übrig geblieben, als noch einmal das Telefon in Betrieb zu nehmen. Sie hatte sich ein Taxi an die Abzweigung zur Jugendherberge gerufen und sich zunächst in das Zentrum von Born bringen lassen. Sie wusste, dass an der Kreuzung, an der sich die Chausseestraße in zwei Richtungen aufteilt, ein öffentliches Telefon steht. Den Taxifahrer ließ sie warten, während sie den Polizeinotruf wählte. Sie erklärte einem erstaunten Beamten, dass im Wald zwischen Ahrenshoop und Born eine interessante Entdeckung zu machen sei und wie man dort hingelangte. Sie verschwieg ihren Namen und legte auf.

Mit dem Taxi fuhr sie nach Zingst und ließ den Fahrer an der Ecke Neue Reihe / Schulstraße halten. Er musste nicht erfahren, wo sie wohnte, dann würde er bei möglichen späteren Ermittlungen auch nicht in Verlegenheit kommen, sie zu verraten. Clara hatte kein grundsätzliches Problem damit, sich zu dem zu äußern, was sie an diesem Abend getan hatte, aber wenn es sich einrichten ließ, wollte sie lieber an-

onym bleiben. Es war schon nach neun Uhr abends, als sie ihre Wohnung betrat. Sie war erschöpft und auf eine verruchte Art und Weise zufrieden mit sich selbst.

Am Ende dieses bemerkenswerten Tages war dann doch ein Teil ihrer Fragen beantwortet. Sie hatte verstanden, dass das blutige Paket, das sie am Mittwoch entdeckt hatte, nichts mit dem Tod von Leo zu tun hatte und dass hier nichts weiter als ein sonderbarer Fall von Wilderei vorlag. Oder sollte man es Leichenfledderei nennen? Clara war jedenfalls erleichtert über diese Erkenntnis und über ihren kleinen Ermittlungserfolg. Auch war ihr klar geworden, dass sie sich an weiteren Nachforschungen nicht mehr beteiligen wollte, schon gar nicht gegen Günter Rakowsky. Ihre Vorbehalte gegen den Bauunternehmer drohten ihre Beziehung zu Ursula zu zerstören. Das wollte sie nicht. Sie hatte das Gefühl, dass sie mehr ausrichten konnte, wenn sie sich um Ursula kümmern würde. So schnell wie möglich wollte sie herausfinden, welchen Schaden sie bei ihrer letzten Begegnung angerichtet hatte und ob sie etwas für Ursula tun konnte.

Samstag: Jagd

-27-

Am Samstagmorgen um halb neun rief Clara, ungewöhnlich ausgeschlafen nach dieser kurzen Nacht, bei den Rakowskys an. Eine Hausangestellte meldete sich. Ursula sei nach Barth gefahren, um die Jacht der Rakowskys für einen Wochenendtörn vorzubereiten. Clara ließ sich den Weg zum Liegeplatz der CHAMPION erklären. Sie erinnerte sich: Ursula hatte diese Ausfahrt erwähnt und Clara gefiel die Idee, dass die beiden aufs offene Meer hinausfahren wollten, um sich mit ihrer Situation auseinanderzusetzen und den Schmerz zu verarbeiten. Auch das sprach ja dafür, dass Rakowsky vielleicht doch nicht der dumme Grobian war, für den Clara ihn gehalten hatte. Konnte ein Grobian auf solche Ideen kommen?

Gegen neun Uhr setzte sich Clara in ihren alten Kombi und machte sich auf den Weg nach Barth. Es war ein sonniger Tag mit einem frischen Westwind. ›Ein guter Tag, um mit einer Segeljacht ein Stück auf die Ostsee zu fahren‹, dachte sie. Sie hoffte Ursula und vielleicht auch ihren Mann am Hafen kurz sprechen und ihnen ein gutes Wochenende wünschen zu können.

Sie stellte ihren Wagen auf dem Parkplatz am Westhafen ab, gleich beim Gelände des Seglervereins, wo die Rakowskys einen Jachtliegeplatz gemietet hatten. Als sie aus dem Auto ausgestiegen war, sah sie drüben vor dem Hotel Speicher mehrere Feuerwehr- und Polizeifahrzeuge, davon einige mit eingeschaltetem Blaulicht. Sie dachte an eine Übung, vielleicht auch ein Feuer in der Hotelküche. Von Rauch oder anderen Zeichen eines Unglücksfalls war allerdings nichts zu sehen.

Beim Seglerverein war einiges los. Viele Jachtbesitzer holten an diesem Wochenende ihre Boote aus dem Winterlager und bereiteten sie für die beginnende Saison vor. Sie wurden gereinigt, die Masten aufgestellt und die Segel angeschlagen.

Über dem Gelände lag eine Atmosphäre der Geschäftigkeit, die nur dadurch getrübt wurde, dass drüben am Hotel irgendetwas vor sich ging. Immer wieder blieben die Segler und ihre Helfer stehen und blickten zu dem hoch aufragenden Backsteinbau hinüber.

Clara gesellte sich zu zwei Frauen, die am Übergang zum Schwimmsteg standen. »Was ist denn da drüben los?«

Eine der beiden sah Clara missbilligend an, die andere war aufgeschlossener. »Wir wissen es nicht genau. Angeblich will sich jemand vom Hoteldach stürzen.«

Tatsächlich bemerkte Clara mehrere Gestalten auf dem Dach des Hotels. Eine davon stand an der Ecke des Gebäudes, die zur Innenstadt zeigte. Einzelheiten waren auf die Entfernung nicht zu erkennen, aber es schien sich um eine Frau zu handeln. »Ist ja furchtbar! Und das an so einem herrlichen Morgen«, sagte sie leise zu sich selbst.

Mit einem flauen Gefühl im Bauch ging sie weiter. Es war nicht schwer Ursula und die Segeljacht der Rakowskys zu finden. Die CHAMPION war eines der größten Boote im Hafen, eine schlanke Schönheit mit blauem Rumpf und einem flachen Aufbau aus Holz. Ursula war gerade dabei, die Abdeckung vom zusammengefalteten Großsegel zu nehmen. Sie trug eine rote Allzweckjacke, Jogginghose und Turnschuhe. Auf Clara wirkte sie fremd und unvertraut in diesem sportlichen Freizeit-Look, der so gar nicht nach Trauer und Tod aussah. Aber ihr Gesicht hatte Ursula nicht auswechseln können. Es lag wie schon in den letzten Tagen dieser Ausdruck tiefer Schwermut in ihren Zügen: blasse Wangen, Falten um Mund, Nase und Augen. Sie lächelte verkniffen, betrat mit einem gewandten Schritt die Mole und umarmte Clara, die sogleich auf das Hotel deutete.

»Hast du gehört, was da los ist?«

Ursula nickte.

»Ich hoffe, sie können das Schlimmste verhindern.«

»Entschuldige, dass ich schon wieder so unvermittelt auftauche. Eure Hausangestellte hat mir gesagt, wo ich dich und deinen Mann finden kann.«

»Günter ist noch für zwei Stunden im Büro. Kurz vor Mittag will er hier sein.«

»Es ist schön, dass ihr auf diese Weise Zeit für euch findet.«

Ursula musterte Clara aufmerksam und ein wenig erstaunt.

»Ich wollte mich entschuldigen«, sagte Clara. »Ich habe mich sehr kritisch über deinen Mann geäußert. Es ist mir klar, dass das in der jetzigen Situation für dich eine Zumutung war.«

Ursula nickte. »Ist schon gut. – Nein, es ist nicht gut. Aber ich weiß, dass dich die ganze Angelegenheit auch sehr beschäftigt.« Sie wies auf das Treiben an den Bootsstegen des Seglervereins. »Mir kommt das hier alles vollkommen unwirklich vor. Ich habe keine Freude daran, mit dem Boot rauszufahren. Ich mache es nur, weil ich es immer gemacht habe. Es gibt mir das Gefühl, dass nicht alles in meinem Leben zerstört ist. Möchtest du kurz an Bord kommen?«

Clara nickte und wollte gerade mit einem mutigen Schritt den Spalt zwischen Kaimauer und Bootsdeck überqueren, als sie ein vertrautes Geräusch hörte. Ein gemütlich tuckernder, leicht scheppernder Dieselmotor.

»Moment mal«, rief sie Ursula zu und lief zur äußeren Spitze der Pier, um eine bessere Sicht zu haben. Tatsächlich tuckerte Toms alte Barkasse quer durch das Hafenbecken. Der Bootsführer schien nicht sicher zu sein, wo er sie hinsteuern sollte. Er drehte das Boot einmal um sich selbst, als ob es auf seine alten Tage noch einen Tanz im Hafenbecken wagen würde. Clara winkte ihm zu. Die MATHILDA folgte ihrem Handzeichen und näherte sich der Stirnseite des Geländes. Ursula war inzwischen dazugekommen.

»Das ist die Barkasse meines Freundes Tom. Im Vergleich mit eurer CHAMPION wirkt sie wie ein zwanzig Jahre alter Dackel neben einem jungen Dalmatiner.«

Ursula zwang sich ein Lächeln ab. »Ich persönlich lege ja überhaupt keinen Wert auf Äußerlichkeiten, zumindest was die Oberfläche des Fahrzeugs angeht. Ist das Tom?« Sie hatte auf den bärtigen Mittdreißiger im blauen Overall gedeutet.

Clara musste lachen. »Nein, das ist wohl ein Mitarbeiter der Werft.«

Der Monteur zog das Heck der MATHILDA elegant gegen die Kaimauer und warf Clara eine Festmacherleine zu. »Moin! Wir haben drüben in der Werft so viel Betrieb, dass ich den Kahn loswerden wollte. Sie sind die Eignerin, oder?«

Clara staunte über das Gedächtnis des Mannes. Es war schon Monate her, dass sie mit Tom einmal in der Werft gewesen war. Sie selbst konnte sich an den Monteur nicht erinnern.

»Das Boot gehört meinem Freund«, erwiderte sie. »Und eigentlich ist der Liegeplatz der MATHILDA im Stadthafen.
Aber ich denke, Sie können sie jetzt erst mal hier liegen lassen. Vielen Dank.«

Der Mann im Overall sprang von Bord. »Wir haben die Zylinderkopfdichtung ausgetauscht, Schläuche erneuert und noch ein paar andere Kleinigkeiten. Das Funkgerät ist auch wieder okay. Die Rechnung kommt per Post.«

»Er freut sich schon drauf.«

Der Monteur grinste. »Der Schlüssel steckt. Viel Vergnügen!« Er warf einen Blick auf das Hotel Speicher und schüttelte sich. »Obwohl das mit dem Vergnügen heute irgendwie nicht so klappen will. Man fragt sich, was manchen Leuten so im Kopf rumgeht.« Er ging grimmig davon, zurück zu seiner Arbeit.

Ursula und Clara standen jetzt am seewärts gelegenen Ende der Pier, hinter dem Vereinsgasthaus. Vor ihnen lag die Durchfahrt zwischen West- und Stadthafen, dahinter die mächtige Steinmole, die den gesamten Hafenbereich vor Wellengang schützte. Es ist ein schöner Ort, vor allem für diejenigen, die es hinauszieht ins Offene, aus der Enge der Kleinstadt.

»Lass uns mal eben einen Blick auf Toms Seelenverkäufer werfen«, sagte Clara. Sie stiegen hinüber auf das Boot und gingen in den Salon. Clara fragte sich, ob sie sich für die Unordnung auf Tisch und Bank schämen musste. Bücher, Zeitungen, Gewässerkarten, Stifte, Mappen – die Dinge lagen so herum, als sei Tom vor ein paar Minuten erst aufgestanden.

Aber Ursula schien das alles nicht zu stören. »So ein Decksalon ist für die kalten Tage auf der Ostsee ideal«, sagte sie. »Wir dagegen hocken bei Regen immer im Keller. Wir haben nur ganz schmale Außenfenster, fast wie im Knast.«

Clara würde sich später an diesen Moment erinnern – als einen unerwartet unbeschwerten Augenblick an einem Tag des Schreckens. Sie wollte Ursula den Blick ins Vorschiff ersparen und wandte sich zum Gehen. Aber vor ihr stand plötzlich ein Mann, den sie noch nie gesehen hatte. Sie hatte auch nicht bemerkt, wie er an Bord gekommen war. Er war groß und schlank, fast hager. Sein Haar war dünn und fettig, das unrasierte Gesicht mit den tief in den Höhlen liegenden Augen hatte etwas Diabolisches. Er trug eine Jacke aus Jeansstoff, einen blauen Wollpullover und eine ausgeleierte Freizeithose mit vielen Taschen. Alles an ihm wirkte ungepflegt.

»So, ihr beiden, runter da!« Der Mann zeigte auf den Durchgang zum Vorschiff.

»Moment mal! Was wollen Sie hier?«

Clara hatte keine Zeit sich zu empören. Der Mann stieß

sie weg, sodass sie mit dem Rücken gegen den Steuerstand knallte. Sie hoffte auf Beistand von Ursula, aber zu ihrer Überraschung gab die Frau des Bauunternehmers sich geschlagen, bevor die Auseinandersetzung überhaupt erst angefangen hatte. Ihre Stimme klang dunkel und hatte einen eisigen Unterton.

»Das hat keinen Sinn, Clara. Lass es.« Sie fixierte den Mann, der mit einer Kopfbewegung Richtung Vorschiff deutete.

»Sehr gut erkannt, Ursula. Und wir beide werden jetzt als Erstes ein paar Sätze miteinander reden.«

Clara spürte den eisernen Griff einer Hand an ihrem Oberarm. Sie wurde die drei Treppenstufen ins Innere der MATHILDA geschoben, dann weiter zur Kabine im Vorschiff, die Tom als Vorratsraum und Ersatzteillager nutzte. Hinter ihr knallte die Tür zu, der Riegel wurde vorgeschoben. Sie konnte Ursulas Stimme hören: »Ronny, was soll das? Lass bitte Clara aus dem Spiel. Sie hat nichts damit zu tun.«

Ronny antwortete nicht. Später waren die Stimmen der beiden nur noch so leise zu vernehmen, dass Clara nicht verstehen konnte, worüber sie sprachen. Dann spürte sie ein dumpfes Grollen und Vibrieren. Der Motor der MATHILDA war angesprungen. Mehr erstaunt als verängstigt bemerkte Clara, dass die Barkasse Fahrt aufnahm. Sie holte ihr Handy aus der Tasche und wählte Toms Nummer.

-28-

Um kurz nach acht wurde Tom von Sirenengeheul geweckt. Es hörte sich so an, als ob die Barther Feuerwehr mit sämtlichen Fahrzeugen die Hafenstraße entlangraste. Tom vermutete, dass sich auf der Landstraße nach Zingst oder Saal ein Unfall ereignet hatte, möglicherweise vollgekiffte Diskoheimkehrer, ein gestresster Backwarenlieferant oder Urlauber, die bei Betrachtung der Landschaft gegen einen Baum gefahren waren. Tom drehte sich wieder um und versuchte weiterzuschlafen. Aber es kamen erneut Einsatzfahrzeuge und beim genaueren Hinhören bemerkte er, dass die Sirenen nicht in der Ferne verschwanden, sondern in nicht allzu großer Entfernung schlagartig verstummten. Das konnte folglich nur bedeuten, dass der Einsatzort mitten in Barth lag. Seine innere Unruhe zwang ihn aus dem Bett. Er duschte, warf Kaffeemaschine und Toaster an und holte die Zeitung aus dem Briefkasten. Um halb neun klingelte das Telefon.

»Wir haben hier ein Problem. Eine Person droht damit, sich vom Hotel Speicher zu stürzen. Es könnte etwas mit dem Fall Leo zu tun haben.« Sylkes Stimme klang nervös. Im Hintergrund waren Schritte und lautes Gerede zu hören. »Kannst du kommen? Wir treffen uns vor dem Hotel, unten an der weißen Feuertreppe.« Sie beendete das Gespräch, ohne eine Antwort abzuwarten.

Tom ließ sein angebissenes Toastbrot fallen und sprang auf. Die Art von Verzweiflung, die ihn von einer Sekunde auf die nächste mit aller Gewalt packte, kannte er noch nicht. Eine Verzweiflung, die blind macht. Am Vortag hatte er sein Gewissen noch im Zaum halten können. Jetzt explodierte etwas in ihm. Warum hatte er Sven alleingelassen? Er hätte mit ihm zusammen überlegen können, wen man anrufen konnte: Freunde, Verwandtschaft, einen Anwalt. Jetzt also wollte er sich vom Hotel Speicher stürzen?

In seiner Verwirrung erwog Tom für einen Augenblick ernsthaft, sich noch die Zähne zu putzen. Aber das war schnell vorbei. Er streifte seine Jacke über, zog die Halbschuhe an und rannte los. Im Dauerlauf bis zur Fischerstraße, diagonal über das unbebaute Grundstück und quer über den Hafenplatz, geradewegs auf das Hotel zu. Im Laufen blickte er nach oben und erkannte für einen Augenblick die Silhouette einer menschlichen Gestalt. Auf dem Vorplatz standen Streifenwagen, Feuerwehr, Ambulanz. Sie hatten das Gebäude regelrecht umzingelt. Gerade kam ein weiteres Fahrzeug an und Tom sah Kriminalhauptkommissar Brehm behäbig aussteigen. Er wollte ihm nicht begegnen, schlug einen Haken und bahnte sich einen Weg durch eine Gruppe Schaulustiger, die sich hinter einer Absperrung drängten. Er suchte sich eine Lücke zwischen den Menschen und schlüpfte unter dem rot-weißen Absperrband hindurch.

Sofort fasste ihn eine Polizistenhand an der Schulter. »Halt, hier können Sie nicht …«

»Polizeihauptkommissarin Bartel wartet auf mich. Ich kenne den Mann auf dem Dach.«

Der Beamte machte glücklicherweise keine weiteren Schwierigkeiten. Tom lief direkt auf die Wendeltreppe zu, eine riesige weiße Spirale, die von außen an das Backsteingebäude gesetzt worden war.

Sylke stand an der hinteren Ecke des Hotels und sprach mit einer Kollegin. »Warte, Tom, wir gehen zusammen hoch«, sagte sie, als sie ihn erkannte.

»Dein spezieller Freund Brehm ist auch gerade eingetroffen«, sagte Tom.

»War ja klar. Muss uns aber im Augenblick nicht interessieren.« Sie begannen den Aufstieg über die eng gedrehte Treppe.

Tom wies nach oben. »Hatte schon jemand Kontakt zu ihm?«

»Wieso ihm? Es ist eine Frau.«

Tom blieb stehen. Er sah Sylke verwirrt an, brachte aber kein Wort heraus. Eine Frau? – Also nicht Sven?! Er schämte sich dafür, erleichtert zu sein. Dafür, dass er in diesem Augenblick nichts anderes im Sinn hatte, als sein eigenes schlechtes Gewissen zu beruhigen.

»Jetzt komm!«, rief Sylke.

Sie liefen weiter auf der spiralförmigen Treppe. Tom wurde schwindlig.

Während sie sich nach oben bewegten, erklärte ihm Sylke die Situation. »Eine Reinigungskraft, die heute Morgen im oberen Geschoss arbeitete, hat bemerkt, dass die Tür zum Dachausstieg offen war. Sie hat die Frau auf dem Dach entdeckt und angesprochen. Die Frau hat nur gesagt, wenn sich ihr jemand nähert, springt sie.«

»Und wie kamst du darauf, dass sie etwas mit Leos Tod zu tun hat?«

»Sie hat verschiedene Drohungen ausgestoßen. Dabei ging es um ein totes Kind. Und es ging um die Ölförderung.«

Sie erreichten die fünfte Etage. Ein Polizist wartete am Ende eines dunklen Flures, führte sie durch einen Gang und um mehrere Ecken. Über eine schmale Treppe ging es weiter nach oben, dann durch eine Eisentür nach draußen. Unvermittelt standen sie auf der riesigen Dachfläche des Hotels. Sie bildete eine durchgehende Ebene, durchbrochen nur von mehreren futuristisch anmutenden Glaskuppeln, die den Besuchern der darunter gelegenen Suiten einen schönen Blick in den Himmel ermöglichten.

Ein kalter Wind fegte über das Dach, an dessen Rand es ohne jedes Geländer über zwanzig Meter in die Tiefe ging. Was Tom zuletzt geahnt hatte, bestätigte sich: Es war Frau Dr. Grimm. Sie stand an einer Ecke des Gebäudes, regungslos und unbeeindruckt von dem aufgeregten Gewimmel zu ihren Füßen. Sie wandte Tom und Sylke den Rücken zu und schien die beiden noch nicht bemerkt zu haben. Langsam näherten sie sich der Historikerin. Ihr Mantel und ihre schulterlangen Haare wehten im Wind, das Gesicht mit der großen Brille war auf die Innenstadt gerichtet, auf den mächtigen Backsteinturm der Marienkirche.

Als sie noch etwa zehn Meter von Dr. Grimm entfernt waren, hielt Sylke Tom am Ärmel fest. »Warte!«, flüsterte sie. »Frau Dr. Grimm, dürfen wir mit Ihnen sprechen?«

Die Stadtarchivarin wandte sich kurz um, drehte sich aber sogleich wieder zur Seite. »Es ist nicht mehr die Zeit zum Sprechen. Es ist die Zeit zum Handeln«, rief sie. Tom fand, dass ihre Stimme eigenartig monoton klang, zugleich aber auch überreizt, so, als hätten die Worte ihre Bedeutung verloren, den Kontakt zur Wirklichkeit.

»Haben Sie Forderungen?«, fragte Sylke.

»Verschwindet von diesem Dach! Lasst mich allein. Und schickt den Chef von diesem Ölförderunternehmen weg.

Er soll die Stadt verlassen. Heute. Jetzt.«

»Wenn wir das veranlassen, kommen Sie dann von diesem Dach herunter?«

Die Frau mit den graumelierten Haaren lachte. Es klang irre und verzweifelt. »Wo soll ich denn hingehen? In dieser Stadt bin ich eine Aussätzige. Man will mich hier nicht mehr. Ich bin die Seele dieser Stadt, aber die Stadt will sich ihre eigene Seele austreiben. Die Stadt will seelenlos werden. Sie wollen den Boden, auf dem wir alle stehen, aufbohren. Sie wollen den Urgrund unseres Lebens aussaugen wie Vampire. Versteht denn niemand diese Bilder? Kümmert sich niemand um die Zeichen, die überall zu sehen sind? Ein totes Kind in einem Kahn! Erkennt niemand diese Warnung? Schon einmal ist eine Stadt versunken. Und die Geschichte wird sich wiederholen. Aber die Menschen können nicht ablassen von ihrer jämmerlichen Selbstverstümmelung. Macht nur weiter so! Macht nur weiter!«

Mit den letzten Worten, die sie mit aller Kraft hinausschrie, trat sie einen Schritt vor, den letzten Schritt bis an die

Kante. Tom glaubte von unten, vom Hafen her, ein ängstliches Raunen zu hören.

»Frau Dr. Grimm«, rief Sylke nervös, »ich schicke jetzt einen Kollegen zum Chef der OCE. Er wird das Hotel und die Stadt verlassen. Das verspreche ich Ihnen. Sie können sich selbst davon überzeugen. Wollen Sie nicht mit mir kommen?« Sie trat ein paar Schritte an Frau Grimm heran, aber diese wurde unruhig.

»Bleiben Sie weg! Zurückbleiben! Nähern Sie sich nicht einer Aussätzigen!«

Sylke kehrte wieder auf ihre Ausgangsposition zurück. Sie sprach leise zu Tom. »Van Reijten muss das Hotel verlassen. Kannst du das in die Hand nehmen? Ich kann jetzt nicht weg. Es ist wichtig, dass jemand hierbleibt.«

Tom nickte und ging zurück zu dem Niedergang, wo inzwischen mehrere Kollegen der Barther Polizei warteten.

»Können Sie dafür sorgen, dass Jon van Reijten das Hotel und die Stadt verlässt?«

Die Kollegen sahen ihn ungläubig an. Der, der Tom und Sylke nach oben begleitet hatte, hob beide Hände. »Man sollte jetzt keine voreiligen Aktionen starten. Es gibt ein Kriseninterventionsteam. Das ist schon unterwegs. In einer Stunde …«

»In einer Stunde liegt die Frau längst unten vor dem Hotel! Van Reijten muss von hier verschwinden.«

»Der Chef der OCE? Wir können niemandem verbieten, sich im Hotel aufzuhalten, wenn er ein Zimmer gebucht hat. – Also, wenn er freiwillig geht, okay.«

»Ist schon gut! Ich gehe selbst.« Er tastete sich nach unten und musste sich erst wieder an das Zwielicht gewöhnen. Nach einigen Irrwegen fand er van Reijtens Suite. Er klopfte an die Tür. Der Ölmanager war in einen cremefarbenen Bademantel gehüllt, wie am Montagmorgen, als Tom ihn auf der Dachterrasse beobachtet hatte. Der Aufruhr rund um das Hotel schien van Reijten nicht sonderlich zu beunruhigen.

»Ah, Sie schon wieder! Was ist denn da unten auf dem Vorplatz los?«

Tom schilderte dem OCE-Manager die Situation.

Mit jedem Wort wurde das Gesicht des Niederländers länger. »Eine Frau will sich umbringen, wenn ich das Hotel nicht verlasse!?« Er hob die Hände und strich sich über das Gesicht. »Habe ich Ihnen am Donnerstag nicht schon gesagt, dass die Menschen hier verrückt sind? Ist das nicht schrecklich? Und soll ich mir von einer verrückten Frau vorschreiben lassen, wo ich mich aufenthalte … Nein, wie sagt man: aufhalte?«

Tom biss sich auf die Lippen. »Wir können leider nicht einschätzen, wie sich die Frau auf dem Dach des Hotels verhalten wird. Es sind Spezialisten der Polizei unterwegs. Aber so oder so wird es besser sein, wenn Sie zumindest so tun, als ob Sie sich aus Barth zurückziehen.«

»Ich beende mein Frühstück. Nehme ein Bad. Dann fahre ich. In einer Stunde.«

»Bitte tun Sie das sofort! Die Frau steht an der Kante des Daches. Sie könnte durch einen Fehltritt hinabstürzen, während Sie in der Badewanne liegen. Wollen Sie das?«

Van Reijten zückte sein Handy. »Ein Anruf, bitte.« Er schloss die Tür.

Es dauerte drei Minuten, die Tom wie eine Ewigkeit erschienen. Dann stürmte van Reijten aus seiner Suite. Er trug eine dunkelgrüne Allwetterjacke und Jeans. »Ich werde fahren«, zischte er Tom an. »Und wenn ich erst einmal aus dieser Stadt raus bin, werde ich froh sein, dass ich vorläufig nicht mehr zurückkommen muss.«

»Danke!«

Van Reijten bog um die Ecke und verschwand aus Toms Sichtfeld. Er hörte die erregten Schritte des Managers im Hotelflur: »Danken Sie den Verrückten in dieser Stadt!«

Tom beeilte sich wieder auf das Dach zu gelangen. Die Menschenmenge hatte sich vergrößert, Sanitäter und Feuerwehrleute drängelten sich an der Eisentür, die auf die freie Fläche führte. Jemand hatte Becher mit heißem Tee organisiert.

Tom kam es so vor, als hätte der Wind zugenommen. Er zitterte am ganzen Körper. Die Situation zermürbte ihn. Dr. Grimm stand ungerührt an ihrem Platz und schien vom Trubel rund um das Hotel wenig beeindruckt zu sein. Mit ihren wehenden Haaren kam sie Tom vor wie eine sonderbare Prophetin. Sylke, die inzwischen Unterstützung von einer weiteren Polizistin bekommen hatte, wirkte bleich und erschöpft.

»Komm mal kurz mit runter und wärm dich auf«, sagte Tom und fasste Sylke am Arm. Die neue Polizistin signalisierte Zustimmung.

»Ich hätte es merken müssen«, sagte Tom, als sie wenig später in einer Flurecke im Hotel standen. Er versuchte, seine Hände an einem heißen Pappbecher mit Tee zu wärmen.

Sylke schüttelte den Kopf. »Wer kann so etwas voraussehen? Nein, ich denke, es ist so, dass unsere Nachforschungen sie aufgescheucht haben.«

»Habt ihr etwas gefunden?«

Sylke nickte. »Es ist eindeutig. Sie hat sich am Dienstagmorgen den Büroschlüssel ausgeliehen. Ihre Fingerabdrücke sind an allen Geräten in Dornkops Büro. Wir rekonstruieren die gelöschten Dateien auf ihrem Rechner. Das dauert aber noch.«

»Sie hat schon am Donnerstag merkwürdige Dinge gesagt. Von unbedingter Treue zur Stadt hat sie gesprochen. Und davon, dass derjenige, der diese Treue missachtet, den Tod verdient habe. Oder so ähnlich.«

»Das klingt nicht schön.«

»Könntest du dir vorstellen, dass Dr. Grimm noch mehr getan hat, als den Drohbrief zu schreiben?«

Sylke sah ihn mit großen Augen an. »Was meinst du?«

»Ob sie es war, die den Jungen umgebracht hat?«

Die Barther Polizistin schüttelte den Kopf. »Ich glaube jetzt einfach gar nichts mehr. Aber ... Nein, es will nicht in meinen Kopf.«

»Sie ist krank.«

»Sicher.«

»Es würde erklären, warum der Junge so in diesem Boot lag. Leo ist ihre Mahnung an die Bewohner der

Stadt Barth. Eine Art Opfer. Sie hat ihn geopfert, weil sie glaubte, dass die OCE die Grundlagen der Stadt zerstören würde. Und weil sie das Gefühl hat, dass sie persönlich gescheitert ist.«

»Das ist irre.«

Toms Handy klingelte. Es war Clara. Er überlegte einen Moment das Gespräch wegzudrücken, aber dann nahm er es doch an und ging ein paar Schritte zur Seite. Sekunden später wusste er, dass es eine gute Entscheidung war, nicht auf die rote Taste gedrückt zu haben.

Claras Stimme klang aufgeregt und angsterfüllt. »Es ist etwas passiert. Ich bin mit Rakowskys Frau auf der MATHILDA. Hier ist ein Typ aufgetaucht und hat mich eingesperrt. Er bedroht Ursula.«

»Was!? Wieso? Was machst du auf der ...«

»Ich kann dir jetzt nichts erklären. Wir haben gerade abgelegt und verlassen den Hafen. Der Typ heißt Ronny.«

Das war das Letzte, was Clara sagen konnte. Tom hörte Geschrei, ein nervenzerreißendes Knirschen, dann wurde die Verbindung unterbrochen. Er rannte wieder nach oben auf das Dach, drängelte sich durch die wartenden Polizisten und ging geradewegs auf die Kante zu. Hinter sich hörte er warnende Rufe. Ihm wurde schwindlig. Nicht nur, weil sich vor ihm ein Abgrund auftat und sich tief unten die Menschenmenge als bunte Kleckserei auf grauem Untergrund darstellte. Vor allem das, was sich an der Hafenausfahrt abspielte, schockierte ihn: Aus der Entfernung wirkte die dunkelgrüne Barkasse wie ein Spielzeugschiff. Es schob sich langsam durch die geschwungene Öffnung in der Steinmole auf den Bodden hinaus, zeichnete diagonale Heckwellen und eine schäumende Spur in die sonnenbeschienene, blaugrüne Wasserfläche. Noch auf dem Dach stehend wählte Tom die Nummer von Rakowsky, die er mittlerweile in sein Mobiltelefon eingespeichert hatte. Der Bauunternehmer verstand sofort, worum es ging.

»Ich bin in zehn Minuten am Hafen.«

»Inzwischen werde ich die Polizei …«

»Nein, keine Polizei!«, schrie Rakowsky. »Du kennst Ronny nicht! Ich muss mit ihm reden, niemand sonst.«

»Sie sind doch schon weg. Draußen auf dem Bodden.«

»Wir treffen uns beim Seglerverein«, sagte Rakowsky und beendete das Gespräch.

Tom ließ erschöpft die Hand mit dem Telefon sinken. Sein Blick fiel auf die lebensmüde Historikerin, die noch immer wie eine Säulenheilige an der Ecke des Hoteldachs stand. Es hörte nicht auf. Tom kam sich vor, als ob die Welt um ihn herum auf dem besten Weg wäre, in Irrsinn zu verfallen. Jetzt also war Ronny aufgetaucht, bedrohte Ursula, und Clara gleich mit. Es ergab wenig Sinn und war vielleicht gerade deshalb gefährlich. Er kehrte zurück zu der Eisentür, die in die unteren Etagen des Hotels führte.

»Was um Himmels Willen hast du da draußen gemacht?«, fragte Sylke.

»Ich muss jetzt gehen. Es gibt ein Problem.«

»Ein Problem? Und hier? Ist das kein Problem?«

»Ihr bekommt das schon hin.« Er ließ die erstaunte Polizistin zurück und eilte die Feuertreppe hinunter. Niemand folgte ihm. Was er tat, war unvernünftig, vielleicht sogar dumm. Aber er tat es trotzdem. Bevor er sich entschied, ob er die Polizei über Ronnys Auftauchen informierte, wollte er mit Rakowsky sprechen.

-29-

Clara stand, während sie mit Tom telefonierte, neben der schmalen Koje in der Bugkabine der MATHILDA. Zwei winzige Seitenfenster ließen etwas Licht in den Raum und erlaubten einen eingeschränkten Blick nach draußen. Gerade verschwand die Steinmole der Barther Hafenausfahrt aus Claras Sichtfeld. In diesem Augenblick flog die Kabinentür auf. Der Mann, den Ursula Ronny genannt hatte, stürmte hinein und versuchte Clara das Telefon zu entreißen. Sie umklammerte das Gerät. Als Ronnys Pranke ihr Handgelenk wie eine Schraubzwinge zusammenpresste, schrie sie vor Schmerz auf und ließ das Telefon fallen. Der hagere Mann holte wortlos den Akku heraus und steckte ihn in seine Hosentasche. Das Handy warf er auf den Boden. Im Hintergrund stand Ursula und beobachtete die Szene. Ihr unglücklicher und ergebener Gesichtsausdruck ließ Clara wütend werden. Ronny schubste Ursula in die Bugkabine und verschloss von außen die Tür.

»Wer ist dieser Typ?«, fragte Clara flüsternd.

Ursula hatte sich auf die Koje fallen lassen und starrte düster vor sich hin. »Ronny Kurth. Ein alter Freund meines Mannes.«

»Aus der finsteren Rostocker Zeit? Was will er von dir? Warum veranstaltet er das hier?«

Ursula presste die Fäuste vor ihre Stirn. Es sah so aus, als wollte sie sich die Gedanken aus dem Kopf quetschen. »Nein, ich kann das nicht glauben«, flüsterte sie. »Es kann nicht sein, es darf nicht sein!«

»Was darf nicht sein?«

Ursula antwortete nicht. Sie schüttelte nur ratlos den Kopf.

»Ursula, du musst mit mir sprechen! Ich will wissen, was hier los ist. Was hat dieser Ronny vor? Sind wir in Gefahr?«

Die Frau des Bauunternehmers sah sie mit trübem Blick an. »Wenn Ronny in der Nähe ist, dann ist jeder in Gefahr. Er wird mich töten, wenn ich ihm die Wahrheit sage. Er wird mich auch töten, wenn ich sie ihm nicht sage.«

»Welche Wahrheit? Kannst du bitte erklären, was du meinst!«

»Günter und Ronny haben vor zwölf Jahren diesen Einbruch verübt, den ich vorgestern erwähnt habe. Dabei kam ein Wachmann ums Leben. Ronny hat geschossen, er wurde verhaftet und verurteilt. Dass Günter an dem Einbruch beteiligt war, hat die Polizei nie herausgefunden. Und Ronny hat ihn auch nicht verraten. Dafür habe ich gesorgt.«

»Was heißt das: *Du hast dafür gesorgt?*«

»Ich hatte vor seiner Verhaftung eine kurze Affäre mit Ronny. Ich fand ihn grob und ungerecht, und ich habe beinahe alles, was er getan hat, abgelehnt. Aber er hatte auch so etwas … wie soll ich sagen … etwas Unwiderstehliches.«

»Wieso das?«

»Er hatte einen sadistischen Vater, der ihn gequält und gedemütigt hat. Ich kenne das. Ronny war ein Seelenverwandter für mich. Er ist hochintelligent, versteht ungeheuer genau, was in einem Menschen vor sich geht. Er kennt alle Abgründe und spürt sie auf. Aber leider ist er genauso grausam wie sein Vater. Durch seine Untaten habe ich verstanden, in welche Richtung mein Leben gehen muss.«

»Und welche Richtung war das?«

»Nach dem Einbruch, der so schrecklich schiefging, wollte ich mir mit Günter eine Existenz aufbauen, eine Familie gründen, ein schönes Leben führen.«

»Hat doch auch geklappt.«

»Ja, aber zu einem hohen Preis.«

Clara war in den Tagen nach Leos Tod von Ursulas tiefer und gefasster Trauer beeindruckt gewesen, aber nun begann sie sich vor ihrer früheren Freundin zu fürchten. Sie hatte das Gefühl, dass sich eine Tür zu einem dunklen Raum öffnete, von dem sie bislang nichts geahnt hatte. Verzweifelt versuchte sie ihre Gedanken zu sortieren. Auch der Blick aus den schmalen Seitenfenstern gab ihr keinen Halt. Sie erkannte keine Landmarken, nur flache Ufer in der Ferne. Es war ihr nicht einmal klar, in welche Richtung Ronny die Barkasse steuerte. »Sprich weiter«, sagte sie zu Ursula. »Worin bestand der Preis?«

»Ich wusste, dass es zwischen Günter und Ronny eine Verabredung gab: Wenn einer von ihnen davonkommen würde, wollten sie sich gegenseitig nicht verraten. Und derjenige, der nicht verhaftet würde, sollte für den anderen alles Geld zurücklegen, was er entbehren konnte, sozusagen als Haftentschädigung.«

»Hat das funktioniert?«

»Es hätte vielleicht funktioniert, wenn nicht die Sache zwischen Ronny und mir gewesen wäre. Die Vorstellung, dass ich jetzt mit Günter zusammenlebte, während er im Gefängnis saß, hätte Ronny früher oder später nicht mehr ertragen.«

»Er hat sie dann aber doch ertragen.«

»Weil ich ihm etwas versprochen habe.«

»Was denn? Ursula, jetzt lass dir doch nicht jedes Wort aus der Nase ziehen!«

Die Frau des Bauunternehmers schnappte nach Luft. Es sah so aus, als würde sie anfangen zu schluchzen, aber sie fing sich, bevor es dazu kam. »Kurz vor Beginn des Gerichtsprozesses habe ich Ronny im Gefängnis besucht. Dort habe ich ihm versprochen, mit ihm nach seiner Haftzeit gemeinsam ein neues Leben anzufangen, wenn er Günter bis dahin nicht verraten würde.«

Clara saugte Ursulas Worte auf. Sie hatte das Gefühl, als greife sie in Gedanken in ein Wespennest. Die Stiche trafen sie überall. »Hattest du das denn vor?«

»Nein, nie.«

»Aber dir musste doch klar sein, dass Ronny nach seiner Entlassung von dir verlangen würde, das Versprechen zu halten!«

Ursula hob hilflos die Hände. »Natürlich! Aber stell dir meine Lage vor: Ich war zu dem Zeitpunkt schwanger. Ich hatte mit meiner Familie gebrochen, war von zu Hause weggegangen. Außer Günter hatte ich niemanden. Ich brauchte ihn, und ich hatte wahnsinnige Angst, dass sie ihn auch verhaften würden!« Sie machte eine Pause. Ihre Augen verengten sich zu schmalen Schlitzen. »Und deshalb habe ich mich und mein Kind an Ronny verkauft. Ich habe mich ihm versprochen.«

Clara hörte konzentriert zu und versuchte zugleich herauszufinden, in welcher Richtung sie unterwegs waren. Auf der Steuerbordseite erstreckte sich eine nahezu unendliche Wasserfläche, aber an Backbord war in nicht allzu großer Entfernung ein langgestreckter Streifen Land zu erkennen, der in einer diffusen Zone mit Sandbänken und Flachwasserzonen endete. Im Hintergrund mühte sich ein Hügel, das Flachland zu überragen.

»Was hat er vor? Ich glaube, wir fahren in Richtung Ostsee!« Clara sah, wie Ursula ihre Hände ineinander krampfte.

»Ich weiß nicht, was er vorhat. Aber es wird etwas Ultimatives sein. Ronny ist kein Typ für lange Verhandlungen. Ich habe ihn falsch eingeschätzt. Es tut mir einfach nur leid für dich.«

-30-

Es waren keine zehn Minuten seit dem Telefongespräch mit Rakowsky vergangen, als der panzerartige Geländewagen des Bauunternehmers auf das Grundstück des Seglervereins rollte. Er umkurvte einen Baum, durchpflügte den gerade wieder zu Kräften kommenden Rasen und kam wenige Meter vor dem Liegeplatz der CHAMPION zum Stehen. Rakowsky sprang aus dem Auto. Ein Segelkamerad wollte ihn auf sein ungehöriges Fahrverhalten aufmerksam machen, wurde aber grob zur Seite gestoßen. Der Bauunternehmer warf einen prüfenden Blick auf seine Jacht und löste die Heckleine.

»Was hast du vor?«, rief Tom ihm zu. »Der Vorsprung der

MATHILDA ist viel zu groß!«

Rakowsky lachte. Er sprang an Deck der CHAMPION und startete den Motor. »Du solltest mich nicht unterschätzen. Mach die Bugleine los und komm an Bord.«

»Wir sollten das der Polizei überlassen.«

»Entweder kommst du jetzt an Bord oder ich regele das alleine.«

Tom hatte das Gefühl, dass alles, was er in diesem Augenblick tun konnte, sich später als falsch erweisen würde. Er ging zum Bug der Jacht und löste das Seil von der Klampe, behielt es aber in der Hand. So hing die Jacht an der Leine wie ein riesiger Seehund.

Rakowsky drückte mit dem Motor das Heck von der Kaimauer weg. »Na los! Deine Freundin wurde von einem Irren entführt!«

Tom warf die Leine auf das Boot. Der Spalt zwischen Kaimauer und Jacht verbreiterte sich zügig. Rakowsky stand am Steuerrad und blickte grimmig nach vorn. Tom sprang, als es beinahe zu spät war. Er rutschte mit dem Fuß von der Kante des Bootskörpers, packte die Reling und hing für einen Augenblick mit beiden Füßen in der Luft. Dann gelang es ihm sich ein Stück hochzuziehen und wieder einen Halt für seine Füße zu bekommen. Rakowsky grinste und legte den Gashebel auf maximalen Schub. Die Jacht bewegte sich mit einem gurgelnden Geräusch zwischen den anderen Booten hindurch, querte das Hafenbecken und hielt auf die Öffnung in der Steinmole zu. Tom ging nach hinten ins Cockpit.

»Läuft deine Barkasse schneller als sechs Knoten?«, rief Rakowsky.

»Sechs Knoten schafft sie. Aber nur bei guten Bedingungen.«

»Dann werden wir sie in einer Stunde einholen.«

Sie hatten die Einfahrt passiert und steuerten auf die offene Wasserfläche zu. Der schlanke Bootskörper der Jacht zerschnitt die kurzatmigen Wellen und glitt ungerührt, aber auch nicht besonders schnell vorwärts. Rakowsky hakte das Steuerrad fest und begann, wie ein Verrückter an einer Winsch zu kurbeln. Langsam stieg das Großsegel nach oben und begann zu flattern. »Zieh die Genua raus.«

Tom zögerte. Rakowsky zeigte auf eine Rolle, von der aus eine Leine zum Bug der Jacht führte. »Da ist die Winsch.«

»Ich weiß, was eine Winsch ist.« In Wahrheit hatte er keine Ahnung vom Segeln. Er steckte die Kurbel, die Rakowsky ihm reichte, auf die verchromte Rolle und begann zu drehen.

»Los, schneller!«

Das Vorsegel entrollte sich. Rakowsky brachte die Jacht auf einen neuen Kurs und übergab Tom das Steuerrad, während er selbst die Segel ausrichtete. Die CHAMPION legte sich bedenklich schräg und beschleunigte spürbar ihre Fahrt. Die Schläge der Wellen gegen den spitzen Bug wurden energischer. Rakowsky schnaufte. »Ich verstehe das nicht. Was will der Kerl noch? Warum geht er zu Ursula?«

Etwas im Klang von Rakowskys Stimme irritierte Tom. Es steckte Ärger darin, aber auch etwas anderes, das Tom von Rakowsky noch nie gehört hatte: Angst. »Hatte er Kontakt zu Ursula, als er aus dem Gefängnis entlassen wurde?«

»Nicht dass ich wüsste. Ich werde den Kerl in die Mangel nehmen. Da kann er sich drauf verlassen. Dieses undankbare Miststück!«

»Ronny scheint doch nicht zufrieden zu sein mit deiner großzügigen ›Haftentschädigung‹.«

»Wenn du wüsstest, was der von mir bekommen hat, dann würdest du das nicht verstehen. Ich verstehe es auch nicht.«

Je weiter sie auf den Bodden hinausfuhren, umso schärfer blies der Wind. Tom musste sich festhalten, um nicht auf die tiefliegende Seite des Bootes zu rutschen. Rakowsky kam aus dem Fluchen nicht heraus. »Verfluchte lahme Ente! Wir müssen dein Schrottschiff bis zur Ausfahrt auf die Ostsee erreichen. Sonst finden wir die nie!« Er öffnete seine Lederjacke und holte aus der Innentasche ein schwarzes Ding. Tom erkannte zu seinem Schrecken eine Pistole.

»Das lässt du bitte bleiben! So kannst du das Problem doch nicht lösen.«

»Das überlässt du mir, verstanden?!«

Tom bereute, dass er sich auf Rakowskys Vorschlag eingelassen hatte. Zu spät hatte er begriffen, dass es keine Option zur Umkehr gab.

Als hätte Rakowsky seine Gedanken gelesen, nahm er Tom ins Visier. Seine Stimme klang scharf und kalt. »Gib mir dein Handy.«

»Kommt nicht infrage.«

Rakowsky fuchtelte mit der Waffe herum. Er deutete auf einen Schwimmring, der am Heck der Jacht befestigt war. »Ich habe hier jetzt das Kommando. Das sollte dir klar sein. Dein Handy! Oder ich fahre alleine weiter.« Tom reichte dem Bauunternehmer widerwillig das Telefon. Der warf es kurzerhand über Bord. »Ist mir egal, was das jetzt für Folgen hat. Ronny ist zu weit gegangen. Er hätte das nicht tun sollen.«

Tom versuchte seine Gedanken zu sortieren. Seine einzige Chance lag darin, die Situation zu verstehen. Er musste sie besser verstehen als Rakowsky. »Du behauptest, dass du Ronny so genau kennst«, rief er. »Dann verstehe ich nicht, warum du nicht vorhersehen konntest, was er jetzt tut.«

»Die zehn Jahre im Knast sind ihm wohl nicht bekommen. Ich kann dir nur eins sagen: Mit dem Geld, das ich ihm gegeben habe, war er zufrieden. Ich habe ihn gefragt: ›Sind wir jetzt quitt?‹ Und er hat geantwortet: ›Ja, wir beide sind quitt.‹«

Sie hatten inzwischen die Landzunge nördlich von Glöwitz passiert und bewegten sich auf die schmale Durchfahrt zwischen Festland und einer Reihe flacher Inseln zu. Hier war die Landschaft seit Jahrtausenden in Bewegung: Wind und Wasser warfen neue Strände auf, legten Barrieren und gruben Kanäle, als wäre hier ein Wasserspielplatz für Riesen. Wenn man etwas von dieser Landschaft lernen konnte, dann war es die Einsicht, sich besser auf nichts zu verlassen. Wo früher mal Land war, steht heute Wasser, und wo sich jetzt noch Wellen auftürmen, kann sich in irgendeiner Zukunft ein Berg erheben.

Tom begann Dinge zusammenzudenken, die nicht zu-

sammengehörten. Er spielte verschiedene Möglichkeiten durch und kam zu einem Ergebnis, das ihn selbst verblüffte. »Es gibt eine interessante Geschichte«, rief er Rakowsky zu, »die Sage von *Harald und Gundula*. Sie bringt mich auf eine Idee.«

Rakowsky sah ihn an, als wäre er irre geworden. »Bist du seekrank?«

Tom grinste, obwohl ihm dazu nicht zumute war. »Mein Magen hält noch durch, aber in meinem Kopf ziehen sich gerade neue Linien.« Er verließ seinen Platz am Bootsrand und stellte sich dicht neben Rakowsky. An der Steuersäule konnte er sich festhalten. »Eine Sage erzählt etwas, das sich vor langer Zeit ereignet hat. Aber sie ist vor allem deshalb interessant, weil das, was die Sage erzählt, im Grunde genommen immer wieder passiert. Harald und Gundula lieben sich, aber sie können nicht zusammenkommen, weil Harald nicht gut genug ist für Gundulas Familie. Die beiden versprechen sich, dass sie heiraten werden, wenn Harald spätestens nach sieben Jahren als reicher Mann wieder zurückkehrt.«

Rakowsky grunzte und zuckte unwirsch mit den Schultern. Sein Blick war vorausgerichtet.

Tom wusste nicht, ob er überhaupt zuhörte. »Ich habe mich gefragt, warum ein Typ wie Ronny das durchhält: zehn Jahre lang im Knast sitzen, während sein Kompagnon die Freiheit genießt und eine erfolgreiche Karriere einschlägt. Man muss etwas haben, an das man glaubt, um so etwas durchzuhalten.«

»Natürlich!«, rief Rakowsky. »Er wusste, dass er sich auf mich verlassen konnte. Ich habe Geld gemacht und Ronny hat seinen Teil bekommen. Das passt mit deiner Sage nicht zusammen.«

»Stimmt! Es fehlt die Frau. Setz einfach für Harald und Gundula zwei andere Namen ein: Ronny und Ursula.«

Rakowsky sah ihn an – nein, er starrte mit gläsernem Blick durch ihn hindurch. »Du spinnst!«

»Wie gut kannten Ursula und Ronny sich vor dem Einbruch in die Villa?«

»So, wie eine Frau den Kumpel ihres Verlobten kennt. Aber Ursula hielt nie viel von Ronny, er war ihr zu finster, zu kriminell. Und das ist auch gut so.«

»Als ihr in die Villa eingebrochen seid und der Wachmann ums Leben kam: Wie hat Ursula reagiert?«

Rakowsky schlug auf das Steuerrad. »Sie war wütend. Ist doch klar. Sie hat gesagt: Entweder hörst du jetzt mit der Scheiße auf oder wir trennen uns. Sie hat mich überredet, mir einen Job zu suchen. Sie hat mich auf die richtige Spur gebracht, wenn du so willst. Ich bin ihr dankbar dafür.«

»Und sie hat noch mehr getan.«

»Was bitte schön?«

»Als Ronny verhaftet wurde, da hat sie ihn im Gefängnis besucht, oder?«

»Nein, ich weiß davon nichts.«

»Sie hat es bestimmt getan. Sie hat ihn besucht und ihm irgendetwas gesagt, das ihn dazu gebracht hat, nichts von deiner Beteiligung an der Tat zu verraten.«

»Was sollte das sein?«

Tom merkte, dass Rakowsky vollkommen erstarrt war. Kein Muskel zuckte an ihm, er stand wie eine Salzsäule hinter dem Steuerrad. Aber in seinem Innern schien ein Orkan zu toben.

»Du musst etwas abfallen. Wir sind nicht mehr in der Fahrrinne.« Rakowsky korrigierte den Kurs. »Wann ist Leo geboren? In welchem Monat hat er Geburtstag?«

»Leo ist ein Sommerkind. Er hatte im Juli Geburtstag.«

»Im Juli vor elf Jahren. Und im Jahr davor im September seid ihr in die Villa eingebrochen, zwei Monate später wurde Ronny verhaftet. Theoretisch könnte Leo also auch Ronnys Sohn gewesen sein.« Tom hatte laut gedacht. Er war in Gedanken selbst nicht soweit, diese Zusammenhänge glauben zu können. Er musste sie erproben, indem er sie aussprach.

Aber für Rakowsky war das zu viel. Der hatte genug und packte Tom am Kragen. »Jetzt hör aber auf! Halt deine Klappe! Kein Wort mehr!«

Tom sah zu spät, dass Rakowsky mit der rechten Faust ausholte. Er spürte einen dumpfen Schmerz an der rechten

Wange und flog an der Reling entlang. Für einen Augenblick sah er unter sich das gurgelnde, grüngraue Wasser, dann bekam das Boot einen Schlag von unten, kippte weit über. Tom rollte auf die Leeseite gegen die Bordwand. Er sah, wie Blut aus seinem Gesicht auf das Teak-Deck tropfte, aber das interessierte ihn nicht. Er hatte deutlich gespürt, dass sie den Grund berührt hatten. Wenn nicht sofort etwas geschah, würde der Wind sie weiter in das flache Wasser hineindrücken. Rakowsky war auch weggerutscht, hatte sich aber schon wieder aufgerappelt und kurbelte am Steuerrad. Die Jacht kippte noch weiter. Tom sah, wie die Spitze des Großbaums ins Wasser eintauchte. Er lag auf der schmalen Innenwand des Cockpits, der Boden der Jacht ragte steil nach oben. Er versuchte zwischen die Holzlatten des Bodenbelags zu greifen, aber die Abstände waren zu eng. Endlich schien sich die Jacht zu besinnen. Sie kippte langsam zurück, das Ruder hatte ihr noch eine entscheidende Drehung gegeben, sodass sie ächzend zurück ins Fahrwasser torkelte.

-31-

Der Motor der MATHILDA röhrte angestrengt. Die Barkasse warf sich gegen die wachsenden Wellenberge. Ihr Rumpf ächzte unter dem Gewicht der einschlagenden Wasserpakete. Es war offensichtlich, dass Ronny versuchte, die vergleichsweise ruhigen Boddengewässer zu verlassen. Clara wusste wenig über die MATHILDA, aber sie hatte kein gutes Gefühl bei der Vorstellung, dass die alte Barkasse schon bald ins offene Meer manövriert würde. An einem Tag mit diesem kräftigen Westwind war da draußen nichts Gutes zu erwarten. Sie verdrängte ihre Sorgen und begann die unerhörten Neuigkeiten zu verarbeiten, die Ursula ihr erzählt hatte. Es fiel ihr immer schwerer, die Ruhe zu bewahren, sich zu konzentrieren, die Geschichte zu durchschauen. »Ich habe noch nicht verstanden, wieso Ronny sich auf dein Versprechen eingelassen hat«, sagte sie. »Hätte er nicht Günter verraten und trotzdem

mit dir später neu anfangen können? Schließlich hast du ihm gegenüber behauptet, dass du mit ihm und nicht mit Günter zusammen sein wolltest.«

Ursulas Stimme klang müde. Es schien sie anzustrengen, all die Dinge auszusprechen, die sie seit vielen Jahren gequält hatten. »Es ging doch auch um Leo. Ich war ja zu diesem Zeitpunkt schwanger. Und ich hatte ein entscheidendes Argument, das Ronny dazu gebracht hat, zehn Jahre lang zu schweigen.«

»Und was war das für ein Argument?«

»Ich habe ihm gesagt, dass er der Vater des Kindes in meinem Bauch sei.«

»Ach, du Schei …«

»Ich habe ihm gesagt: ›Dein Kind braucht eine Familie!‹ Ronny hatte als Kind nie das Gefühl, eine Familie zu haben. Er hat verstanden, was ich meinte.«

»Leo war also Ronnys Sohn?«

Ursula schüttelte den Kopf. »Nein, er hätte es sein können. Rein zeitlich. Aber Günter ist definitiv der Vater. Ich musste es so darstellen, sonst hätte die ganze Sache nicht funktioniert. Ronny hat geglaubt, dass er nach der Entlassung mit mir und seinem Sohn Leo eine Familie gründen würde. Das war sein Ziel. Und deswegen konnte er elf Jahre lang durchhalten.«

»Das ist Wahnsinn! Bei ihm muss sich einiges angestaut haben in diesen elf Jahren.«

»Ich habe gehofft, dass es genau umgekehrt wäre. Dass Ronnys Träume mit der Zeit verblassen. Dass es mir irgendwie gelingen würde, ihm die Idee wieder auszureden.
Jahrelang habe ich Günter angetrieben: Er sollte Karriere bei einem Bauunternehmen machen, später mit seinem eigenen Betrieb. Ich wollte, dass er genug Geld verdient, um Ronny nach seiner Entlassung eine ordentliche Entschädigung zu zahlen. Meine Hoffnung war, dass Ronny sich mit dem Geld zufriedengeben und unsere gemeinsamen Pläne aufgeben würde.«

»Weiß dein Mann eigentlich etwas von deiner Beziehung zu Ronny?«

Ursula schüttelte den Kopf. »Auf keinen Fall. Er glaubt bis heute, dass es Ronny allein um das Geld ging. Irland war immer Ronnys Traum. Ronny sollte nach Irland gehen und uns beide vergessen.«

»Aber das wollte er nicht.«

Ursula stand auf. Sie klammerte sich an einen Haltegriff über der Koje und schüttelte den Kopf hin und her. »Mein Plan ging nicht auf. Ronny kam zweimal: Zuerst ging er zu Günter und holte sich seine fürstliche Entschädigung ab. Die beiden betranken sich bis zum Umkippen, aber Ronny sagte kein Wort darüber, dass er wiederkehren würde. Ein paar Tage später stand er dann bei mir vor der Tür. Er wusste, dass Günter in der Firma war, und forderte mich auf, mit ihm nach Irland zu gehen. Ich versuchte ihm zu erklären, dass das unmöglich sei, dass wir uns über die Jahre auseinandergelebt hätten. Was man eben so sagt.«

»Da ist Ronny wütend geworden?«

Ursula sah Clara erstaunt an. »Nein, gar nicht! Er hat etwas gesagt wie: ›Na, wenn das so ist …‹ Ich hatte das Gefühl, dass er verwirrt und enttäuscht war. Dass er aber auch versuchte, es zu akzeptieren. Ich wollte ihm Zeit lassen.«

»Hast du ihm gesagt, dass er nicht Leos Vater ist?«

»Ich wollte, aber ich konnte nicht. Ich merkte, dass er meine Abweisung erst einmal verdauen musste. Hätte ich gesagt, dass ich ihn schon zehn Jahre zuvor über Leo belogen hatte, dann wäre möglicherweise alles wieder gekippt.«

»Was war mit Leo? Wollte Ronny ihn nicht sehen? Schließlich glaubte er doch der Vater des Kindes zu sein.«

»Ich habe ihm Bilder von Leo gezeigt. Und ihn gebeten, keinen Kontakt aufzunehmen, weil das den Jungen doch sehr verwirrt hätte.«

»Und Ronny hat sich daran gehalten?«

»Sicher! Leo hätte das nicht verstanden, wenn da ein Mann angekommen wäre – einer wie Ronny – und gesagt hätte: Schau her, ich bin dein richtiger Vater.«

»Weiß Ronny denn inzwischen, dass Leo nicht sein Sohn war?«

Ursula sah Clara mit glasigen Augen an. »Nein! Ich habe ihn doch nur das eine Mal getroffen.«

Clara versuchte sich vorzustellen, was in dem Mann vorging, der jetzt gerade hinter dem Steuerrad der alten MATHILDA stand und mit Ursula und ihr aufs offene Meer fuhr. Es war nicht abzusehen, was passieren würde. Es konnte nichts Gutes sein.

-31-

Die CHAMPION erreichte die ungeschützte Ostsee. Tom blieb liegen. Er musste sich über die Situation klarwerden. Die Situation war – zurückhaltend formuliert – vertrackt. Er hoffte inzwischen inständig, dass sie die MATHILDA nicht einholen würden. Eine Katastrophe war dann wohl nicht zu vermeiden. Es war dumm von ihm gewesen, seine Gedanken zu Ronny und Ursula laut auszusprechen. Irgendein Wunder musste her, damit die alte Barkasse mit dem verrückten Ronny am Steuer einen Hafen erreichte, bevor Rakowsky sie sichtete.

»Da sind sie!«, rief der Bauunternehmer triumphierend aus. Er balancierte, trotz der prekär schiefen Lage der Jacht und ihren wilden Stampfbewegungen, auf dem schmalen Rand des Cockpits mit einem Fernglas vor den Augen. »Dein alter Kasten schaukelt ganz schön wild auf dem Wasser herum.« Eine Böe erwischte die Jacht und drückte sie tief nach Lee. »Hey«, rief Rakowsky, »jetzt zeige ich dir, wie Segeln geht!«

Trotz allem musste sich Tom wieder darüber wundern, dass Rakowsky seinen Faustschlag schon vergessen zu haben schien. Prügeleien schienen für den Mann aus Rostock eine relativ alltägliche Form der Kommunikation zu sein. Mit großer Hingabe lenkte Rakowsky die CHAMPION noch weiter in den Wind und richtete die Segel neu aus. Tom hörte ein bedrohliches Singen in den aufs Äußerste gespannten Wanten. Die Jacht bäumte sich auf, schoss ins nächste Wellental und kippte dabei wieder bedenklich zur Seite. Dicht
— 330 neben sich hörte Tom das Gurgeln des Meeres, von oben kam eine Ladung Gischt und durchnässte ihn vom Kopf bis zu den Füßen. Es blieb keine Zeit, um durchzuatmen. Die Wellen trafen die Jacht in kurzen Abständen von der Seite. Tom fürchtete im nächsten Augenblick weggespült zu werden. Er ging vorsichtig auf die Knie, robbte zum Niedergang und zog sich Stück für Stück nach oben auf die Luvseite der Jacht, die weit aus dem Wasser ragte. Er erinnerte sich an Bilder von Segelregatten, bei denen fröhliche Männer auf dem Luvbord saßen, hoch über dem tosenden Meer. Er erinnerte sich aber auch daran, dass diese Männer Schwimmwesten trugen und sich mit Gurten vor einem Sturz ins Meer sicherten. Nebenbei bemerkte Tom, dass ihm speiübel war.

-32-

Clara hatte keine Zeit mehr, über die prekäre Situation nachzudenken. Ronny hatte die wild schaukelnde Barkasse gegen die Wellen gedreht. Er brüllte etwas, das Clara nicht verstehen konnte. Augenblicke später wurde die Tür zur Bugkabine aufgestoßen. »Los, an Deck!«

Ein eisiger Wind packte Clara, als sie hinter Ursula aus dem Salon ins Freie trat. Trotzdem war sie froh, nicht länger in der Kabine eingesperrt zu sein.

»Setzt euch da auf die Bank!« Ronny war von der Gischt durchnässt. Seine spärlichen Haare klebten an der Stirn, aber seine Augen funkelten wild wie ein durchgeknallter Pirat. Er zeigte auf Ursula, die blass und gefasst auf der Heckbank saß. »Du hast mich verarscht, Ursula. Du wolltest nicht mit mir dein trautes Heim verlassen. Und ich habe das starke Gefühl, dass du dir das nicht erst jetzt überlegt hast, sondern schon vor langer Zeit. Vielleicht schon damals, als wir unsere Vereinbarung getroffen haben. Ist das richtig?«

Ursula starrte Ronny an. Oder starrte sie über ihn hinweg? Ihre Stimme klang klar und laut. »Du hast recht. Ich habe dich von Anfang an belogen. Ich hatte keine Wahl. Ich brauchte jemanden, der Leo und mich ernährt.«

Ronny hämmerte wie wild auf das Steuerrad. »Du Miststück! Du hast mich verarscht. Und was ist mit unserem Sohn? Los, sag es mir!«

Ursula zögerte. Sie schüttelte ratlos den Kopf. »Was soll mit ihm sein? Es ging mir immer darum, Leo zu schützen. Leo ist … war auch dein Kind und ich …«

»Halt dein Maul, du …! Leo wollte mir nicht glauben. Er wollte mir nicht glauben, dass ich sein Vater bin!«

»Du hast mit ihm gesprochen!?«

»Und zwar mehr als einmal. Nach der Schule, nach seinem Segelunterricht. Er wollte auch so eine Jacht haben wie Günter. Er war schon so ein richtiges Unternehmerkind.«

»Er kannte doch nichts anderes.«

»Vor allem mich kannte er nicht. Niemand hat ihm jemals von mir erzählt, stimmt's? Du hast mich um mein Leben und meinen Sohn betrogen.«

»Ich wollte, dass Günter für dich arbeitet. Er sollte dein Leben finanzieren. Hätte ich ihm gesagt, dass Leo nicht sein Sohn ist, sondern deiner: Glaubst du, dass er das dann getan hätte?«

»Hätte, hätte, hätte! Für wen hältst du mich? Ich wollte doch nur dich und Leo. Darum ging es. Du bist verantwortlich für seinen Tod!«

Clara sah, wie Ursula bei diesen Worten zusammenzuckte. Sie wollte protestieren, hob einen Arm, der aber auf halber Höhe stehen blieb wie ein abgestorbener Ast.

Die alte Barkasse hatte sich etwas gedreht. Eine Welle schlug gegen das Heck und drückte den Rumpf auf die Seite. Clara fürchtete, die MATHILDA würde kentern. Aber dann torkelte sie schwerfällig wieder zurück. Trotz der Turbulenzen hatte Clara für einen Augenblick etwas zwischen den Wellenbergen gesehen, das weder Wasser noch Luft noch ein Gemisch aus beidem war: Es war die Spitze eines Segels.

Ronny strich sich das Wasser aus dem Gesicht und brachte die Barkasse auf ihren vorherigen Kurs. Er wandte sich wieder Ursula zu, aber sie kam ihm zuvor. Sie stand auf, sie schwankte, mit einer Hand krampfte sie sich in Claras Schulter fest, mit der anderen zeigte sie auf Ronny. »Du kannst mir vieles vorwerfen, Ronny. Aber nicht Leos Tod. Was hast du getan in der Nacht, als er starb? Wo warst du da? Warst du in der Nähe unseres Hauses? Hast du dich an diesem Abend mit ihm getroffen?«

Ronnys Gesicht triefte. Er fuhr sich hektisch mit dem Handrücken über den Mund. »Ja, und wenn schon. Es war mein letzter Versuch. Ich habe dem Jungen gesagt, dass wir jetzt eine Familie sind. Ich wollte ihn mitnehmen. Damit es dir dann leichter fallen würde, auch noch zu mir zu kommen. Ich wollte Leo etwas schenken. Das beste Stück aus meiner Sammlung, ein schönes altes Amulett. Ich habe im Internet gelesen, was es zu bedeuten hat: drei Spiralen, die zeigen, dass drei Dinge zusammengehören. Das hat mir gefallen. Ursula, Leo und Ronny. Das habe ich dem Jungen gesagt. Aber weißt du, was der Bengel gemacht hat? Er hat mich angeschrien, dass er niemals mit mir kommen würde, und ist einfach weggelaufen. Ich bin ihm gefolgt und wollte ihm alles erklären.«

»Und dann hast du ihn getötet!«, schrie Ursula.

»Ich wollte ihn zu mir holen, zu seiner Familie. Aber er lief davon zu den alten Stall-Ruinen. Und dann stürzte er in diese Grube. Er fiel in das Loch und war tot.«

Ronny sank in sich zusammen. Aber schon nach wenigen Augenblicken warf er wieder finstere Blicke auf Ursula. »Du wirst nicht behaupten, dass es meine Schuld ist. Es war ein Unfall. Und es hätte diesen Unfall nicht gegeben, wenn du dich an dein Versprechen gehalten hättest.« Ronny griff hinter sich und zog aus seinem Hosenbund einen metallisch glänzenden Gegenstand. Clara erkannte zu ihrem Schrecken eine Pistole. »Ich sehe nur eine Möglichkeit. Du gehst dahin, wo Leo schon ist. Dann ist das Kapitel für mich erledigt. Es war ein langes Kapitel, aber nicht das Schlimmste in meinem Leben.«

Er hob die Pistole, aber er kam nicht dazu, auf Ursula zu

schießen. Eine Glasscheibe des Salons direkt neben dem Steuerstand zerbarst in tausend Stücke. Ronny duckte sich und brachte sich in Deckung. Auch Ursula und Clara rutschten auf den Boden des Achterdecks.

Das Segel, dessen Spitze eben noch weit entfernt zwischen den Wellenbergen aufgetaucht war, raste jetzt diagonal auf die MATHILDA zu. Es war höchstens dreißig Meter entfernt. In waghalsiger Seitenlage stieß die blaue Jacht der Rakowskys durch die Wellen. An Bord erkannte Clara einen stämmigen Mann im Flanellhemd. Er zielte mit einer Pistole auf die Barkasse. Dann tauchte der Kopf einer weiteren Person auf. Es war Tom.

-33-

Die Jacht des Bauunternehmers schoss auf die MATHILDA zu. Tom sah der Katastrophe entgegen, atemlos und innerlich gelähmt. Noch dreißig Meter, noch zwanzig Meter …

Er hatte keine Idee, wie er die Kollision hätte verhindern können. Als Rakowsky den ersten Schuss abgab, stand er breitbeinig am Steuerrad. Die drei Gestalten im Heck der Barkasse brachten sich in Deckung. Ronny schien dabei das Steuerrad zu entgleiten, und die Barkasse wich ein paar Grad von ihrem Kurs ab.

Dieser unbeabsichtigte Kurswechsel verschaffte ihnen den entscheidenden Vorteil. Die Jacht rauschte vor dem Bug der MATHILDA vorbei. Hätten sie sich nicht in dieser prekären Lage befunden, wäre es ein imposanter und eindrucksvoller Anblick gewesen; aus der Ferne musste es so aussehen, als ob die elegante CHAMPION mit der Kante des Großsegels über die mühsam stampfende Barkasse streichelte.

Noch einmal feuerte Rakowsky, und dieses Mal antwortete Ronny. Tom hörte ein scharfes Jaulen und warf sich hinter den flachen Kajütaufbau der CHAMPION. Rakowsky fluchte. Dann ging das Pistolengefecht erst richtig los. Acht oder zehn Schüsse glaubte Tom zu hören. Angesichts des wilden Geschaukels war es kein Wunder, dass keine Kugel nennenswerte Schäden anrichtete. Ein kleines Loch im Vorsegel bewies allerdings, dass Ronny nicht mit Platzpatronen hantierte.

Die beiden Boote entfernten sich ebenso schnell wieder voneinander, wie sie aufeinander zugelaufen waren. Rakowsky lenkte den Bug der Jacht durch den Wind. Er kurbelte voller Wut an den Winschen, um die Segel neu auszurichten. Die Jacht verlor trotzdem an Fahrt und lief nun auf parallelem Kurs der MATHILDA ein Stück hinterher.

Während sie langsam wieder näherkamen, sah Tom, dass auf der Barkasse eine Rangelei begonnen hatte. Ronny hielt Ursula mit einem Arm im Würgegriff, Clara versuchte die beiden auseinanderzubringen. Mit seiner rechten Hand, in der er noch die Pistole hielt, stieß er Clara zurück. Sie stürzte auf den Boden der Barkasse und blieb liegen. Tom biss sich auf die Lippen.

Rakowsky hatte das Steuerrad in die automatische Steueranlage eingehängt und hielt die Pistole mit beiden Händen auf Ronny gerichtet. Aber er schoss nicht, sondern fluchte nur leise vor sich hin. Er hätte seine Frau ebenso leicht treffen können wie seinen früheren Kompagnon.

»Verschwinde!«, brüllte Ronny.

»Niemals!«, brüllte Rakowsky zurück. Er gab einen Schuss in die Luft ab.

»Das ist meine letzte Warnung!«

»Du bist ein Schwein! Lass Ursula los. Sie hat damit nichts zu tun.«

Ronny lachte höhnisch. »Sie hat mich betrogen. Und dich auch. Sie hat uns beide gegeneinander ausgespielt.«

Ursula hatte bis zu diesem Augenblick blass und tatenlos Ronnys Umklammerung über sich ergehen lassen. Jetzt begann sie, sich zu wehren. Sie trat gegen sein Schienbein und versuchte den Arm mit der Pistole zu fassen zu bekommen. Aber gegen einen durchtrainierten Kerl wie Ronny war sie chancenlos.

Die beiden Boote fuhren inzwischen wieder beinahe auf gleicher Höhe. Rakowsky nahm das Steuerrad und lenkte die CHAMPION auf die MATHILDA zu. Er schien zu allem entschlossen zu sein.

Ronny verlor die Geduld. Er schlug Ursula mit dem Pistolengriff auf den Kopf und ließ sie zu Boden gleiten. Im gleichen Augenblick schwankte das Boot zur Seite. Die Frau des Bauunternehmers kippte nach vorne, fiel gegen die Reling und ging mit einer fast elegant anmutenden Rolle über Bord.

In dieser Sekunde, als Tom sah, wie Ursula Rakowsky mit einer ungewollt athletischen Einlage ins Meer stürzte, schossen ihm tausend Dinge gleichzeitig durch den Kopf. Später fragte er sich, was den Ausschlag gegeben hatte für seine Handlung. Aber so sehr er sich auch mühte, er fand keinen einzelnen, entscheidenden Auslöser. Es lief einfach alles auf das gleiche Ergebnis hinaus. Woran er sich erinnern konnte: Dass er zu der Stelle geblickt hatte, an der Clara zu Boden gegangen war, und dass sie in diesem Moment ihren Kopf gehoben hatte, um voller Entsetzen Ursula nachzublicken, die zwischen Wellenbergen zurückblieb, während die Boote unverändert weiterrasten. Auch erinnerte er sich später, dass er einen kurzen Blick mit Clara wechselte – nicht um sich bei ihr zu vergewissern, sondern weil er ihr instinktiv noch einmal in die Augen sehen wollte. Vielleicht, so dachte er wohl, war es das letzte Mal.

Dann sprang er ohne Schwimmweste und ohne seine Schuhe auszuziehen ins Wasser. Er sprang ohne Vorwarnung und ohne jede Überlebensaussicht. Eigenartigerweise spürte er den Kälteschock weniger intensiv als erwartet. Er konnte Ursula in diesem Moment nicht erkennen. Mit aller Kraft wühlte er sich durch die auf und nieder schwappende See. Er hatte, zumindest auf kurze Sicht betrachtet, Glück und entdeckte einen dunklen Sack. Es war Ursulas mit Wasser vollgesogene Mehrzweckjacke, die wohl nicht für den Zweck geschaffen war, das Überleben in einer elf Grad kalten Ostsee zu ermöglichen. Ein Zittern ging durch ihren schmalen Körper, als er sie umfasste. Er hob ihren Kopf über Wasser. Sie schnappte nach Luft, schien aber sofort wieder das Bewusstsein zu verlieren. Er versuchte ihren Kopf auf seiner

Brust zu platzieren, sodass ihr Mund über Wasser blieb. Aber immer wieder schlugen Wellen über ihnen zusammen. Für alles, was über den Augenblick hinausging, hatte Tom keinen Sinn mehr. Es ging nur um die eine Minute, die er brauchte, um Ursula zu erreichen, dann ging es um die drei oder fünf Minuten, für die seine Kraft reichen würde, um sie am Leben zu erhalten. Und wahrscheinlich würde es dann um die letzten fünf Minuten gehen, die ihm selbst noch blieben.

Als er Ursula fest umschlungen und in eine halbwegs sichere Position gebracht hatte, blickte er sich um. In der Ferne sah er die Mastspitze der CHAMPION verschwinden, von der MATHILDA war schon nichts mehr zu erkennen. Überraschenderweise wunderte es ihn nicht einmal, dass die beiden Streithähne sich nicht um die Menschen kümmerten, die über Bord gegangen waren, sondern ihre erbitterte Kampf- und Wettfahrt fortsetzten. Und aus irgendeinem Grund, den er weder in diesem Moment noch später durchschaute, war er erleichtert darüber, nicht mehr hilflos auf der Jacht des Bauunternehmers zu hocken. Er musste beinahe lachen bei dem Gedanken, dass er nun wenigstens nicht mehr seekrank werden würde. Nie wieder.

-34-

Clara war noch benommen nach ihrem Sturz auf das harte Deck der MATHILDA. Sie konnte den Ereignissen nicht schnell genug folgen. Sie sah einen Schatten über Bord gehen, sie sah Ursulas Körper in den Wellen verschwinden. Ihr Entsetzen war nicht mit Worten zu beschreiben. Das Nächste, was sie sah, war Tom, der gleichfalls ins Meer sprang. Sie hatte nicht einmal Zeit, sich Sorgen zu machen, spürte nur so etwas wie einen Funken von Bewunderung. Reflexartig durchzuckte sie der Gedanke nach einem Rettungsring, und sie wusste genau, dass der – für sie unerreichbar – auf dem Vordeck lag.

Also musste sie das gefährlich schaukelnde Boot anhalten. Sie sprang zum Steuerstand, wurde aber von Ronny abgefangen und weiter zum Eingang des Decksalons geschleudert. Bevor sie aufstehen konnte, fühlte sie erneut den eisernen Griff des Verbrechers, der sie weiterbeförderte und im Salon einsperrte. Wieder waren Schüsse zu hören. Die Jacht hatte die Barkasse mittlerweile beinahe überholt. Clara sah, wie Rakowsky zielte und abdrückte, zeitgleich zersprang ein weiteres Fenster der MATHILDA. Clara duckte sich und wartete, bis der Splitterregen vorbei war. Ein eisiger Wind fegte durch den Salon, wirbelte Papiere auf und durch den Raum, dessen Boden ohnehin schon mit Glasscherben, Bechern, Büchern und anderen Gegenständen bedeckt war. Ihr Blick fiel auf eine schmale Luke neben dem Eingang zum Salon. Geduckt eilte sie zu der Metalltür, hinter der verschiedene Rohrleitungen und Kabel versteckt waren. Sie wusste, dass es zu spät war, um Tom und Ursula noch aus der kalten Ostsee zu fischen. Aber diese unumstößliche Wahrheit spielte für ihr Handeln eigenartigerweise keine Rolle. Clara war getrieben von einer verrückten Hoffnung, dass alles irgendwie ein gutes Ende nehmen würde. Mit der Kraft der Verzweiflung drehte sie an allen Stellschrauben, die sie finden konnte. Sie drehte alles nach rechts; so lange, bis das dumpfe Vibrieren unter ihren Füßen nachließ und schließlich ganz aussetzte. Sie hatte die Dieselzufuhr unterbrochen.

Manches auf der Mathilda funktionierte nicht mehr richtig. Der Feuerlöscher, ein älteres und recht schweres Modell, tat es zum Glück noch. Als Ronny wütend in den Salon stürmte, schäumte Clara ihm den Kopf gründlich ein. Er schrie und stolperte, fiel dann zu Boden. Clara ließ den Feuerlöscher auf seine Brust knallen. Ronny ächzte, die Pistole entglitt seiner rechten Hand und flog auf die Dielen. Clara griff danach und hob die Waffe zitternd in die Höhe. Mit einem Blick auf den regungslosen Ronny drehte sie die Stellschrauben, die sie zuvor abgestellt hatte, wieder auf. Sie schloss Ronny ein.

Rakowsky war inzwischen mit seiner Champion einen Bogen gefahren und hielt erneut auf die steuerlos treibende Barkasse zu. Clara zeigte sich und winkte ihm zu. Sie startete den Motor. Von Tom war nichts zu sehen. Sie hatten mindestens eine halbe Seemeile zurückgelegt, seit er und Ursula über Bord gegangen waren. Es war unmöglich, die beiden zwischen den Wellenbergen wiederzufinden.

Rakowsky gab Clara ein Zeichen, ihm zu folgen. Clara stellte den Gashebel auf maximale Leistung.

-35-

Tom konnte den Gedanken an seinen eigenen Tod noch nicht fassen. Er sah sich selbst als strampelndes, prustendes Wesen, das sich von einer Welle zur nächsten kämpfte. Mit dem mächtigen Gedanken an seinen eigenen Tod konnte er nichts anfangen. Und doch war er irgendwie da, eine Art Ballon, der über ihm schwebte. Vielleicht würde es ihm gelingen, zu sterben, ohne dass der Ballon ihn berührte.

Noch hatte er das Knattern der Segel und das Dröhnen des überanstrengten Diesels im Ohr, mit dem sich die Boote von ihm verabschiedet hatten, da hörte er ein weiteres Geräusch: Nicht weit von ihm entfernt zischte und flappte etwas; dazu ertönte in gewissen Abständen ein kurzer Alarmton. All diese Geräusche kamen von einem knallroten Ding, das gerade damit fertig geworden war, sich selbsttätig aufzublasen. So wenig wie Tom den Gedanken an seinen Tod hatte fassen können, konnte er nun die Aussicht auf eine mögliche Rettung begreifen. Seine Freude war trotzdem gigantisch und verlieh ihm erstaunliche Kräfte. Die brauchte er auch, denn die knallrote Rettungsinsel wurde vom Wind in einem beträchtlichen Tempo abgetrieben. Es grenzte ohnehin an ein Wunder, dass Tom sie noch zu Gesicht bekommen hatte. Nirgendwo verschwinden Dinge so schnell und so nachhaltig wie zwischen den Wellenbergen eines stürmischen Meeres. Es ist schlimmer als eine Wüste. Ein Meer lässt dem Verirrten nicht einmal Zeit, in Ruhe zu verdursten, es zwingt ihn zum Überlebenskampf und es zeigt ihm schnell, wie aussichtslos dieser Kampf ist.

Tom musste Ursula für einen Augenblick loslassen, um eines der Bänder zu erreichen, die ringsum die luftgefüllte Rettungsinsel ins Wasser hingen. Als er eine Hand in die Schlaufe gelegt hatte, packte er mit dem anderen Arm Rakowskys Frau, die noch immer wie leblos im Wasser lag und unterzugehen drohte, weil sich inzwischen wohl alle Luftkammern in ihrer Kleidung vollgesogen hatten. Voller Verzweiflung hing er einen Augenblick zwischen Abgrund und Rettung. Dann gelang es ihm, eines der Bänder der Rettungsinsel um Ursulas Körper zu legen und zu verknoten. Er kämpfte sich selbst auf den wackeligen Schwimmkörper, um anschließend die Frau des Bauunternehmers hinaufzuziehen. Es war eine Aktion, die ihn an den Rand seiner Kräfte brachte und darüber hinaus. Er verschloss die Luke der Rettungsinsel und ließ sich in das Dämmerlicht der wild schaukelnden Kunststoffhöhle zurückfallen. Er schnaufte wie eine alte Dampfmaschine. An der Dachschräge der Rettungsinsel über ihm befand sich ein Aufdruck mit einer kurzen Beschreibung seines Gefährtes. Es war eines dieser neumodischen Dinger, die sich nicht nur selbst aufblasen konnten, sondern auch bei Nacht blinkten und in regelmäßigen Abständen Notsignale an umliegende Seefahrzeuge abgaben. ›Es fehlt nur noch die Kaffeemaschine‹, dachte Tom. Es passte zu Rakowsky, dass er sich so ein Gerät angeschafft hatte. Es passte auch zu ihm, dass er es ganz beiläufig hinter Tom her ins Meer geworfen hatte, um sich dann wieder von ganzem Herzen dem Kampf mit Ronny Kurth zu widmen.

Als Tom Ursula über den Rand der Rettungsinsel gewuchtet hatte, war wieder Bewegung in ihren Körper gekommen. Sie spuckte Wasser aus, atmete panikartig ein und öffnete die Augen. Ihr Gesicht war leichenblass. »Es ist alles gut«, sagte Tom, aber er zitterte so sehr, dass er die Worte kaum aussprechen konnte. Er wusste nicht, was er sonst noch sagen sollte. Seine Gedanken kreisten um Clara, um die Boote, die hinter den Wellenbergen verschwunden waren. All das war nur wenige Augenblicke her und erschien Tom, der zitternd in seiner Plastikgrotte lag, schon wieder weit weg und unwirklich. Vom unangenehmen Geruch des Materials und dem wilden Geschaukel wurde ihm schlecht. Er rollte sich zusammen und starrte auf die rote Seitenwand der Rettungsinsel, die sich unter dem Druck von Wind und Wellen immer wieder nach innen bog, aber allen Angriffen standhielt. Irgendwann – er hatte kein Gefühl mehr für das Verstreichen der Zeit – hörte er ein Motorengeräusch. Durch einen Spalt zwischen den Seitenteilen der Rettungsinsel sah er, wie sich ein Seenotrettungskreuzer näherte.

-36-

Nur bruchstückhaft erinnerte Tom sich später an die Ereignisse der folgenden zwei Stunden. Auf dem Schwimmsteg des Stadthafens umarmte er Clara lange und innig. Eng umschlungen flüsterten sie sich Sätze zu, Sätze, die in Tränen oder in unterdrücktem Gelächter erstickten. Niemand konnte das auseinanderhalten.

»Am Donnerstag war ich so sauer auf dich«, sagte Clara.

»Ich hätte dir sagen müssen, was ich tue.«

»Du dickschädeliger Halbidiot.«

»Du vertraust mir nicht.«

»Du bist ein Held.«

»Übertreib nicht.«

»Wie du dich in die Ostsee gestürzt hast. Idiotisch und großartig.«

»Hätte ich es lassen sollen?«

Clara deutete eine Ohrfeige an. »Ohne dich wäre Ursula jetzt tot«, flüsterte sie.

»Und ohne dich läge meine MATHILDA jetzt wohl auf dem Grund der Ostsee.«

»Es geht dir also nur um das Boot?«

Er gab ihr einen Kuss, um ihr zu widersprechen. »Du bist so was von mutig«, sagte er. »Ich weiß gar nicht, wie ich damit umgehen soll.«

Sie grinste. »Es war gut, dass du nicht an Bord deiner MATHILDA warst. Du hättest mich bestimmt nicht ans Steuer gelassen.«

Er warf einen Blick auf die zerschundene Barkasse. Im Salon kümmerten sich Sanitäter um Ronny. Zwei Polizisten standen mit gezückter Waffe daneben.

»Was für ein Typ!«, sagte Tom. »Und du hast ihn außer Gefecht gesetzt? Unglaublich.«

»Denkst du, ich sollte dafür eine Auszeichnung bekommen?«

»Zumindest ein paar warme Worte der Ermittlerin.«

Tom deutete auf Sylke, die sich ihnen genähert und die letzten Worte mitgehört hatte.

»Ein paar warme Worte reichen da nicht. Euer Einsatz hier war spektakulär. Ich möchte gar nicht auf die Frage eingehen, ob du, Tom, mich nicht schon da oben hättest informieren müssen.« Sie deutete zum Dach des Hotels, dessen Backsteinwände im Licht der Nachmittagssonne zu glühen schienen.

»Du warst so beschäftigt.«

Sylke wollte widersprechen, aber Clara unterbrach sie: »Wie haben Sie es geschafft, Dr. Grimm vom Hoteldach zu holen?«

»Es war ein kleiner Trick nötig, den ich aber hier leider nicht verraten kann.«

Sie gingen zu einem Krankenwagen, wo Toms Kopfverletzung behandelt werden sollte. Er trug einen geliehenen Jogging-Anzug, darüber die golden schimmernde Rettungsfolie. Hinter einer Polizeiabsperrung warteten mehrere Reporter und ein Kamerateam.

»So ein Mist, ich habe mich heute Morgen nicht gekämmt.«

Sylke seufzte: »Ich glaube, ich ertrage heute keine dummen Sprüche mehr. Ich hoffe sehr, dass du erst einmal für einige Tage stationär weggeschlossen wirst. Nächste Woche müsst ihr beide dann noch eine Aussage machen.« Sie winkte zum Abschied und ging zu einem Polizeiwagen. Neben der Beifahrertür stand Kriminalhauptkommissar Brehm und erwartete Sylke mit einem säuerlichen Lächeln.

Mittwoch: Möglichkeiten

-37-

Bevor Tom die Tür zu Sven Dornkops Büro öffnete, hielt er inne. Wann hatte er diese Klinke zuletzt hinuntergedrückt? War es eine gute Woche her? Oder nicht doch ein Jahr? Wie konnte in so kurzer Zeit so viel passieren? Es war eigentlich weniger als eine Woche verstrichen, denn die letzten beiden Tage hatte er beinahe komplett verschlafen. Trotzdem fühlte er sich eigenartig müde und desorganisiert. Warum ihn der Barther Tourismusbeauftragte zu einer dringenden Besprechung hergebeten hatte, war ihm ein Rätsel.

Svens Erscheinung gab keine Antwort auf die tiefsinnige Frage nach dem Fluss der Zeit. Er saß zurückgelehnt in seinem Ledersessel, hatte die Füße auf dem Schreibtisch abgelegt und schien zu dösen. Das Licht der Vormittagssonne verlieh diesem Bild einer stark gebremsten Geschäftigkeit etwas Malerisches. Tom schloss die Tür leise, um nicht zu stören.

Aber Sven hatte nur auf der Lauer gelegen. Als Tom vor seinem Schreibtisch stand, sprang er auf, rückte dem Gast einen Stuhl heran und nahm ein fertig präpariertes Tablett mit Kaffee und Kuchen von einem Regalbrett. »Unsere Sekretärin hat extra für dich einen Apfelkuchen gebacken. Deine Heldentaten haben sich bis in die entlegensten Vororte unserer weitläufigen Kommune herumgesprochen. Nimmst du Zucker und Milch in den Kaffee?«

Tom musste lachen. »Sind das jetzt die neuen Umgangsformen in der Stadt Barth? Wann kann ich hier anfangen?«

Sven schenkte Kaffee ein. »Das ist nur Fassade. Es geht hier um Mitarbeitermotivation. Wir wollen verdiente Menschen wie dich noch effizienter und erfolgreicher ausbeuten. Nee, im Ernst: Lass es dir schmecken. Und dann haben wir einiges zu besprechen.« Sven nahm wieder Platz. Er wirkte konzentriert und ernst. Etwas von seiner jugendlichen Leichtigkeit schien abhandengekommen zu sein. »Frau Dr. Grimm ist bis auf Weiteres krankgeschrieben. Ich hoffe, du glaubst mir, dass ich keinerlei Schadenfreude empfinde. Wenn ich gewusst hätte, wie es ihr geht, dann hätte ich wohl auch anders über sie geredet.«

»Ist sie …?«

»… in einer psychiatrischen Einrichtung, ja. Ich weiß noch nichts Genaues, aber mein Chef hat sie gestern besucht. Er ist, wie du vielleicht weißt, ein sehr handfester Mann und hat ein kurzes Fazit gezogen: ›Wird schon wieder.‹ Trotzdem werden wir natürlich vorerst auf ihr Werk zur Stadtgeschichte verzichten müssen.« Er trank einen Schluck und blickte an die Decke. »Ja, und dann gab es hier gestern auch einen heftigen Streit über die Marketingstrategie der Stadt. Ich habe die Entwicklung der letzten Tage und Wochen resümiert und auch die Gerüchte rund um die OCE nicht ausgespart. Deshalb plädiere ich dafür, dass wir uns als kleine, aber doch selbstbewusste Stadt in Zukunft nicht mehr von diesem Unternehmen oder seinen Ablegern alimentieren lassen sollten. Ich habe mich dafür stark gemacht, dass wir an unserem ursprünglichen Tourismuskonzept festhalten und wieder ganz auf den Schatz setzen, der uns hier nun mal anvertraut ist: die einmalige Landschaft, die Vielfalt der Natur. Es kann doch nicht angehen, dass wir uns einfach so wegducken, aus Scham oder Angst, es könnte uns hier jemand irgendwann einmal die Gewässer versauen. Dass wir unter dem Diktat eines Ölförderunternehmens ein anderes Bild von unserer Stadt erzeugen, als genau das Bild, an das wir glauben.« Svens Stimme hatte einen festen, beinahe feierlichen Ton angenommen.

»Und wie ist deine Ansprache angekommen?«

»Es war keine Ansprache, es war eine Brandrede. Sie führte erst zu langem Schweigen und dann zu einer lautstarken Streiterei. Am Ende ergab das Stimmungsbild, dass sie mir freie Hand lassen und im nächsten Jahr den Etat erhöhen.«

»Und was heißt das?«

»Das heißt: Wir machen weiter. Wir ignorieren die Aktivitäten der OCE. Und wir brauchen eine neue Broschüre von dir. Und zwar superschnell. Du kannst heute noch loslegen.«

»Ich bin, ehrlich gesagt, nicht gut darauf vorbereitet.«

»Natürlich. Lass dir Zeit. Aber nicht zu viel. Du hast ja schon Vorarbeiten geleistet, für die du mir baldmöglichst eine Rechnung reinreichen solltest. Und dann machen wir einen weiteren Termin, bei dem wir die Einzelheiten besprechen.«

Tom zerdrückte mit der Zunge ein Stück von dem Sekretärinnenapfelkuchen und spülte mit etwas Kaffee nach. »Der Kuchen ist fantastisch.«

»Ich werde es ausrichten.«

»Eine Sache habe ich nicht verstanden: Du sprachst von Gerüchten rund um die OCE?«

Sven sah Tom verwundert an. »Du hast noch nichts davon gehört? Das freut mich, dass ich da ausnahmsweise mal schneller war. Es heißt, dass die gesamten Ölförderaktivitäten überdacht werden. Hier in Barth wird man erst einmal weitermachen, aber möglicherweise keine neuen Ölbohrstellen eröffnen. Vielleicht ist der ganze Spuk in fünf Jahren vorbei.«

»Und aus welchem Grund?«

»Die Produktionskosten scheinen höher als erwartet zu sein.«

Tom dachte an Rakowsky und seine Pachtverträge. Rakowsky war sicher nur ein Kostenfaktor unter vielen, aber vielleicht ein entscheidender. Dass der Bauunternehmer einen Anteil an der Einstellung des Projektes haben könnte, war nicht nur interessant, es war skurril.

Sven sah ihn nachdenklich an. »Ich hätte da auch noch eine Frage.« Er suchte nach den richtigen Worten. »Ich habe dich neulich sicher etwas verwirrt.«

»Du meinst …«

»… an dem Tag, an dem mein Büro hier durchsucht wurde und ich sozusagen zu dir geflohen bin.«

»Ja, das hast du. Du hast mich erst händeringend um Unterstützung gebeten und dann bist du kommentarlos wieder verschwunden, während ich versucht habe, deine Haut zu retten. Das hat mich in der Tat etwas gewundert.«

Sven räusperte sich. »Ich habe mich noch nicht bedankt für deinen Einsatz, der mir wirklich sehr geholfen hat. Es war einer der schlimmsten Tage in meinem Leben. Alles stand infrage. Meine Schwester kam aus Stralsund und hat mich abgeholt. Ich habe in den Wirren dieser Stunden nicht daran gedacht, dich zu informieren. Tut mir leid.«

Tom kratzte sich am Kopf. »Na ja, ich habe mir alles Mögliche ausgemalt. Dass du dich bei mir auf dem Dachboden erhängt haben könntest. Und es war ja zu diesem Zeitpunkt auch noch vollkommen unklar, was mit Leo passiert war. Ich habe für einen Augenblick wirklich überlegt, ob du …«

»Ob ich was …?«

»Es gab diese Vermutung, dass es bei dem Fall auch um Kindesmissbrauch gegangen sein könnte.«

»Und du dachtest …«

»Nicht wirklich, aber irgendwie … Ich weiß nur sehr wenig über dich. Du kommst hierher, in die Provinz. Wer weiß, warum du aus Schwerin weggegangen bist?«

»Du hast also ernsthaft geglaubt, ich sei der Täter gewesen? Dazu noch ein Kinderschänder.«

»Im Nachhinein betrachtet eine unerhörte Vermutung.«

Sven nickte. »Aber für den Augenblick vielleicht auch nachvollziehbar. Ich danke dir für deine ehrliche Antwort. Und ich denke, ich sollte dir etwas mehr über mich erzählen. Das können wir nachholen.«

»Ja, unbedingt. Und noch etwas: Von dem, was ich dir gerade erzählt habe, weiß niemand etwas – außer mir und dir. Mir ist in den letzten zwei Tagen klar geworden, was es bedeutet, nach einem Verbrecher zu suchen. Du siehst irgendwann in jedem Menschen einen Verbrecher. Und das ist gefährlich. Ich weiß nicht, ob ich so etwas noch einmal machen würde.«

»Du meinst, als Detektiv zu arbeiten?«

»Richtig. Das ist kein Kinderspiel. Es ist ganz anders, als man in Büchern lesen oder im Fernsehen sehen kann.«

»Ich denke, du solltest es trotzdem tun. Vor ein paar Tagen habe ich zwar das Gegenteil behauptet, aber jetzt behaupte ich das Gegenteil vom Gegenteil.«

»Du denkst, ich sei für diesen Job qualifiziert?«

»Richtig. Du bringst alle notwendigen Eigenschaften mit.«

Tom fühlte sich für einen Moment geschmeichelt.

»Wirklich?«

»Ich meine damit, dass du die nötige Mischung aus Dreistigkeit, Unverschämtheit, Ignoranz und Skrupellosigkeit vorweisen kannst.« Sie lachten beide laut los.

»Aber jetzt«, rief Sven prustend, »erst mal an die Arbeit.«

»Das passt. Ich brauche dringend Geld.«

Am Nachmittag waren Tom und Clara bei Gambitzke in Tannenheim eingeladen, und auch dieser Termin erinnerte Tom daran, wie viel in der einen Woche seit Ostern passiert war. Gambitzke war noch am Wochenende aus der Untersuchungshaft entlassen worden. Bei der Gelegenheit wurde festgestellt, dass mit seiner Adresse etwas nicht in Ordnung war. Seine Gartenlaube wurde als feste Wohnung nicht akzeptiert. Schon am Dienstag hatte er in eines der niedrigen Tannenheimer Reihenhäuser einziehen können, nur ein paar Meter weiter.

Grimmig lächelnd empfing er Clara und Tom an der Tür. Dann zeigte er den beiden jedes Zimmer seines kleinen Hauses, einschließlich des Geräteschuppens im Garten. Er war grantig wie immer, aber auch vom Stolz eines frisch gebackenen Immobilienbesitzers erfüllt. Möbel gab es in seiner Wohnung kaum, aber er hatte Axt und Spaten vorläufig im Wohnzimmer abgestellt.

Die Kaffeetafel bestand aus aufgeschichteten Umzugskartons, über die Gambitzke ein Holzbrett gelegt hatte. Clara und Tom saßen auf wackeligen Gartenstühlen. Sie taten sich schwer mit der kulinarischen Auswahl: Es gab Kuchen aus dem Discounter und Kekse mit einer klebrigen Fruchtfüllung. »Das Haus stand schon länger frei, und da habe ich zugegriffen«, erzählte Gambitzke. Er ließ seine rechte Faust wie eine Granate in seiner linken Handfläche einschlagen.

»Toll«, sagte Tom, »die Kosten sind auch kein Problem?« Er ahnte längst, was nun kam, und er war sehr gespannt darauf, wie es kam.

Gambitzke beugte sich vor und tat sehr geheimnisvoll. »Eigentlich darf ich nicht darüber reden, aber bei dir mache ich eine Ausnahme: Die OCE bezahlt das alles. An dem Tag, als du hier warst«, er deutete auf Tom, »da habe ich mir nochmal einige Videos angesehen, die ich heimlich aufgenommen habe. Auf einer Aufzeichnung war deutlich zu hören, wie Rakowsky und dieser Flachland-Indianer miteinander sprechen.«

»Du meinst van Reijten?«

»Genau. Und man kann hören, dass Rakowsky auf Verträgen sitzt, die der OCE schaden. Aber einer der OCE-Chefs hat sie unterschrieben.«

»Jürgen Scherf, der Justiziar?«

»Genau. Genau der. Einer von diesen Arschleuten eben. Woher weißt du das? Na, egal. Wichtig ist nur, auf meinem Video ist der Beweis: Korruption bei der OCE. Das wollen die nicht, das ist für die nicht gut. Haben sie doch längst alles vertuscht. Verstehst du? Ich habe gesagt: Ich halte meinen Mund und ihr bekommt die Videos. Aber ich will dieses Haus. Sie werden es für mich kaufen. Ist alles schon aufgesetzt. So richtig mit Brief und Unterschrift. Sie sagen: Es ist eine Kompensation für das Waldstück, das mein Papa für mich angeschafft hat.« Gambitzke lachte und seine Mundwinkel wanderten dabei fast bis zu den Ohren. »Sollen sie sich das Öl doch holen. Sollen sie doch das ganze Land hier aufbohren – ich habe jetzt mein Haus. Alles prima hier: Heizung, Strom, Wasser. Das Telefon kommt morgen.« Er zermalmte einen Keks geräuschvoll zwischen seinen Kieferknochen. »Aber wie gesagt, ihr wisst von nichts. Ist das klar?« Er schlug Tom mit aller Wucht auf die Schulter. »Sonst hole ich meine Mistgabel aus dem Schuppen.«

Tom grinste. »Nein, das muss nicht sein. Ist das Gespräch, das du erwähntest, auch auf den Videos, die du mir gegeben hast?«

Gambitzke packte ihn plötzlich am Arm und riss ihn zu sich rüber. »Das darfst du auf keinen Fall weitergeben!«

»Ich habe die Videos gar nicht mehr. Sie sind bei der Polizei.«

»Ach, du …« Er biss sich in den Handrücken.

Tom versuchte ihn zu beruhigen. »Mach dir keine Sorgen. Die DVDs liegen bei den Materialien zum Fall Leo. Niemand wird auf die Idee kommen, Dutzende von Stunden verwackelter Videos anzusehen. Du hast ja mit dem Fall auch gar nichts mehr zu tun. Wahrscheinlich kann es keinen besseren Ort geben, um diese Videos verschwinden zu lassen, als die Asservatenkammer der Polizei.«

Gambitzke grinste und schlug Tom erneut auf die Schulter.

Clara stand auf. »Ich würde gerne gehen«, sagte sie ungeduldig. Tom hatte bemerkt, dass sie sich nur mühsam zurückhalten konnte, solange sie bei Gambitzke waren. Einmal hatte er ihr sogar auf den Fuß getreten. Draußen platzte es aus Clara heraus: »Man muss diese Leute doch zur Rechenschaft ziehen! Wieso unterstützt du noch diesen faulen Handel, den sie mit Gambitzke eingegangen sind?«

»Eigentlich sehe ich das so wie du«, sagte Tom. »Aber wenn die ganze Sache jetzt öffentlich gemacht und gerichtlich überprüft wird, führt das möglicherweise dazu, dass die Verträge, die Rakowsky mit dem feinen Herrn Scherf ausgehandelt hat, doch noch für ungültig erklärt werden. Und was dann? Ich habe gehört, dass die OCE plant, das Projekt zu verkleinern, vielleicht sogar abzubrechen. Möglicherweise haben diese für das Unternehmen ungünstigen Verträge ihren Anteil daran. Da würde ich zumindest bei Rakowsky sagen: Das Geld hat er sich verdient.«

»Mir gefällt das nicht.«

»Das glaube ich. Rakowsky hat mir übrigens auch angeboten, mein Haus zu einem sehr günstigen Preis zu sanieren.«

»Das wirst du wohl nicht annehmen, oder?«

»Nein, von ihm nicht. Höchstens als kleines Dankeschön von seiner Frau.«

Clara sah ihn überrascht an. Sie schien sich nicht entscheiden zu können, ob sie empört oder amüsiert sein sollte. »Du bist ein Halunke.«

Sie gingen langsam zur Zingster Straße, wo Clara ihr Fahr-

rad abgestellt hatte. Über ihnen rauschte der Wind in den Baumwipfeln. Es war mild geworden. Der Frühling war nicht mehr aufzuhalten.

»Wie geht es Ursula eigentlich?«, fragte Tom. »Hast du schon mit ihr gesprochen?«

»Ich habe kurz mit ihr telefoniert. Sie ist gestern aus dem Krankenhaus entlassen worden, braucht aber noch viel Ruhe. Morgen werde ich sie besuchen.«

»Was ich mich frage: Hat sie tatsächlich nichts davon gewusst, dass Ronny nach seinem ersten Besuch bei ihr darauf bestehen würde, dass sie ihr Versprechen einlöst? Sie hätte doch merken müssen, wie radikal ernst der Typ das meint.«

Clara blickte nachdenklich über die Straße hinweg in den Barther Forst. »Sie hat nicht gewusst, dass Ronny längst Kontakt zu Leo aufgenommen hatte. Da bin ich mir sicher. Und deshalb konnte sie auch nicht wissen, dass er sich an dem Abend, an dem Leo starb, mit ihm verabredet hatte. Aber vielleicht hat sie immer befürchtet oder geahnt, dass von Ronny noch etwas kommen würde. Schwer zu sagen.

Sie wird sich deshalb bittere Vorwürfe machen. Ich glaube, sie ist in gewisser Weise noch immer diese streng erzogene Tochter einer gut situierten Familie. Sie kann sich nicht vorstellen, dass auch Leute wie Ronny ihren Gefühlen folgen. Sie hat ihn nicht ernst genommen.«

»Und Ronny? Glaubst du, dass er ein Mörder ist? Oder war es ein Unfall, wie er behauptet?«

»Das fragst du mich? Woher soll ich das wissen? Im Prozess gegen Ronny wird es genau um diese Frage gehen.«

»Er hat bis zuletzt geglaubt, dass Leo sein eigener Sohn ist. Kein Mensch würde doch den eigenen Sohn in ein drei Meter tiefes Betonloch stoßen.«

Clara nickte. Sie schien mit großer Ernsthaftigkeit seinen Gedanken zu folgen, aber dann hellte sich ihre Miene etwas auf. »Du machst dir Gedanken darüber, wie ein Vater mit seinen Kindern umgehen sollte? Das finde ich interessant.«

Tom musste lächeln. »Geschickt, wie du jetzt diesen Bogen schlägst. Aber lass uns darüber an einem anderen Tag sprechen.«

»Einverstanden. Ich bin nur froh, dass wir jetzt überhaupt wieder Zeit haben, an andere Dinge zu denken als an die Verbrechen, die sich in diesem wunderschönen Landstrich ereignen.«

Sie standen eine Weile wortlos nebeneinander. Clara hatte ihren Urlaub um drei Tage verlängert. Am nächsten Morgen musste sie wieder zur Arbeit gehen. Es war wieder Alltag, dachte Tom, aber zugleich war alles anders, als es zehn Tage zuvor gewesen war.

Clara hielt ihr Fahrrad abfahrbereit neben sich. Sie wollte aufsteigen, drehte sich dann aber noch einmal um und sah Tom prüfend an. »Mir ist übrigens in den letzten Tagen ein Fahrrad aufgefallen, das bei mir in Zingst am Haus lehnt, hinten an der Rückwand. Es sieht deinem sehr ähnlich. Und außerdem ist es mit einem Roller zusammengeschlossen.«

»Ach, tatsächlich?«

»Du hast gesagt, dass du nie wieder mit dem Fahrrad nach Zingst fährst.«

»Stimmt, das habe ich gesagt.«

»Deswegen kann es ja nicht deins sein, oder?«

»Nein, streng genommen kann es das nicht sein.«

»Auch im Haus weiß sonst niemand, wem es gehören könnte.«

Tom gab auf. »Ja, es stimmt. Ich wollte am Mittwoch einfach schnell zu dir fahren und vorher noch hier in Tannenheim mit Gambitzke sprechen. Es ging nicht anders als mit dem Fahrrad.«

»Du hast es also tatsächlich getan?«

Tom rollte mit den Augen.

»Und du würdest es vielleicht auch wieder tun?«

Er zuckte mit den Schultern.

»Und du würdest es vielleicht auch mit mir zusammen tun? Also natürlich nur, wenn ich dich sehr darum bitte.«

Er hob die Hände und sah sie hilflos an. Seine Stimme blieb fast weg, als er ihr antwortete: »Wenn dir wirklich so viel daran liegt, dann werde ich es versuchen.«

Clara beugte sich zu ihm herüber und gab ihm einen Kuss. »Ja, es liegt mir viel daran. Lass das Rad ruhig stehen. Aber den Roller musst du noch zurückgeben. Und am Wochenende machen wir zusammen einen Ausflug.«

Tom wollte widersprechen. Aber Clara stieg einfach auf ihr Fahrrad und fuhr los.

-38-

Am Abend hatte sich eine kleine Runde im Weltenbummler versammelt, eine der winzigsten Kneipen in ganz Mecklenburg-Vorpommern. Sylke, Tom und Sven saßen an einem von drei Tischen, die in dem Gastraum neben der Theke noch Platz fanden. Umso erstaunlicher, was in dieser kleinen Kneipenwelt im Zentrum von Barth alles friedlich nebeneinander passte: An den Wänden hingen die obligatorischen Fischernetze, in denen sich die ebenso unvermeidlichen Muscheln verfangen hatten, aber auch Fanschals des FC Bayern München und von Schalke 04. Unter einer kitschigen, violetten Lichterkette belehrten Trinksprüche und zeitlose Säuferweisheiten die Gäste darüber, worum es an diesem Ort in erster Linie ging.

Die leitende Barther Polizistin, der Tourismusmanager und der ehemalige Journalist folgten bereitwillig dem grundlegenden Gebot, mit dem Bier nicht zu sparsam zu sein. Natürlich waren die Ereignisse der vergangenen Woche das wichtigste Thema, und der forsche Sven trieb seinen Spott mit den Ergebnissen der Polizeiarbeit. »Unterm Strich betrachtet hat mein Freund Tom eure Arbeit doch mehr oder weniger allein zuwege gebracht. Hat die Polizei eigentlich irgendetwas erreicht?«

Tom war Svens Nörgelei peinlich. Er merkte, dass Sylke, die anfangs alles mit Humor genommen hatte, allmählich die Geduld verlor.

»Immerhin haben wir Dr. Grimm heil vom Hoteldach geholt. Dafür wird es auch eine Auszeichnung vom Polizeipräsidenten geben.«

Bevor Sven seine Spöttelei fortsetzen konnte, hakte Tom ein. »Das wolltest du neulich nicht verraten: Wie habt ihr das eigentlich geschafft?«

Sylke blickte einen Moment lang düster vor sich hin. »Ihr dürft das bitte nicht weitererzählen, ja?«

Tom und Sven murmelten ausgedachte Schwüre ewiger Verschwiegenheit.

»Ich dachte mir, bei diesen intellektuell verkorksten Menschen hilft manchmal nur eine klare Ansage. Ich habe Frau Dr. Grimm in meinem schönsten Kommandoton mitgeteilt: ›Rita, es reicht jetzt! Wir haben verstanden, dass es Mist ist, was die OCE hier veranstaltet. Aber die Kollegen haben eine anstrengende Woche hinter sich. Ein Kind ist tot. Und jetzt wollen die nicht zum heiligen Sonntag noch eine Leiche von der Straße kratzen. Wenn Sie nicht sofort dieses Dach verlassen, werde ich dafür sorgen, dass alle Ihre Bücher aus der Barther Polizeibibliothek entfernt werden.‹«

Es war einen Augenblick lang still im Weltenbummler. Dann prusteten Sven und Tom los. Sven konnte als Erster wieder einigermaßen klar sprechen. »Ich wusste gar nicht, dass die Barther Polizei eine Bibliothek hat.«

»Hat sie auch nicht. Aber es kam hier auf das Ergebnis an. Dr. Grimm ist jedenfalls folgsam zum Dachausstieg geschlichen, die sieben Etagen hinabgestiegen und hat sich, ohne dass man sie dazu auffordern musste, in den bereitstehenden Polizeiwagen gesetzt. Ich war, ehrlich gesagt, selbst etwas überrascht von der Wirkung meiner Worte.«

»Du hast eben einfach eine natürliche Autorität.«

»Danke! Prost!«

Als Sven wenig später auf der Toilette war, wandte sich Tom an Sylke: »Wie steht es eigentlich um Brehm? Ist seine Demontage vorangeschritten?«

Sylke schüttelte traurig den Kopf. »Der Fall wird ihm weder positiv noch negativ angerechnet. Für mich ist die Hauptsache, dass er wieder weit weg in Anklam sitzt.« Sie seufzte und warf Tom einen neckischen Blick zu. »Und ich werde vorläufig hierbleiben.«

Sven kam wieder und das Gespräch kreiste eine Weile um die Vorzüge und Nachteile des Kleinstadtlebens. Neue Gläser wurden auf den Tisch gestellt, Lärm- und Alkoholpegel in der Kneipe stiegen so unaufhaltsam wie der Wasserspiegel bei der großen Flut von 1625.

Während Tom sich zu erinnern versuchte, das wievielte Bier er gerade trank, begann Sven, der sichtlich angetrunken war, erneut zu sticheln. »Jetzt mal im Ernst, Sylke:

Was genau habt ihr zur Aufklärung des eigentlichen Falles beigetragen?«

Sylke – nicht weniger beschwipst – bohrte ihren Zeigefinger tief in Svens kräftigen Oberarm. »Ermittlungsarbeit besteht nun mal aus einer Unmenge winziger Mosaiksteinchen. Davon hast du in deinem Rathaus gar nichts mitbekommen.«

»Aber so richtig Zählbares habt ihr nicht geliefert, oder? Die wesentlichen Dinge hat Tom herausgefunden.«

»Eine entscheidende Frage habt ihr beiden Knallköppe noch gar nicht gestellt.«

Tom schlug sich an die Stirn. »Jetzt hätte ich es beinahe vergessen: Was ist mit dem Mann, der Clara letzten Mittwoch k.o. geschlagen hat? Ich hatte das Gefühl, dass sie darüber irgendetwas weiß. Aber sie war absolut nicht in der Stimmung, über das Thema zu sprechen.«

»Clara, wer war das doch gleich?«, säuselte Sylke und legte dabei ihren Kopf auf Toms Schulter.

»Reiß dich zusammen«, murmelte er.

Sven sah die beiden pikiert an, soweit er diesen Gesichtsausdruck noch zustande bekam.

Sylke richtete sich wieder auf. »Ist gut, ist gut! Nur dass du's weißt: Wenn es diese liebe, nette Clara nicht gäbe, dann wäre ich doch in den letzten Tagen beinahe mal auf den eigentlich abwegigen Gedanken gekommen, dass es mit uns beiden vielleicht auch mal was werden könnte. Aber, wie gesagt, es gibt tausend Gründe. Und Clara ist nur einer davon, einen Knallkopp wie dich von der Bettkante zu … huch, habe ich Bettkante gesagt, ich wollte eigentlich, was ganz anderes sagen, aber jetzt weiß ich nicht mehr …« Sie winkte der Bedienung zu. »Noch eine Runde Klaren, bitte.«

»Du wolltest eigentlich seine Frage beantworten«, erinnerte Sven sie geduldig.

»Ja, richtig. Gerne.«

»Dann tu es doch einfach.«

»Welche Frage denn?«

Sven brach in lautes Gelächter aus. Tom fühlte sich plötzlich furchtbar müde.

»Ob ihr etwas über diese Attacke auf Clara herausbekommen habt. Und über dieses merkwürdige Bündel im Ruderboot.«

Sylke schien plötzlich wieder klar im Kopf zu sein. Sie saß kerzengerade und strahlte Tom und Sven an. »Ich kann euch dazu einen umfassenden Bericht liefern.« Während die beiden sich bedeutungsvoll zunickten, nahm Sylke einen großen Schluck, knallte das Glas mit einer sehr männlichen Geste auf den Tisch und legte los. »In diesem Punkt hat die Barther Polizei erstklassige Arbeit geleistet. Das kann ich ohne Übertreibung sagen. Unser Polizeianwärter hat der Angelegenheit, wie sich das gehört, einen klangvollen Namen gegeben und auf die entsprechende Akte *Blutpaket* geschrieben. Wollt ihr die wesentlichen Ergebnisse hören?«

Sven stützte seinen Kopf auf den Unterarm und ließ etwas Bier in seinen Mundwinkel laufen. Dabei brachte er es fertig, sich halbwegs verständlich zu machen. »Machsnichsospannend.«

»Schlüsselfigur im Fall *Blutpaket* ist Jost Kümmerling«, posaunte Sylke so laut, dass der Barkeeper mit den Augen rollte. »Er ist Betreiber einer mehr schlecht als recht laufenden Imbissbude in Fuhlendorf. Außerdem ist Forstpächter Wegener in den Fall verwickelt. Ich möchte nicht von einer kriminellen Vereinigung sprechen, aber es handelt sich hier doch zumindest um ein eingespieltes Team von Provinzverbre-

chern. Ausgangspunkt des Geschäftsmodells ist die Tatsache, dass es auf den Landstraßen des Darß häufig zu Wildunfällen kommt. Oft sind in diese Unfälle Wildschweine verwickelt, die einen solchen Zusammenstoß meistens nicht überleben. Üblicherweise wird nach einem Unfall die Polizei benachrichtigt, die wiederum Forstpächter Wegener informiert, damit dieser alles Weitere veranlasst. Da man über Vorerkrankungen der betroffenen Tiere nichts weiß, entspricht es den Regeln waidmännischer Praxis, solche unkonventionell zu Tode gekommenen Wildschweine nicht zu verwerten, sondern zu entsorgen. Waldpächter Wegener ist allerdings vor einiger Zeit zu der Auffassung gekommen, dass er eine andere Lösung bevorzugen müsse: Erstens weil seiner Meinung nach die meisten verunglückten Schwarzkittel kerngesund sind und zweitens wegen seiner prekären finanziellen Situation. Er übertrug deshalb dem ihm bekannten und ebenfalls finanziell klammen Imbissbetreiber Jost Kümmerling gegen ein gewisses Entgelt die Verwertung des Fleisches. Da man möglichen Kontrollen aus dem Weg gehen wollte und der kürzeste Weg sowieso quer über den Bodstedter Bodden führt, wurde für den Abtransport der Seeweg gewählt. Der übliche Ablauf war also folgender: Wegener erfährt von einem Wildunfall, er informiert Kümmerling, der den Imbissbetrieb seiner Frau überlässt und sich mit seinem alten Kahn auf den Weg macht. Vor Ort wickelt er das Unfallopfer in ein altes Bettlaken und bringt es mit der mitgeführten Schubkarre zu seinem konspirativen Bootslandeplatz westlich des Regenbogencamps. Dann legt er umgehend wieder ab und nimmt Kurs auf Fuhlendorf. Sein Imbiss liegt strategisch günstig nahe des Bodstedter Hafens. In einem Hinterzimmer wird das Tier mehr oder weniger fachgerecht zerlegt. Da die meisten Wildunfälle bei Dunkelheit passieren und sich der Abtransport normalerweise geräuschlos und schnell abspielte, ist das ganze Unternehmen jahrelang nicht aufgeflogen. Ausgerechnet an dem Tag, an dem Clara die Verladestelle mit dem Fahrrad passierte, hatte Kümmerling aber ein Problem. Er litt an Durchfall. Ich vermute, dass er von seiner eigenen zweifelhaften Kulinarik gegessen hat. Jedenfalls hat er sich zum Toilettenhaus des nahegelegenen Regenbogencamps begeben. Auf dem Rückweg traf er dann auf Clara, die durch die Vorkommnisse der Tage zuvor auf das Boot aufmerksam geworden war. Eine Verkettung unglücklicher Umstände, die aber letztendlich die Ermittlungen im Fall *Blutpaket* erst ermöglichten. Deshalb von hier noch mal mein besonderer Dank an Clara.«

Während Sylke diesen Bericht abgegeben hatte, hatten Tom und Sven wachsende Schwierigkeiten, sich auf ihren

Stühlen zu halten. Die drei prosteten sich zu und tranken, soweit sie das vor Lachen überhaupt konnten.

»Was passiert jetzt mit den beiden Bösewichten?«, wollte Sven wissen.

»Kümmerling ist der Haupttäter. Ob er das tiefgefrorene Fleisch nur selbst verwertet oder auch an andere Abnehmer verdealt hat, ist noch unklar. Sicher ist nur, dass er von sich behauptet, den einzigen Schnellimbiss in ganz Mecklenburg-Vorpommern zu betreiben, auf dessen Speisekarte

exklusive Wildgerichte zu finden sind.«

»Und dieser Kümmerling hat meiner Clara eins übergebraten?«, wollte Tom wissen.

»Claras Beschreibung passt perfekt auf ihn. Vor allem aber besitzt er eine hellbraune Mütze mit der Aufschrift *Patrol*, was ich nicht nur aus modischen Gründen in diesem Zusammenhang für besonders unpassend halte. Kümmerling hat sich einer ganzen Reihe von Vergehen schuldig gemacht und hat obendrein versucht, unseren in der Sache ermittelnden Polizeianwärter mit der Einladung zu einem opulenten Wildessen zu bestechen. Er wusste wohl nicht, dass die mecklenburgische Polizei nicht käuflich ist. Clara hat natürlich die Möglichkeit, von Kümmerling Schmerzensgeld einzuklagen. Ich nehme allerdings an, dass da nicht viel zu holen ist, weil seine wichtigste Einnahmequelle jetzt versiegt ist.«

Die beiden Männer nickten beeindruckt. Dennoch hatte Tom das Gefühl, die Sache noch nicht endgültig verstanden zu haben. Er hob den Zeigefinger und begann zu sprechen, obwohl er sich noch nicht klar war, was er eigentlich sagen wollte. »Also – irgendwie – mir fehlt da noch etwas – ich weiß nur nicht, was.«

Sylke sah Tom mitleidig an. »Du möchtest sicher wissen, wie wir dem verbrecherischen Duo auf die Spur gekommen sind. Das ist in der Tat etwas rätselhaft. Wir erhielten am Freitagabend einen anonymen Anruf. Eine Frau behauptete, dass wir an der Landstraße 21 zwischen Born und Ahrenshoop eine interessante Entdeckung machen könnten. Sie konnte den Ort sehr genau beschreiben. Wir schickten eine Streife und die Kollegen fanden Folgendes: Jost Kümmerling, an einen Baum gefesselt und mit einer starken Prellung am Kopf. Neben ihm eine Schubkarre und ein in ein Bettlaken eingewickeltes, totes Wildschwein. Am Boddenufer in südlicher Richtung befand sich sein Holzkahn, etwa an der Stelle, an der auch Clara das Boot aufgefallen war. Die Kollegen nahmen Kümmerling samt Schwein mit auf die Wache, und die intensive Befragung führte uns schließlich zu seinem Mitstreiter.«

»Beeindruckend«, sagte Sven. »Da haut jemand den Wilddieb um und gibt einen anonymen Hinweis. Erinnert mich irgendwie an Robin Hood.«

Sylke schüttelte den Kopf. »Der ist nach meinen Kenntnissen lange tot. Aber wie ist das eigentlich mit Clara, Tom? Weißt du, was sie am Freitag, in der Zeit zwischen 18 und 21 Uhr gemacht hat?«

Tom war drauf und dran, wahrheitsgemäß den Kopf zu schütteln. Erst im letzten Moment bemerkte er die Falle. Er hob die Hand. »Das ist nicht fair, hier und jetzt irgendwelche Fangfragen zu stellen, unter diesen Bedingungen. Du weißt, dass Clara auch an einer Kopfverletzung laborierte. Sie musste sich am Freitag schonen und war zu Hause.«

»Du bist sicher?«

»Bin ich.« Tom freute sich, dass er in seinem Zustand noch so gut lügen konnte.

»Na, dann. Ich hatte in den letzten Tagen so ein ungutes Gefühl.«

»Unguten Gefühlen sollte man nie nachgehen. Das bringt's

nicht.«

Die Bedienung stellte drei Klare auf den Tisch. Tom hob eines der Gläser. »Also, dann zum letzten Mal für heute: Auf … ja, auf was denn eigentlich? Auf uns?«

»Nee, auf die Wildschweine im Darßer Wald!«

»Genau. Mögen sie lange leben und sich glücklich im Schlamm suhlen!«

»Aber niemals im Bohrschlamm!«

»Das ist ein Wort!«